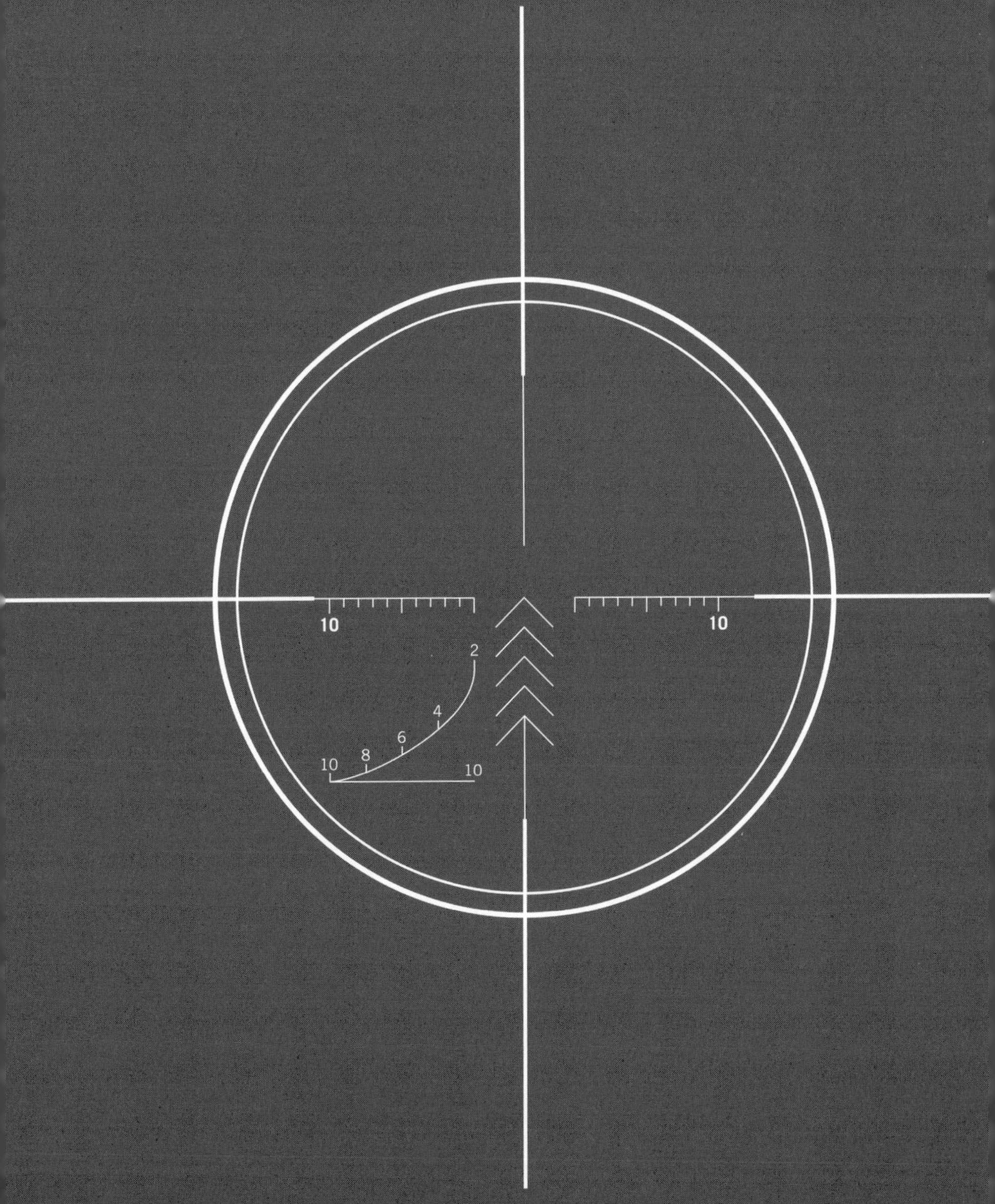
10
10
2
4
6
8
10
10

NORDIC
CRIME
FICTION

陸斯隆&赫史東

林立仁　譯

三秒風暴

TRE SEKUNDER

ROSLUND &
HELLSTRÖM

獻給凡雅
他讓我們的書更美好

《三秒風暴》媒體好評

在你還來不及猜，作者就大剌剌揭示誰是臥底線民時，這本犯罪小說已經進入另一種無間道的戲劇張力。身處黑白交戰的灰色國度裡，50度C火烤鬱金香、兩秒半鐘獄中驚險求生、極端警戒瀕臨崩潰的恐懼，都還不是最棘手難纏的事。當敵人發現你不是朋友、當朋友把你當作敵人，噩夢才算展開。黑白灰，誰是真正的罪犯？——蘭萱（廣播、電視節目主持人）

臥底警員、販毒黑幫、命案調查者，三方爾虞我詐的激烈交鋒，佐以豐富、細膩又引人入勝的機巧細節，詳實描繪北歐國家的犯罪現況，是個值得一口氣熬夜讀完的故事。——冬陽（推理評論人）

複雜、懸疑、創新的驚悚情節——李承龍（台灣警察專科學校刑事警察科）

陸斯隆和赫史東的《三秒風暴》結合了生猛的素材、圖像感，以及獨創的情節，讓這部小說成為繼拉森和曼凱爾之後，又一引人入勝的聰明之作。——《書籤雜誌》（*Bookmarks Magazine*）

絕對無法放下的小說……犯罪小說極少能達到如此高超境界。——《書單》（*Booklist*）

槍戰、爆炸、背叛，以及創新的販毒手法，與偷渡武器進監獄，讓這部小說的睪丸酮指數爆表。陰暗、懸疑，比電影院裡的任一部懸疑片都吸引人。——《今日美國報》（*USA Today*）

情節越演越烈、引人入勝的驚悚故事……毒品交易、監獄實況，以及警察與線人關係的生猛細節，都描繪得十分權威可信。——《華爾街日報》（*Wall Street Journal*）

一路驚悚的貓抓老鼠遊戲……冷酷的反道德故事。——Marilyn Stasio，《紐約時報》（*New York Times*）

書評

複雜與令人驚奇的小說……這部吸引人的故事可滿足認真的讀者，讓他們留下印象且玩味。《三秒風暴》切中其目標，是部精心傑作。——《紐約圖書月刊》（*New York Journal of Books*）

這個創作二人組自成一格，如果你喜歡犯罪小說，千萬記得自己去找《三秒風暴》來看看，其中有匪徒、藥頭、貪腐，和大量的動作場面。這是部真正的犯罪小說。——《犯罪狂熱》雜誌（*Crimespree*）

《三秒風暴》會讓人拿來與《龍紋身的女孩》相比。兩部作品都有著對細節的偏執，權力單位的腐化，以及在敘述策略上先用緩慢的故事開場，隨即變成高速運轉。——英國《獨立報》（*The Independent*）

聰明、有吸引力的小說。——英國《衛報》（*The Guardian*）

這本書充滿了對於組織犯罪（特別是販毒）手法和目標的詳實描述（讓人冷汗直流），也提出組織犯罪在現代「自由」國家，有如任何一種行業、近乎合法的地位……情節引人，角色堅強，對於如何面對犯罪、施行正義，也提出尖銳的社會批判，這點讓我想到拉森，他也是犯罪小說的愛好者（一定也緊盯著不正義），必然和我一樣，會認為《三秒風暴》是部傑作。——《Readings》

陸斯隆和赫史東的書寫極有說服力，讓我一度認為所有的細節都是真實的。他們緊緊抓住讀者的注意力，即使到了結局部分仍沒有鬆手。——瑞典《布來金郡報》（*Blekinge Läns Tidning*）

陸斯隆和赫史東看來已經徹底地達到瑞典犯罪精英作家的高峰，他們能將社會承諾編織在文字裡，並藉由小說形式來對重要的議題表達立場，讓他們的作品很有吸引力。——瑞典《瑪利斯塔報》（*Mariestads Tidingen*）

陸斯隆和赫史東的強項是處理社會裡最黑暗的運作機制，而且能夠提供我們高度可信的描述，讓我們對機制與其負責人感同身受。他們以優雅、清晰的手法辦到這一點，可說是相當特殊的成就。——瑞典《哥特堡郵報》（*Göteborgs Posten*）

陸斯隆和赫史東最新的作品太棒了。主人翁已經估算到自己在三秒內會死亡。在這樣短暫的時間中，這本書的速度從0飆高到100，在如此目眩神迷的速度下，這輛雲霄飛車高速前進。——瑞典《Eskilstuna信使報》

第一部

星期日

再過一小時就是午夜。

這是晚春時節，天色卻比他想像中更為陰暗，也許是因為下方的海水幾乎呈墨黑色的緣故，猶似罩著一層薄膜，看起來似乎深不見底。

他不喜歡搭船，可能是因為不喜歡那片渺不可測的大海，每當冷風吹來，斯未諾契市逐漸消失在視線之外，他總會渾身發抖。他總是雙手緊抓欄杆站立，直到房屋看起來不再像房屋，成了小方塊，隱沒在他身旁越來越濃重的黑暗之中。

他今年二十九歲，心中恐懼萬分。

他聽見身後有人來來去去，和他一樣正要前往某個地方；只是度過一夜，睡幾小時，醒來後就已置身於另一個國度。

他俯身向前，閉上雙眼。每次旅程似乎都比上一次糟，他的頭腦與心臟和他的身體一樣察覺到危險。儘管刺骨寒風朝他吹來，他依然雙手發顫，雙眉發汗，雙頰發熱。兩天後，他將再度站在這裡，踏上回程，那時他將忘記自己曾發誓再也不幹這種勾當了。

他放開欄杆，打開艙門。寒冷與溫暖，只一門之隔。他步上主梯，樓梯上的陌生臉孔正朝各自的艙房移動。

他不想睡，也不能睡，現在還不能睡。

船上的酒吧乏善可陳。瓦維爾號渡輪是北波蘭和南瑞典之間最大的渡輪，但也不見得好到哪裡去，只見桌上散落碎屑，椅子靠背小得可憐，顯然不希望客人久坐。

他仍不斷冒汗，眼睛瞪著前方，雙手把玩盤子裡的三明治，又突然伸手去抓玻璃啤酒杯，努力克制自己不露出恐懼的神態。他想痛飲幾口啤酒，吃幾口起士，只因他仍覺得反胃，心想口中嚐點味道也許可以蓋過不舒服的感覺。先前他逼迫自己吞下許多肥滋滋的大塊豬肉，直到胃囊變得柔軟，準備妥當，然後才吞下裡頭包藏黃色物體的褐色橡膠球。他一邊吞下橡膠球，他們一邊數算，一直數到兩百，數到他的喉嚨已被橡膠球割得傷痕累累。

「Czy podać panu coś jeszcze?（需要加點其他東西嗎？）」

一名年輕女服務生看著他。他搖搖頭，今晚不行，他不能再吃了。

他發燙的雙頰已變得麻木。他看著收銀機旁的鏡子，鏡中的他面色蒼白。他將那盤一口未吃的三明治和滿滿的啤酒杯遠遠推到吧台邊緣，伸手指了指，女服務生會過意，將三明治和啤酒拿到回收架上。

「Postawić ci piwo?（請你喝杯啤酒？）」旁邊一名男子說，男子和他年齡相仿，喝得微醺，是那種喜歡和別人攀談的人。這種人只是不甘寂寞，並不在意說話對象是誰。他依然瞪著鏡中那張蒼白臉龐，並未轉頭。他難以判斷男子的來歷以及男子問話的目的。男子可能只是坐到他身旁，假裝喝醉，來請他喝酒，說不定還知道他此行的目的。他在銀碟裡放了二十歐元鈔票，離開空蕩的酒吧，離開一張張無人的餐桌和無意義的音樂。

他口渴得想尖叫，舌頭在口中四處搜尋唾液來舒緩乾渴。他不敢再吞下一滴液體，深怕反胃，無法將他之前吞下的東西保留在胃裡。

他絕對不能把胃裡的東西吐出來，他知道吐出來會有什麼後果。要是吐出來，他就死定了。

他側耳傾聽鳥兒鳴叫。傍晚時分，大西洋的暖空氣不情願地退讓給涼爽的春季夜晚，他經常在這種時候聆聽鳥兒鳴唱。一天之中，他最喜歡傍晚，傍晚他做完工作，一身疲憊，可以享受幾小時的空閒時間，之後就得躺上狹小的旅館床鋪，在依然孤寂的房間裡試著入睡。

艾瑞克．威爾森感覺涼意輕撫面頰，臉龐迎著探照燈發出的強烈白光，雙眼閉上片刻。白熾光芒淹沒了一切。他仰起頭，謹慎地看著鐵絲網上的一個個大尖刺，那片鐵絲網讓高聳的圍欄顯得更高。同時他必須對抗心頭浮現的一股怪異感覺，覺得圍欄似乎搖搖欲墜，就要坍塌在他身上。

幾百公尺外傳來一群人的聲音，那群人正穿越被探照燈照得爍亮的廣闊柏油地面。

六名黑衣男子排成一排行走，第七名男子殿後。

一輛同樣漆黑的車子跟在他們後方。

艾瑞克看得興味盎然，視線緊緊跟隨他們的腳步。

護送目標穿越開闊空間。

突然間，另一個聲音響起。那是槍聲。有人使用單發槍枝朝行進中的七名男子快速擊發子彈。艾瑞克站立不動，看著距離被保護的第七名男子最近的兩名黑衣男子撲身過去，三人一起撲倒在地，另外四名黑衣男子轉頭朝槍聲來源望去。

他們的反應跟艾瑞克一樣，利用槍聲來辨別敵方使用的槍枝。

那是卡拉希尼科夫步槍。

發射地點位於大約四、五十公尺外的兩棟矮房子中間的小巷。

原本高聲鳴唱的鳥兒陷入沉默，甚至連再過一會就會變得涼爽的暖風也倏然凝止。

艾瑞克透過圍欄可以清楚看見每個動作，聽見每一股凝滯的寂靜。黑衣男子開槍還擊，黑色車子猛然加速，穿過矮房子那頭規律射來的子彈，衝到第七名男子身旁停下。幾秒鐘後，槍聲停止，第七名男子已經被塞進打開的後座車門，消失在黑暗中。

「**很好。**」

上方傳來說話聲。

「**今晚到此結束。**」

擴音器設置在大型探照燈下方。今晚總統先生再度逃過一劫。艾瑞克伸個懶腰，側耳凝聽。鳥兒回來了。這是個奇怪的地方。這已經是他第三次來到聯邦執法訓練中心了，中心簡稱FLETC，位於喬治亞州最南端，是美國政府的軍事基地，也是美國警察機構的訓練場，這些警察機構包括緝毒署、菸酒槍炮及爆裂物管理局、法警局、邊境巡邏隊，以及剛才再度拯救國家的特勤局。艾瑞克仔細觀看被探照燈打亮的柏油地面，很確定那是特勤局的車輛和人員，他們經常在此時此地進行演練。

他沿著圍欄往前走。圍欄隔開了兩個不同的世界。在這裡，呼吸可以很順暢。他總是喜歡這裡的天氣，比起斯德哥爾摩的夏季前奏，這裡明亮多了，也溫暖多了，斯德哥爾摩的夏季總是不來。

這家飯店和其他飯店看起來沒什麼兩樣。他穿過大廳，朝索費高昂的老餐廳走去，途中改變心意，折而走向電梯，前往十一樓。十一樓住的全是學員，這裡成為學員住所可能已經好幾天、好幾週或甚至好幾個月了。

他的房間暖烘烘地，過於悶熱。他打開面對廣闊練習場的窗戶，朝刺眼燈光凝視一會，然後打開電視，轉換頻道。每個頻道播放的節目都一樣。一直到上床就寢前，他都會讓電視開著，只有電視能替這個房間帶來生氣。

他感到焦躁不安。

身體的緊繃從胃部擴散到雙腿再到雙腳，逼使他下床。他伸個懶腰，走到桌前。光亮的桌面上放著五支手機，整齊地排成一列，彼此間隔僅數公分。五支手機一模一樣，手機的一邊是檯燈，燈上罩著稍微過大的燈罩，另一邊是深色皮製吸墨台。

他逐一拿起手機，查看螢幕。前四支手機沒有來電，也沒有簡訊。

到了第五支手機，他還沒拿起來就已經看見了。

八通未接來電。

都是同一組號碼打來的。

這是他設定的，只有這組號碼可以撥通這支手機，這支手機也只能撥打這組號碼。

這組號碼的手機和他這支手機用的是兩張無須登錄的易付卡，只和彼此通話，以免有人追查或手機被人發現。沒有姓名，只有兩支手機，由兩個不明使用者在某個地方打電話和接電話，無法追蹤。

他看著另外四支仍放在桌上的手機，每一支都做了相同設定：只能撥打一組不明號碼和接收一組不明號碼打來的電話。

八通未接來電。

艾瑞克握著打給寶拉的手機。

他在腦袋裡計算，現在瑞典時間應該過了午夜，他撥打號碼。

寶拉的聲音響起。

「**我們得碰面，一小時後，五號地點。**」

五號地點。

火神街十五號和聖艾瑞克廣場十七號。

「我們不能碰面。」

「**我們必須碰面。**」

「不行，我在國外。」

話筒傳來深呼吸的聲音，聲音十分靠近，事實上卻遠在數百哩外。

「**那我們可就麻煩大了，艾瑞克，十二小時後要進行一場大交易。**」

「中止。」

「**太遲了，十五個波蘭毒騾已經上路了。**」

艾瑞克在床沿的老地方坐下，該處的床單已被壓皺。

大交易。

寶拉已深深穿透組織，深入到他前所未聞的境地。

「馬上離開。」

「**你知道事情沒那麼簡單，你也知道我必須進行下去，否則我的腦袋會吃上兩顆子彈。**」

「我再說一次，馬上離開，你得不到我的支援。聽我的話，馬上離開，我的老天！」

電話講到一半對方突然斷線，總是令人深感不安。艾瑞克向來不喜歡通話對象決定斷線後，電子通訊系統產生的那種空洞感。

他再次走到窗前，視線在刺目燈光中搜尋。燈光似乎把練習場變小了，幾乎整個淹沒在白熾光芒中。

寶拉的聲音中帶著緊張，幾乎是害怕。

艾瑞克仍將手機握在手中，沉默地看著它。

寶拉將獨自進行這場交易。

星期一

他將車子停在通往利丁哥島的跨河大橋中央。

凌晨三點過後不久，太陽終於突破漆黑，驅走黑暗，黑暗要一直到深夜才敢再度回來。伊維特・葛蘭斯按下車窗，望著窗外的河水，吸入冰涼的空氣。太陽緩緩升起，天色漸亮，令人厭惡的黑夜撤退，不再打擾他。

他駕車前往橋的另一端，越過沉睡中的島嶼，來到一棟房子前，房子恬靜地坐落在懸崖上。他將車子停在空曠的停車場，取下充電器上的無線電通話機，將麥克風別在領子上。每次他來探望她，總習慣將無線電通話機留在車上，因為他們共度的時光比任何呼叫都重要。如今他們不再對話，因此不怕受到打擾。

二十九年來，伊維特每週都造訪療養院一次，從不間斷，即使現在房間裡住的是別人，也是如此。他走到那個房間的窗戶前。過去她常坐在那裡望著外頭的世界，而他坐在她身旁，試著了解她找尋的是什麼。

她是他唯一信任的人。

他對她思念無比。那該死的空虛糾纏著他。他奔過黑夜，空虛在後頭追逐，甩也甩不掉，他對空虛咆哮，但空虛只是繼續糾纏著他……他將空虛吸入體內，不知該如何填滿。

「葛蘭斯警司。」

她的聲音從玻璃門內傳來。那扇玻璃門在天氣晴朗時總是開著，所有輪椅都在陽台上的桌子周圍排好。

蘇珊原本是醫學生，如今她那件白色外套上的名牌頭銜已是住院醫師。蘇珊曾陪伴他和安妮搭船周遊列島，當時她就警告他說不要抱**太大**希望。

「哈囉。」

「你又來了。」

「對。」

安妮過世後，他已經許久沒見到蘇珊了。

「你為什麼要這樣？」

他朝空洞的窗戶瞥了一眼。

「怎麼樣？」

「你為什麼要這樣對待自己？」

房內黑沉沉地，住在裡頭的人仍在睡夢之中。

「我不懂妳的意思。」

「我已經連續十二個禮拜的星期二在外面看見你了。」

「這樣犯法嗎？」

「每次都是同一天、同一個時間。」

伊維特並沒接話。

「她在世的時候就是這樣了。」

蘇珊步下一格階梯。

「你這樣做並不是在幫助自己。」

她的聲音拉高了些。

「和悲傷同在是一回事，但你不能把悲傷變成常態，你這樣不是**跟悲傷同在**，而是**活在悲傷裡**，你是在抓住它，躲在它背後。難道你還不明白嗎，葛蘭斯警司？你害怕的事已經發生了。」

他看著那扇黑沉沉的窗戶，只見窗玻璃在陽光照射下，映照著一個張口結舌的老人。

「你必須放下，往前走，拋開舊習慣。」

「我很想念她。」

蘇珊踏上台階，抓住陽台門的把手，將門關到一半卻又停住，大聲喊道：「我不想在這裡再見到你。」

維斯曼街七十九號是一棟美麗的老公寓，四樓那戶有三個寬敞房間，天花板挑高，木質地板擦得晶亮，採光良好，窗戶面對凡納迪路。

畢耶．赫夫曼打開廚房冰箱，再拿出一盒牛奶。

他看著蹲在地上的男子，男子低頭面對一個紅色塑膠碗。男子是從華沙來的小混混，是個小賊兼毒蟲，滿臉痘痘，一口爛牙，身上衣服穿了太久沒洗。畢耶用鞋子堅硬的拇指部位踢了他腰脅一腳，渾身散發惡臭的小混混倒向一邊，終於吐了。白色牛奶和一顆顆褐色小橡膠球，噴到褲子和廚房晶亮的大理石地板上。

「Napij się kurwa（**多喝一點**）」，小混混得再多喝點才行，也得再多吐一點才行。

畢耶又踢了小混混一腳，這次沒那麼用力。在膠囊外包裹褐色橡膠是為了保護小混混的胃，因為膠囊裡裝的是十公克安非他命。即使是一克安非他命，畢耶都不想讓它流落到不該在的地方。他腳下這個渾身惡臭的小混混是十五名吞下安非他命膠囊的毒騾之一，他們負責在昨晚到今早這段時間運送兩千公克安非他命，先在斯未諾契市搭上瓦維爾號渡輪，再從禹斯塔鎮轉搭火車，完全不知道另外十四人也已入境瑞典，這時正各自在斯德哥爾摩的不同地點催吐。

畢耶花了很長一段時間對小混混諄諄善誘，他比較喜歡用這種方式，但這時他只是高喊「Pij do cholery（多灌一點）」，腳下邊踢小混混。媽的這小子得多灌點牛奶才行，也得吐出足夠的膠囊，供買家檢查和確定品質。

乾瘦的小混混哭起了來。

小混混的褲子、襯衫和長滿痘痘的臉上都沾了一滴滴的嘔吐物。他躺在地上，臉色蒼白得幾乎跟亮白地面沒兩樣。

畢耶不再踢他，數了數躺在牛奶中的深色橡膠，眼下暫時不需要更多。他拿起二十個近乎圓形的褐色橡膠球，戴上洗滌手套，打開自來水清洗，接著摘去橡膠，從櫥櫃裡拿出瓷盤，將二十個小膠囊放在瓷盤上。

「那裡還有牛奶和披薩，你留在這裡，吃披薩，喝牛奶，再吐出來，我們要剩下的貨。」

客廳裡溫暖悶熱，坐在長方形深色橡木桌前的三名男子汗流浹背，他們衣服穿得太多，外加腎上腺素激增。畢耶打開陽台的門，站立一會，讓涼爽微風吹散室內的窒悶空氣。

畢耶開口說話，說的是波蘭語，其中兩名男子聽得懂波蘭語，也比較喜歡他說波蘭語。

「他還有一千八百公克要吐，盯著他，吐完以後付錢給他，他那份是零點四成。」

兩名男子外表相似，年齡四十開外，剃了光頭，身穿昂貴深色西裝，但西裝穿在他們身上看起來卻很廉價。畢耶若站得靠近一些，可以看見他們頭上有一圈長出來才一天且十分明顯的褐色細髮。兩名光頭男子眼中欠缺喜悅，不常微笑，畢耶也不曾見過他們笑。他們聽從畢耶的吩咐，走進廚房，去找那個趴在地上吐的毒騾，要他把肚裡的貨全清出來。那些是畢耶的貨，沒人想跟華沙方面解釋說有個毒騾快不行了。

畢耶望向桌前另一名男子，開口說話，這次說的是瑞典語。「這裡有二十個膠囊，兩百公克，夠你檢查了。」

那名男子十分高大，一頭金髮，體型結實，和畢耶年齡相仿，大約三十五歲。他身穿黑牛仔褲和白T恤，手指、手腕和脖子上戴著許多銀飾，曾因殺人未遂罪在提達荷姆監獄服刑四年，並因兩項傷害罪在馬里夫雷德監獄服刑二十七個月。這名買家的外表看起來符合他的經歷，但有個地方怪怪的，畢耶說不上來，感覺像是他身上穿著戲服，或演戲演得不夠傳神。

畢耶看著男子從黑牛仔褲的口袋裡抽出刀片，從中切開一枚膠囊，朝瓷盤低下頭去，嗅聞裡頭的東西。

畢耶心頭再度浮現同樣的感覺，那感覺揮之不去。

也許坐在他面前、來跟他們買貨的這名男子只是染有毒癮，或只是緊張罷了。也許這正是為什麼畢耶要三更半夜打電話給艾瑞克的原因，無論那是什麼，感覺都不對勁，他在電話中無法將這種強烈的感覺解釋清楚。

他聞到花香，鬱金香的香味。

畢耶坐在椅子上，距離男子兩張椅子，仍清楚聞到這股花香。

買家將發硬的黃色物體切成近似粉狀，用刀片舀取少許粉末放進空玻璃杯，再用針筒抽取二十毫升清水，注射到裝有粉末的玻璃杯中。粉末溶解在清水中，水依然清澈，但變得黏稠。買家點點頭，表示滿意。粉末溶解得很快，完全溶化在清澈液體中。的確是安非他命沒錯，藥性如同賣家保證得那般強烈。

「提達荷姆，四年，是不是？」

買家的動作看起來十分專業，但仍有哪裡不大對勁。

畢耶將那盤膠囊拉到自己面前，等待對方回答。

「九七年到兩千年，只待三年，因為表現良好而假釋出獄。」

「哪一區？」畢耶仔細觀察買家的表情。

沒有抽動，沒有眨眼，沒有其他緊張跡象。

買家口操瑞典語，帶有些微口音，可能是鄰國的人。畢耶猜測可能是丹麥人或挪威人。買家突然站了起來，一隻手不耐煩地揮到畢耶面前。一切看起來依然正常，實際上卻已太遲。這種事就是會讓人注意到。買家應該早點生氣的，應該一開始就把手揮到畢耶面前說：**王八蛋，你不信任我嗎？**

「你看過判決書了不是嗎？」

現在買家似乎是**裝作**不耐煩。

「我再問一次，**哪一區**？」

「C區，九七年到兩千年。」

「C區的哪裡？」

已然太遲。

「幹，你問這些到底要幹嘛？」

「**哪裡**？」

「就是C區，提達荷姆的分區**沒有**編號。」

買家露出微笑。

畢耶回以微笑。

「**那一區還有誰**？」

「幹，這樣應該夠了吧？」

買家扯開嗓門，讓自己聽起來更不耐煩，甚至是深受羞辱。

畢耶在對方話聲中聽見了別的東西。

聽起來像是不確定。

「這筆生意你到底要不要做？你叫我來這裡是想賣貨給我吧？」

「那一區還有誰？」

「史甘納、米歐、喬瑟夫・黎巴嫩、維特南、伯爵，你要幾個名字？」

「還有誰？」

買家依然站著，朝畢耶踏出一步。「我不說了。」

他站得很近，手舉到畢耶面前，手腕和手指上的銀飾閃閃發光。

「到此為止，夠了，看你還要不要做這筆生意。」

「喬瑟夫·黎巴嫩被終身驅逐出境，三個半月前抵達貝魯特以後就失蹤了。維特南這幾年都被關在高度戒護監獄的精神病舍房，難以接觸，而且因為慢性精神病而口水直流。米歐被埋在……」

那兩名身穿昂貴西裝的光頭男子聽見外面的高聲交談，打開了廚房的門。

畢耶對他們揮揮手，指示他們留在原地。

「米歐被埋在韋姆德市的奧斯塔克海角附近，後腦袋有兩個洞。」

現下客廳裡共有三個口操外語的人。

畢耶注意到買家眼神游移，正在尋找脫逃路徑。

「喬瑟夫·黎巴嫩、維特南、米歐。我繼續往下說：史甘納的腦袋已經被酒精燒壞了，根本記不得自己是在提達荷姆、庫姆拉，還是在哈爾監獄坐過牢。至於伯爵嘛……海訥桑德拘留所的獄警割開勒在他脖子上上吊用的床單把他弄下來。你給的這五個名字選得很好，因為沒有一個人能證明你在提達荷姆坐過牢。」

身穿深色西裝的一名光頭男子向前踏上一步，這名光頭男子名叫馬力歐斯，他舉起一把波蘭製拉多姆手槍，對準買家的頭，手槍看起來很新。畢耶對馬力歐斯大喊「Utspokój się do diabla（**給我冷靜點**）」，喊了好幾次，馬力歐斯最好放輕鬆點，不要動不動就拿槍指著別人的太陽穴。

馬力歐斯用拇指解除擊發裝置，笑了幾聲，放下手槍。畢耶繼續用瑞典語說話。

「你認識法蘭克·史坦嗎？」

畢耶仔細觀察買家，照理說買家的雙眼應該流露出不耐煩、受辱，甚至是暴怒的神色。但買家的眼神卻緊張而害怕，並試圖用戴著銀飾的手臂遮掩。

「你知道我認識他。」

「很好，他是誰？」

「提達荷姆監獄C區的獄友，第六個名字，滿意了嗎？」

畢耶從桌上拿起手機。

「既然你們一起坐過牢，想不想跟他說說話？」

畢耶將手機舉到買家面前，拍下那張看著他的臉，然後撥打他背得滾瓜爛熟的號碼。兩人靜默互視。畢耶傳送照片，再次撥打那組號碼。

光頭男子馬力歐斯和耶吉十分激動。Z drugiej strony（**站到另一邊**）。馬力歐斯蠢蠢欲動，他應該站到另一邊，站在買家右邊。Blizej głowy（**靠近買家的頭**）。他應該站得更近，舉槍指著買家的右太陽穴。

「抱歉，我這兩個華沙來的朋友性子比較急。」

電話被接了起來。

畢耶和對方短短交談幾句，將手機螢幕拿給買家看。

螢幕顯示一名男子的照片，男子一頭長髮紮成馬尾，面容看起來已不如過去年輕。

「你看，這是法蘭克．史坦。」

畢耶直視買家焦慮的雙眼，然後移開視線。

「這樣一來……你還敢說你們認識嗎？」

他合上手機，放回桌上。

「我這兩位朋友聽不懂瑞典語，所以現在我對你說的話只說給你聽。」

畢耶瞥了兩名光頭男子一眼，只見他們更為靠近買家，口中仍在討論誰該站在哪邊，好將槍口瞄準買家的頭。

「現在我們有個問題得解決，你謊報身分，我給你兩分鐘說明你的真實身分。」

「我聽不懂你在說什麼。」

「是嗎？別再鬼扯了，已經太遲了。告訴我你是誰，現在就告訴我，因為我跟這兩位朋友不一樣，我認為保鏕只會製造問題，對收齊貨款沒半點幫助。」

兩人停頓片刻，等著對方，等待有人說話比光頭男子大聲。光頭男子舉起拉多姆手槍指著買家太陽穴的細薄皮膚，乾燥的口中發出毫無抑揚頓挫的咂嘴聲。

「你做足了功課才編出這麼一個看似可靠的背景，可是你低估了你的對手，你應該知道你的謊言已經被拆穿了。我們的組織有波蘭情報單位的人撐腰，你的資料我隨便想查什麼都查得到。我可以問你上過哪間學校，你可以回答別人交代的答案，但我只要打一通電話就可以查出是不是真的。就像剛剛一樣，我只打了一通電話，就知道法蘭克·史坦不認識你。你們不是提達荷姆監獄的獄友，因為你根本沒在那裡坐過牢，你用假的判決書混進來這裡假裝要買剛出廠的安非他命。**所以我再問一次**，你是誰？快點說明，那麼說不定，只是說不定，我可以勸我這兩位朋友不要開槍。」

馬力歐斯緊緊握著槍柄，咂嘴聲越來越快，越來越大。他聽不懂畢耶和買家說些什麼，但他知道事情將會變得很難看。他用波蘭語高喊：「**媽的你們在說什麼？他是什麼人？**」隨即把槍扳到待發狀態。

「好。」

買家察覺到立即性的攻擊、緊繃的情緒和無法預料的因素如高牆般朝他逼近。

「我是警察。」

馬力歐斯和耶吉聽不懂他說的話。

但警察這個名詞並不需要翻譯。

他們又開始大聲咆哮，咆哮的主要是耶吉，他對馬力歐斯大吼說媽的他應該扣下扳機。這時畢耶揚起雙臂，往前踏上一步。

「退後！」

「他是警察！」

「我要開槍！」

「現在還不行！」

畢耶朝他們傾過身子，但是來不及了，腦袋被金屬槍管抵住的買家也知道來不及了。買家全身發抖，面容扭曲。

「我是警察，媽的快把他弄走！」

耶吉壓低嗓音，而且bliżej（**更為靠近**），幾乎是冷靜地指示馬力歐斯站近一些，並且z drugiej strony（**站到另一邊**），再度換邊——畢竟還是從另一邊的太陽穴開槍比較妥當。

他依然躺在床上，身體在這種早晨不想醒來，世界感覺十分遙遠。艾瑞克．威爾森吸進潮濕的空氣。

南喬治亞州的早晨空氣從開著的窗戶流洩進來，這時空氣依然涼爽，不久之後就會變得溫暖，甚至比昨天溫暖。他的目光試著追蹤天花板上轉動的風扇扇葉，卻使得眼睛泌出淚水，只好放棄。昨晚他每睡一小時就醒來一次。整個晚上他和寶拉總共通了四次電話，每次寶拉的聲音聽起來都更加緊繃，話語中帶著陌生的尖銳，充滿壓力和危急感，正處在逃走邊緣。

他聽見聯邦執法訓練中心的大訓練場傳來熟悉的聲音已有一陣子了，這表示時間肯定已過七點，現在瑞典是正午過後——交易很快就會完成。

他坐了起來，往背後塞個枕頭，從床上看出窗戶，看著天色大明的白晝。昨天特勤人員保護和拯救總統的那片柏油地面空蕩無人，但假槍聲過後的寧靜仍在場地上繚繞。隔壁幾百公尺外的訓練場上，一群身穿類似軍服、天真爛漫的邊境巡邏隊員，正朝降落在他們附近的白綠相間直升機奔去。艾瑞克數了數攀上直升機的人數，一共八人，接著他們就消失在天空中。

他起身下床，沖個冷水澡。冷水澡發揮了作用。昨晚變得鮮明起來，寶拉的話聲中帶著恐懼。

我要你離開。

你知道我不能離開。

你可能會被判十到十四年。

如果我不完成交易，艾瑞克，如果我現在收手，如果我沒辦法給出一個好理由……我冒的風險會更大，我可能會性命不保。

每次通話，艾瑞克都用不同方式解釋，這次的運毒和交易如果沒有他的支援，不可能完成。他無法說服寶拉，因為買家、賣家、毒騾已在斯德哥爾摩各就各位。

現在要中止任務已經太遲了。

他有時間快速吃個早餐，藍莓薄煎餅、培根、那種又輕又白的麵包、一杯咖啡和《紐約時報》。他喜歡獨自享受早晨時光，總是坐在餐廳安靜角落的同一個位子。

寶拉十分精明、機警、冷靜，艾瑞克不曾和這麼能幹的人共事過。目前艾瑞克一共和五個人合作，寶拉比另外四個人加起來還要能幹，能幹到不應該是罪犯的程度。

再喝一杯黑咖啡，他就得趕回房間。他已經遲到了。

開著的窗外，白綠相間的直升機停留在高空中，三名邊境巡邏隊員垂掛在直升機下方的繩索上，相距各一公尺，搖搖晃晃地垂降到假想的墨西哥邊境危險地帶。又是一場演練，這裡進行的總是演練。艾瑞克來到這座位於美國東岸的軍事基地已經一星期了，這次基地針對歐洲警察所進行的線報、滲透和證人保護訓練課程還剩下兩星期。

他關上窗戶。清潔人員不喜歡窗戶開著，似乎是跟官兵客房裝設的新空調系統有關，如果房客想讓房間通風而打開窗戶，空調就會停止運作。他換上襯衫，看著鏡中那個五官端正的高大中年男子。通常這個時間他應該正在前往教室的路上，準備和來自美國四州的同學和警察同仁在教室裡待上一整天。

他站立不動。八點零三分。交易應該完成了。

寶拉的手機是桌上五支手機中最右側的那支，和其他手機一樣，裡頭只儲存一組電話號碼。

艾瑞克根本來不及開口詢問。

「**幹他媽的事情糟透了。**」

史文・桑奎斯特一直難以喜歡重案組那條又長又暗、有時潮濕不已的走廊。他出社會後就一直在斯德哥爾摩市警署服務，辦公室位於重案組走廊的一端，距離信架和自動販賣機不遠，他在那間辦公室裡調查過刑法各類型的犯罪事件。今早他穿過那條陰暗潮濕的走廊，突然在長官辦公室開著的門前停下腳步。

「伊維特？」

只見一個體態笨重的高大男子正在牆邊爬行。

史文謹慎地敲了敲門。

「伊維特？」

伊維特・葛蘭斯並未聽見史文叫喚，繼續在幾個褐色大紙箱前爬來爬去。史文的心一沉，他將這種感覺按捺下來，過去他也見過這位脾氣火爆的警司坐在警署的另一處地板上。十八個月前，伊維特坐在地下室的地板上，大腿上放著一樁老案子的資料，口中不斷喃喃重複兩個句子。**她死了。我殺了她。**那是二十七年前一件員警遇襲案的初步調查報告，當時一名年輕女警受重傷，下半輩子只能住在療養院裡，無法出門。後來史文讀了那份報告，並在許多地方看見女警的姓名：安妮．葛蘭斯。史文不知道原來他們是夫妻。

「伊維特，你到底在做什麼？」

伊維特正把東西裝進褐色大紙箱裡，這一點清楚可見，但重點並不在此。史文又敲了敲門。辦公室十分寧靜，伊維特卻還是沒聽見。

這段日子十分難熬。

一如其他處於哀悼過程中的人，伊維特的第一個反應是否認——**這件事沒有發生過**——接著是憤怒——**他們為什麼要這樣對待我？**然而他並未移到下個階段，只是繼續生氣，這也是他處理事情常見的態度。伊維特的哀悼過程可能到了最近才開始有點進展，幾星期前，他不再那麼易怒，變得比較節制，比較鬱鬱寡歡，話變少了，可能想得也多了。

史文走進辦公室。伊維特聽見史文走了進來，但沒轉頭，只是大聲嘆了口氣，就和他平常煩躁時一樣。有件事令他煩心，但是跟史文無關，他從療養院回來之後就心煩不已，造訪療養院通常會替他帶來平靜的。那個長期細心照顧安妮的醫學生蘇珊，如今已成為住院醫師。**你不能把悲傷變成常態**；蘇珊說的話和臉上的嫌惡表情令他心煩。**你害怕的事已經發生了**；對一個二十五歲年輕小女生來說，在利丁哥島大言不慚地宣說這種智慧之語當然很容易。關於寂寞，她又知道些什麼了？

伊維特駕車離開療養院時，車速越開越快。他直接返回警署，不知為何，旋即去樓下商店買了三個紙箱回辦公室；那間辦公室歸他使用已經很久了。他在辦公桌後方的書架前站了一會。架上東西對他而言極有意義，包括瑞典歌手希婉．瑪基維斯[1]的錄音帶，裡頭的歌曲是他親自錄製和混音的；六〇年代的唱片封套，

1 Siw Malmkvist，1936-，聞名於北歐和德國的瑞典流行女歌手，比阿巴合唱團（ABBA）早成名十年，是第一位打進美國《告示牌》音樂雜誌排行榜的瑞典歌手。

依然色彩鮮豔；希婉的照片，某個晚上他在基督市人民公園拍下的；這一切都屬於往昔那個美好年代。

他開始用報紙將這些東西包起來，收進紙箱內，再疊起紙箱。

「她已經不在了。」

伊維特坐在地上，看著褐色紙箱。

「你聽見了嗎，史文？她再也不會在這個房間裡唱歌了。」

否認，憤怒，悲傷。

史文站在長官的正後方，低頭看著他的光禿腦袋，眼前浮現昔日自己苦苦等候伊維特的景象。伊維特總是在他辦公室的黯淡光線中緩緩舞動，也許是清晨，也許是深夜，在希婉的歌聲中和某個不存在的人共舞，將她緊緊擁入懷中。史文知道自己將會懷念那些令他惱火的音樂和歌詞，他曾被迫聆聽那些音樂，聽到最後都會背了。這些事是他和伊維特共事這許多年來最核心的部分。

他會懷念那張照片。

他應該開懷大笑才對，因為它們終於消失了。

伊維特長大成人後就一直拄著撐枴行走，那根撐枴是安妮，也是希婉。如今他終於要靠自己行走了，也許這正是他為什麼會在地上爬的原因。

史文在陳舊的沙發上坐下，看著伊維特將最後一個紙箱疊在辦公室角落的另外兩個紙箱上，再煞費苦心地用膠帶仔細封起。伊維特汗流浹背，意志堅定，將紙箱推到他要的位置。史文想問他感覺如何，但沒問出口。他不應該問的，他只是自己想問而已，因為伊維特既然這樣做，答案就已經非常明顯。他準備往前走了，只是他自己還沒察覺到。

「你做了什麼啊？」

她沒敲門。

她直接走了進來，在這間少了音樂、辦公桌後方書架上多出許多空洞的辦公室裡猛然停步。

「伊維特？你做了什麼？」

瑪莉雅娜．海曼森看著史文，史文先朝架上空洞點點頭，又朝三個堆疊的紙箱點點頭。她每次走進伊維特的辦公室，一定都會聽見音樂聲，而今希婉的音樂竟然全都被收進箱裡了。少了希婉的歌聲，她認不出這間辦公室。

「伊維特……」

「什麼事？」

「我想知道你做了什麼。」

「她已經不在了。」

瑪莉雅娜走到空蕩的書架前，用手指撫摸架上的塵線。多年來，那裡一直擺著錄音帶、音響、喇叭和希婉的黑白照片。

她掃下一團灰塵，握在手中。

「**她已經不在了？**」

「對。」

「誰已經不在了？」

「她。」

「是誰？是安妮？還是希婉．瑪基維斯？」

伊維特終於轉過頭，看著瑪莉雅娜。

「有什麼事嗎，海曼森？」

伊維特依然坐在地上，倚著紙箱和牆壁。他已哀悼了將近一年半，徘徊在崩潰和瘋狂之間。這段時間真是糟透了，瑪莉雅娜曾多次對他說「你去死吧」，事後又跟他道歉。有好幾次她幾乎放棄，打算辭職，離開這個難搞的男人以及他似乎永無止盡的痛苦。她逐漸相信，有一天伊維特會停止抗爭，完全崩潰，躺在地上，不再甦醒，但現在他臉上竟從痛苦之中浮現了某種過去不曾出現的決心。

幾個紙箱。書架上的空洞。沒想到這種東西竟然閃耀著解脫的光芒。

「對，有事，我們接到出勤電話，維斯曼街七十九號。」

他豎耳聆聽。她知道他正在聆聽，以那種她幾乎遺忘的熱切姿態聆聽。

「是處決式殺人。」

畢耶．赫夫曼從美麗公寓的大窗戶望出去。這裡是另一棟公寓，位於斯德哥爾摩市中心另一個地區，公寓格局十分相似，同樣有三個細心裝潢的房間、挑高天花板和淡色牆壁。只不過這裡的木質地板並未躺著預期中的買家，買家頭部一邊太陽穴有個彈孔，另一邊有兩個。

公寓底下的寬廣人行道上，一群群盛裝打扮的人們正滿懷期待走進大劇院，準備欣賞白天公演；氣喘吁吁、演技有點誇張的演員在通往舞台的門扉之間進進出出，高聲說著台詞。

有時他渴望那種生活，那種跟其他平凡人一起度過的日常生活。

他離開那些盛裝打扮的興奮人群，離開窗外瓦薩街和國王大橋的景觀，穿過公寓裡最大的房間。那是他的房間，也是他的辦公室，裡頭有一張古董桌和兩個上鎖槍櫃，以及一個效率很高的開放式壁爐。他聽見最後一個毒騾正在廚房裡催吐，她已經吐了很久，她對此還不甚習慣，要習慣的話通常得跑上好幾趟才行。耶吉和馬力歐斯站在水槽旁，雙手戴著黃色橡膠手套，拿起年輕女子吐出的褐色橡膠球。女子在面前地上的兩個桶子裡除了吐出橡膠球，還吐出牛奶和其他物體。她是第十五個毒騾，也是最後一個。他們在維斯曼街替第一個毒騾卸完貨後，就被迫轉移到這裡來替其他毒騾卸貨。畢耶不喜歡這樣。這棟公寓是他的庇護所、隱匿處，他不想讓這裡跟毒品或波蘭人沾上邊。然而時間十分緊迫。一切都走了調。一人頭部中彈。畢耶仔細觀察馬力歐斯，這個身穿昂貴西裝的光頭男子幾小時前才殺了人，現在臉上卻什麼情緒也沒有。也許他無法表露情緒，也許他只是保持專業。畢耶並不懼怕馬力歐斯，也不懼怕耶吉，但他尊重他們肆無忌憚的這個事實；倘若他令他們緊張，令他們懷疑他的忠誠，那麼他們擊發的子彈很可能會瞄準他。

憤怒緊追沮喪，沮喪緊追憂慮。他心頭混亂不已，只能勉強站立。

他在現場，但無法制止事情發生。

倘若出手制止，死的會是他。

於是，死的是別人。

畢耶面前的年輕女子吐完了。他不認識她，也不曾見過她。他知道她名叫依麗娜，來自波蘭的格但斯克市，二十二歲，是個學生，來這裡做個超乎想像的冒險，而這次冒險真是夠她受了。她是個完美的毒騾，正是他們要找的人選。當然了，另外也有許多人想來當毒騾，例如大城市近郊的毒蟲總是大批湧到，願意開出低於依麗娜的價碼，用他們的身體做為容器。但組織成員有過經驗，知道不要雇用毒蟲，因為毒蟲不可靠，經常還沒到達目的地就先行催吐。

他心中滿是憤怒、沮喪和憂慮，情緒翻騰，思潮洶湧。

沒有行動。但有一場掌控權不在他手中的運毒行動。

沒有成果。那些波蘭毒騾應該已經返回華沙了，他們是他的工具，用來找尋和辨認其他伙伴。

沒有交易。他們白白送了十五名毒騾過來，其中十人經驗豐富，每人負責運送兩百顆膠囊，另外五人是新人，每人運送一百五十顆膠囊，十五人總共運送了超過二十七公斤剛出廠的安非他命，這些安非他命一旦稀釋出售，將高達八十公斤，每公克市價一百五十克朗。

由於這次運毒沒有任何支援，因此沒有行動、沒有成果，甚至連交易的影子也沒有。

這是一場未經妥善核對的運毒行動，最後以命案收場。

畢耶對那個名叫依麗娜、面無血色的年輕女子微一點頭。錢從早上就放在他褲子口袋裡，數目清點過，捲成許多捆。他拿出最後一捆，拂過一張張鈔票，讓她知道數目齊全。她是新人之一，還不具備組織期望的運毒能力。這是她的處女航，只運送了一千五百公克，這些安非他命稀釋後將增為三倍，市值六十七萬五千克朗。

「這是妳的零點四成，兩萬七千克朗，我湊成整數三千歐元。下次如果妳敢吞更多，賺的錢也會更多，每次妳的胃都會撐大一點。」

依麗娜頗具姿色，即使臉色蒼白，髮際冒汗，已經跪在瑞典這戶三房公寓地上催吐了好幾個小時，容顏依然美麗。

「還有我的票。」

畢耶對耶吉點點頭，耶吉從深色西裝外套的內袋中取出兩張票，一張是斯德哥爾摩到禹斯塔的火車票，一張是禹斯塔到斯未諾契的渡輪票。耶吉遞出那兩張票，依麗娜伸手去接，耶吉立刻將手縮回，嘴角泛起微笑。耶吉等了片刻，又把票遞出去，她剛伸手去拿，他又縮回了手。

「媽的真是夠了，這是她賺來的！」

畢耶從耶吉手中搶過了票，交到依麗娜手中。

「我們有需要的話會再跟妳聯絡。」

憤怒、沮喪、憂慮。

公寓裡終於只剩下畢耶和保鑣。這間公寓的正式用途是斯德哥爾摩一家保全公司的辦公室。

「這是我的行動。」

畢耶朝今早槍殺買家的保鑣馬力歐斯踏上一步。

「在這個國家，只有**我**會說這裡的語言，只有**我**可以下命令。」

畢耶爆發的不僅是怒氣，而且是怒火，槍殺事件發生後，他就一直隱忍著，直到此刻才爆發。他們必須先照顧毒騾，替毒騾卸貨，完成這次運毒，這時他終於可以宣洩怒火。

「要開槍的話，必須由我下命令，**只有我可以下命令**。」

他不知道這把熊熊怒火是從何處燒起來的，也不明白自己為何如此震怒。他是不是因為喪失生意伙伴而感到失望？是不是因為有個可能和他有同樣任務的男子不明不白遭到殺害，所以感到沮喪？

「還有那把槍，媽的在哪裡？」

馬力歐斯指了指自己的胸膛和西裝內袋。

「你殺了人，可能被判無期徒刑，媽的居然還蠢到把凶槍留在口袋裡？」

震怒和某種情緒撕扯著他。**你應該跟波蘭回報**。他將可能是恐懼的感覺封鎖起來，朝臉上掛著微笑、手指西裝內袋的馬力歐斯踏上一步。兩人面對面。**扮演好你的角色**。這才是最重要的，權力和尊重，一旦到手就不要放開。**扮演好你的角色，否則死路一條**。

「他是警察。」

「媽的你怎麼知道？」

「他自己說的。」

「你什麼時候會說瑞典話了？」

畢耶讓呼吸緩和下來，走到廚房圓桌前，發現自己焦躁且疲憊。桌上擺著一個金屬碗，裡頭裝著兩千七百五十顆被吐出來並清理乾淨的膠囊，一共是二十七公斤的純安非他命。

「他自己說他是警察的，我聽見了，你也聽見了。」

畢耶回話時並未轉頭。

「在華沙開會的時候你也在，規矩你很清楚，這次行動結束前，決定權在**我**手上，只在**我**手上。」

從克羅諾伯區前往瓦薩斯坦區的短短路程，對伊維特．葛蘭斯而言並不舒服，也就是說，他因為坐在某些東西上而感到不舒服。瑪莉雅娜駕車轉上維斯曼街，在七十九號門前停了下來。他稍微抬起笨重軀體，伸手去摸座椅上的東西，摸到了兩捲錄音帶，是希婉的混音專輯。他將堅硬的塑膠錄音帶拿到面前，看了看這些應該收起來的專輯，又看了看前座和置物箱。置物箱裡也有兩捲錄音帶。他彎下腰，將錄音帶盡量塞進座椅底下。他害怕靠近這些錄音帶，因為他忘了把它們帶上樓，它們是他那段已用膠帶封存在紙箱裡的人生的四個遺珠。

伊維特比較喜歡坐後座。

他沒有音樂可以播放，又不想聆聽或回答無線電的頻繁呼叫。總之，在擁擠的都市馬路上，瑪莉雅娜的駕駛技術比他和史文都來得高超。

路旁沒有太多空間可以停車；三輛警車和刑事鑑識人員的深藍色福斯廂型車，已在一排停滿路邊的民車旁並排停車。瑪莉雅娜緩緩將車子開上人行道，停在大門前。門口有兩名制服員警看守，兩人都相當年輕，面色蒼白，最靠近的那名員警看見一輛紅色轎車載著身分不明的兩男一女來到，便奔到車旁。瑪莉雅娜知道他的用意，正好在他叩擊車窗時按下窗戶，亮出警察證。

「我們是刑警，三個人都是。」

她對員警微微一笑。員警看起來不僅年輕，而且可能比她小很多歲。她猜測他應該剛投入警務工作不久，否則警界裡很少有人不認識伊維特．葛蘭斯。

「報案電話是你接的嗎？」

「對。」

「報案人是誰？」

「勤務指揮中心說報案人匿名。」

「你是不是提到處決式殺人？」

「我們說看起來像**處決式殺人**，你們自己看了就知道了。」

他們來到四樓，只見距離電梯最遠的一扇門開著，門口也有一名制服員警看守。那名員警年紀較長，資歷較久，一眼就認出史文，對他點點頭。瑪莉雅娜踏出兩步，已將警察證準備妥當。她要秀出證件時，心想自己在警界會不會待那麼久，久到連身邊同事以外的警察都認得她？應該不會，她不是那種會留下來的人。

他們穿上白色外套，戴上透明鞋套，走進門內。伊維特在樓下堅持要等候那台升降緩慢的電梯，好讓他快點到達。

玄關很長，臥室空無一物，只有一張小床，廚房裡有許多漆成綠色的美麗櫥櫃，書房裡有一張荒置的書桌和空蕩的書架。

另外還有一個房間。

他們彼此對看一眼，走了進去。

客廳裡只有一組家具，包括一張長方形大橡木桌和六張橡木椅。四張椅子位於桌子旁，第五張椅子被斜斜推開，像是曾有人坐在椅子上卻突然站起。第六張椅子躺在地上。沉重的橡木椅會倒在地上一定有其原因，他們朝椅子走去，開始推敲原因。

首先映入眼簾的是地毯上的深色痕跡。

那是一大塊褐色血跡，外緣呈不規則狀。他們推測那塊血跡的直徑大約有五十公分。

接著他們看到死者頭部。

死者頭部位於血跡中央，就在血跡上方，彷彿漂浮其上。男性死者看起來頗為年輕，但難以確切辨認，因為臉部嚴重損傷，但身體相當健壯，衣著也不屬於年長人士。男子身穿黑靴子、黑牛仔褲、白T恤，脖子、手腕、手指上都戴著相當多的銀飾。

史文試著把注意力集中在男子右手握著的手槍上。

倘若他看得夠久，倘若他屏除其他一切，也許就能避開死亡的醜陋，那是他永遠無法了解的。

那把槍是黑色的，閃閃發光，口徑九毫米，是波蘭製的拉多姆手槍，他在犯罪現場很少見過這種廠牌的手槍。他彎下腰，靠近手槍，遠離那消逝的生命。那消逝的生命已濺灑在昂貴地毯上，形成一大塊深色血跡。看來抛殼頂桿卡在發射位置，可以清楚看見膛室內的彈殼。他細看槍管、槍托、握把保險，想找個東西讓視線停留，只要能夠不看死亡，什麼都好。

尼爾斯．克蘭茲站在較遠處，兩側各站一名同事，三人都是刑事鑑識員，正一同搜索屋內每個角落和縫隙。其中一人手持攝影機，正在拍攝白色壁紙上的某樣東西。史文離開死者頭部，後退一步，望向攝影機的拍攝焦點：那是一個無害的褪色小污漬，可以有效地讓他遠離那對死寂的雙眼。

「死者頭部中了**一**槍，有**一**發子彈射入傷口。」

尼爾斯從他正在攝影的同事身後悄悄走了過來，靠近史文的耳朵。

「可是卻有**兩個**子彈射出傷口。」

史文的視線離開壁紙和褪色污漬，轉過頭來，斜眼看著年長的刑事鑑識專家尼爾斯。

「射入傷口因為接觸到強大的氣體壓力，所以比兩個射出傷口大。」

史文聽見尼爾斯說的話，卻不明其意，但選擇不加詢問。他不需要知道，只是讓目光跟隨尼爾斯指向壁紙褪色處的手指看去。

「順便跟你說，你現在看到的那個我們正在拍的東西，是死者的腦部組織。」

史文深深吸了口氣。他想避開死亡，因此選擇把目光放在壁紙上的褪色處，結果卻只是看見更多死亡，實存的死亡。他垂下目光，耳中聽見伊維特走進客廳。

「史文？」

「是？」

「你能不能去樓下問問那個接到報案電話的員警，順便再去問問鄰居，詢問那些不在這裡的人？」

史文面露感激看著長官，快步離開地毯上的深色血跡和壁紙褪色處。伊維特蹲下身來，觀察屍體。

權力的平衡受到重新分配和恢復，但不平衡會再發生，而他每次都必須贏。

繼續扮演好你的角色，否則死路一條。

畢耶．赫夫曼站在赫夫曼保全公司的廚房圓桌前，兩旁是馬力歐斯和耶吉，他們正在清出兩千七百五十顆膠囊裡的安非他命。這些安非他命是波蘭雪德爾策市製毒廠的最新產品。他們戴著白色醫療手套，先用手指剝去褐色橡膠。褐色橡膠可以保護毒騾的胃，以免膠囊滲漏。接著他們用刀切開膠囊，將粉末倒進大玻璃碗中，和葡萄糖混合在一起，東波蘭的安非他命和轉角超級市場的葡萄糖以一比二的比例混合。如此一來，二十七公斤的純安非他命就變成八十一公斤的稀釋安非他命，可以拿去街上販售。

畢耶將一個錫罐放在料理磅秤上，填入正好一千公克的稀釋安非他命，接著將一片錫箔紙小心翼翼地蓋在粉末上，然後在錫箔紙上放一顆類似方糖的物體。那顆物體是聚乙醛。他擦亮一根火柴，點燃聚乙醛塊，立刻蓋上錫罐的蓋子。等火燄熄滅，氧氣燃盡，真空包裝的一公斤安非他命就大功告成。

他重複這個動作，一次做一個錫罐，一共做了八十一個。

「石油精？」

耶吉打開一罐石油醚，在錫罐的蓋子和罐身上灑了一些無色液體，再用脫脂棉花擦拭金屬表面。他點燃另一根火柴，在錫罐上燃起藍色火焰，十秒鐘後再用抹布悶熄火燄。

錫罐上的指紋已然銷毀。

走廊地毯上的血跡最小，寬敞客廳另一側牆上的血跡稍大，桌旁血跡更大，最大塊的血跡位於翻倒的椅子旁。血跡越靠近屍體，顏色越深，最顯眼的是客廳地毯上的大塊血跡，也就是毫無生氣的死者頭部漂浮的位置。

伊維特．葛蘭斯坐得離地上屍體相當近，如果屍體口中突然發出細語，他一定聽得見。不過這具死屍不會做出什麼動作，他甚至連名字都沒有。

「伊維特，射入傷口在這裡。」

尼爾斯．克蘭茲在地上爬行，有時攝影，有時拍照。尼爾斯是伊維特能夠真的信任的少數刑事鑑識專家，尼爾斯也經常證明自己不是那種為了讓自己早一小時回家看電視而做事愛抄捷徑的人。

「有人用槍緊緊抵住他的頭，槍口和太陽穴之間的壓力一定非常大，你自己看，他半個頭都被轟掉了。」

死者的臉部肌膚燒成灰色，眼神空洞，嘴巴閉成一直線，再也不會說話。

「我不明白，有一個射入傷口，卻有兩個射出傷口？」

尼爾斯指了指射入傷口周圍。傷口位於頭部右側中央，大如網球。

「三十多年來，我只看過這種現象幾次，不過這種事的確會發生，我很確定驗屍報告出來後，會確認死者只中了一發子彈。」

他拉了拉尼爾斯身上那件白色連身服的袖子，話聲熱切。

「太陽穴中了一發子彈，子彈有包覆層，一半是鉛，一半是鈦，擊中頭骨後裂開。」

尼爾斯站了起來，伸展雙臂。這是一間老公寓，天花板有三公尺高，牆上有一些細微裂痕，整體說來屋況良好，除了尼爾斯所指之處：白色牆面上的一道深長裂縫。

「我們從那裡取出了半顆子彈。」

他們已謹慎地用手指挖出堅硬的金屬子彈，裂縫處落下小塊灰泥。

一段距離外的一處軟質木材上有道更大的裂縫。

「那是另一半子彈打出來的，廚房門顯然是關著的。」

「這很難說，尼爾斯。」

伊維特依然坐在死者那個有太多彈孔的頭部旁邊。

「出勤電話說是處決式殺人，可是看到這個……這也很可能是自殺。」

「是有人把現場布置得像自殺。」

「什麼意思？」

尼爾斯靜靜走到死者握槍的那隻手旁邊。

「這看起來是特地布置的，我認為有人先開槍射殺他，然後才把槍塞進他手裡。」

尼爾斯走進走廊，隨即又回到客廳，手上拿著一個黑箱子。

「我來檢查看看，只要對手部進行射擊殘跡鑑定，等一下就知道了。」

伊維特在心中計算時間，並朝瑪莉雅娜望去；她也正在計算時間。

現在距離報案時間一小時又四十五分鐘，他們還有很多時間，屍體尚未吸引太多足以使殘跡鑑定無效的外來微粒。

尼爾斯打開箱子，拿出一圈指紋採集膠帶，重複將膠帶按壓在死者手上，尤其是食指和拇指之間的特定部位。接著他走進廚房，來到料理台上設置的顯微鏡前，將指紋採集膠帶放在玻片上，透過接目鏡檢視。

幾秒鐘過去。

「沒有射擊殘跡。」

「跟你想的一樣。」

「所以握槍的手不是扣扳機的手。」

尼爾斯轉過了頭。

「這是命案，伊維特。」

他的左手往右肩伸去，拉動皮帶，解開肩膀上的皮製槍套，一手拿著。他打開槍套，抽出九毫米拉多姆手槍，進行回彈操作，將最後一發子彈放進彈匣，裝滿總共十四發子彈。

畢耶．赫夫曼凝立片刻，呼吸聲大得自己都聽得見。

這間俯瞰瓦薩街和國王大橋的公寓和房間裡，只有他一個人。最後一名毒騾已在幾小時前搭火車南下，馬力歐斯和耶吉也剛發動汽車，朝南方前進。

這是十分漫長的一天，但這時還只是下午，他必須再維持清醒幾小時。

槍櫃立在書桌後方的地面上。兩個同樣的槍櫃，大約數公尺高、一公尺寬，上方設有較小的槍架，下方較大槍架上放著兩把步槍。他將拉多姆手槍放到第一個槍櫃的上層槍架，將裝滿子彈的彈匣放到第二個槍櫃的上層槍架。

他穿過公寓房間，這間公寓做為赫夫曼保全公司辦公室已有兩年。赫夫曼保全公司是沃德國際保全公司的許多分公司之一，大多數的沃德分公司他都多次造訪過，更經常前往位於北方赫爾辛基、哥本哈根和奧斯陸的分公司。

公寓壁爐以深色磚塊砌成，搭配白色邊框，十分美麗，他知道蘇菲雅一定會喜歡家裡有這樣一個壁爐。他從木籃裡拿出一把小枯枝點燃壁爐，再將較大較粗的木頭置於其上，等待木頭被引燃。接著他脫下衣服。外套、褲子、襯衫、內褲、襪子，一一被黃森森的火燄吞噬。然後是耶吉和馬力歐斯的一堆衣服。火焰變得彤紅熾烈，他裸著身體站在壁爐前，享受爐火帶來的溫暖，直到衣服燃燒殆盡，爐火逐漸熄滅，他才關上浴室門，沖去這烏煙瘴氣的一天。

有一個人的半顆頭被轟掉了。

那人的工作可能和他一樣，只是後台較不牢靠。

他轉開蓮蓬頭，熱水沖擊他的肌膚，考驗他對疼痛的耐受力，倘若他撐下去，最後身體會變得麻木，充滿怪異的冷靜感。

這行他幹太久了，以致於有時他會忘了自己是誰。每當他這種角色扮演的生活入侵到他做為丈夫和父親的生活，以及此區居民除草澆花的日常生活，他總會感到害怕。

雨果和雷斯穆。

他答應四點多去載他們。他關上水，從鏡子旁的架子上拿下一條乾淨浴巾。快四點半了。他匆匆回到辦公室，查看火燄是否熄滅，打開衣櫃，拿出白襯衫、灰外套和舊牛仔褲。

您有六十秒時間離開並鎖上大門。

他嚇了一跳。他一按下前門密碼鎖的正確六位數字，電子語音就對他說話，他覺得自己永遠都無法習慣這種語音功能。

警報器將在五十秒後啟動。

他應該立刻聯絡華沙方面才對，他應該早就聯絡才對，但他刻意等待，他想等到這批貨都安全了再聯絡。

警報器將在四十秒後啟動。

他鎖上赫夫曼保全公司前門，關上鍛鐵柵門。保全公司。這是組織的運作方式。東歐黑手黨所有分支的運作方式。畢耶記得一年前他前往聖彼得堡，那裡有八百家保全公司，由前ＫＧＢ人員和特務所設立，只不過是換了個門面從事老本行。

他步下樓梯，走到一半，兩支手機的其中一支響了起來。

這支手機的號碼只有一個人知道。

「請等一下。」

他的車子就停在樓下的瓦薩街上。他打開車門，坐上了車，進入沒有偷聽危險的環境，才繼續說話。

「什麼事？」

「你需要我的幫助。」

「我昨天就需要了。」

「我訂了回程機票，明天就會回到斯德哥爾摩。十一點在五號地點跟我碰面。為了維持你的可信度，我想你應該單獨前往，十一點以前抵達。」

從遠處觀看，死者頭上那個洞看起來似乎更大。伊維特跟著尼爾斯走進廚房，卻又回過頭，朝死者看了一會。死者躺在翻倒的椅子旁，右太陽穴有一個射入傷口，左太陽穴有**兩個**射出傷口。他調查命案的年資和地上死者的一生一樣長，這段期間他學到一個事實，那就是每件命案都是獨特的，都有自己的故事、自己的連續事件、自己的後果。每當他面對不曾遇過的案情，或甚至在他尚未看入那雙空洞眼睛之前，他就知道那雙眼睛看著的方向會令他難以捉摸。

他不禁納悶，這次的死亡事件會在何處結束？這雙眼睛見過什麼，又望向何方？

「你到底想不想知道？」

尼爾斯在廚房地下又蹲了一會。

「不然我還有很多事要做。」

尼爾斯的手擱在大理石地板的裂縫附近。伊維特點了點頭，表示他正在聆聽。

「那裡，看見沒？」

伊維特看見某種白色物體，外緣呈不規則狀。

「那是一小塊胃黏膜，而且暴露在空氣中絕對不到十二小時，這個區域還有好幾個類似的地方。」

刑事鑑識專家尼爾斯用手在自己周圍凌空畫了個圓圈。

「這些地方全都可以發現食物渣和膽汁，不過還有更有意思的東西，那就是橡膠塊。」

伊維特仔細觀看，立刻發現至少三處外緣不規則的白色污漬。

「橡膠上面有腐蝕的痕跡，可能是被胃酸侵蝕的。」

尼爾斯抬起頭來。

「嘔吐物裡可以發現橡膠，我們都知道這代表什麼。」

伊維特大大嘆了口氣。

橡膠意味著人體容器。人體容器意味著毒品。死屍和運毒扯上關係，意味著這是一宗涉及毒品的命案。涉及毒品的命案通常意味著偵查工作的展開、大量的工作時間、大量的資源投注。

「有個毒騾，也就是吞下毒品的人，曾在這裡、在這間廚房裡卸貨。」

伊維特轉頭望向客廳。

「那他呢？我們知道他什麼資料？」

「什麼都沒有。」

「什麼都沒有？」

「目前沒有發現。你得找點事來做，伊維特。」

伊維特回到客廳，看著生命已然消逝的死者，看著兩名男子抓住死者的雙臂和雙腳，將他抬起來，放進黑色屍袋，拉上拉鍊，再將屍袋放上金屬擔架車，勉強推過狹小的走廊。

他駕車離開瓦薩街，剛進入史路森區就遇上塞車。快五點了，他應該一小時前就抵達幼稚園才對。畢耶．赫夫曼坐在車內，努力躲開傍晚塞車所引起的壓力、熱惱和焦躁。面對塞車，他束手無策。眼前三線車道上的車輛靜止不動，一路延伸到隧道。他對抗都市塞車的方法，是回想自己撫摸蘇菲亞臉龐的柔嫩肌膚，或雨果獨自成功騎單車時的眼神，或雷斯穆的頭髮因為灑了紅蘿蔔湯或柳橙汁而橫七豎八。但現在這個方法不管用。**你跟誰一起坐過牢？**他一回想家人，家人的影像就和維斯曼街公寓的毒品交易影像重疊交錯，那場交易最後以一名男子死亡做收。**史甘納、米歐、喬瑟夫．黎巴嫩、維特南、伯爵，你要幾個名字？**

男子也是個滲透者，和他肩負相同的任務。**那一區還有誰？**但那個坐在他面前的滲透者，演技實在不佳。**那一區還有誰？**他最清楚假背景長什麼樣子、假背景如何被拼湊起來、問什麼問題可以讓假背景瓦解。他們各自以不同方式替警方工作，最後卻在同一個地方碰上。他別無選擇，否則兩人的下場都是死路一條，死一個人就夠了，死的不要是他。

他曾目睹有人死在他面前，但那不同，他目睹死亡是因為他的日常工作和可信度需要這種經歷；他已學會忽視那些和他並不親近的死人。但這次行動是他負責的，最後卻導致命案發生，讓他承受了被判無期徒刑的風險。

艾瑞克是從佛州傑克森維爾市外的機場打電話來的。畢耶擔任瑞典警方的祕密公務員、領取非正式薪資已經九年了，這段期間他明白到自己很有價值。有關當局曾在公私領域令一些犯罪事件神奇地大事化小、小事化無，所以這次艾瑞克一定也能讓這件命案消失無蹤。警方對這種事非常拿手，通常只要在恰當的長官桌上放幾份機密報告就行了。

靜止不動的車子內，溫度逐漸升高，就在畢耶襯衫領口的汗水蒸發殆盡時，該死的車陣終於開始移動。他將視線鎖定在緩緩向前移動的車牌上，迫使自己的頭腦再度回想雨果、雷斯穆和家庭生活的影像。二十分鐘後，他在海頓幼稚園的停車場下了車，這所幼稚園位在伊安多蘭區的林立公寓之間。

他來到正門口，正要伸手去拉門把，手卻在距離門把幾公分處停下，懸在半空中。他耳中聆聽喧鬧的聲音，那是愛嬉鬧的孩童玩耍的聲音。他露出微笑，逗留在一天中最美好的時刻。他準備打開門，卻又停止動作，察覺到肩膀周圍的緊繃。他隨即摸了摸外套裡頭，鬆了口氣——他**沒忘了**脫下槍套。

他打開門，鼻中聞到烘焙的氣味，那是替坐在餐桌前的兒童準備的傍晚點心。吵鬧聲來自更裡頭的大遊戲間。他在大遊戲間門口的矮凳子上坐下，只見旁邊排著小小的鞋子，掛鉤上吊著五顏六色的外套，外套上頭除了兒童姓名，還有手繪大象。

他對一名年輕女子點點頭，她是幼稚園的新進員工。

「嗨。」

「你是雨果和雷斯穆的父親嗎？」

「妳怎麼猜到的？我還沒……」

「剩下的小朋友沒幾個。」

女子往架子後方走去，架上擺著常被拿來玩的拼圖和積木。不一會她就帶著兩個男孩回來，一個三歲，一個五歲。畢耶一見到他們就心花怒放。

「哈囉，爹地。」

「哈囉哈囉，爹地。」

「哈囉哈囉哈囉，爹地。」

「哈囉哈囉哈囉……」

「哈囉，你們兩個，兩個人都贏了喔。我們今天可能沒時間再說哈囉了，明天好嗎？明天會有比較多時間，好不好？」

畢耶伸手拿下一件紅色夾克，穿在雷斯穆張開的雙臂上，再讓他坐在自己大腿上，替他從不安分的雙腳上脫下室內鞋，再穿上室外鞋。他傾身向前，看了自己的鞋子一眼。該死，他忘了把這雙鞋也燒了，鞋子的黑色亮面皮革上可能附著著死亡，例如微細皮膚、血液或腦部組織。回家後他得立刻燒了這雙鞋子才行。

畢耶檢查綁在乘客座上、面對後方的兒童座椅，感覺座椅確實安全可靠。雷斯穆已熟練地爬上兒童座椅。雨果的兒童座椅比較像是堅硬的四方形，讓他坐得高一些。畢耶替雨果繫上安全帶，在他柔軟的脖子上輕輕一吻。

「爹地要打一通電話，很快就好，請你們安靜一下下好不好？我保證車子開過尼納斯公路下面的時候就會講完電話。」

裝有安非他命的膠囊。牢固安全的兒童汽車座椅。附著死亡殘留物的光亮鞋面。

現下他不想將這些東西視為同一個工作天的不同部分。

車子穿過繁忙的大公路下方時，他合上手機。他已經快速地撥了兩通電話，第一通打給旅行社，訂了六點五十五分飛往華沙的北歐航空班機，第二通打給亨利克，亨利克是他和總部的聯絡人，兩人約好三小時後在華沙開會。

「好了！剛好到公路的這一頭，我講完電話了，現在我只跟你們講話。」

「你在講工作的事嗎？」

「對，跟公司聯絡。」

雷斯穆才三歲，就已懂得分辨兩種語言和父親使用語言來做什麼。畢耶輕撫雷斯穆的頭髮，同時感覺雨果傾身到他背後，準備說話。

「我也會說波蘭話，Jeden, dwa, trzy, cztery, pięć, sześć, siedem（一、二、三、四、五、六、七）……」

雨果頓了頓，又壓低聲音說：「……八、九、十。」

「好棒，你會數好多數字喔。」

「我想知道其他的數字。」

「Osiem, dziewięć, dziesięć.（八、九、十）」

「Osiem, dziewięć……dziesięć?」

「現在你全會了。」

「我全會了。」

車子駛過伊安克區的花店，畢耶踩下煞車，倒車一小段距離，開門下車。

「在車上等我，我馬上回來。」

稍後畢耶繼續駕車往前行駛幾百公尺，只見一間車庫前停著一輛紅色的小塑膠消防車，他設法避開小消防車，卻讓車子右側擦過柵欄。他解開自己和兒童座椅的安全帶，看著兩個兒子拔腿奔上濃密柔軟的青草地，撲上草地，爬過矮籬，爬進鄰居院子，鄰居院子裡有三個小朋友和兩隻狗。畢耶大笑，感覺暖意浮上腹部和喉頭。兩個小毛頭是那麼地充滿能量和喜悅，有時事情就只是如此簡單。

他一手拿花，一手開門。早上他們出門時非常匆忙，因為每件事都花了比較久的時間，今早是那種蘑菇的早晨。他得收拾留在桌上的早餐碗盤，整理樓下房間裡的散亂衣物，但他必須先去地下室和鍋爐室。

這時是五月，熱水爐的點火時間調節裝置還要再關閉好一陣子，因此他按下紅色按鈕，以手動方式啟動，打開爐門，立刻聽見熱水爐發出運轉聲，也看見裡頭燃起火焰。他彎下腰，脫下鞋子，丟進熊熊火焰中。

他將三朵紅玫瑰插在花瓶裡，擺在餐桌中央，花瓶是某年夏天他們在百達水晶玻璃店買的，他十分鍾愛。蘇菲雅、雨果和雷斯穆的盤子也擺上桌了，那年夏天之後，他們每天都會坐在自己的固定位子上用餐。他從冰箱上層拿出半公斤解凍絞肉，放進平底鍋裡煎成褐色，灑上鹽和胡椒，加入一匙奶油和兩罐細切蕃茄。香氣四溢。他伸出一根手指沾了點醬汁，滋味也好極了。另一個鍋子裡加了半滿清水和少許橄欖油，這樣義大利麵才不會煮爛。

他上樓來到臥室。床還沒整理，他將臉埋進枕頭，枕頭裡滿滿都是她的氣味。他的旅行包放在衣櫃裡，行李早已收拾妥當，裡頭有兩本護照和皮夾，皮夾裡有歐元、波蘭茲拉第和美金，此外還有襯衫、襪子、內衣和盥洗包。他拿起旅行包，提到樓下。水已經滾了，半袋的乾燥義大利麵在滾動的沸水中翻騰起伏。他看了看鐘。五點半。時間有點緊迫，但還趕得上。

外頭依然暖和，最後一抹陽光不久就會隱沒在鄰居屋頂下。畢耶走到籬笆前，那排籬笆今年夏天得好好修整一番才行。他往籬笆另一頭看去，看見兩個兒子，對他們高聲叫喚說晚餐準備好了。這時他聽見狹小馬路上開來一輛計程車，在車庫前的車道上停下。紅色小塑膠消防車再次幸運逃過一劫。

「嗨。」

「嗨。」

一如往常，兩人相擁。每次他們擁抱，他都不想放手。

「我不能跟你們一起吃晚餐，晚上我得去華沙一趟，有緊急會議要開，明天晚上我就回來了，好嗎？」

她聳聳肩。

「不好，不是太好，我本來希望今天晚上全家人可以聚在一起吃飯的，不過沒關係。」

「我煮了晚餐，都擺在桌上。我已經跟兩個小鬼說準備吃飯，他們要回來了，不然也應該準備回來了。」

他在她唇上輕輕一吻。

「老樣子，再親一下。」

再親一下。總是要親偶數才行。他的手捧著她的面頰，吻了兩下。

「這樣變成三下了，那要再親一下。」

他又吻了她一下。兩人相視微笑。他提起旅行包，坐上車子，轉頭朝籬笆底下的小洞望去，兩個兒子應該會出現在那裡才對。

完全不見人影。他一點也不意外。

他又微微一笑，發動引擎。

伊維特．葛蘭斯看著深入乘客座下方的腳踏墊和史文．桑奎斯特。先前他將兩捲錄音帶塞到了乘客座底下，另有兩捲潛伏在置物箱內。他會找個時間拿出錄音帶，收進箱內，然後遺忘。

那兩名制服員警依然守在車子引擎蓋和維斯曼街七十九號大門之間的人行道上，臉色已經沒有先前那麼蒼白。瑪莉雅娜倒車時，其中一名員警奔了過來，叩叩車窗。史文按下車窗。

「你們認為呢？」

坐在後座的伊維特屈身向前。

「你說得沒錯，是處決式殺人。」

傍晚時分要在克羅諾伯區的博格斯街找到停車位不是件容易的事。瑪莉雅娜在老舊的警署周圍繞了三圈，在庫霍斯街把車停下，就停在諾瑪警局和郡刑事部的入口旁，完全不顧伊維特的抗議。伊維特對警衛微微點頭，走進這個他多年不曾使用的入口；他早已學會欣賞一成不變的好處，死守著自己的老習慣，以免自己分崩離析。他們經過一條走廊和一道樓梯，來到郡通訊中心，也就是這棟龐大建築的核心。有如小型足球場般大小的空間內，每兩台電腦前就坐著一名員警或工作人員，他們看著面前的三個小螢幕，以及覆蓋整片牆壁、從天花板延伸到地板的大螢幕，準備接聽每天平均湧入的四百通緊急電話。

伊維特一行人每人都手捧咖啡，在一名五十開外的女子旁邊坐下，她是便服人員，是那種說話時會將手放在對方手臂上的女人。

「時間是？」

「十二點三十七分，或是再早個一分鐘。」

女子的一隻手依然放在伊維特的手臂上，另一隻手鍵入12.36.00。接踵而來的寂靜宛如永恆，每當好幾個人坐在一起聆聽空無，總是會給人這種感覺。

十二點三十六分二十秒。

這是電腦發出的自動語音，警界用的都是這一套語音系統，接著就聽見一名女子的聲音，邊哭邊報案說發生家暴，地址在瑪莉亞廣場。

十二點三十七分十秒。

一名孩童大喊爸爸掉下樓梯，有很多很多很多血從爸爸的臉和頭髮流出來。

十二點三十七分五十秒。

一陣刮擦聲。

來電地點顯然是室內，使用的可能是手機。

螢幕上顯示「未知號碼」。

「用的是易付卡。」

女總機已將手從伊維特的手臂上移開，因此他並沒回應，以避免再度發生肢體接觸。已經很多年沒有人觸碰他了，他不知道如何放鬆。

「**緊急服務中心**。」

又是一陣刮擦聲，接著是嗡嗡嗡的干擾聲響，然後傳出一名男子的聲音，話聲緊繃且緊張，但壓低了聲音，應該是要讓自己聽起來很冷靜。

「**有人死了，維斯曼街七十九號**。」

男子說的是瑞典語，沒有口音。男子又說了一句話，但嗡嗡聲蓋過他的話聲，聽不清楚最後那句話說什麼。

「我要再聽一次。」

女總機操縱滑鼠指標，沿著時間碼往前滑動。時間碼橫亙在電腦螢幕上，猶如一隻黑色蟲子。

「**有人死了，維斯曼街七十九號，四樓**。」

僅此而已。滋滋聲消失，電話收了線。語調平板的電腦語音說：**十二點三十八分三十秒**，接著就是一名男子氣急敗壞地報案說卡拉路的報攤發生搶案。伊維特向女總機道謝，謝謝她的幫忙。

他們穿過警署內永無止盡的走廊，回到重案組。史文放慢腳步，和長官說話。這些年來，他的長官走路越來越跛，卻堅持不肯使用枴杖。

「伊維特，那間公寓的屋主說，公寓好幾年前就租給了一個波蘭人，我已經請國際刑警組織的嚴思．克羅菲亞去找承租人了。」

「一頭毒騾，一具屍體，一個波蘭人。」

伊維特在通往樓上兩層樓的樓梯前停下腳步，看著兩位同事。

「所以說：毒品、暴力、東歐。」

他們看著他，但他沒再多說，他們也沒多問。三人來到咖啡販賣機前，各往各的辦公室走去。他一手拿著咖啡，設法打開自己辦公室的門。由於習慣使然，他走到辦公桌後方的書架前，抬起手臂，又猛然停住。書架上空空如也，只剩下塵埃構成的線條和各種醜陋的方塊：錄音機曾經佇立於此，還有他所有的錄音帶，另外那兩個一樣大的方塊是原本喇叭擺放的位置。

伊維特伸出手指，撫摸他這一生的痕跡。

他裝箱的那些音樂屬於另一個時代，那些音樂再也不會在這間辦公室裡響起。他覺得自己像是被騙了似的，試著去習慣從不曾出現在這裡的寂靜。

他不喜歡寂靜。寂靜是那麼吵。

他在椅子上坐下。**一頭毒騾，一具屍體，一個波蘭人**。他剛才看見一名男子頭上有三個大洞。**所以說：毒品、暴力、東歐**。他已經在市警局服務三十五個年頭，親眼看著犯罪率穩定攀升，治安越來越糟。**換句話說，組織犯罪**。所以他有時才會選擇活在過去，一點也不令人訝異。**也就是說，黑手黨**。當他踏入警界，還是個年經警員時，以為自己能改變世界，黑手黨只存在於遙遠的義大利和老美的城市。時至今日，他剛才看見的那種處決式殺人已隨處可見。這些暴力行為是如此骯髒，各轄區的警察同仁只能站在一旁觀看，束手無策，而各種組織犯罪，像是毒品買賣、軍火走私、非法交易取得的金錢，早已被洗得乾乾淨淨。每年都有新玩家在警察的偵查行動中登場，最近幾個月他就見識到墨西哥黑手黨和埃及黑手黨，而現在他遇上的則是前所未見的波蘭黑手黨。不過這些黑手黨換湯不換藥，玩的東西不外乎是毒品、金錢、死亡。警方這裡調查一點，那裡調查一點，一直追不上歹徒的腳步；每一天，警方都賭上自己的性命和健全的心智，每一天，警方都失去一點點控制。

伊維特在辦公桌前坐了很長一段時間，眼睛望著那幾個褐色紙箱。

他想念那些聲音。

希婉的聲音。安妮的聲音。

他想念那個單純的年代。

華沙蕭邦國際機場的入境大廳總是過度擁擠，隨著機場擴建，出境和入境的旅客逐年增加。去年他在困惑的混亂旅客和行駛得太急太近的大型堆高機之間，已經兩度遺失行李。

畢耶．赫夫曼手裡握著小旅行包，經過行李轉盤，走進華沙這座城市。這座城市比起兩小時前他離開的斯德哥爾摩，面積來得更大。計程車內的深色皮革散發著香菸的氣味，有那麼一瞬間，當他望著窗外那個早已變化得讓他認不出來的城市，彷彿回到了童年。窄小的車子後座裡，媽咪和爹地坐在他的兩側，他們正要去探望奶奶。他打電話給沃德國際保全公司的亨利克，通知說飛機已經降落，他會準時前往開會地點。正要收線，卻聽見亨利克說另外還有兩個人會到場，那就是茲畢涅夫．巴洛斯和古謝高斯．車諾維克，沃德保全的副總裁和頂峰。過去三年，畢耶每個月都會去沃德保全國際總部和亨利克碰面，並逐漸贏得亨利克的信任，他能夠在組織裡一路往上爬，都是因為有亨利克在背後助他一臂之力。亨利克和許多人一樣信任畢耶，卻不知道自己信任的其實是個謊言。至於副總裁茲畢涅夫，畢耶只見過一次。茲畢涅夫是軍人出身，過去也擔任過祕密警察，他在華沙市中心的一棟陰森建築裡創辦並經營沃德保全母公司。茲畢涅夫官拜陸軍少校，腰桿總是打得挺直，依然以情報官員自居，只不過外表包覆了一層商人的形象。他們那些人都謹慎小心地稱呼自己為商人。畢耶不明白為什麼副總裁和頂峰要見他。他背倚著滿是煙味的皮椅，感覺胸腔裡有某種情緒蠢蠢欲動，那種情緒可能是恐懼。

夜晚路上車輛不多，計程車快速奔馳，經過了幾座大公園。計程車接近馬卡托夫區時，一棟棟優雅的大使館出現在骯髒的車窗外。畢耶輕輕拍了拍司機的肩膀，請司機暫時靠邊停車。他還有兩通電話要打。

「這樣車錢會更多喔。」

「麻煩你停車就是了。」

「這樣車錢會多二十茲拉第，我開的價錢是不包含暫停的。」

「停車就是了，我的老天。」

畢耶傾身向前，直接對著司機耳朵說話，司機沒刮鬍子的臉頰看起來柔軟有光澤。計程車在約翰三世大道上靠邊停了下來，停在一個報攤和跨越文森威托沙大道的天橋之間。畢耶站在夜晚的冷風中，聆聽蘇菲雅用疲憊的聲音說雨果和雷斯穆都已經睡了，他們的枕頭就在她身旁的沙發上，明天他們得早起，幼稚園要去納卡保護區遠足，幼稚園經常舉辦戶外遠足，這次的主題是森林和春天。

「畢耶？」

「怎麼了？」

「謝謝你的花。」

「我愛妳。」

他好愛她，離開她一晚是他能夠忍受的上限。過去他不曾有過這種感覺。認識蘇菲雅之前，他在無趣的飯店房間裡不會感受到孤獨的煎熬，那感覺就像是如果沒有一個人可以去愛，那麼連呼吸都失去了意義。

他不想收線，站在路上好一會，手裡握著手機，望著馬卡托夫區的豪宅，祈求她的聲音不會離去。但她的聲音終究還是離去了。他換了手機，又打了通電話。這時美國東岸的時間將近五點。

「半小時後寶拉要跟他們見面。」

「很好，但是感覺不太妙。」

「一切都在我的控制中。」

「他們可能會要求有人替維斯曼街的大失敗負起責任。」

「那不是大失敗。」

「有人死了！」

「那件事跟這裡的事無關，重要的是貨全部都安全運到了。命案造成的後續效應，我們只要咬牙熬個幾分鐘就過去了。」

「那是你自己說的。」

「等我見到你的時候會給你完整的報告。」

「十一點整在五號地點碰面。」

計程車司機按了聲喇叭，畢耶不耐煩地揮揮手，又在孤獨的黑暗和冰涼的空氣中站了幾分鐘。他回到了媽咪和爹地中間，穿過斯德哥爾摩和瑞典，前往一個名叫波多惠斯的小鎮，小鎮距離蘇聯邊界只有幾哩遠，位於一個如今稱為加里寧格勒的地區。然而他們從不稱呼加里寧格勒這個名字，他們拒絕這樣稱呼，對媽咪和爹地來說，那裡永遠都是哥尼斯堡，加里寧格勒是一群瘋子創造出來的[2]。他在父母的語氣中聽見輕蔑之意，但年紀幼小的他一直無法理解為何父母要離開一個他們如此思慕的地方。

2 Kaliningrad，加里寧格勒是一個和俄羅斯本土不相連的外飛地，二次大戰前原名哥尼斯堡，是普魯士王國的東普魯士首府。二次大戰結束後，德國戰敗，被當時的蘇聯併吞。一九四六年蘇聯最高元首加里寧過世後，為了紀念他，將哥尼斯堡改名為加里寧格勒。

計程車駛離文森威托沙大道時，那個猛按喇叭的司機高聲咒罵。車子經過修剪整齊的綠地和大型商業不動產，華沙市的這個地區沒什麼人，在這種房價順應供給需求法則的地區，人煙總是稀少。

他們一家人是在六〇年代末期移民的。他經常詢問父親他們為什麼要移民？但父親從不回答，於是他跑去纏問母親，母親只是稍微提到說他們搭上一艘船，當時她懷有身孕，還說那幾個月黑風高的夜晚在茫茫大海上，她心裡一直想說他們活不成了，但最後他們在瑞典一個名叫錫姆里斯港的地方附近上了岸。

計程車駛上羅威伊吉科夫街。還有十五分鐘車程。

這幾年他來過波蘭無數次，這個國家是他的祖國，他原本可能在這裡出生長大，長成非常不一樣的人，變得跟波多惠斯鎮的親戚一樣。那些親戚在他父母死後一直想跟他保持聯絡，努力了很久，由於他沒什麼回應，最後終於作罷。他為什麼要那樣做呢？他自己也不知道。他也不知道當他來到波多惠斯鎮附近時，為什麼不跟他們聯絡，也一直沒去探望。

「一共六十茲拉第，四十茲拉第是路程費，二十茲拉第是他媽的我們沒先說好的暫停費。」

畢耶在皮椅上留下一百茲拉第，開門下車。

眼前是一棟又大又陰暗的老樓房，坐落在馬卡托夫區中央，它可能是華沙最古老的建築物，七十年前曾被完全摧毀。亨利克正站在屋外的階梯上等他。兩人握了握手，但沒交談什麼；他們都是不懂閒聊的人。

會議室位於十樓走廊的盡頭，裡頭太亮太暖。副總裁和一個六十開外、應該是頂峰的男子，已在橢圓形會議桌的另一頭等候他。畢耶接受他們不必要的堅定握手，來到一張已為他拉開的椅子前坐下，面前桌上已放了一瓶水。

副總裁和頂峰的銳利眼神朝他射來，但他並未膽怯，倘若他膽怯，選擇退縮，一切就到此結束。

茲畢涅夫．巴洛斯與古謝高斯．車諾維克。

畢耶仍不知道那兩人之所以坐在那裡，是因為他就要死了，還是因為他又進一步地滲透到組織裡。

「車諾維克先生只會坐在這裡聆聽，我想你們應該沒見過面吧？」

畢耶朝身穿優雅西裝的男人點點頭。

「還沒見過，但久仰大名。」

他對那人露出微笑。這些年來，他經常在波蘭報紙和電視節目上看見對方。古謝高斯・車諾維克是個商人，畢耶曾在沃德保全的長走廊上聽見有人壓低聲音說起這名字。一如其他東歐國家的新興組織，古謝高斯的名字就是在一片混亂中崛起的，這片混亂指的是鐵幕圍牆突然崩塌，眾人爭相搶奪資本，經濟利益和犯罪利益從中浮現。在這樣的背景之下，軍人和警察建立了許多組織，這些組織的權力結構和過去的軍警單位如出一轍，最高層的長官稱為頂峰。古謝高斯是沃德保全的頂峰，而且是個完美的頂峰，是占據中央位置的一流人物，財力雄厚無比，在這個以法律為後盾的社會裡無人動得了他，他是結合經濟與犯罪的有力保證，同時具有金錢與暴力的一面。

「貨送到了？」

副總裁仔細觀察畢耶好一陣子之後才如此說道。

「對。」

「我想貨應該都很安全吧？」

「很安全。」

「我們會檢查。」

「一樣會很安全。」

「那就可以繼續往下談。」

就這樣，事情過去了。

今晚畢耶不會死。

他想大笑。緊張情緒消散之後，另一種情緒浮現出來，渴望宣洩，但茲畢涅夫還有話要說，只不過少了威脅、少了危險，比較是需要彰顯其地位的儀式性程序。

「我不喜歡你把我們的公寓弄成那樣。」

茲畢涅夫先問貨是否安全，然後才問公寓裡死人的事，他的聲音變得比較冷靜、友善，顯然是在談論一件比較不那麼重要的事。

「瑞典警方會請求波蘭警方來問話，我不希望我這裡的人必須去跟波蘭警方解釋，說他們為什麼會在斯德哥爾摩市中心租了一間公寓。」

畢耶知道這個問題他也必須回答，但他只是好整以暇，望著古謝高斯。**貨。我不喜歡你把我們的公寓弄成那樣**。這個受人尊敬的商人完全聽得懂他們在說些什麼。但話語是種詭異的東西，只要不被正式使用，就不存在。會議室裡沒有人提到二十七公斤的安非他命和命案，只要在場的人沒有一個處於狀況外就行了。

「如果按照協議，我的權責受到尊重，而且只有『我』可以領導瑞典行動的話，這件事就不會發生。」

「請你說明。」

「如果你的手下聽從我的指示，而不是自作主張，這種情況根本不會發生。」

瑞典行動。自作主張。這種情況。

畢耶再度望向頂峰。

這些用詞。我們都是為了你才這樣說話的。

但是你為什麼在這裡？你為什麼坐在我面前，聆聽我們述說這些意有所指卻又虛浮空洞的話語。

我的恐懼已經消失了。

但我仍不明白。

「我想這種事不會再發生了。」

畢耶並不答話。最後一句話必須留給副總裁。這就是事情運作的方式，畢耶知道該怎麼做，知道該如何玩這場遊戲，否則他知道自己死期將近。他只要一變成寶拉，就和死人無異，下場會和十小時前那個買家一樣，被送上一輛開往華沙偏僻小街的車上，身旁是兩個波蘭人，頭部被一把準備擊發的手槍抵住。

他熟知自己的角色、台詞、背景。他還不會死。死的會是別人。

頂峰有了動作，但是不多，只對副總裁確定地點點頭。

頂峰看起來很滿意。畢耶被認可了。

副總裁顯然希望並指望頂峰對畢耶的認可。他站起身來，臉上幾乎露出微笑。「我們計畫在封閉市場裡擴展生意。我們已經在你們附近的北歐國家投資並占有部分市場，現在我們要在你的國家瑞典推動相同的計畫。」

畢耶靜默地看向頂峰，又看向副總裁。

封閉市場。

也就是監獄。

萬向燈發出的刺目光芒反射在兩支金屬湯匙上。尼爾斯・克蘭茲舉起其中一支，在裡頭盛了淺藍色粉末和水，然後請伊維特・葛蘭斯掀開躺在房間中央桌子上那人身上的綠色被單。

那是一具赤裸男屍。

男屍膚色蒼白，體格健壯，年齡並不特別老。

一張沒有肌膚的臉，完好的身體頂端連接的是個骷髏頭。

那是副怪異的景象。頭骨已被清理乾淨，好讓人可以近距離觀察。阻礙答案清楚浮現的肌膚已被刮除。

「我們用的是海藻酸，效果很好。市面上有一些更昂貴的牌子，可是我們不會用來驗屍。」

刑事鑑識專家尼爾斯將骷髏頭的下顎從上顎拉開，再將盛了淺藍色液體的金屬湯匙伸進去，抵住上顎的牙齒，維持這個姿勢，等待液體變硬。

「照片、指紋、DNA、齒模，我喜歡這些玩意。」

他後退幾步，進入無菌室，朝法醫病理學家盧維・埃弗斯點點頭。

「射入傷口。」

盧維指著右太陽穴的光禿頭骨。

「子彈從**顳骨**進入，在這裡失速。」

他用手指在空中畫一條線，從太陽穴的大洞畫到頭骨中央。

「這是**下顎骨**，下巴的骨頭。彈道清楚顯示子彈外殼擊中下顎骨的堅硬骨骼，分裂成兩個較小的子彈，然後在頭部左側形成兩個射出傷口，一個穿過顳骨，一個穿過**額骨**。」

伊維特看著尼爾斯。打從一開始，刑事鑑識專家尼爾斯在那棟公寓的地板上說的話，就正確無誤。

「還有這個，伊維特，我想請你特別看看這個。」

盧維扶起死者的右臂。肌肉毫無反應，不久前還活生生的人體，現在摸起來竟如同橡膠一般，實在是一種奇特的感覺。

「看到沒？手腕上有清楚的痕跡，有人在他**死後**握住他的手。」

伊維特又看了尼爾斯一眼，尼爾斯滿意地點點頭。這一點也給尼爾斯說對了。死者死後，有人移動過他的手臂，為的是想將現場**布置**得看起來像自殺。

伊維特離開房間中央被燈光照得花白的解剖桌，來到走廊，打開一扇窗。外頭黑黝黝地，將近午夜的夜晚顯得更為深沉。

「沒有姓名，沒有背景。我需要更多線索，我需要更靠近他。」

伊維特望向尼爾斯，又望向盧維，等待著，直到法醫病理學家盧維清了清喉嚨。

總是會有更多線索。

「我檢查過他好幾顆牙齒的填充物，就拿下顎中央的這顆來說，這顆牙齒補了應該有八年，說不定都有十年了，很可能是在瑞典補的。我可以從補牙技術、品質、還有一種塑膠材質來進行推測，這種塑膠材質和歐洲大部分地區從台灣進口的材質有顯著的不同。上禮拜我這裡來了一具屍體，是個捷克人，他的下顎牙齒做過根管充填，裡頭用的都是黏固粉，跟……呃，那個捷克人跟我們面前這個人相比，以補牙技術來說，這個人的補牙品質還比較可以接受。」

法醫病理學家盧維將他的手從少了肌膚的臉部移到軀幹。「這個人割過盲腸，這裡有道疤痕，疤痕美容做得很好，從疤痕美容和大腸的縫合方式這兩點來看，盲腸手術應該是在瑞典的醫院做的。」

這時隱約有隆隆聲響傳來，感覺得到地面正在震動。時間將近午夜，一輛卡車穿過管制區，近距離駛過索爾納法醫研究所的窗戶。

盧維看見伊維特眼神中的詢問之意。

「沒什麼好擔心的，他們是要去附近卸貨，不知道載什麼東西，每天晚上都會來。」

盧維從解剖桌旁退開了些，讓伊維特站近一點比較重要。

「從牙齒填充物、盲腸以及我所研判的北歐人外表來看，伊維特，這個人是瑞典人。」

伊維特仔細觀察死者臉部，那是一張由被清洗過的白色骨骼組成的死亡面具。

我們在現場發現膽汁、安非他命、橡膠。

但這些東西並不是來自於你。

我們確定波蘭黑手黨進行了一場毒品交易。

但你是瑞典人。

你不是毒騾。你不是賣家。

你是買家。

「體內有毒品跡象嗎？」

「沒有。」

「你確定？」

「身上沒有注射針孔，血液和尿液裡什麼都沒發現。」

你是買家，可是你卻不吸毒。

伊維特轉頭望向尼爾斯。

「那通緊急報案電話。」

「怎麼樣？」

「你分析過了嗎？」

尼爾斯點點頭。「我剛從維斯曼街回來，我心中有個假設，所以回去查證。報案人在講出最後的『四樓』那句話之前，不是可以聽見一種聲音嗎？就在簡短的通話結束之前？」他看著伊維特，看見伊維特想了起來。「呃，直覺告訴我說那是廚房冰箱壓縮機的聲音，一樣的頻率，一樣的間隔。」

伊維特的手撫過死者的腿。

「所以報案電話是從那間廚房打來的？」

「對。」

「那口音呢？你覺得聽起來像瑞典人嗎？」

「完全沒有口音，說的是梅拉倫谷方言。」

「這麼說來，當波蘭黑手黨在進行這場最後演變成謀殺案的毒品交易時，現場有兩個瑞典人，其中一個躺在這裡，另一個打電話報案。」

他的手又撫上死者的腿，彷彿希望死者會突然動起來似的。

「你們在那裡做什麼？你們**兩個人**在那裡做什麼？」

原本他十分害怕，但他的死期還沒到。他首次見到了頂峰，那不代表死亡，反而代表他又更加深入了組織。他不知道自己是怎麼辦到或是在哪裡辦到的，只知道寶拉即將有所突破，為了這個突破，過去三年來，寶拉每分每秒都冒著生命危險。

畢耶·赫夫曼坐在燈光過亮的會議室裡，旁邊是張空椅子。身穿優雅西裝、一臉正派的古謝高斯剛離開，一起帶走了那些虛偽的話語，那些話語述說的是組織犯罪、金錢、以及為了取得更多金錢所行使的暴力。

副總裁說話時，嘴唇不再僵硬，也不再刻意挺直腰桿。他打開一瓶波蘭野牛草伏特加，調入蘋果汁。和上司共飲伏特加象徵的是親密和信任，因此畢耶對著那瓶裡頭漂浮著一根野牛草、等級並不特別高的伏特加露出微笑，這樣才符合禮節和習俗。他也對眼前這個前情報官員微笑。茲畢涅夫一絲不茍地提高對待層級，甚至還把醜醜的廚房玻璃杯換成兩個昂貴的手工吹製平底無腳酒杯，他那雙大手顯然不知道該如何拿著這樣的酒杯。

「Na zdrowie（**乾杯**）。」

兩人看著彼此雙眼，舉杯一飲而盡。副總裁又替彼此斟上了酒。

「敬封閉市場。」

茲畢涅夫喝乾了酒，斟上第三輪。

「現在有話可以直說了。」

「我比較喜歡這樣。」

第三杯酒被喝下了肚。

「瑞典市場。現在是時候了。」

畢耶發現自己突然坐立難安。沃德保全已經掌控了挪威、丹麥和芬蘭的市場。他開始明白這一切是怎麼回事了，也明白上司為什麼坐在這裡，明白自己為什麼手中拿著杯子，裡頭的液體嚐起來像野牛草和蘋果汁。

一直以來，他都是朝著這個目標前進。

「瑞典監獄裡大概有五千名犯人，其中幾乎百分之八十是安非他命、海洛英和酒精的大量使用者，對不對？」

「對。」

「十年前也是這樣對不對？」

「對，那時候也是這樣。」

畢耶曾在厄斯特羅克監獄蹲過，那十二個月淒慘無比。

「安非他命在街上的行情是一公克一百五十克朗，在監獄裡是三倍。海洛英在街上一公克賣一千克朗，在監獄裡也是三倍。」

茲畢涅夫曾經談過這些事，對象是在其他國家進行其他行動的同事。這些談話的重點都一樣，那就是數學計算。

「四千個被關起來的毒蟲──有安非他命癮頭的一天要用兩克，有海洛英癮頭的一天要用一克，只要一天的工夫，畢耶……就可以賺八到九百萬克朗。」

寶拉誕生於九年前。自此之後，畢耶每天都跟死神生活在一起。但是這一刻，現下這一刻，讓一切都值得了。所有那些該死的謊言、該死的操控技倆，都是為了這個目標，現在他終於達到目標了。

「這是個空前的行動，不過一開始的時候必須砸大錢，然後才能開始賺錢。」

副總裁看著他身旁那張空椅。

沃德保全有能力投資，也有本錢等待，可以一直等到封閉市場成為他們的囊中之物。沃德保全還有可靠的財力後盾，那就是東歐黑手黨的「顧問」，只不過財力更雄厚，力量更強大。

「沒錯，這是空前的行動，但也是可行的行動，而且將由你來率領。」

伊維特・葛蘭斯打開窗戶。他常在午夜時分開窗，聆聽庫霍斯教堂的鐘聲，然後再聆聽另一個教堂的鐘聲，他一直聽不出另一個鐘聲來自哪個教堂，只知道距離比較遠，每當晚風吞沒細微一點的聲音，他就聽不見那個教堂的鐘聲。他在辦公室裡踱來踱去，體內騷動著怪異的感覺。這是他頭一次在警署的傍晚和夜晚的黑暗中聽不見希婉的歌聲。他早已習慣帶著過去入睡，夜晚這個時候總是聆聽著自己錄製和混音的錄音帶。

這裡的東西沒有一樣跟平靜扯得上邊。

他從來沒被窗外那些夜晚聲響困擾過，現在卻已經開始討厭博格斯街上的車輛；車輛接近韓維卡街的陡坡時都會紛紛催動油門。他關上窗戶，在突來的寂靜中坐下，手中拿著國際刑警組織瑞典分部的嚴思・克羅菲亞剛傳來的傳真。傳真內容是訊問報告，他閱讀那份報告。他已被確切通知說那次訊問是瑞典警方請求的，訊問對象是維斯曼街七十九號那間公寓過去兩年的登記承租人，承租人是個波蘭公民。伊維特不曾見過那名男性承租人的波蘭姓名，也不知道如何發音，男子四十五歲，出生於格但斯克市，身分登記於華沙的選民登記簿。負責訊問男子的波蘭警方表示，男子沒有前科，過去也沒有犯罪嫌疑，而且毫無疑問，斯德哥爾摩命案發生當時，男子人在華沙。

你一定以某種形式涉案。

伊維特手中拿著傳真。

我們到達的時候，門是鎖著的。

他站了起來，走進漆黑的走廊。

大門沒有強行侵入和使用暴力的痕跡。他去咖啡販賣機買了兩杯咖啡。**有人使用鑰匙進出。**又在自動販賣機買了塑膠袋包裝的起士三明治和香蕉優格。**這個人跟你一定有關聯。**

他站在寂靜和黑暗中，喝完一杯咖啡，吃了半杯優格，卻將三明治丟進垃圾桶。三明治吃起來太乾，連他都覺得太乾。

他在這裡感到安全。

在這個又大又醜的警署裡，同事不是被吞沒就是躲了起來。這裡是他唯一待得下去的地方，的確，他在這裡總是知道要做什麼，他在這裡有歸屬感；如果他要的話，甚至可以睡在沙發上，以免在家裡的陽台度過漫漫長夜，和史菲亞路的夜色及永不停息的首都斯德哥爾摩作伴。

伊維特回到重案組唯一仍亮著燈的辦公室，來到被裝箱的音樂旁邊，輕輕踢了紙箱一腳。他甚至沒去參加喪禮。他付錢辦了喪禮，自己卻沒參加。他又踢了紙箱一腳，這次踢得比較用力。他希望當初自己去參加了喪禮，也許這樣她就會離去，真的離去。

嚴思的傳真仍躺在辦公桌上。一名波蘭公民，無論如何都和那具死屍沒有關聯。伊維特咒罵一聲，大步越過辦公室，踢了紙箱第三腳。他的鞋子在紙箱側邊留下一個小洞。案情毫無進展。他對事發經過毫無所悉，只知道波蘭黑手黨在進行毒品交易時，有兩名瑞典人在場，其中一名現在死了，另一人在廚房冰箱附近低聲打了通報案電話，這人口操瑞典語，沒有口音，這點尼爾斯十分確定。

有人被殺，你在那裡打了報案電話。

伊維特站在紙箱旁，腳沒再踢。

你不是殺人犯就是目擊證人。

他坐了下來，背倚紙箱，擋住了剛剛被踢出的洞。

殺人犯不會槍殺人之後，把現場布置得像自殺，然後再打電話報案。

他坐在那裡，背倚著禁忌的音樂，覺得很舒服，也許他可以在堅硬的地板上坐一整晚，坐到天明。

你是目擊證人。

他在窗邊坐了兩小時，看著微小的光點，那些光點在遠方時是那麼細小，然後才逐漸擴大，在黑暗中朝蕭邦國際機場的跑道沉落。午夜之前，畢耶．赫夫曼沒脫外衣，直接在硬實的飯店床鋪上躺了下來，試著入睡，但很快就宣告放棄。這一天以某人在他面前被殺揭開序幕，最後以他肩負重任、負責開拓瑞典監獄的毒品市場做為結束。這一切都還活生生地在他體內上演，這一切都還在他身體裡細語和尖叫，直到他不再摀住耳朵，等待入睡。

窗外夜風大作。歐凱謝飯店距離機場只有八百公尺，晚風不時掃過寬廣空地，吹得樹枝舞動不已，創造出瑰麗的點點光影。他喜歡坐在這裡，一坐就是整晚，對自己即將道別的這一小方波蘭景致望上最後一次。他總是觀察波蘭，卻不參與其中。他來到這個國家照理說應該會有回家的感覺，因為在這裡他有堂兄弟姊妹和叔叔伯伯，然而他雖然和那些親戚容貌相似，卻永遠不屬於這裡。

他誰都不是。

他對蘇菲亞說謊，蘇菲亞緊緊擁抱他。他對雨果和雷斯穆說謊，他們緊緊擁抱爹地。他對艾瑞克說謊。他對亨利克說謊。他剛剛才對茲畢涅夫說謊，又和茲畢涅夫乾了一杯野牛草伏特加。

他說謊說了那麼久，以致於遺忘了真實言語的面貌和感覺，遺忘了自己是誰。

細小光點已變成一架巨大客機，降落在跑道上。在強勁的側風吹襲下，機身晃了晃，小輪胎在柏油路面上不受控制地彈跳幾次，最後才穩定下來，帶著飛機朝入境大廳新建區域的登機梯滑行而去。

他朝窗戶傾身，額頭抵在冰涼的窗玻璃上。

這一天遲遲不肯結束，細語和尖叫依然持續著。

有個男子在他面前停止了呼吸。他明白得太遲。他們扮演的是同一個角色，玩的是同一種遊戲，只不過是替不同方面做事。男子也許有孩子、有妻子，也許在謊言裡活得太久，以致於不再知道自己是誰。

我的名字叫寶拉，你呢？

他坐在窗台上，看著窗外的夜色，哭了起來。

午夜時分的飯店客房，幾公里外是華沙市中心。有個活生生的人死在他手上。他不斷啜泣，直到淚水流乾，睡意來襲。他一頭栽進黑暗之中，面對那片黑暗，他無法說謊。

星期二

伊維特・葛蘭斯醒了。早晨第一道陽光穿透細薄的窗簾，刺激了他的雙眼。他還坐在地上，背倚著相互堆疊的三個紙箱。他在堅硬的油地毯上躺了下來，避開曙光，又睡了幾小時。這地方睡起來還不壞，他的背幾乎不痛，僵硬的那條腿幾乎一整晚都能伸直，如果睡在柔軟的燈芯絨沙發上，他的腿是伸不直的。以後再也不睡沙發了。

突然間，他完全清醒過來，翻過了身，面朝地面，用雙臂將笨重的軀體撐了起來。他從桌上的錫製筆筒裡抽起一支藍色簽字筆，拔開筆蓋，立刻聞到刺鼻的氣味。他用簽字筆在褐紙箱的每一側寫上了字。

PI瑪基維斯。

伊維特看著被膠帶封起的紙箱，高聲大笑。他和被裝箱的音樂睡在一起，覺得自己獲得了充分休息，他很久沒有這種感覺了。

他踩了幾個舞步，沒有歌聲，沒有音樂，只有單人舞步。

他試著抱起最上面的紙箱，但是太重，因此他將紙箱推出辦公室，沿著長走廊推到電梯前。電梯下降三層樓，來到地下室的儲藏空間。他又用簽字筆在紙箱上方寫下參考編號——19361231。接著他將紙箱推進另一條走廊，這條走廊甚至比上一條來得陰暗。他滿身大汗，將紙箱推進扣押物保管室開著的門內。

「艾納森。」

一名年輕的文職人員站在長長的木櫃台裡頭，那櫃台給人非常古老的感覺。每次伊維特來這裡，都會想起小時候放學回家路上常去的雜貨店，那家店靠近歐登布蘭廣場，早已不復存在，那地方現在是青少年咖啡館，去那裡消費的年輕客人喜歡喝加奶咖啡、喜歡比較手機。

「有什麼需要幫忙嗎？」

「我要艾納森保管這個箱子。」

「好，可是我……」

「我要艾納森。」

年輕職員大聲地哼了一聲，但沒再多發一語，離開櫃台去裡頭找跟伊維特同年齡的男子出來，男子的圓胖身體緊緊圍著黑色工作裙。

「伊維特。」

「多爾。」

多爾原本是個幹練的警察，和伊維特合作多年之後，一天早上突然坐了下來，解釋說自己再也無法面對這些醜陋的勾當，更別說加以調查了。當時他們聊了很多，伊維特了解到當一個人的生命有了活下去的目標，渴望去過一種沒有無意義死亡的生活，就會發生那種狀況。多爾只是坐在那裡，並不起身，直到長官打開通往地下室和扣押物保管室的門。那些扣押物屬於正在調查的案件，很少會陪伴你度過一整夜。

「我有箱子想請你保管。」

櫃台裡的老人多爾收下箱子，閱讀上面用藍色簽字筆寫下的方正字跡。

「ＰＩ瑪基維斯，這是什麼玩意？」

「瑪基維斯初步調查案（Preliminary Investigation Malmkvist）。」

「我知道，可是我沒聽說過這件案子。」

「這是不公開調查。」

「那就應該……」

「我希望你把箱子保管在這裡，收在安全的地方。」

「伊維特，我……」

多爾靜默下來，仔細看著伊維特好一會，又看著紙箱，臉上露出微笑。瑪基維斯初步調查。參考編號19361231。多爾露出大大的微笑。

「天啊，這不是她的生日嗎？」

伊維特點點頭。「不公開調查。」

「你確定嗎？」

「我會再拿兩個箱子下來。」

「既然如此……這種調查最好存放在這裡，我是說如果裡頭的東西很特別的話，總比放在不安全的閣樓或潮濕的地下室來得好。」

伊維特並未發覺自己有多緊張，直到他驚訝地感覺到自己的肩膀、手臂和雙腿慢慢放鬆下來。他一直不確定多爾會了解他的用意。

「我需要一些保管紀錄，所以要請你填寫這些表格，然後我就可以找個安全的地方保管。」

多爾遞給伊維特兩張空白表格和一支筆。

「在此同時，我會清楚標明這是機密資料，因為這些東西是機密，對不對？」

伊維特又點點頭。

「很好，那就只能對授權人士公開。」

曾經擔任警探、如今圍著黑色工作裙在地下室櫃台裡工作的多爾，在紙箱蓋口啪的一聲貼上紅色貼紙。那是張封條，除非來者表明身分，證明自己是伊維特．葛蘭斯，否則其他人一概不得撕開封條。

伊維特望著同事費力地抱起紙箱，朝架子走去，心中充滿感激。

多爾是那種不需要聽別人解釋的人。

伊維特將表格留在櫃台上，正要轉身離開，卻聽見一排排置物架之間傳來多爾的歌聲，唱的正是希婉・瑪基維斯的曲子。

我為你流的淚可以填滿整片海洋。

那首曲子是瑞典版的〈為愛癡狂〉（*Everybody's Somebody's Fool*）。伊維特停下腳步，朝窄小的保管區裡高喊。

「別唱了。」

但你不在乎我流了多少淚。

「艾納森！」伊維特大吼，多爾驚訝的面孔從一排架子裡探了出來。

「別唱了，艾納森，你打擾了我的哀悼。」

他離開時感到輕盈許多。地下室對他而言可說是具有吸引力的。他在電梯前搖了搖頭，決定爬三層樓梯回去。爬到一半，外套內袋的手機響了起來。

「喂？」

「維斯曼街七十九號的案子是不是往謀殺的方向偵查？」

伊維特氣喘吁吁，他甚少爬樓梯。

「請問你是？」

「你是哪位？」

對方說話帶有丹麥口音，但不難聽懂，可能來自哥本哈根附近。多年來，伊維特時常和丹麥哥本哈根地區的警方合作。

「電話是你打來的，還是我打去的？」

「抱歉，我叫雅各・安德森，是哥本哈根犯罪活動小組的組員，也就是你們的重案組。」

「有什麼事？」

「我想知道維斯曼街七十九號謀殺案是不是你率領調查的？」

「誰說這是謀殺案的？」

「我說的，而且我可能知道被害人是誰。」

伊維特在最後一格階梯上停下腳步，試著喘過氣來，同時等待自稱丹麥警察的這個人繼續往下說。

「要我等一下再打給你嗎？」

「你先掛斷。」

伊維特快步走回辦公室，在辦公桌第三格抽屜找到他要的檔案，翻了一下，攤開在面前，撥打哥本哈根警局總機的號碼，然後請總機轉接犯罪活動小組的雅各・安德森。

「我是安德森。」是同樣的聲音。

「掛上電話。」

伊維特又打電話給總機，請他們轉接雅各・安德森的手機。

「我是安德森。」

同樣的聲音。

「打開窗戶。」

「什麼？」

「如果你想知道答案，就打開窗戶。」

伊維特聽見對方將手機放在桌上，接著就聽見生鏽窗鉤轉動的聲音。

「打開了。」

「你看見什麼？」

「漢博許街。」

「還有什麼？」

「如果我探出頭，可以看見河水。」

「哥本哈根有一半的地方都看得見河水。」

「長橋。」

伊維特曾多次望著犯罪活動小組的窗外，他知道長橋下的河水在陽光照耀下正閃著粼粼波光。

「莫爾比坐在哪裡？」

「我的長官？」

「對。」

「在辦公室的另一頭，他現在不在位子上，不然……」

「克里斯汀森坐在哪裡？」

「這裡沒有人叫克里斯汀森。」

「很好。很好，安德森，我們可以繼續往下談了。」

伊維特等待著。電話是那個口操丹麥口音的警察打來的，因此要繼續說話的人應該是他。伊維特走到自己辦公室的窗前，陰鬱的警署中庭裡沒有河水可以看。

「我有理由相信死者是替我們工作的，如果可以的話，我想看看死者的照片，你可以傳一張照片給我嗎？」

伊維特拿起桌上的檔案夾，查看尼爾斯拍的照片是否仍在裡頭，那些照片是死者臉上仍有肌膚時，在公寓裡拍的。

「五分鐘後你就會收到，看完以後打給我，我等你電話。」

§

艾瑞克．威爾森喜歡走在斯德哥爾摩市中心的感覺。

路上可以看見瘋子、西裝、美女、推銷員、嬰兒車、跑步服、狗、單車，和到處閒晃的怪人。時間是十點半，都市的早晨。他走在剛修整完畢的人行道上，從警署走一小段路前往聖艾瑞克廣場，從那些路人之間走過。斯德哥爾摩的氣候比較涼爽，也比較容易呼吸；南喬治亞州已變得過於溫暖，再過幾星期就會變得令人難以忍受。他下午飛離紐華克國際機場，正好是當地時間五點過後，八小時後，清晨時分，他在阿蘭達機場降落。他在飛機上小睡了一下，儘管前面座位的兩位小姐不停聊天，旁邊座位的男子每隔五分鐘就大聲咳嗽，他還是睡著了。計程車接近市區和克羅諾伯區的警署時，他請司機先在維斯曼街七十九號停車；這個地址是寶拉給他的。艾瑞克對站在四樓公寓門口的保全警衛亮出證件。公寓大門用藍白封鎖帶貼了個X，上面有個標示寫說這裡是犯罪現場，禁止進入。他走進無人公寓。一天前，這裡有個男子被殺。他先查看客廳桌下地毯上那一大攤深色血跡。有一條生命在這裡隨著鮮血滲出而消逝。血跡旁有張翻倒的椅子，那是死亡的痕跡。他望向天花板的小孔，又望向附近廚房門板上的另一個小孔，那兩個小孔顯然是被分裂的子彈擊穿的。然後他站在用來標明客廳牆上褪色物體的圖釘和旗子旁，就子彈的角度和力道來說，那些圖釘和旗子十分耐人尋味。這就是他來這裡的原因，來分析血跡噴濺模式。為了下次碰面，他需要這些分析和寶拉的說詞。艾瑞克仔細觀察刑事鑑識員用兩條繩子標示出來的漏斗狀區域，這個區域的一端沒有旗子、沒有血跡、沒有腦組織。他仔細觀察並用心記憶，直到他確定子彈擊發時兩名重點人物的位置，也就是開槍者和未開槍者站立的地方。

艾瑞克望向窗外的船隻、火車和車輛，宜人微風吹送而來。這就是他為什麼很喜歡走路的原因，可以停步一會，欣賞風景。

昨晚他已經在手機上聽過寶拉對事件的敘述，現在他有機會在寧靜安詳的氛圍中觀察這間公寓。看來寶拉所言不虛。艾瑞克知道寶拉很有能力，如果寶拉必須在生死之間做出選擇，那麼他具備殺人的力量和能力。開槍的人有可能是寶拉，但現在艾瑞克很確定開槍的人不是他。寶拉每打來一通電話，口氣就越發煩躁和恐懼。他們兩人分別擔任聯絡者和滲透者，九年合作下來，緊密聯絡發展成信任，艾瑞克也學會分辨寶拉何時說的是真話。

他在聖艾瑞克廣場十七號門前停下腳步，那是一扇老木框門，中間鑲著易碎玻璃，十分靠近大馬路上的繁忙車流。

他環目四顧。一張臉孔從他面前經過，但沒注意他。他再次查看四周，才推門而入。

他離開維斯曼街那棟公寓裡的標記和噴濺血跡之後，搭上等候在樓下的計程車，前往克羅諾伯區，最後回到重案組辦公室。勤務管理系統顯示，已有一名警司被指派調查本案，那就是伊維特．葛蘭斯，助手是史文．桑奎斯特和瑪莉雅娜．海曼森。艾瑞克和伊維特在重案組共事多年，但艾瑞克卻不太認識這個脾氣古怪的警司。長久以來，他試著和伊維特建立溝通管道，伊維特卻一直無動於衷，最後他只好放棄，認為他的職業生涯中不需要一個老人的參與。那個老人曾是最厲害的刑警，如今一天到晚都在聽希婉的歌曲，活在悲苦的世界中。艾瑞克坐在電腦前，將勤務管理系統切換到報案系統，搜尋維斯曼街七十九號，並在過去十年找到三筆符合資料。他叫出最近一筆資料，看見資料內容是關於物品遭竊，一噸精煉銅被一個有著芬蘭姓名的男子在維斯曼街那棟公寓的一樓出售。

艾瑞克關上聖艾瑞克廣場十七號的大門，在寂靜中站立片刻，遠離繁鬧的車流。樓梯間頗為昏暗，他前去開燈，試了三次開關，燈都不亮，便改搭小電梯到五樓，一出電梯就來到工地。有間公寓正在翻修，可見房客已經搬走。他站在褐色防塵紙上，側耳細聽，直到確定這裡只有他一個人，才打開一扇上鎖的門，門上信箱寫著「史丹白」。他走進兩個房間和廚房，查看被透明塑膠套包住的家具。這是他行事的方式，城裡有幾個大房東給了他公寓鑰匙和施工時間表，這些公寓目前正在裝修，都沒人住。這裡就是五號地點。艾瑞克使用這間公寓不到一個月，在這裡見過幾個不同的滲透者。他會繼續使用這間公寓，直到公寓裝修完畢，房客搬回來為止。

他拉開廚房窗戶上的塑膠套，打開窗戶，望向公寓後方的社區庭院。庭院裡有仔細耙梳過的碎石小徑，兩個邊鞦韆和短溜滑梯旁擺著幾個新的戶外家具。寶拉隨時都會抵達，他會從對面那棟公寓的後門進入社區庭院，公寓大門的門牌是火神街十五號。他們總是利用空公寓和公寓後方的社區庭院，庭院可以從另一個地址的公寓進入。

艾瑞克關上窗戶，將塑膠套包回窗玻璃上，這時對面公寓的後門正好打開，寶拉匆匆踏上碎石路。

§

伊維特．葛蘭斯手裡拿著一個檔案夾，心焦如焚，檔案夾內裝有尼爾斯拍的死者照片。十分鐘前，他用傳真機傳了一張照片到哥本哈根的犯罪活動小組，那張照片拍的是死者頭部，已被清洗乾淨，上面仍有肌膚，是解剖前拍的。檔案夾裡另有三張照片，他邊等邊看那三張照片。一張是正面，一張是左臉，一張是右臉。他的工作中有很大量的時間是查看死者照片。他發現自己很難辨別照片中的人究竟是在睡覺，還是真的已經死了。但這幾張照片特別容易辨別，因為照片中的人頭部有三個大洞。倘若他尚未去過犯罪現場，或者照片是鑑識部人員送來或其他地區的同仁傳真來的，通常他會先查看死者頭部是否躺在閃亮的金屬台上，假使如此，那麼照片就是在驗屍時拍的。他又看著那幾張照片，心想死者到底長什麼樣子？如果有人仔細查看他躺在金屬台上的頭，他會怎麼想？

「我是葛蘭斯。」

電話終於響起，伊維特將檔案夾放回桌上。

「我是哥本哈根的雅各．安德森。」

「怎麼樣？」

「你傳來的照片。」

「是？」

「有可能是他。」

「是誰？」

「我一個線民。」

「誰？」

「我不能說，現在還不能，要等到非常確定之後，我才能說。我不希望不必要地洩露線民的身分，你應該明白這個規矩。」

伊維特明白這個規矩，但不喜歡。警方必須保護臥底線民的身分，現在的臥底線民越來越多，因此也越來越需要受到保護，有時這份保護的需求甚至高過警察之間互相提供正確資訊的需求。這年頭每個警察都可以稱呼自己為聯絡者，有權建立自己的「臥底線民」，為求保密，這些行動對於辦案通常是妨礙多於助益。

「你需要什麼？」

「你手上所有的資料。」

「我手上有齒模和指紋，正在等ＤＮＡ。」

「傳過來。」

「我馬上傳，你等一下打給我。」

躺在金屬台上的頭部。

伊維特的手指撫摸著相紙的光滑表面。

一名滲透者。來自哥本哈根。波蘭黑手黨施行處決式殺人時，他是公寓裡兩個會說瑞典語的人其中之一。

那麼另一人是誰？

§

畢耶・赫夫曼踏在碎石小徑上，穿過無趣的社區庭院，朝對面公寓的五樓瞥了一眼，正好在一扇未被塑膠套包起的窗戶內瞥見艾瑞克的頭。他搭上八點過後的第一班飛機，飛離蕭邦國際機場，搭乘的是ＬＯＴ波蘭航空公司班機。昨晚他將額頭抵在冰冷的窗框上睡著了，但他今天並不特別覺得累。昨天早上有人被殺，晚上又去華沙開了一場重要會議，這兩件事引發的焦慮和激增的腎上腺素仍在他胸口騷亂著；他正朝某個方向順利行進，卻不知道該如何踩煞車。他打過電話回家，電話是雷斯穆接的，雷斯穆不肯放下電話，因為他有好多話要說；很難完全聽懂他說些什麼，大概是一部卡通和好可怕的綠色怪物。畢耶吞口口水，身體抖了抖。當你極度思念某人，超過身體負荷，就會產生這種症狀。今天晚上他就能見到他們，他會將他們三人一起抱在懷裡，直到他們央求他放手。他走到柵欄邊，打開柵門，從火神街十五號的庭院走到聖艾瑞克廣場十七號的庭院，穿過後門，踏上依然昏暗的樓梯。他試了幾次電燈開關，燈就是不亮。他從不搭電梯，以免被困住，因此他爬上五段陡峭的階梯。每格階梯都鋪上了褐色防塵紙，很難走上階梯而不發出聲音。他查看門鈴和信箱上的名字。十一點整，寫著「史丹白」的那扇門準時打開。

艾瑞克已取下兩張椅子和廚房餐桌上的塑膠套，正在取下瓦斯爐和水槽下方櫥櫃上的塑膠套。他查看櫥櫃，找出一個平底鍋和一罐看起來像即溶咖啡的粉狀物。

「史丹白一家人請喝咖啡，天知道他們是誰。」

兩人坐了下來。

「蘇菲亞好嗎？」

「我不知道。」

「你不知道？」

「這幾天我們很少碰到面，但我們昨天晚上和今天早上講過很長的電話，我從她的口氣聽得出來，她知道我在說謊，說得比平常還多。」

「小心照顧她，你明白我的意思吧？」

「你知道我把她照顧得很好。」

「很好，非常好，畢耶。你的工作怎麼樣都比不上她跟孩子，我只是希望你記住這一點。」

畢耶不喜歡即溶咖啡，即溶咖啡會在口腔裡留下陳腐的後味，彷彿華沙的高貴餐廳供應的咖啡。

「他不應該說他是警察的。」

「他是警察嗎？」

「我不知道，我想應該不是，我想他的角色應該跟我一樣，他只是嚇壞了。」

艾瑞克點點頭。那人可能真的嚇壞了，驚慌之中，口裡冒出自以為可以保命的話，沒想到反而讓他送了命。

「我聽見他大喊**我是警察**，跟著就聽見手槍被扳到待發狀態，然後擊發。」

畢耶放下杯子。無論他多麼努力嘗試，即溶咖啡總是難以下嚥。

「我很久沒看見有人死在我面前了，他們停止呼吸後總是一片死寂，你試著抓住他們的最後一口氣，最後這口氣還是消散了。」

艾瑞克看著眼前那人，看見那人被死亡觸動，並深深自責；那人頗為削瘦，需要的時候可以硬起鐵石心腸，但現在簡直變了個人。從他們踏出滲透沃德國際保全公司的第一步開始算起，至今已經是第三年了。當時國際犯罪活動部判定沃德保全是新興東歐黑手黨分支所創立的公司，該公司已在挪威和丹麥建立據點。市警局的「臥底線民」主管人將情報資料交給艾瑞克，還特別說明寶拉的背景，指出波蘭語是寶拉的第二母語，而且ＡＳＰＥＮ、也就是犯罪情報資料庫裡有寶拉的檔案，犯罪資料非常牢靠，足以承受任何的查驗和調查。

現在他們終於有了突破。

寶拉具備勇氣、職權和犯罪實證，深入組織層峰，在華沙穿透到表面是波蘭保全公司的沃德保全幕後，和副總裁及頂峰直接面對面。

「我聽見他的手槍已經準備擊發，可是來不及了。」

艾瑞克看著他的滲透者和朋友，看著那張在畢耶和寶拉之間變換的面容。

「我試著讓他們冷靜下來，但也只能做到這樣……艾瑞克，我別無選擇，你明白吧，是不是？我有個角色得扮演，我必須扮演得很好才行，不然……不然我也會死。」

他總是出人意表；下一刻他的面容完全變成了寶拉。

「是他沒有扮演好自己的角色，就是有哪裡怪怪的，你必須讓真正的罪犯來扮演罪犯才行。」

艾瑞克不需要被說服，他很清楚狀況，他知道寶拉每天都冒著生命危險，像他這樣的告密者是會被同類憎惡的。但不知為何，他想測試畢耶是否真正清白，然後才盡力去替他爭取刑事豁免權。

「那一槍……」

「怎麼樣？」

「什麼角度？」

「我知道你想問什麼，艾瑞克，我也在射程範圍內。」

「什麼角度？」

畢耶知道艾瑞克必須問他這個問題，這是規矩。

「右太陽穴，左射角，槍口抵著頭。」

「你在哪裡？」

「就在死者對面。」

艾瑞克在腦海中回想他剛剛才去過的公寓，回想染有血跡的地板、牆上的旗標和沒有血跡及腦組織的錐形走廊。

「你的衣服呢？」

「什麼都沒沾到。」

目前為止畢耶的回答都正確。

死者對面的走廊上沒有血跡。

開槍者身上會被血液噴到。

「你的衣服還在嗎？」

「不在了，我都燒掉了，以策安全。」

畢耶知道艾瑞克要的是證據。

「不過我手上有凶手的衣服，我建議他把衣服脫下來拿給我燒掉，我把襯衫留下來，以備不時之需。」

總是要為自己打算，能信任的只有你自己。

這是畢耶的生存方式，這是他保持存活的手段。

「我想也是。」

「還有凶槍也在我這裡。」

艾瑞克微微一笑。

「報案電話呢？」

「是我打的。」

又是正確答案。

先前艾瑞克離開克羅諾伯區時——**十二點**——經過郡通訊中心——**三十七分**——順便聽了報案電話錄音——**五十秒**。

「我聽過報案電話了，你非常緊張，你當然有理由緊張。我們會想辦法解決這件事。待會我們道別之後，我就會去著手進行。」

§

伊維特．葛蘭斯等得頗不耐煩，這時距離他掛上電話已經二十分鐘了。核對一個死者的齒模和指紋要花多久時間？哥本哈根的警察雅各提到了線民。伊維特嘆了口氣。他看得見國家警察機關未來會變成什麼樣子：採用平民擔任臥底情報人員，成本比警探來得低。若有必要，警察還可以甩掉線民，棄之不顧，也就是將他們給「燒了」，不必負責，也不必應付好鬥的工會。這個未來他不會參與，屆時他已退休，屆時警察可以和出賣同伴的罪犯相互取代。

二十四分鐘。他自己打了過去。

「我是安德森。」

「你花的時間也太長了吧。」

「哈，是你，伊維特．葛蘭斯。」

「怎麼樣了？」

「是他。」

「你確定？」

「有指紋就夠了。」

「他是誰？」

「我們都叫他卡森，是我手下一個優秀的滲透者。」

「媽的別說什麼代號。」

「你知道規矩，身為聯絡者，我不能……」

「我正在調查一件命案，對你的保密規矩一點興趣也沒有。我要姓名、身分證字號、還有地址。」

「你得不到的。」

「婚姻狀況、鞋子尺寸、性向、內褲尺寸。我要知道他為什麼會出現在命案現場，他替誰工作，我什麼都要知道。」

「你得不到這些資料的，他是參與這場行動的其中一個滲透者，所以你絕對得不到任何資料。」

伊維特將話筒摔到桌上，又拿起話筒大吼：「好……讓我看看……首先呢，丹麥警方在瑞典領土行動，卻沒通知瑞典警方！當事跡敗露，行動以命案收場，丹麥警方還是不肯提供資料給瑞典警方，連瑞典警方正努力想偵破命案，你們還是堅持不肯。安德森，這樣聽起來是不是很難聽？」

話筒又被摔到桌上，這次更用力。他不再大吼，突然轉為輕聲細語。

「我知道你有你的職責，安德森，所以才會做出這種行為，可是我也有我的職責。如果我沒在……二十四小時之內解決這件事，我們就得碰面，不管你怎麼想，我們都要交換資料，直到再沒有什麼資料可以交換為止。」

§

畢耶．赫夫曼覺得自己輕盈許多。

他正確地回答了副總裁對於維斯曼街事件的提問，避免自己被送到華沙市郊，腦袋吃上兩顆子彈。他剛剛也正確地回答了艾瑞克的提問；只有一個人可以證實他真正的任務，那個人就是艾瑞克，而艾瑞克正在設法讓他避免受審和判刑。

和頂峰在華沙舉行的那場會議，沃德保全方面提出了金援保證，準備進軍瑞典的封閉市場，這正是瑞典警方引頸期盼的。

「四千個犯人。大量使用者。貨是高牆外的三倍價錢。一天可以賺八到九百萬克朗，當然前提是每個人都付錢。」

畢耶拉開廚房餐桌上的塑膠套。

「但計畫不止這樣。」

艾瑞克背靠椅背，仔細聆聽。這一刻讓一切都值得了。經過了地獄般的三年，他們打造出一個人、一個角色，甘冒凶險穿透組織，除此之外沒有其他方式可以接近組織。寶拉提供的資訊抵得上四十名警探的工作，他比瑞典警方更了解這個犯罪集團。

「計畫是同時掌控監獄外的市場。」

就是這一刻驅動著畢耶，讓他承受曝光的危險和持續的威脅。

「監獄裡有很多人付得起買毒品的錢，他們有的是錢。」

這一刻，組織即將擴張，取得權力，變得不同。

「有些犯人沒有付款能力，但我們還是會繼續供應毒品，讓他們繼續吸食，等他們服完刑期，拿到幾件T恤、三百克朗和一張返鄉車票，我們就吸收他們成為沃德保全的成員。我們會用這種方式在監獄外招收新的罪犯。他們被釋放後，就會面臨兩個選擇，不是替我們工作償債，就是腦袋吃上兩顆子彈。」

這一刻，瑞典警方可以採取行動，遏止犯罪集團的擴張，良機稍縱即逝。

「你明白嗎，艾瑞克？這個國家有五十六座監獄，還有更多監獄正在興建當中，沃德保全將會控制每座監獄，在外頭還會建立一個由負債重刑犯組成的大軍。」

東歐黑手黨的三大勢力範圍。

軍火。賣淫。販毒。

艾瑞克坐在那張待會又會被塑膠套罩住的餐桌前，窗外是社區庭院的景觀。犯罪集團呼風喚雨，警方只能旁觀，束手無策。如今沃德保全即將跨出最後一步，先征服監獄，再征服街道。但這次有著極大的不同，這次警方有個臥底線民滲透到了沃德層峰，警方掌握了發動掃蕩和反攻的最佳地點、方式和時機。

艾瑞克看著寶拉打開又關上柵門，消失在庭院另一頭的公寓裡。

該去進行另一場會議了。

地點在政府機關。

他們必須確保畢耶不必為維斯曼街七十九號命案負責，這樣才能繼續進行滲透，甚至是在監獄裡進行滲透。

辦公室的角落裡還有兩個紙箱。不久他就會將紙箱推進走廊，再推到地下室，交給多爾，讓紙箱受到機密印章的保護，安全地存放在適當的地方。

她是獨自離開這個世界的。

當時他並不明白一切只和他自己有關，和他的恐懼以及他感到多麼孤單有關。

他甚至沒去參加喪禮。她下葬時，他身穿黑西裝，鬍子刮得乾乾淨淨，躺在辦公室的燈芯絨沙發上，瞪著天花板。

伊維特．葛蘭斯別過頭去。他無法忍受看見那兩個紙箱，紙箱和她有那麼強烈的關係。他感到羞愧。

他試著暫時忘記維斯曼街七十九號。案情毫無頭緒，他桌上又有一大堆調查中的案件，每過一小時，那些案子就變得更陳舊、更難處理。他粗略地翻閱初步調查檔案，將它們一個接一個推到旁邊。**勒索未遂**：滿臉痘痘的青年在南站附近地區，威脅圓環中心一家商店的店主。**竊車**：一輛無標誌警車在聖艾瑞克橋下的隧道裡被發現，車上的電腦和通訊設備全被洗劫一空。**婦女受侵犯**：一名前夫不斷違反禁制令，前往前妻位於西碧雷街的住所。沉悶無趣，缺乏靈魂。但這類調查案是他的日常工作，他想晚一點再來處理。事實上他處理這類案件很有一套，但現在這些都先得擱在旁邊，因為有具男性屍體擋在中間。

「請進。」

有人敲門。連敲門聲都在這間少了音樂的辦公室裡來回繚繞。

「請問你有空嗎？」

伊維特抬頭朝門口看去，看見一個他不是那麼喜歡的人。他也不知道自己為什麼不喜歡那人，沒有確切原因，有時事情就是這樣，你說不上來那是什麼，卻時常令你不悅。

「我沒空。」

濃密金髮，修長身材，清亮雙目，口才伶俐，智力發達，想必很有魅力，依然十分年輕。艾瑞克．威爾森擁有的一切，伊維特．葛蘭斯都沒有。

「連回答一個簡單問題的時間都沒有？」

伊維特嘆了口氣。

「天底下沒有所謂簡單問題這回事。」

艾瑞克微微一笑，走進門來。伊維特正要出言抗議，卻硬生生把話嚥了回去。艾瑞克是共用這條走廊的同事中，少數不曾抱怨伊維特把音樂開得那麼大聲的人，因此他也許有權利突然造訪這間寂靜的辦公室。

「維斯曼街七十九號。槍擊命案。如果我沒查錯的話……這件案子是你負責調查的？」

「那是你說的。」

艾瑞克直視那個壞脾氣警司的雙眼，昨天他在電腦上查了一下報案系統，找到一個好理由來隱藏他真正的意圖。

「我只是突然想到，命案是發生在一樓嗎？」

芬蘭姓名，遭竊物品，一噸精煉銅。

「不是。」

登記資料中有件已終結的案子，還有個已生效的判決。

「一年前，我在同樣的地址調查過案子，一名芬蘭男子偷了大量的精煉銅。」

那是個伊維特並未調查的小案子，所以他缺少一些艾瑞克對那件案子的了解。

「然後呢？」

「因為是同一個地址，我只是好奇，這兩件案子會不會有關聯？」

「沒有。」

「你確定嗎？」

「我確定，這件案子和波蘭人有關，還涉及一個已經死亡的丹麥滲透者。」

艾瑞克得到了他要的資料。

伊維特正在進行調查。

伊維特已經得到危險資料。

而且伊維特會繼續深入挖掘案情。那個老警司正在發光，就彷彿過去他處在顛峰時期那樣，有時會發光。

「滲透者？」

「你……我想這跟你一點關係也沒有。」

「呃，你勾起了我的好奇心。」

「出去的時候把門帶上。」

「門！」

艾瑞克並未抗議，他問到的已經夠多了。伊維特的聲音穿透塵埃射來時，艾瑞克已踏進走廊。

艾瑞克後退兩步，關上了門，走進隔壁幾間辦公室。

那是總警司菲列克．約蘭松的辦公室。

「艾瑞克？」

「請問你有空嗎？」

「請坐。」

艾瑞克在總警司菲列克面前坐了下來。菲列克是艾瑞克的長官，也是伊維特的長官，同時也是市警區的臥底線民主管。

「你有麻煩了。」

艾瑞克看著菲列克。這間辦公室很大，辦公桌很大，也許這就是為什麼菲列克看起來總是那麼小的緣故。

「是嗎？」

「我剛剛去找伊維特．葛蘭斯，他正在調查維斯曼街的命案，問題在於那件案子不是我調查的，可是現在我卻比那件案子的負責人知道得更多。」

「我不明白這為什麼會是個問題。」

「寶拉。」

「怎樣？」

「你還記得他嗎？」

「我記得。」

艾瑞克知道自己必須詳盡說明。

「命案發生當時他在現場。」

§

電腦自動語音。

十二點三十七分五十秒。

刮擦聲。電話顯然是在室內打的。聲音緊張細小，沒有口音。

有人死了，維斯曼街七十九號，四樓。

「再放一次。」

尼爾斯．克蘭茲按下CD隨身聽的播放鍵，小心調整喇叭。這時他們都已認出那蓋過最後兩個字的冰箱嗡嗡聲。

「再放一次。」

伊維特聆聽這唯一和目擊者有關的線索，此人目擊整起命案，然後決定消失。

「再一次。」

刑事鑑識專家尼爾斯搖搖頭。

「我還有很多事要做，伊維特，不過我可以燒一張CD給你，你愛聽多少次就聽多少次。」

尼爾斯將報案電話的聲音檔燒在另一張CD上，那通電話是郡通訊中心在男子中槍幾分鐘後收到的。

「這要怎麼用？」

「你沒有CD隨身聽嗎？」

「有一次我跟奧格斯坦吵過架以後，他好像給過我一台，因為我跟他在一宗父親槍殺女兒的命案上有不同意見。我要CD隨身聽幹嘛？」

「來，這台借你，用完以後還我。」

「再放一次。」

尼爾斯又搖搖頭。

「伊維特？」

「是？」

「你不知道怎麼用CD隨身聽嗎？」

「不知道。」

「戴上耳機，按下播放鍵，你可以的。」

伊維特在鑑識部盡量找了個偏僻的角落坐下，隨便按下幾個按鈕，又輕輕拉了拉頗長的耳機線，突然嚇得跳了起來。報案電話的聲音忽然出現在耳機裡。

關於他在尋找的這個目擊者，他手上握有的線索只有這通電話。

「還有一件事。」

尼爾斯朝他的耳朵指了指，伊維特摘下耳機。

「我們搜查過維斯曼街七十九號，每個房間都搜過了，沒找到任何跟命案相關的證據。」

「再查一次。」

「提醒你，我們做事可不馬虎，如果我們第一次沒找到證據，第二次也不會找到，這你應該知道，伊維特。」

伊維特並不知道，但他知道公寓裡沒有其他線索了，現在他完全不知道該從何處開始查起才好。他手裡拿著CD隨身聽，快步穿過占地遼闊的警署，朝庫霍斯街的出口走去。幾分鐘後，他在人行道上攔下一輛警車，打開車門，坐上後座，要求滿臉訝異的員警載他去維斯曼街七十九號，並在樓下等他。

他上四樓前，只在一扇門前稍作停留，那扇門的名牌上寫著芬蘭姓名，也就是今早艾瑞克逼他討論的那個。接著他朝發生命案的那戶公寓走去，只見門口仍有身穿綠色制服的特約保全警衛看守。他看著那一大攤血跡和牆上的標記，但這次引起他興趣的是廚房，以及靠近冰箱的區域，尼爾斯百分之百確定目擊者就是在那個區域撥打報案電話。**你雖然害怕，說話還是很冷靜。**他戴上耳機，按下兩個按鍵，那兩個按鍵他之前按下去發揮了作用。**你行事精細果斷、有條有理。**那個聲音又出現在耳機裡。**你雖然身在混亂當中，卻可以切割自己的情緒，繼續行動。**伊維特在水槽和料理台之間踱步，就在目擊者撥打報案電話的地方聆聽電話錄音。目擊者低聲說有人死了，同時門的另一邊有人正站在大量流血的屍體旁。**你涉入這起命案，卻選擇報案，然後消失。**

「這玩意真是他媽的棒透了。」

他步下樓梯，一邊打電話給尼爾斯。

「你在說什麼啊？」

「就是你借我的這台機器啊，我的老天，我隨時隨地都可以聽，想聽幾次就聽幾次。」

「真棒，伊維特，太棒了，再聊囉。」

那輛警車並排停在門前，等待著他，駕車員警坐在方向盤前待命，依然繫著安全帶。

伊維特費勁地爬上後座。

「阿蘭達。」

「什麼？」

「我要去阿蘭達機場。」

「你知道，這可不是計程車，再過十五分鐘我就下班了。」

「那你應該打開藍色警示燈，這樣會比較快。」

伊維特靠上椅背，警車朝北門和北上E4公路的方向駛去。**你是誰？**他戴上耳機。車子抵達第五航廈前，他還可以再反覆聽很多次。**你在那裡做什麼？**他要去見某人，這個人至少比較了解當時在公寓裡的另一人，當時有一發由鉛和鈦製成的子彈射穿那人的腦袋。要是沒得到更多資料，他就不回來。**現在你在哪裡？**

§

他手裡拿著塑膠袋，塑膠袋在方向盤和車門之間緩緩擺動。

早上十一點半，畢耶．赫夫曼離開五號地點。五號地點是一間無人公寓，可以從兩個地址進入。他感到壓力沉重。維斯曼街的槍殺案；沃德保全的突破；被信任或可能被判處死刑；留下或逃跑。他關上社區庭院的柵門時，手機響起。是幼稚園的人打來的，說他兩個兒子發燒，臉頰火燙，正躺在沙發上，請他趕快來接他們回家。他直接前往伊安多蘭區的海頓幼稚園，接了兩個渾身發燙、昏昏欲睡的兒子，返回伊安克區的住家。

他看著塑膠袋，看著裡頭的襯衫，看見灰白相間的格子襯衫上覆蓋著一個人的鮮血和腦組織。

到家之後，他將兩個兒子抱上了床，他們手裡各自抓著一本看都沒看的漫畫書，沉沉睡去。他打電話給蘇菲亞，答應留在家裡陪兒子，蘇菲亞對著話筒親了兩下——總是要親偶數才行。

他望出車窗，看著商店門口上方的時鐘。還有六分鐘。他轉過頭去，只見兩個兒子靜靜坐著，眼睛晶亮，身體垂軟，雷斯穆幾乎躺在後座上。

先前他在家裡照顧兒子，不時憂心地撫摸兒子昏睡發熱的臉頰，心裡明白自己別無選擇。冰箱裡有一瓶「卡波」小兒感冒糖漿。兩個兒子在抗議說糖漿好難喝、寧願生病也不願意喝之後，終於乖乖喝下甜點湯匙裡的雙份糖漿。然後他將他們抱上車，駕車行駛一小段路，往史路森區和南城區的方向駛去，在賀肯斯街一號的大門幾百公尺外停好了車。

雷斯穆已經躺在後座上，雨果半躺在雷斯穆身上。卡波感冒糖漿發揮了神奇功效，他們灼熱的臉頰已經沒那麼紅了。

畢耶．赫夫曼覺得胸口浮現一種感覺，可能是羞愧感。

很抱歉，我不應該帶你們來這裡的。

打從一開始，畢耶被吸收為臥底線民時，他就對自己發過誓，絕對不讓自己所愛之人暴露於危險之中。就這麼一次，下不為例。幾年前這種事差點發生，家裡有人敲門，來了兩名意外的訪客。蘇菲亞請兩人進來喝咖啡，殷勤地款待客人，完全不知道自己招待的是什麼人。那兩人是沃德保全的副總裁和第四把交椅，他們只是來查探組織裡步步高升的紅人底細。事後畢耶對蘇菲亞解釋說，那兩人是他的客戶。一如往常，蘇菲亞相信了他。

再兩分鐘。

他傾身到後座，吻了吻兩個兒子意外清涼的額頭，說爹地必須讓他們自己在車上待一會，他們必須答應爹地在車上乖乖坐好，像大男孩一樣。

他鎖上車門，走進賀肯斯街一號的大門。

二十分鐘前，艾瑞克走進傑德街十五號的大門，這時正在二樓窗前看著寶拉，一如往常，他看見寶拉穿過社區庭院。

十四點整，四號地點碰面。

一間無人公寓。市中心的一棟美麗公寓。這間公寓接下來幾個月都會進行裝修，這是六個會面地點的其中一個。畢耶爬上兩段樓梯，來到一扇門前，信箱上的名牌寫著「林斯卓」。他對艾瑞克點點頭，將塑膠袋交給他。塑膠袋原本被鎖在他的槍櫃中，裡頭裝著沾有血跡和射擊殘跡的襯衫，也就是二十四小時前馬力歐斯所穿的襯衫。他快步回到兩個兒子身旁。

§

北歐航空班機通往哥本哈根機場跑道的登機梯以鋁金屬製成，梯面甚窄，很難一次只踏一格，要踏兩格又顯得太高。伊維特．葛蘭斯瞧了瞧其他同機乘客，只見大家都遭遇相同的問題，每個人都笨拙地步下樓梯，朝等著接送他們前往航廈的小巴士走去。伊維特在最後一格樓梯旁等了片刻，就看見一輛漆有藍色條紋、上頭寫著「警察」的白色警車開了過來。警車駕駛人是名身穿制服的年輕員警，和不到一小時前送他到阿蘭達機場出境大廳的瑞典員警頗為相似。年經員警快步下車，替伊維特打開後座車門，並對這名瑞典警司行禮。行禮。已經好久沒人對他行禮了。他在七〇年代也對長官行過這種禮。現在似乎已經沒有人在行禮了，如今他已成為別人的長官，這種改變他倒是很高興。他覺得那些表達順從的舉手禮令他很難消化。

後座坐著另外一人。

那人是男子，年齡四十開外，身穿便服，和史文頗為相似，是那種看起來和和氣氣的警察。

「我是雅各．安德森。」

伊維特微微一笑。

「你說你們的辦公室看出去可以看見長橋。」

「歡迎來到哥本哈根。」

警車行駛四百公尺，停在一扇門前，那扇門大概位於航廈中央。他們走進機場警局。伊維特來過這裡幾次，他朝裡頭的會議室走去，會議室的桌上擺著咖啡和丹麥派酥。

他們派警車來接你，在機場警局訂下一間會議室，還奉上咖啡和派酥。

伊維特看著丹麥警察雅各揀出塑膠杯和糖包。

感覺很好，尷尬的疏離感和反對合作的靜默彷彿都在瞬間蒸發。

雅各吃了一塊黏答答的派酥，手指在褲子上抹了抹，拿出一張Ａ４照片放在會議桌中央。那是一張放大了好幾倍的彩色影印。伊維特細看那張照片，照片中的男子介於三十到四十歲之間，平頭金髮，長相粗野。

「他就是卡森。」

盧維在解剖室裡曾說，死者具有北歐人的相貌，身上動過的外科手術和補牙技術顯示他可能是在瑞典長大的。

「我們這裡用的系統跟你們不太一樣，男性線民就用男性代號，女性線民就用女性代號，何必要把事情搞得那麼複雜？」

「卡森，本名叫做顏斯·克里斯汀·托夫。」

我在地板上見過你，你頭上有三個大洞。

後來我在盧維的解剖台上見到你，你的臉上已經沒有肌膚了。

「丹麥公民，但在瑞典出生長大，因為重傷害罪和勒索罪入獄，在哥本哈根的維斯托監獄Ｄ區服刑，也在那裡被我們吸收。我們吸收線民的方式跟你們差不多，有時我們甚至會在他們發回重審的時候加以吸收。」

我認得你，就是你，就算是在解剖前拍的那張照片裡，你的頭部被清洗乾淨了，但看起來還是你。

「我們訓練他，替他建立一個背景。哥本哈根市警局支付薪資，雇用他擔任滲透者，請他盡量去跟大型犯罪集團洽談交易，像是地獄天使幫、惡棍之徒幫、俄國黑手黨、南斯拉夫黑手黨、墨西哥黑手黨……還有任何其他你想得到的黑手黨。這是他第三次跟波蘭犯罪集團『沃德』做買賣。」

「沃德？」

「就是沃德國際保全公司。警衛、保鑣、CIT，這些是他們檯面上的業務，就跟所有東歐國家的犯罪集團一樣，他們都有個冠冕堂皇的外表。」

「波蘭黑手黨，現在它有了名字，叫做沃德。」

「不過這是卡森第一次跟沃德在瑞典交易，而且是在沒有後援的狀況下進行。我們希望避免在瑞典領土上執行任務，所以這次是我們所謂的『控制外交易』。」

伊維特向雅各道歉，離開會議室，一手拿著死者照片，一手拿著手機，走進出境大廳，避開旅客匆匆拖向排隊隊伍的行李。

「史文？」

「是？」

「你在哪裡？」

「在我的辦公室。」

「你去電腦上進入所有的資料庫，全面搜尋一個名叫顏斯．克里斯汀．托夫的人，他出生於一九六五年。」

伊維特彎下腰，撿起一個包包。一個滿臉微笑、皮膚曬紅的老婦人推著推車經過，包包就是從她的推車上掉下來的。老婦向伊維特道謝，他回以微笑，耳中聽見史文拉開椅子，又聽見有點刺耳的聲音，那是電腦開機的聲音。

「準備好了嗎？」

「還沒。」

「我時間不多。」

「伊維特，我正在登入，要花點時間，這我無能為力。」

「你可以讓電腦開機開得快一點。」

伊維特聆聽了幾分鐘敲打鍵盤的聲音，在旅客和報到櫃台之間焦急踱步，等待史文的回音。

「完全搜尋不到。」

「每個資料庫都沒有？」

「沒有犯罪紀錄，也沒有駕照登記資料，他不是瑞典公民，他的指紋沒有紀錄，他也不在犯罪情報資料庫裡。」

伊維特放慢腳步，在熙熙攘攘的出境大廳裡繞圓圈。

他得到了死者姓名，現在他知道躺在客廳地上深色血泊中的人是誰了。

但這對他來說毫無意義可言。

他對死者沒有興趣。除非死者身分可以協助他接近凶手，否則一點意義也沒有。核對死者姓名是他的份內工作，但死者姓名卻在瑞典的登記資料庫裡找不到，因此有了死者姓名跟沒有其實沒有多大分別。

「我要你聽聽這個。」

伊維特再度在卡索普區的機場警局會議室內坐了下來，面前是超大的丹麥派酥。

「等一下。」

「雖然不多，但這是我手上僅有的線索。」

緊急報案電話中低聲細語的那幾個字，依然是他最接近凶手的線索。

「等一下，葛蘭斯，在我們繼續談話之前，我想確定你完全明白我們這次會面的條件。」

雅各接過ＣＤ隨身聽和耳機，放在桌上。

「之前我不能在電話上透露任何資料，是因為我想知道你是什麼人，我想知道你可不可以被信任，因為一旦卡森為我們工作的事情曝光了，他向沃德保全推薦和背書的其他滲透者也可能會喪命，所以我們在這裡的談話內容絕對不能洩露出去，這個條件你可以接受嗎？」

「我不喜歡圍繞在線民周圍的這些陰謀和間諜活動，它們會干擾其他的調查工作。」

「可以嗎？」

「好。」

雅各戴上耳機聆聽。

「有人在那間公寓裡報案。」

「我知道。」

「是他的聲音嗎？」伊維特指著桌上的照片。

「不是。」

「你有沒有聽過這個人的聲音？」

「我得再聽一次才能給你確切的回答。」

「這是我們僅有的線索。」

雅各又聽了一次。

「沒聽過，我不認得這個聲音。」

卡森──又名顏斯．克里斯汀．托夫──在照片中已然死亡，然而照片中那雙眼睛卻像是在看著他。伊維特不喜歡這種感覺。他拉過照片，翻了個面。

「我對他沒興趣。我對殺害他的人比較有興趣。我想知道還有誰在那間公寓裡。」

「我不知道。」

「他執行的是你的行動，你應該很清楚他要去見誰！」

雅各不喜歡沒事拉高嗓門的人。

「你再這樣跟我說話，這次會面就立刻結束。」

「這場行動是你……」

「明白嗎？」

「明白。」

丹麥警司雅各繼續往下說。

「我只知道卡森要去跟沃德的代表和一個瑞典聯絡人碰面，可是我不知道那些人的姓名。」

「瑞典聯絡人？」

「對。」

「你確定？」

「我得到的訊息是這樣。」

波蘭黑手黨進行毒品交易的那間公寓裡，有兩個口操瑞典語的人在場。其中一人死亡，另一人打了報案電話。

「原來是你。」

雅各看著伊維特，愣了一愣。

「你說什麼？」

「瑞典聯絡人。」

「你在說什麼？」

「我在說我要揪出這個混帳。」

§

他家距離車水馬龍的尼納斯公路只有幾百公尺，公路上轟隆隆的車聲好似打雷，但只要轉入幾條小街，經過一所學校和一座小公園，就會發現裡頭別有洞天。畢耶．赫夫曼打開車門，側耳傾聽，仍能聽見重型卡車相互超車發出的嗡嗡聲響。

他駕車拐了個彎，就看見她站在車庫門前的車道上等候他們。她十分美麗，腳上穿著拖鞋，身上衣服單薄。

「你跑哪裡去了？孩子呢？」

蘇菲雅打開後座車門，摸了摸雷斯穆的臉頰，將他抱了起來。

「有兩個客戶，我把他們給忘了。」

「客戶？」

「有個警衛要拿防彈背心，還有一家店需要調整警報系統。我沒有其他選擇，只能帶他們一起去，他們只在後座等了一下。」

蘇菲雅摸了摸兩個兒子的額頭。

「沒有很燙。」

「太好了。」

「說不定他們好多了。」

「希望是。」

我隨口編了幾個謊言，親吻她的臉頰，她聞起來有蘇菲雅的味道。多麼容易。這我非常在行。

但我沒辦法再說謊了，我不想對她說謊，不想對孩子說謊，謊話再也說不出口了。

夫妻倆抱著發燒的兩個兒子進屋裡去，腳下的木樓梯咯吱作響。他們將兩個兒子抱上床，將他們的嬌小身軀蓋在白色被子底下。兩個兒子已經入睡，又打鼾又鼻塞，和其他正在對抗感冒病菌的人有著同樣的症狀。他試著回想過去的日子，那時候這個世界上他最愛的小男孩還沒出生，過的盡是些空虛的日子，他需要考慮的只有自己。那些日子他記得十分清楚，如今回想起來卻毫無感覺。他一直無法理解，為什麼當嬌小無比的小寶寶來到他的生命中，睜大眼睛看著他，叫他爹地之後，過去那些非常重要、非常強烈、非常確定的事，剎那間都失去了意義。

他從一個房間走到另一個房間，親吻他們的額頭。他們又開始發燒了，在他的嘴唇上留下熱度。他走進樓下廚房，在蘇菲雅身後的椅子上坐下，看著她正在洗碗的背影。待會那些碗盤會被收進櫥櫃裡，他家的櫥櫃裡。這裡是他家、她家、**他們**的家。他信任她。這就是為什麼剛才他的內心會發生衝突。他在她身上感覺到自己從不敢夢想擁有的信任。他信任她，**她也信任他**。

她也信任他。

而他剛剛竟然對她說謊。他甚少去想說謊這件事，說謊對他來說不過是習慣罷了，他總是會先考慮自己說的謊是否可信，很少意識到自己將要說出口的話是謊言。這一次，他是在不情願的狀況下說了謊。他坐在她背後，依然覺得這種內心衝突令他十分難受，也難以合理化。

她轉過身，露出微笑，伸出濕潤的手掌揉揉他的下巴。

他時常渴望那隻手。

這時卻只是覺得不舒服。

有兩個客戶，我把他們給忘了。他們只在後座等了一下。

如果她不信任他呢？**我不相信你。**如果她不接受他的謊言呢？**我想知道你到底在搞什麼鬼。**

那麼他會墜落，他會崩潰。他的力量、生活、驅動力，全都建立在她的信任之上。

§

時間回到十年之前。

當時他被關在斯德哥爾摩北部的厄斯特羅克監獄。

那十二個月跟他共處的左鄰右舍和受刑人，各自都有一套和羞愧共處的方法，他們都小心翼翼地建構防禦工事和謊言。

住他對面四號舍房的受刑人是個毒蟲，用偷竊來供養自己的吸毒習慣，一個晚上可以在郊區破門盜竊十五間房子。這位受刑人的堅持是：**我不傷害小孩，我都關上小孩房間的門，我不偷小孩的東西**。這彷彿是他的咒語和防護罩，幫助他忍受羞愧感。這也是他自己創造出來的道德信念，讓他擁有更好的自我感覺，至少這對他來說是有用的，讓他不致於自我厭惡得太嚴重。

但畢耶知道，每個人都知道，四號舍房的受刑人早就揚棄了他宣稱的那個道德信念，只要是可以賣的東西他都偷，當然也偷小孩房間裡的東西，因為對毒品的需求勝過了他的自尊心。

再進去一點，住在八號舍房的受刑人，被判傷害罪的次數多到數不清，於是他編造出一套謊言，做為自己的道德信念和咒語，以免自己漂流得太遠：**我從來不打女人，我只打男人，我絕對不打女人**。

而畢耶知道，就如同每個人都知道，八號舍房那位受刑人的言語和行為早就脫鉤了，因此女人他也打，每個經過眼前的人他都打。

§

編造道德信念。

畢耶藐視他們，就好像他總是藐視那些欺騙自己的人。

他看著她。那隻柔軟的手令他不舒服。

他要怪也只能怪自己。他踐踏了自己所有的道德信念。由於這些道德信念，他才能依然喜歡自己：**這是我的家庭，我絕對不會用我的家庭來編造謊言，我絕對不會逼迫蘇菲雅和兩個兒子墜入我的謊言之中**。

如今他正好就做出了這種事，跟四號和八號舍房的受刑人以及那些被他藐視的人沒有兩樣。他欺騙了自己。

現在他身上已經沒有地方可以讓自己喜歡了。

蘇菲雅關上水龍頭。碗洗完了。她將水槽周圍抹拭乾淨，在他大腿上坐下。他抱住她，在她臉頰上吻了兩下，一如她喜歡的那樣，再將鼻子深深埋在她的肩頸之間，停留在肌膚最柔嫩之處。

§

艾瑞克．威爾森在電腦上打開一個空白文件，這台電腦他只會在跟滲透者碰面之後使用。

M從肩式槍套裡拔出手槍

（波蘭製九毫米拉多姆手槍）。

M把槍扳到待發位置，

指著買家的頭。

他試著回想並寫下他和寶拉在五號地點會面時，寶拉所做的描述。

寫下這些是為了保護寶拉，也是為了保護他自己。

但更重要的是，為了有理由發放警方的獎勵金，假使有人問起原因和時間，這份情報報告就可以作為回答。若是缺少情報報告或社會大眾提供的有效資訊，寶拉所進行的任務就無法支薪，也無法維持匿名，因為一旦要正式支薪，寶拉就必須被列在正式的薪資名單中，他的同伴也是如此。

P命令M冷靜下來。

M放下手槍，後退一步，

手槍依然處於半待發狀態。

當機密的情報報告離開他的辦公桌，透過總警司菲列克送到郡警政總長那裡，艾瑞克就會將報告從硬碟裡刪除，啟動密碼鎖，關閉電腦。為了安全起見，這台電腦並不連接網路。

買家突然大喊：

「我是警察。」

艾瑞克撰寫報告，菲列克檢查，郡警政總長保存。

假使其他人讀了報告，假使報告內容讓其他人知道了……那麼滲透者將會有生命危險。假使不當之人發現了寶拉的身分和行動，就等於是宣判寶拉死刑。

M再度舉起手槍，

指著買家的頭。

瑞典警方這次不會出擊，不會逮捕任何人或查扣任何東西。維斯曼街七十九號的行動只有一個目的：強化寶拉在沃德保全的地位，這次毒品交易不過是沃德保全日常營運的一部分。

P試圖插手，

買家大喊「警察」。

M猛力舉起手槍指著買家的頭，

扣下扳機。

每個滲透者都有個一直陪在身邊的同伴，那就是懸而未決的死刑宣判。

機密報告的最後一行，艾瑞克讀了好幾次。

死的可能會是寶拉。

買家倒在地上，

和椅子呈直角。

死的**不會是**寶拉。

替那個丹麥滲透者建立犯罪背景的人員，工作做得差勁透了。寶拉的犯罪背景是艾瑞克親手建立的，一步一步建立，一個資料庫一個資料庫建立。

他知道自己很懂得建構犯罪背景。

他知道畢耶．赫夫曼很懂得存活。

§

伊維特．葛蘭斯在哥本哈根機場內滿是啤酒味的酒吧裡等候登機，以褐色紙杯飲用丹麥礦泉水。

機場裡即將飛往某處的旅客，人手一只密封塑膠袋，裡頭裝著瑞士三角牌巧克力和巧克力利口酒。他一直無法了解，為什麼人們一年工作十一個月，只是為了存錢，好在第十二個月離開，飛往別的地方。

他嘆了口氣。

調查工作沒多大進展。他現在知道的，並沒有比幾小時前離開斯德哥爾摩時多出太多。

他知道死者是丹麥線民，名叫顏斯．克里斯汀．托夫。顏斯替丹麥警方工作，和犯罪組織進行一場毒品交易。

他沒有任何關於凶手的線索。

完全不知道是誰開的槍。

他知道當時那間公寓裡有一名瑞典聯絡人，另外還有東歐黑手黨分支沃德國際保全公司的波蘭代表。

僅此而已。

沒有長相，沒有姓名。

「尼爾斯？」

伊維特在鑑識部的辦公室裡找到了尼爾斯。

「是？」

「我要你擴大搜索範圍。」

「現在嗎？」

「現在。」

「擴大多少？」

「你需要擴大多少就擴大多少，擴大到整個街區的每個庭院、樓梯間和垃圾箱。」

「你在哪裡？怎麼那麼吵？」

「我在酒吧裡，丹麥人喜歡用酒精來淹沒他們對搭飛機的恐懼。」

「你跑去那裡幹嘛……？」

「尼爾斯？」

「是？」

「把任何可以協助我們破案的線索找出來。」

伊維特喝完剩下的溫礦泉水，從吧台上的小碗裡抓了一把花生米，朝登機門和等候登機的隊伍走去。

§

維斯曼街七十九號的機密報告包含五張寫得密密麻麻的Ａ４報告紙，裝在過小的塑膠封套中。菲列克．約蘭松總警司在一小時內將那份報告看了五遍，最後他摘下眼鏡，抬頭看著艾瑞克．威爾森。

「誰？」

艾瑞克看著眼前那張臉，那張臉時常露出困惑神色，幾乎像是害羞，儘管那張臉的主人位高權重。每讀一次報告，那張臉就變得更紅、更緊繃。現在那張臉接近爆發邊緣。

「死的是誰？」

「可能是個滲透者。」

「滲透者？」

「**另一個**滲透者。我們認為死者替丹麥警方工作，他不認識寶拉，寶拉也不認識他。」

重案組組長菲列克拿著那五張薄薄的Ａ４報告紙，感覺卻比所有部門的初步調查報告加起來都沉重。他將機密報告放在桌上，旁邊正好就是同一時間、同一地點發生的同一起命案的調查報告，只是版本不同而已。那份調查報告是檢察官拉許．奧格斯坦交給他的，裡頭說明伊維特、史文和瑪莉雅娜的調查進度。

「我希望你可以保證寶拉在維斯曼街命案裡扮演的角色，只會留在這份報告中，不會外流。」

菲列克看著面前那兩疊報告。艾瑞克的機密報告述說的是**真正**的案發經過，而伊維特正在進行的調查工作，只能進展到現在這間辦公室裡的兩名警官容許它進展的範圍。

「艾瑞克，事情不能這樣做。」

「這件事如果被葛蘭斯發現了……不過機率很低。寶拉就快要有所突破了，這是我們頭一次有機會在黑手黨分支完全建立之前，將它摧毀。過去我們一直辦不到。約蘭松，你我心裡都很明白，這個城市不是我們管理的，這個城市掌握在黑手黨手上。」

「我不會對一個高風險線民給出任何保證。」

艾瑞克在辦公桌上用力拍了一掌。他從未在長官面前做出這種舉動。

「你很清楚事實不是這樣。過去九年來，他的工作報告你全都看過，你知道他從來沒有失敗過。」

「他是個罪犯，永遠都是個罪犯。」

「那是優秀滲透者的先決條件！」

「他是命案共犯，如果他不是高風險線民，那是什麼？」

艾瑞克又拍了辦公桌一掌。

「菲列克，聽我說，沒有寶拉，我們會失去這個機會，這個機會一旦錯過了就追不回來。現在我們輸掉的將永遠贏不回來，你只要看看芬蘭、挪威、丹麥的監獄就知道了，我們還要再袖手旁觀多久？」

菲列克揚起一隻手。他得想一想。他已明白艾瑞克的意思，現在只想知道這麼做會造成什麼影響。

「你希望比照瑪莉亞辦理？」

「我希望寶拉能繼續他的工作，至少再兩個月，我們還需要他替我們工作兩個月。」

重案組組長做出決定。

「我會在玫瑰堡[3]召開會議。」

艾瑞克離開總警司菲列克的辦公室，緩緩踏上走廊，在伊維特辦公室開著的門外徘徊。辦公室內空蕩無人，那名永不放棄的警司不在裡頭。

3 Rosenbad，瑞典政府辦公室和首相辦公室的所在建築，位於斯德哥爾摩市中心。

星期三

人山人海。

畢耶．赫夫曼忘了通勤人潮在早上八點會擠滿地鐵月台，穿過通道，一路蔓延到瓦薩街。

他的車仍停在他家車道上，就停在紅色小塑膠消防車旁，以免兩個兒子再發高燒，蘇菲雅得開車去醫院或藥局。畢耶．赫夫曼打個哈欠，依然睏倦，曲曲折折地穿過行進速度緩慢的通勤人潮。昨晚兩個兒子的體溫再度上升，他每小時下床查看他們一次。第一次是午夜剛過之時，他打開兒子房間裡的每扇窗戶，拉開他們熱燙身體上的被子，在兩張床鋪旁輪流守著，直到他們再度睡去。最後一次是五點左右，他逼著兩個兒子又吞下一劑卡波感冒糖漿。他們需要休息和睡眠，讓身體好起來。黎明時分，夫妻倆穿著睡袍，低聲商議今天的時間該如何分配。每當兒子生病或幼稚園舉行教學規劃日，兩人都會這麼做。他們做出決定：早上他去上班，中午回家，一起吃午餐，下午再換蘇菲雅去上班。

瓦薩街算不上是一條美麗的街道，只看得見缺乏靈魂的悲哀柏油路面綿延而去，但這裡仍是人氣鼎盛的觀光景點。觀光客剛下火車、機場巴士或計程車，來到由水和島嶼組成的斯德哥爾摩，都會依照印刷精美的觀光手冊來瓦薩街瞧一瞧。畢耶遲到了，走在路上並未留意什麼是美的、什麼是醜的。他走進喜來登酒店，朝優雅大廳盡頭的吧台旁一張桌子走去。

三十六小時前，他們才在華沙市中心羅威伊吉科夫街上，那棟陰沉寬敞的老建築物裡碰面。坐在桌前的是亨利克和茲畢涅夫，也就是他的聯絡人和副總裁。

畢耶和他們打招呼，他們伸出手和他堅定地握了握，鄭重傳達他們堅定無比的握手態度。這兩人的來訪，代表總公司認真看待這次的計畫。

這是一切的起點，也是一場最優先的行動，毒品運入監獄的時間和日期將由華沙方面直接主導。

他們放開手，副總裁坐了下來，面前的桌子上放著一個玻璃杯，裡頭是喝了一半的柳橙汁。畢耶和亨利克朝出口走去，亨利克走在畢耶身旁，不久又放慢腳步，保持在畢耶身後半步的距離，彷彿他不太認得路，或只是想取得控制權。瓦薩街不論從哪個角度看，都缺乏靈魂。他們經過地鐵出入口，在車流之間穿過馬路，沿著對面人行道來到一扇門前。一家保全公司在這裡的二樓設有辦公室。

他們並未交談，就好像一天半之前他們在華沙一起去見頂峰時，一路上也沒交談一樣。他們靜默地爬上樓梯，經過赫夫曼保全公司的大門，接著又爬上三、四、五、六樓，來到通往閣樓的一道金屬門前。

畢耶打開金屬門，兩人走進黑暗之中。牆上某處有個黑色的電燈開關，畢耶在黑暗中摸尋，終於在比記憶中低了很多的地方找到電燈開關。他用鑰匙從門內上鎖，並謹慎地將鑰匙留在鎖頭上，如此別人就不可能進來。二十六號儲藏室的門內空空蕩蕩，只有四個夏季輪胎堆疊在角落。畢耶拿起最上面的輪胎，取出放在胎緣內的鐵鎚和鑿子，然後回到燈光昏暗的狹小走廊上，循著懸掛在天花板上、距離他們頭頂只有幾公分的閃亮鋁管前進，來到鋁管遇上牆壁並消失在暖風機內的地方。鋁管和暖風機的接口處有個鋼環，他將鑿子尖端抵在鋼環邊緣，舉起鐵鎚用力敲打，直到鋼環鬆動，露出一個暫時的開口。他從那個開口中取出了八十一個白亮亮的錫罐。

亨利克等到錫罐全都排在閣樓地板上，才選出三罐，分別是最左邊的一罐、中央的一罐、右邊數來第二罐。

「其他的你先收回去。」

畢耶將其餘七十八個錫罐放回暖風機裡的隱匿處。亨利克掀開三個錫罐內保護用的錫箔紙，剎那間閣樓內充滿鬱金香的香味，濃烈異常，幾乎讓人難以忍受。

三個錫罐裡都有一塊黃色固體。

那是混合了兩份葡萄糖的純安非他命。

亨利克打開他的黑色公事包，取出一個小架子，並在旁邊架設一個簡單磅秤。小架子上擺有幾支試管、一把解剖刀、一支移液管。一千零八十七克。一公斤安非他命加上錫罐的重量。亨利克朝畢耶點點頭，重量不多不少。

亨利克拿起解剖刀，削切其中一塊黃色固體，削下一小塊正好可以放進第一支試管的安非他命。接著將移液管插入第二支試管，那支試管裡裝的是苯基丙酮和煤油。他吸起第二支試管裡的液體，注入裝有一小塊安非他命的第一支試管，然後搖搖試管，等待一兩分鐘，再舉起試管對著窗戶查看：清澈的藍色液體表示強烈安非他命，深色混濁液體表示正好相反。

「三次還是四次？」

「三次。」

「看起來很好。」

亨利克合上錫箔紙，闔上蓋子，對另外兩個錫罐重複相同動作，又看了看清澈的藍色液體，感到滿意，最後請他的瑞典同事將那三個錫罐也放回暖風機裡。畢耶將鋼環敲回原位，直到鋼環發出卡嗒聲響，顯示排風管已接回原位。

畢耶在閣樓外將金屬門鎖好，兩人步下六段樓梯，回到瓦薩街的柏油路上，一路無話。

副總裁依然坐在那張桌子前。

他面前換了一杯新的柳橙汁，同樣喝了一半。

亨利克在沃德保全的第二把交椅身旁坐下，畢耶站在長接待櫃台旁等待。

清澈的藍色液體。

八十一公斤稀釋安非他命。

副總裁轉過頭來，點了點頭。畢耶邁開腳步，越過華麗的飯店大廳，感到胃部深處放鬆下來。

「小果肉很討厭，會卡在齒縫裡。」

副總裁指了指那杯喝了一半的柳橙汁，又點了兩杯。年輕女服務生對他們露出燦爛微笑；只要有客人給她一百克朗小費，而且可能會再點東西，她都會露出這種燦爛微笑。

「我會在外面指揮行動，你在庫姆拉監獄、哈爾監獄或艾索斯監獄裡面指揮，這三座都是高度戒護的瑞典監獄。」

「我要咖啡。」

一杯雙份義式濃縮咖啡。年輕女服務生再度展露燦爛微笑。

「我們熬過了漫長的夜晚。」

副總裁頓了頓，畢耶看著他。

副總裁可能是在彰顯他的權力。也許真是如此。

「夜晚有時候是這樣，很漫長。」

副總裁微微一笑。他想找的不是尊敬，而是值得信賴的力量。

「現在我們在艾索斯監獄裡有四個人，哈爾和庫姆拉監獄裡各有三個人，他們的舍房位在不同區域，但可以互相聯絡。我要你在一星期內被逮捕，罪名嚴重到可以被關進這三座監獄的其中一座。」

「給我兩個月時間，我就可以完成計畫。」

「你要用多少時間都可以。」

「我不想要更多時間，但我要一個保證，你會在兩個月整的時候讓我出獄。」

「別擔心。」

「我需要保證。」

「我們會讓你出獄的。」

「你們會怎麼讓我出獄？」

「你在裡頭的這段期間，我們會照顧你的家人。等你完成工作之後，我們會照顧你，你會有新生活、新身分，還有金錢，讓你從頭開始。」

喜來登酒店的大廳依然空蕩。

前來首都洽公的商務人士要到下午才會登記住房，要去參觀博物館和紀念館的遊客一大早就穿著新買的耐吉球鞋，跟著能言善道的導遊出發了。

他喝完咖啡，朝櫃台揮了揮手，又點了一杯雙份義式濃縮咖啡和一小片薄荷薄酥餅。

「三公斤。」

副總裁放下手中柳橙汁，和其他杯子擺在一起。

他仔細聆聽。

「我會讓警方發現我持有三公斤安非他命。警方會訊問我，我會認罪。我會說我是單槍匹馬做買賣，因此我還押的時間會很短，判決很快就會下來。斯德哥爾摩市法院會判處重刑，持有三公斤安非他命會被瑞典法庭視為重罪。我會說我接受判決，這樣就不用等到判決生效。如果一切順利，兩星期內我就會被送到我們希望的監獄裡。」

畢耶坐在斯德哥爾摩市中心的飯店大廳裡，眼前望出去卻是十年前厄斯特羅克監獄裡的那間小舍房。

那是一段可怕的日子，每當**尿液檢查**的喊聲響起，一群大男人就得排成一排，站在牆上鑲有鏡子的房間裡，接受銳利的眼光檢查他們的陰莖和尿液。還有那些恐怖的夜晚，一旦獄方進行突擊檢查，每個人都得穿著內褲、睡眼惺忪地站到舍房外，讓一群牢子進入舍房，將所有物品扯開、砸壞、清空。檢查結束後，他們只是拍拍屁股離開，留下一堆爛攤子。

但這次他可以容忍這些羞辱。這次他入獄是為了偉大的目的。

「等你就定位之後，我們就展開兩階段的行動，方式跟我們在挪威的奧斯陸監獄和芬蘭的里希馬基監獄用的一模一樣，里希馬基監獄是我們掌控的第一座監獄。」

副總裁傾身向前。

「你得先除去現存的競爭對手，然後我們會透過我們的管道，把貨運進去。首先呢，亨利克剛剛認可的那剩下七十八公斤安非他命，你可以拿去賤價銷售。必須讓監獄裡每個人都知道我們才是藥頭，安非他命一公克賣五十克朗，而不是三百克朗。等我們吃下整個市場，就立刻抬高價錢。幹，到時候我們說不定可以賣超過三百克朗。**反正你就是得繼續買**。我們可以把價錢加到五百，甚至乾脆加到六百。**你不買就沒得注射**。」

畢耶彷彿回到了厄斯特羅克監獄的小舍房，在那裡，毒品統治一切，**擁有**毒品的人統治一切。安非他命。海洛英。甚至是麵包和腐爛蘋果，只要放在一桶清水裡，擱在清潔櫃中三個星期，當那桶水變成酒精濃度百分之十二的私釀酒，那麼擁有私釀酒的人就能夠統治一切。

「我需要三天除去競爭對手，在那三天完全不要跟我聯絡，帶足夠的貨進去是我的責任。」

「三天。」

「從第四天開始，我一星期要一公斤安非他命，從沃德的管道送進去。我的工作是負責賣完這些貨。我不要任何人藏貨或儲貨，任何像是競爭的動作都要去除。」

飯店大廳是奇怪的地方。

沒有人屬於這裡，沒有人想留在這裡。

他們旁邊的兩張桌子原本沒有人坐，現在突然來了兩團日本觀光客，耐心地坐在那裡，等待他們訂好但還沒準備好的房間。

副總裁壓低聲音。

「你要怎麼把貨弄進去？」

「那是我的責任。」

「我想知道你打算怎麼做。」

「就跟十年前我在厄斯特羅克監獄用的方法一樣，這種方法我在其他監獄也用過很多次。」

「什麼方法？」

「恕我直言，你知道我有能力，這件事我會負責搞定，這樣應該就夠了。」

「赫夫曼，**什麼方法**？」

畢耶微微一笑，感覺自己笑得很不自然。自昨晚以來，這是他頭一次有這種感覺。

「鬱金香和詩集。」

門沒關好。

他清楚聽見走廊外的腳步聲匆忙地朝他接近。

現在他不想見任何訪客，不想讓任何人發現他正在做的事。

艾瑞克．威爾森從椅子上站了起來，檢查門把。門**已經**關上。他聽錯了，走廊上越來越響的腳步聲並不存在。他比自己察覺到的更焦慮、更緊張。

他們在幾小時內會面了兩次。

較長的一次會面是在五號地點，他聆聽寶拉敘述維斯曼街的命案經過，以及前往華沙開會的結果。四號地點的那次會面短得多，寶拉只是將裝有沾血襯衫的塑膠袋交到他手上。

艾瑞克望向辦公室另一側牆邊的上鎖櫃子。

凶手的戰衣就放在裡頭。

它不會在那裡停留太久。

走廊上的腳步聲消失了。他腦子裡的腳步聲消失了。他看著電腦螢幕。

姓名：**畢耶．赫夫曼**。身分證號碼：**721018-0010**。相關紀錄：**七十五筆**。

過去九年來，這是他用來培養史上最強滲透者的重要工具。

ASPEN，犯罪情報資料庫。

打從畢耶從厄斯特羅克監獄出獄，展開自由生活並且被吸收為滲透者的第一天開始，艾瑞克就開始培養畢耶。他親自去監獄門口接畢耶，駕著自己的車，行駛五十公里，載畢耶回到斯德哥爾摩。畢耶下車後，艾瑞克直接回到警署，在ASPEN中記錄第一筆對於721018-0010的監視重點。從那一刻起，這些情報公開給每一位登入犯罪情報資料庫搜尋畢耶．赫夫曼的警察。他寫下簡明扼要的敘述，說明嫌犯畢耶．赫夫曼一踏出厄斯特羅克監獄大門，就有一輛車去接他，車上是兩名前科犯，已證實跟南斯拉夫黑手黨有關聯。

多年來，艾瑞克將畢耶塑造得越來越危險——**一棟涉及軍火交易且遭到突擊檢查的房子附近，發現畢耶．赫夫曼的蹤跡**——越來越暴力——**厄斯林路一起命案發生前十五分鐘，畢耶．赫夫曼和命案嫌犯馬可維奇在一起**——也越來越凶殘。艾瑞克輸入各種組合和程度的錯誤情報，每添加一則虛構的監視報告，畢耶．赫夫曼的惡行就越是重大，最後根據資料庫顯示，畢耶已經是瑞典最危險的罪犯之一。

他又側耳聽去，走廊上傳來更多腳步聲，聲音越來越清楚、越來越響，最後經過他門前，漸去漸遠。

他將螢幕抬高了些。

已知的……

再過兩星期，畢耶就會被判重刑，並取得足夠的權力控制毒品供應，這種權力在監獄裡非常受到尊敬。

危險……

因此現在艾瑞克用大寫字母輸入這幾個字。

武裝罪犯。

下一個在犯罪資料庫裡搜尋畢耶・赫夫曼的警察，將會進入一個特別頁面，上頭註明特殊代號，只有少數罪犯才能擁有這麼一個專屬頁面。

已知的危險武裝罪犯

任何一個巡邏員警只要進入這個頁面，就會發現這項『事實』，畢竟這是警方自己的情報資料庫，他們一定會認為這是真的。於是他們會知道畢耶非常危險，並做好接近他的準備。這個惡名也會伴隨畢耶移監，讓他從拘留所被送到監獄的這段路上受到高度戒護。

他將手機貼在耳邊。根據每十秒播報一次的自動語音系統所說，現在是十二點三十分整，就在此時，信箱名牌上寫著「侯勒姆」的深色大門準時從屋內開啟。畢耶・赫夫曼踏進二樓這間包著塑膠套的公寓，發現拼花地板凹凸不平，咯吱作響，這種問題可能是因為屋子漏水造成的。

二號地點。

賀加里斯街三十八號和海利伯格街九號。

一如往常，艾瑞克・威爾森泡了即溶咖啡。一如既往，畢耶沒喝。房裡有張柔軟沙發，應該是客廳，沙發外包了透明塑膠套，好在兩個月的裝修期間內保護沙發布料。他們坐在沙發上，身子一動，塑膠套就沙沙作響。過了一會，塑膠套就黏在他背後泌出的一層汗水上。

「我們會用這個。」

畢耶知道他們時間不多。

他從艾瑞克的眼神中看得出他們時間不多。這是他頭一次看見艾瑞克的眼神在屋裡亂飄，焦躁茫然。艾瑞克擔任畢耶的聯絡者已有九年，他向來喜怒不形於色，但現在他顯然承受著極大壓力，因此他的反應跟所有承受壓力的人一樣，試圖隱藏，結果只是欲蓋彌彰。

畢耶打開一個小錫罐，那個錫罐原本是大量製造販賣來裝茶葉的，現在被用來容納一種具有黏著力的黃色物體，聞起來有濃烈的鬱金香香味。

「『百花齊放』。」

艾瑞克用畢耶遞給他的塑膠刀刮下一小片黃色物體，放到舌頭上，舌頭立刻出現灼痛感。他知道那個地方一定會起水泡。

「媽的真強，兩份葡萄糖？」

「對。」

「多少？」

「三公斤。」

「夠你接受快速審判，求處重刑，發監到高度戒護監獄。」

畢耶壓上蓋子，將錫罐放回外套內袋。另外八十一公斤仍藏在瓦薩街那棟百年樓房的閣樓暖風機裡。日後他會告訴艾瑞克那些安非他命的藏匿地點和取得方法，但現在時機還沒到。那些安非他命必須再混合一次，做出他自己那一份，銷售出去，就和他有時會玩的手法一樣。

「我需要三天時間除去所有的對手，完成之後，我會向沃德那邊報告，通知他們繼續執行計畫，然後我們就能開始進行我們的工作，消滅他們。」

艾瑞克應該感到冷靜、高興、好奇才對。他手下最優秀的滲透者即將入獄，事情完全依照瑞典警方和沃德保全的計畫進行，畢耶將開始擴展黑手黨分支的觸角，再將它摧毀。艾瑞克不習慣這種壓力，他發現畢耶注意到他有點失常。

「我想按照一貫的方式解決維斯曼街的事件，遞一份報告給重案組組長，在背後祕密運作。可是……這次光靠這些是沒辦法解決的。**這可是命案，畢耶！**我們必須把案子呈報到比警署更高的層級才行，我們得去玫瑰堡，你也得去。」

「你知道那是不可能的。」

「你別無選擇。」

「艾瑞克，我的天，我總不能大搖大擺走進政府辦公室的大門，裡面全都是警察和政治人物！」

「我會去二B接你。」

畢耶坐在包著塑膠套的沙發上，塑膠套黏著他的背。他緩緩搖頭。

「如果被人看見……我就死定了。」

「如果有人在監獄裡發現你真正的身分，你也一樣死定了，只不過你會被毒打到死。你需要高層介入，才能出獄，才能活命。」

§

畢耶將那杯即溶咖啡原封不動留在公寓二樓，在柏桑街轉角的咖啡館點了重烘焙咖啡加溫牛奶，試著將注意力放在咖啡館內的事物上，諸如輕柔的義大利歌曲，一桌正在咯咯嬌笑的少女，她們剛把學校午餐換成了一盤肉桂捲，還有咖啡館深處坐著的兩個人，那兩人想讓自己看起來像詩人，正在高聲談論寫作，卻只是成功地把自己變成高談闊論的俗人而已。

艾瑞克說得對。**你只能靠你自己**。他別無選擇。**你只能相信你自己**。

他放下空了的咖啡杯，步上西橋，陽光亦步亦趨伴隨著他。他在欄杆前靜靜停下腳步。這裡距離水面二十七公尺。他心想跳下去不知道會是什麼感覺。身體墜入透明水面之前那幾秒似乎濃縮了一切，也似乎空無一片。他打電話回家，在梅拉倫北岸街上和蘇菲雅說話，說的又是謊言。他說他們倆的工作同樣重要，但他今天可能很晚才能回家，所以下午沒辦法回家照顧孩子了。他聽見蘇菲雅拉高嗓音，便放下手機，因為他無法再多說一句謊言。

他越接近這個城市的心臟地區，踏在腳下的柏油路面感覺就越堅硬。

他走進一家高級百貨公司對面的多層停車場。政府街的人行道空蕩無人，儘管這時才正午過後不久。他爬上狹窄樓梯，來到二樓，穿過B區停放的車輛，直到看見遠處角落的水泥牆邊停著一輛深色車窗的黑色小巴士。他走到小巴士旁，試了試後座的車門門把。門沒上鎖。他打開車門，坐上後座。車內空無一人。他看了看錶，還得再等十分鐘。

剛才他放下手機後，蘇菲雅並未停止說話，而是繼續在他腦子裡對他說話，一路跟著他走過梅拉倫北岸街的岸邊，經過提格巴肯路的醜陋樓房，坐上這輛無人小巴士，持續表達她的不滿。蘇菲雅並不知道他是那種會說謊的人。

他打了個寒顫。

這種枯燥乏味的停車場總是令人覺得冷，但這個寒顫是從他身體裡浮現出來的，任何衣物或動作都無法改善。自我輕視所產生的寒顫最令人寒毛直豎。

駕駛座的車門打了開來。

畢耶看了看錶，正好十分鐘。

艾瑞克通常會在上一層樓的某個地方等待，在那裡只要彎下腰，就可以看見B區的每一輛車，以及任何可能過於靠近的人。艾瑞克上車後並未回頭，也未發一語，只是發動小巴士的引擎，駕駛一小段路，從漢姆街開往錢幣廣場，然後駛入一道柵門。柵門內是個小石庭和一棟建築物，議員辦公室都設在這棟建築物裡。

他們下車，很快就走進了一扇門。一名警衛迎了上來，帶領他們走下兩段樓梯，沿著議會大樓底下的走廊行走，出了走廊便是玫瑰堡；議會大樓和玫瑰堡是瑞典兩大政治中心，從議會大樓穿過地下走廊前往玫瑰堡只需要幾分鐘時間，這也是進入政府辦公室而不被看見的唯一一條路。

§

畢耶查看那扇門，門口距離玫瑰堡正式入口的主警衛室只有數百公尺。他握住門把推了推，確定門已鎖上。

裡頭可以容許轉身的空間很小。

水槽和馬桶一體成形，粉刷成白色的四面牆壁朝他壓來。

輕薄的橢圓形數位錄音筆就放在他的褲子口袋裡，口袋裡還有雪茄管及藥局賣給他的塑膠管裝潤滑劑。他按下錄音筆正面的按鈕，按鈕發出綠光。電池電力滿格。他將錄音筆拿到嘴邊，輕聲說：**政府辦公室，五月十日星期三**。他將錄音筆放進雪茄管內，動作十分謹慎，以免不小心關閉錄音功能，然後在雪茄管外殼塗上一層潤滑劑，塗得它閃閃發亮。

衛生紙鋪在廁所地上。麥克風線從雪茄管頂端的小孔探出。

這種事他做過很多次；無論是五十克安非他命或數位錄音筆，無論在監獄或政府辦公室，若你想夾帶某種不想被人發現的東西，這是唯一的方法。

他脫下褲子，蹲了下來，以拇指和食指拿著雪茄管，向前傾身，將雪茄管慢慢塞進肛門，一次往裡頭塞一點。他才感覺雪茄管滑入了幾公分，它就滑了出來，掉在衛生紙上。

再試一次。

他再次將雪茄管塞進肛門，一點一點往裡頭推，一次推一公分，直到雪茄管整根沒入為止。麥克風線頗長，足以讓他從肛門裡拉出來，沿著胯部拉到鼠蹊部，再用一小段膠帶固定在皮膚上。

§

玻璃窗內的警衛身穿紅灰相間的制服，較年長的那名警衛幾乎一頭白髮，臉上帶著害羞的微笑。畢耶的視線在那名警衛身上留得有點久，一發現那名警衛察覺，便將視線移開。

那名警衛令他想起父親，如果他的父親還健在，樣貌應該也會酷似那名警衛。

「你同事已經進去了。」

「我得去一下廁所。」

「人總有三急。你要見司法部國務祕書對不對？」

畢耶點點頭，在訪客簿上、艾瑞克．威爾森的名字下方，簽上自己的姓名。白髮警衛檢查畢耶的身分證。

「赫夫曼，這是德國姓氏嗎？」

「是哥尼斯堡的姓氏，也就是加里寧格勒，不過是很久以前的事了，我父母是那裡的人。」

「那你的母語是什麼？俄語？」

「我出生在瑞典，所以說瑞典語。」

他對酷似他父親的警衛微微一笑。

「波蘭語也還說得不錯。」

他們一到這裡，畢耶就看見玻璃亭頂端設有監視器；他經過監視器時盯著鏡頭看，停步幾秒，這樣他的來訪又再度被記錄了下來。

他從入口進入玫瑰堡之後，總共花了七分鐘才通過第三名警衛，沿著三樓走廊往前走。突然間，在他毫無防備之下，恐懼來襲。他站在電梯裡，恐懼不斷地攻擊他、進犯他，令他全身顫抖。他從不曾感受過如此強烈的恐懼。恐懼潑灑開來，形成恐慌，又轉變成焦慮，若他再不設法喘過氣來，死亡就會降臨。

他恐懼的是地上那個頭部有三個大洞的男子、華沙會議室裡的突破、小舍房裡的夜晚、監獄高牆內更顯得關鍵的死刑判決、蘇菲雅的冷淡口吻、兒子的火燙肌膚、再也分辨不出真話和謊言之間的差別。

他精疲力竭，坐在電梯地板上，避開警衛的視線，直到雙腿停止劇烈顫抖，才敢小心翼翼地踏進美麗的走廊，朝走廊盡頭那扇半開的門走去。

再一次。

畢耶在門前幾公尺處停下腳步，按照慣例，先清空所有的思緒和感覺，將思緒和感覺推到一旁、踢到一邊，然後穿起盔甲，穿起那層厚重的、可怕的盔甲，那層該死的防護罩。他對穿上盔甲很在行，很懂得如何讓自己什麼都感覺不到。再一次，媽的再一次就好。

他敲了敲門，等待耳中聽見的腳步聲來到面前。那是一名便服警官。他認得那名警官。他們見過兩次面。那警官是艾瑞克的長官，名叫菲列克．約蘭松。

「你身上有東西要留在外面嗎？」

畢耶將外套內袋和褲子口袋裡的東西全掏出來，包括兩支手機、一柄匕首和一把摺疊剪刀，他將這些東西放在門對面桌子上的玻璃水果空碗內。

「雙臂伸直，雙腿張開。」

畢耶點點頭，轉過身去，背對瘦瘦高高、臉上掛著逢迎微笑的菲列克。

「抱歉，你知道我們必須搜身。」

菲列克伸出細長手指，觸摸畢耶的衣服、脖子、背部、胸部。菲列克的手指壓上畢耶的臀部和睪丸時，兩度碰到細細的麥克風線，卻什麼都沒感覺到。菲列克的手指又往下滑了一些，畢耶屏住呼吸，直到菲列克的手指滑到大腿中段，突然停住。菲列克的手指彷彿將永遠停留在那裡。

這間辦公室設有大扇的窗戶和深廣的窗台，望出去是諾斯登河和騎士灣的靜謐水面。辦公室內飄著新鮮咖啡和清潔劑的氣味，會議桌周圍擺著六張椅子。畢耶是這場會議的最後一名參加者。桌前只剩兩張空椅，畢耶．赫夫曼朝其中一張走去。眾人不發一語，眼望著他。他從眾人背後走過，用隨意的態度伸手觸碰一下褲子：麥克風還在原位，但方向不對。他拉開椅子，同時調整麥克風，坐了下來。

眼前四人他全都認得，但只見過其中兩人，也就是菲列克和艾瑞克。

國務祕書坐得離他最近，她朝面前一份文件指了指，站起身來，伸出了手。

「這份報告——我讀過了。我以為……我以為報告裡的那個人……是個女人？」

國務祕書握手的態度十分堅定。她就跟別人一樣，握手時捏得太用力，以為用力等同於力量。

「我是寶拉。」

畢耶繼續握住她的手。

「在這裡我叫這個名字。」

令人不舒服的靜默持續著，畢耶等待別人開口說話，低頭看著國務祕書剛才提到的報告書。

他認得艾瑞克的文字表達方式。

維斯曼街七十九號。機密報告。

每個人面前都放著那份機密報告的影本，他們已經同屬於一連串事件的一部分。

「這是寶拉跟我第一次這樣碰面。」

艾瑞克說話時，謹慎地直視每個人的雙眼。

「除了我們兩個，現場還有別人，而且是在我們並未清查而且無法掌控的辦公室裡。」

艾瑞克揚起報告書。報告書詳細記載了命案經過，而命案目擊者就跟大家一起坐在政府辦公室的會議桌前。

「這是一場空前的會議，我希望我們離開的時候，能夠做出空前的決定。」

伊維特・葛蘭斯躺在辦公室地上。幾分鐘前，史文敲他辦公室的門，走了進來，一句話也沒說，也沒問任何問題，只是一如往常，在燈芯絨沙發上坐下。

「這裡比較好。」

「這裡？」

「地上。沙發已經有點太軟了。」

這是伊維特第二個晚上睡在地上了，他那隻僵硬的腳一點也不覺得痛，而且多少習慣了韓維卡街那段陡坡傳來的車輛加速聲。

「關於維斯曼街的那件案子，我有事報告。」

「有新發現嗎？」

「不是太多。」

伊維特躺在地上，看著天花板。電燈旁有幾條大裂縫，以前他從來沒注意到。不知道那些裂縫是新形成的，還是因為過去有音樂所以他一直沒看到。

他嘆了口氣。

他入社會工作後就一直在偵查命案。維斯曼街七十九號。他胸口隱隱有種感覺，覺得就是有哪裡不對勁。他們辨認出死者的身分，查出了公寓主人的身分，甚至知道毒騾吐出來的是安非他命和膽汁殘渣。他們掌握了血跡和凶槍射擊的角度。他們知道一名有瑞典口音的目擊者選擇打報案電話，還有一家波蘭保全公司其實是東歐黑手黨。

他們掌握了這些線索，可是全都派不上用場。

他們距離破案依然遙遠，就跟昨晚他在哥本哈根機場時沒有兩樣。

「那個街區有十五棟公寓，我訪談了命案當時在公寓裡的每一個人，其中三人所看見的可能有點用處。一樓有個……你在聽嗎，伊維特？」

「繼續說。」

「一樓有個芬蘭人詳細描述了兩個他從來沒見過的人，因為他占據了最佳的地理位置，每個進出公寓的人都必須經過他家門口。蒼白、光頭、黑衣、四十來歲。他透過窺視孔只能看到幾秒，但事實上從那裡可以看見和聽見的東西比我想像得還要多。他還提到斯拉夫語，所以都很符合。」

「波蘭人。」

「他們可能是房客。」

「毒騾、屍體、波蘭人。毒品、暴力、東歐。」

史文低頭看著地上那個老人。伊維特只是躺在那裡，一點也不在乎別人怎麼想。伊維特的那種自信是史文永遠無法企及的，因為史文是那種想要討人喜歡的人，於是他變得順從，不惹麻煩，儘管多年來他一直極力想改掉這種個性。

「有個年輕女子住在四樓，和犯罪現場相隔幾戶，還有個老人住在五樓，命案發生當時，這兩個人都在家，他們都說聽見清楚的砰一聲。」

「砰一聲？」

「他們兩個人都不願意再多說什麼。他們不懂槍枝，也說不出那是不是槍聲，但它們都說那個砰一聲很大聲，平常公寓裡沒有這種聲音。」

「就這樣？」

「就這樣。」

辦公桌上傳來電話聲，尖銳刺耳，惹人不快，而且非常堅持，即使史文依然坐在沙發上，伊維特仍然躺在地上，它仍決定繼續響下去。

「我要不要接？」

「真不知道他們為什麼不掛斷。」

「我要接嗎，伊維特？」

「電話是在我的桌上。」

伊維特慢慢起身，跨出沉重腳步，朝響亮的電話鈴聲走去。

「喂？」

「你怎麼這麼喘？」

「我本來躺在地上。」

「我想請你來一趟。」

伊維特和史文沒說半句話，只是離開辦公室，踏進走廊，耐心等候那台似乎永遠不下來的電梯。尼爾斯站在鑑識部門口，帶領他們走進一個窄小房間。

「你要我擴展搜索區域，我照做了，我搜索了七十號到九十號的每個樓梯間，結果在維斯曼街七十三號垃圾間的廢紙回收箱裡找到這個。」

尼爾斯手裡拿著一個塑膠袋。伊維特屈身靠近塑膠袋，不一會又戴上眼鏡。塑膠袋裡裝的是布料，上頭有灰白相間的格子花紋，有些地方沾有血跡，可能是件襯衫或夾克。

「很有意思，這可能是我們的突破。」

刑事鑑識專家尼爾斯打開塑膠袋，將裡頭的布料放在一個看起來像托盤的盤子上，伸出彎曲的手指，指著明顯的血跡。

「這些是符合維斯曼街七十九號命案的血跡和射擊殘跡，上面是死者的血，還有公寓裡發現的同一發子彈留下的火藥。」

「這些又沒什麼用，我們知道的並沒有比較多。」

尼爾斯指著那件灰白相間的格子襯衫。

「這是一件襯衫，上面有被害人的血跡，可是不只這樣，我們在上面發現了另一組血跡，我確定這組血跡屬於開槍的人。伊維特，這件襯衫是凶手穿過的襯衫。」

§

法庭。猶如一間法庭。這間辦公室瀰漫著權力的味道。描述凶案經過的報告書躺在氣派的會議桌上。菲列克猶如檢察官，負責檢查事實和提出疑問；國務祕書猶如法官，負責仔細聆聽和做出裁判；坐他右邊的艾瑞克猶如辯護律師，負責自我防衛和請求庭上開恩。畢耶只想起身走人，卻不得不逼迫自己冷靜下來，畢竟他是被告。

「我沒有其他選擇，我的性命也有危險。」

「你總是可以有其他選擇。」

「我試著要他們冷靜下來，我也只能做到這樣而已。我必須從頭到尾都扮演好罪犯的角色，不然我的生命會有危險。」

「我不明白。」

這種感覺十分奇特。這裡是統治全瑞典的玫瑰堡，他就坐在瑞典總理辦公室的樓下。窗外人行道上的真實世界裡，人們剛用完午餐，走在回程路上，手裡拿著一杯溫的低酒精啤酒或咖啡，那是多付五克朗換來的附餐飲料。而他卻和這些位高權重的人物坐在這裡，努力說明為什麼政府當局不應該調查那起命案。

「我雖然是沃德在瑞典的第一把交椅，但公寓裡那兩個保鑣接受過波蘭情報局的訓練，一有不對勁馬上聞得出來。」

「我們現在是在討論命案，而你——赫夫曼，或是寶拉，或是什麼名字都無所謂——應該可以阻止這起命案發生。」

「他們第一次用槍指著買家頭部的時候，我設法阻止了他們開槍，可是第二次是買家自己暴露身分，他把自己變成了敵人、線人、死人……**我一點選擇也沒有**。」

「你沒有選擇，我們也沒有，所以我們就應該假裝這整件事根本沒發生過？」

四人同時朝他看來。四人面前都放著一份報告書。艾瑞克、菲列克、國務祕書，第四人則一直保持緘默。畢耶不明白為什麼。

「沒錯，如果你們想在新的黑手黨分支建立前將它擊潰，如果你們真的想這樣做，那你們就別無選擇。」

這間法庭和其他法庭並無二致，同樣冰冷，人在這裡不像真實的人。他曾經身為被告，站上法庭五次，站在他一點也不尊敬的人面前，那些人決定他是應該屬於這個社會，還是應該住在鐵欄杆裡的幾平方公尺空間。他幾次被判緩刑，幾次因為罪證不足而無罪開釋，只有一次被判入監服刑，被送進厄斯特羅克監獄度過地獄般的一年。

那次他替自己辯護得並不成功，這次他不會重蹈覆轍。

§

尼爾斯．克蘭茲屈身向前，接近電腦螢幕，指著許多小小的紅色尖峰，那些尖峰都往上指著不同數字。

「你看這裡，第一排是哥本哈根警方提供的丹麥公民顏斯．克里斯汀．托夫的ＤＮＡ序列，也就是在維斯曼街七十九號被殺害的被害人。下面這一排序列來自國家刑事鑑識研究所，他們對維斯曼街七十三號垃圾間裡發現的這件襯衫上所有的血跡進行分析，單位至少小到四平方公釐。你看，這兩排序列一模一樣，所有的ＳＴＲ標記──也就是紅色尖峰──長度都一樣。」

伊維特聽著這番話，但仍只看見波紋一致的圖形。

「我對他沒有興趣，尼爾斯，我只對凶手有興趣。」

尼爾斯考慮是否該刻薄回嘴或惱火批評，最後兩者都作罷，只選擇忽視伊維特說的話，這樣做通常會感覺比較好。

「不過我特別請他們優先分析更小的血跡，這麼小的血跡雖然在法庭上通常無法當做證據，可是卻大到可以呈現顯著的區別。」

他顯示下一張圖片。

那是個相似的圖形，同樣有尖峰，但尖峰之間的距離比較大，數字也不一樣。

「這是另一個人的ＤＮＡ序列。」

「誰的？」

「我不知道。」

「你都已經有序列了。」

「可是沒有符合對象。」

「拜託你說得白話一點，尼爾斯。」

「我查過了所有可以查的資料庫，我確定這是凶手的血跡，可是我也確定這組ＤＮＡ在瑞典的資料庫裡查不到。」

尼爾斯看著眼前的警司伊維特。

「伊維特，凶手可能不是瑞典人。從做案手法、拉多姆手槍和比對不到ＤＮＡ這種種跡象來看，你可能得離開瑞典，去其他地方展開調查。」

§

看來今晚會是個美好的夜晚。太陽宛如熟透的橘子般緩緩下沉，天空彷彿融化了般和騎士灣融為一體。從國務祕書辦公室的大窗子看出去，正是這幅自然美景。畢耶．赫夫曼看著那抹陽光，只見在燦爛陽光襯托下，那張悲哀又昂貴的白樺木會議桌顯得更加悲涼。他渴望離開這裡，渴望蘇菲雅柔軟的身體，渴望雨果的笑聲，渴望雷斯穆叫**爹地**時的那雙眼睛。

「在我們繼續這場會議之前……」

他人不在這裡。他已經盡可能飄到遠方，離開這間瀰漫權力的辦公室，離開這些可以決定他是不是要發配邊疆的人。

這場審判的辯護律師艾瑞克清了清喉嚨。

「在我們繼續這場會議之前，我需要一個保證，保證寶拉不會因為維斯曼街命案而依任何罪名遭到起訴。」

國務祕書的臉是那種不會顯露任何情緒的臉。

「我知道那是你要的。」

「妳以前也處理過類似案件。」

「如果我要賦予他刑事豁免權，那我必須知道原因。」

麥克風依然停在那裡，停在他大腿中段的位置。

但麥克風很快就會再度開始滑動，他感覺得到膠帶正在慢慢剝離，很確定自己只要一站起來，麥克風就會跑動。

「我很樂意解釋原因。」

艾瑞克一手緊緊抓著報告書。

「九個月前，我們有機會可以趁墨西哥黑手黨在擴張階段加以粉碎；五個月前，我們可以趁埃及黑手黨在擴張階段加以消滅，如果我們授與滲透者權限，讓他們全面做出反應，這些都可以達成。但結果我們一事無成，我們只是站在一旁觀望，看著瑞典又多出兩個幫派開心地攻城掠地。**現在**，我們又有了機會，而這次入侵瑞典的是波蘭黑手黨。」

畢耶維持不動坐姿，一手在桌子底下試著解開和膠帶糾結在一起的麥克風線。動作必須很小。手指慢慢摸索。

「寶拉必須繼續進行滲透工作，這樣一來，當沃德接管瑞典監獄裡所有毒品買賣的時候，他會站在最適當的位置。他將提供華沙方面關於毒品運送和銷售的報告，同時提供我們發動攻擊的方式和時間，把他們一舉消滅。」

他找到了。他在褲子底下找到針頭大小的麥克風。他再次調整麥克風的位置，試著將麥克風拉起來，拉回到鼠蹊部。麥克風黏在鼠蹊部比較恰當，也比較容易調整方向，可以對準正在講話的人。

突然間，他停止動作。

坐他對面的菲列克忽然目不轉睛地瞪著他。

「沃德在高度戒護的瑞典監獄裡，會把目標瞄準兩種犯人，第一種是**百萬富翁**，這些人透過組織犯罪賺得大把鈔票，已經入獄多年，他們會把過去用不正當手段得到的財富，一點一滴、一天天地轉移給羅威伊吉科夫街的波蘭黑手黨總部。第二種是**小嘍囉**，這些人沒有錢，出獄的時候會欠沃德一屁股債，他們為了存活，償付債款，只好替沃德販賣大量毒品，或犯下暴力案件。沃德靠著這些罪犯欠下的債，可以建立危險的犯罪網路。」

畢耶放開麥克風，將雙手放在桌上每個人都看得見的地方。

菲列克依然目不轉睛地瞪著他，瞪得他每分每秒都難以呼吸、難以吞嚥，直到他移開視線。

「我沒辦法再說得更明白了，決定權在妳手上，看妳是想要讓寶拉繼續這項任務，還是要再度袖手旁觀。」

國務祕書的視線從每個人臉上掃過，望向窗外美麗絕倫的夕陽。也許她也渴望離開這裡。

「可以請你離開辦公室一下嗎？」

畢耶聳聳肩，朝門口走去，又陡然停步。麥克風。麥克風掉了下來，滑到右腳和褲子之間。

「只要幾分鐘就好，我們會再請你進來。」

畢耶不發一語，只是比了個中指，轉身離開。他聽見背後傳來疲憊的嘆息聲。他們看見他豎起中指，自然會覺得惱怒，並移開視線，這就是他的用意。他希望在他關門之前，不會有人問起拖在他腳邊的東西是什麼。

國務祕書的臉上依然什麼都沒洩露。

「你提到九個月前和五個月前的墨西哥和埃及黑手黨，那時候我不批准是因為你用來當作滲透者的那些罪犯，只能被視為是高風險線民。」

「寶拉不是**高風險**線民，他是沃德進行擴張的通行證，這整個計畫都是圍繞著他設計的。」

「我絕對不會賦予刑事豁免權給一個你我都不信任的人。」

「我**信任**他。」

「那也許你可以跟我解釋，為什麼約蘭松總警司剛才要搜他的身？」

艾瑞克看著他的長官，又看著國務祕書那張面無表情的臉。

「**我**是寶拉的聯絡者，**我**每天跟他在一起工作，我信任他，而且沃德已經入侵瑞典了！過去我們都沒辦法在一個正要擴張的犯罪集團中，在那麼核心的位置上，安插進滲透者。有了寶拉，我們可以將他們一網打盡，只要寶拉在維斯曼街命案上被賦予刑事豁免權，只要寶拉被允許在監獄裡全面行動，我們就可以做到這點。」

「你認為呢？」

國務祕書為警司艾瑞克和總警司菲列克打開了她的大門，但要做出這種重大決定，她必須聽取警界最高階主管的意見，因此才邀請國家警政總長來一起坐下，參與這場會議。

「沃德打算把犯罪菁英、千萬富翁和重刑犯變成他們的資金來源，把那些欠債的可憐小毛賊、小罪犯變成他們的奴隸。」

警政總長說話帶有尖銳鼻音。

「我不希望這種事發生，妳不希望這種事發生，寶拉也沒時間應付維斯曼街的命案。」

畢耶只有幾分鐘時間。

他查看電梯附近的閉路電視，先確定自己站在監視器的盲點下，再確定四下無人，接著脫下褲子，抓住麥克風線，將線拉到胯間，貼在鼠蹊部。

先前膠帶移動了位置。

菲列克搜身時動到了麥克風。

還剩幾分鐘。

他拉起褲子接縫處的一條線頭，用笨拙的手指將麥克風線綁在褲子上，調整麥克風對準褲子拉鍊，再將毛衣盡量往下拉，蓋到腰帶以下。

這不是最好的解決方法，但他的時間只夠做到這樣。

「你可以進來了。」

走廊上的門打了開來，國務祕書朝他招手。他縮小步伐，盡量自然地行走。

他們做出了決定。至少感覺起來是這樣。

「我要再問一個問題。」

國務祕書看著菲列克，又看著艾瑞克。

「二十四小時前，一場初步調查行動展開了，那場行動應該是由市警局主導的，我想知道你們……呃，要怎麼應付這件事？」

艾瑞克一直在等國務祕書提出這個問題。

「妳已經看過我呈交給重案組組長的報告了。」

艾瑞克指了指依然放在各人面前桌上的那份影印文件。

「這份則是負責調查維斯曼街命案的葛蘭斯、桑奎斯特、海曼森和克蘭茲遞交的報告，裡頭寫的是他們已經知道和看到的部分。妳可以拿他們的報告來比對我的報告內容。我的報告寫的是命案的真實經過和背景，以及寶拉為什麼會參與那間公寓裡的行動。」

國務祕書快速翻閱初步調查報告。

「這是一份真實的報告，清楚說明我們的同仁目前對案情的掌握程度。」

國務祕書不喜歡那份報告。她翻閱報告時，死者的面容首度活了起來。死者的嘴巴、死者的眼睛，彷彿都在避開她侮辱的目光，避開她認為自己永遠不可能考慮做出的決定。

「那現在呢？從這份報告寫好到現在這段時間，他們有什麼進展？」

艾瑞克微微一笑，這是他走進這間嚴肅得幾乎讓人窒息的辦公室這麼長時間以來，首次露出微笑。

「現在？如果我沒猜錯的話，調查人員剛在命案現場附近的垃圾間發現一個塑膠袋，裡頭有一件襯衫。」

他望向畢耶，臉上依然掛著微笑。

「那件襯衫上沾有血跡和射擊殘跡，不過呢……血跡在瑞典資料庫裡找不到紀錄。我猜這會擾亂他們，讓他們毫無進展，但他們還是會花時間和力氣去調查。」

§

那件沾有血跡的灰白格子襯衫經過二十四小時後，血跡顏色變得比較像是褐色，而不是紅色。伊維特・葛蘭斯戴著手套，惱忿忿地拿起襯衫。

「凶手的襯衫，凶手的血跡，可是我們卻一點進展也沒有。」

尼爾斯依然站在那個有許多紅色尖峰和數字的圖形前。

「雖然找不到身分，但也許可以找得到地方。」

「我不懂你的意思。」

這個小房間和鑑識部其他房間一樣潮濕陰暗。史文看著身旁那兩個男人，只見他們年齡相仿，頭頂光禿，心情算不上愉快，雖然疲憊不堪但做事仔細。那兩人最大的共同點，應該是他們一直都為工作而活，最後把自己變成了工作。

現在剛入社會的年輕一代，已經不太可能會發展成那樣。伊維特和尼爾斯已經失落自己的自然本性。

「屬於凶手的微細血跡在我們的資料庫裡都找不到，但這個沒有姓名的人一定得住在某個地方，而且當這個人遷移的時候，通常都會帶一些東西離開。一般來說，我會找尋儲存在人體內而且不易分解的有害物質或有機污染物，這種物質壽命很長，很難分解，有時在調查工作中，這種物質可以指向特定的地理位置。」

尼爾斯甚至連動作都很像伊維特。史文不曾發覺過這點，他環視四周，想看看這裡有沒有沙發，心裡突然確信每當日暮西斜，回家意味著被孤寂圍繞，那位刑事鑑識專家也會睡在自己的辦公室裡。

「但這次找不到，血跡裡找不到任何物質可以把凶手和特定地點、國家、甚至是大洲聯結起來。」

「媽的，尼爾斯，你剛剛才說……」

「但襯衫上有別的東西。」

尼爾斯小心翼翼地在工作台上打開襯衫。

「有好幾個地方，特別是這裡，右臂的下方，我們發現了花的碎片。」

伊維特傾身向前，想看看那肉眼看不見的細微物質。

「『百花齊放』，又叫『波蘭黃花』。」

警方在突襲檢查中越來越常發現『百花齊放』這種安非他命，它有鬱金香的香味，是工廠製造的化學安非他命，以花肥製成，而非丙酮。

「你確定？」

「確定。它的成分、氣味、甚至是黃顏色都符合『百花齊放』的特徵，就好像番紅花一樣，其中的硫酸鹽在濾水槽中會滲出顏色。」

「又跟波蘭有關。」

「還有，我知道這種安非他命的來源是什麼地方。」

尼爾斯慢慢折起襯衫，和打開時同樣小心。

「我在不到一個月內，就分析過另外兩起調查案中相同成分的安非他命，現在我們知道這種安非他命是在雪德爾策市郊一間安毒工廠製造的，雪德爾策位於華沙東方大約一百公里。」

§

強烈陽光帶來的暖意讓人不舒服，畢耶脖子上接觸夾克的地方開始發癢，鞋子也變緊了。國務祕書離開辦公室已經十五分鐘，她去一個更大的房間開個小會、做個決定，一個可能舉足輕重又微不足道的決定。畢耶口乾舌燥，嘴巴做出吞口水的動作，但卻沒吞下口水，只吞下了焦慮和恐懼。

真是怪了。

他是個曾在厄斯特羅克監獄的舍房裡服過刑的小毒販，是個有妻子和兩個幼子的顧家男人，他越來越愛那兩個兒子，勝過世上其他事物。

但這時他是個完全不同的人。

這時他是個三十五歲男子，置身於象徵權力的玫瑰堡裡，會議桌的角落有個他的位子，手裡激動地拿著國務祕書的手機。

「嗨。」

「你什麼時候要回來？」

「晚一點，這場會怎麼開都開不完，我又不能離開。他們怎麼樣了？」

「你還在乎嗎？」

她的口氣令他煩亂，她的話聲冰冷空洞。

「雨果和雷斯穆，他們怎麼樣了？」

她沒回話。他可以在眼前看見她站著的模樣，他熟知她的每個表情、每個姿勢，她纖細的手揉著額頭，她的腳在過大的拖鞋裡煩躁不安。她隨時可以決定是否要繼續忍受遭到背叛的滋味。

「他們好一點了，一小時前量過體溫，三十八度半。」

「我愛妳。」

他放下手機，看了看桌前的人，又看了看鐘。十九分鐘過去了。該死的口水，不論他吞幾次，嘴裡就是沒有口水。他伸個懶腰，朝他那張位在桌子邊角的椅子走去。這時辦公室的門打了開來。國務祕書回來了，身後一步之處還跟著一名高大健壯的男子。

「這位是保羅．拉森局長。」

她已做出決定。

「**他會協助我們進行接下來的工作。**」

畢耶聽見這句話也許應該大笑或拍手。他會協助我們進行接下來的工作。國務祕書決定在法律上忽視畢耶等同於命案共犯的身分。她冒了個險，並認為這是個值得一冒的風險。他知道至少有兩個被判徒刑的滲透者，曾經接受國務祕書的祕密特赦，但他也確信國務祕書從未選擇忽視一宗她所知道的未破刑案，因為案子通常在警察層級就可以解決。

「我想知道這是怎麼一回事。」

瑞典監獄暨監管局局長保羅明白表示他無意坐下。

「我們想請你……這要怎麼說……幫我們安排一個人。」

「你是誰？」

「我是市警局的艾瑞克．威爾森。」

「我要幫你安排一個人？」

「保羅？」

國務祕書對局長保羅微微一笑。

「是我，你要幫的人是我。」

身穿合身西裝、體格健壯的保羅默然不語，但他的肢體語言清楚表達了心中的挫折感。

「你的任務是替寶拉——也就是坐在我旁邊的這位男士——在艾索斯監獄裡安排一個位置，他一旦因為持有三公斤安非他命而被逮捕，就會被判入監服刑。」

「三公斤？刑期很長，他得先去庫姆拉的拘留所，然後才移監。」

「這次不會。」

「是，他……」

「保羅？」

國務祕書的話聲甚是輕柔，卻意外地可以下達嚴厲的命令。

「請你想辦法。」

艾瑞克承受著辦公室裡的尷尬靜默。

「寶拉進入艾索斯監獄之後的工作已經安排好了，他會開始擔任清潔工，負責清潔行政大樓和工場。」

「監獄管理處通常只有獎勵犯人才會派給清潔工作。」

「那就獎勵他。」

「再說誰是寶拉啊？他總該有個名字吧？你有名字吧？你可以替你自己發言吧？」

監獄暨監管局局長保羅向來習慣發號施令和受人遵從，不習慣被人命令和聽從命令。

「你會取得我的姓名和個人資料，這樣你才能把我安排到指定的監獄，派給我指定的工作，並且在我入獄整整兩天之後，對監獄裡的每間舍房進行徹底的突擊檢查。」

「什麼……」

「而且要用警犬，這點很重要。」

「要用警犬？如果我們發現你浪費在其他犯人那裡、用來栽贓的毒品要怎麼辦？不可能，我不同意這樣做，這表示我得讓我的人員暴露在危險中，或是讓某個沒犯罪的人遭到起訴。我不同意。」

國務祕書朝保羅踏上一步，將手放在他穿著西裝外套的手臂上，直視他的雙眼，口中吐出輕柔的話語。

「保羅，請你想辦法就是了，我指派你進行這項工作，這表示由你決定監獄暨監管局內的運作，由你決定你我都同意的這件工作該如何進行。你離開的時候，請把門帶上。」

走廊深處一扇開著的窗戶促進了空氣的流通。

也許這就是為什麼辦公室門會關得那麼大聲的緣故。

「寶拉將會在監獄裡繼續進行滲透犯罪組織的工作，我們必須讓他變得更危險。」

艾瑞克等關門聲散去之後如此說道。

「他必須犯過幾條嚴重的罪行，必須被判過重刑，這樣才能被受刑人尊敬並在監獄裡有更多運作的空間。如果其他犯人去查他的犯罪紀錄，必須查得到我們提供的紀錄才行，而且他們第一天就會去查，一定會去查。」

「這要怎麼辦到？」

國務祕書毫無表情的臉上微微皺起眉頭。

「他要怎麼樣才能有那樣的背景？」

「通常我會動用我手下的線民，一個國家法院行政部門的公務員，這位線民負責在犯罪紀錄資料庫裡直接替紀錄歸檔。從那裡發出的是原始紀錄文件……呃，監獄方面不會有人質疑這些文件的真實性。」

艾瑞克原本以為這番話會招致更多疑問，例如他竄改國家法院行政資料庫的次數有多頻繁？有多少人身上現在帶著偽造的判決？

結果竟然一個疑問也沒有。

現下他們坐在這張會議桌前討論的任務，必須採取彈性極高的解決方法，只要有人可以替法院案件調整流程或縮短等候時間就好，不必計較那些人的姓名和職位。

「再過三十八小時，一名通緝犯就會被逮捕和訊問。」

他看著畢耶。

「他會認罪，聲明他沒有同夥，幾星期後，斯德哥爾摩市法院的法官會同意判他重刑，發監到全國三大高度戒護監獄之一的艾索斯監獄服刑。」

這間辦公室依然亮得令人著惱、暖得令人枯萎。

眾人站起身來。會議結束。

畢耶只想衝出門，奔出玫瑰堡，毫不停步地奔回家去，緊緊將蘇菲雅擁在懷裡。但是還不行。他想把這件事談得清清楚楚，不容許有任何其他詮釋存在。

你只能靠你自己。

「在我離開之前，我想請妳再說一次妳對我做出的所有承諾。」

國務祕書原本以為畢耶會就此離去，不過她也了解畢耶有必要親耳聽見這些保證。

「我會處理的。」

畢耶踏上一步，感覺鬆動的麥克風線拍打褲子。他稍微向右傾身，讓麥克風直接對準國務祕書；他必須錄下國務祕書接下來說的每一句話，這非常重要。

「妳會怎麼處理？」

「我保證你不會因為維斯曼街七十九號發生的事而受到起訴。我保證我們會盡全力協助你在監獄裡完成任務。還有……任務結束後，我們會照顧你。我知道到時候你的生命會受到威脅，你的名字會傳遍整個黑道世界。我們會給你新生活、新身分，還有金錢，讓你移居國外，重新開始。」

國務祕書臉上隱約露出微笑，至少在強烈陽光照耀下，那看起來像是個微笑。

「我以司法部國務祕書的身分對你保證。」

沃德保全和政府辦公室其實並無太大分別，他們選擇使用相同的語彙，選擇給出相同的保證，法律上的黑白兩道選擇了同一條路。

這些保證都很好，但還不夠。

你只能相信你自己。

「我還是想知道妳會怎麼處理？」

「這件事我們已經談過三次了。」

國務祕書瞥了警政總長一眼，總長對她點點頭。

「基於人道立場的考量，你會收到正式特赦，關於這點不必再詳細解釋。不論基於醫療或人道立場，司法部都有權力賦予機密特赦。」

畢耶站在國務祕書面前，靜默了幾秒鐘。

他感到滿意。他的要求幾乎都被滿足了。

國務祕書清楚地說出了他想聽見的話，而且日後可以重複播放。

§

他們並肩行走，穿過連接玫瑰堡和議會大樓的地下走廊，來到電梯前，停下腳步。這台電梯可以載他們前往舊城區和錢幣廣場二號。照理說現在他們應該行色匆忙才對，因為所剩時間不多，但兩人似乎都想了解他們究竟要往哪個方向前進。

「你現在是亡命之徒了。」

艾瑞克頓了頓。

「從現在開始，你對黑白兩方來說都是危險人物。一旦你是滲透者的身分曝光，沃德會追殺你。對剛才開會的那些人而言也是一樣，現在你知道的事，剛剛那間辦公室裡沒有一個人會承認。一旦你構成威脅，他們會立刻犧牲你，為了保護自己的權力，他們會燒了你，就好像他們燒了其他滲透者一樣。你是沃德的頭號人物，你也是我們的頭號人物，但如果有什麼意外，畢耶，你只能靠你自己。」

畢耶知道恐懼是什麼感覺。他會擊退恐懼，他一向都可以擊退恐懼，但他需要再多一點時間，他想在斯德哥爾摩地底下的黑暗中多停留一會，這樣一來，他們就不必走進電梯，不必坐上停在小石庭裡的小巴士，他也不必再戰鬥。

「畢耶？」

「什麼事？」

「你必須時時掌控情勢，萬一事情出了差錯……政府當局不會照顧你，只會把你燒了。」

§

畢耶踏出腳步。

剩下三十八小時整。

第二部

黑色小巴士在多層停車場的陰暗水泥角落停了下來。這裡是二樓A區。

「剩下三十八小時。」

「再見。」

「亡命之徒，別忘了我說的話。」

畢耶將手放在艾瑞克肩膀上，然後從後座開門下車，吸了一口帶有二氧化碳味道的空氣。通往政府街和首都的這個狹小階梯總是讓人步伐加快。

鬱金香。教堂。瑞士迷你槍。十公斤。圖書館。風速計。信。發話器。硝化甘油。保險箱。光碟。詩。墳墓。

剩下三十七小時五十五分。

他沿著人行道舉步而行，和路人擦肩而過，路人對他視而不見，路人只是缺乏笑容的陌生人。他渴望回到位於這座城市南邊幾公里遠，那條寧靜街道上的一棟屋子。唯有在那裡，他才不會被追趕，他在那裡也沒有必須存活下來的壓力。他應該再打一通電話給她。鬱金香、硝化甘油、風速計。他知道自己有能力在時限內完成準備工作，但他仍不知該如何安置蘇菲雅才好。倘若碰上危險或危機，只要掌控情勢，就可以操縱結果，但面對蘇菲雅，沒有什麼是可以掌控的，無論他多麼努力，就是無法影響她的反應或感覺，他完全無法根據自己的主張來靠近她。

他是那麼地愛她。

現下他和街上所有路人一樣，快步走在城市街道上，臉上沒有一絲笑容：他踏上麥斯山謬街、北克拉拉教會街、奧洛夫帕爾梅街，最後來到瓦薩街街角，走進一家名叫玫瑰園的花店，這家花店正好面對北鐵路廣場。店裡已有兩名客人。他放鬆下來，讓自己迷失在紅色、黃色、藍色的花朵之中。那些花的名稱都寫在小小的方形標牌上，但他過目即忘。

「要買鬱金香？」

年輕女店員胸前也別著一個方形名牌，他看了好幾次也忘了好幾次。

「也許我該買點別的？」

「鬱金香的效果最好了。是不是要買含苞的？冷藏庫裡頭的？」

「老樣子。」

這家花店是斯德哥爾摩市區內少數到了五月還販售鬱金香的花店，也許是因為他們有個年約三十五歲的老主顧，經常來買大束的鬱金香，而且只買儲存在五度以下、含苞待放的鬱金香。

「三束是嗎？一束紅的，兩束黃的？」

「對。」

「一束二十五支？還有空白的白色卡片？」

「麻煩妳。」

女店員用棉紙紮起花束，窸窣作響。兩束黃色鬱金香內各放一張卡片，上頭寫著：**合作愉快，衷心感謝，艾索斯商業協會**。紅色那束的卡片上寫著：**我愛妳**。

他付了錢，沿瓦薩街走了幾百公尺，來到一扇門前，門上有塊名牌寫著「赫夫曼保全公司，二樓」。他打開門，關上警鈴，直接穿過廚房來到水槽前。前天他就是在這個水槽裡替十四隻毒騾卸貨，每隻毒騾體內攜帶一千五百克到兩千克的安非他命。

廚房某個櫃子裡放著一支花瓶，他在換氣扇上方的櫃子裡找到了厚重的水晶玻璃花瓶，在裡頭注入清水，插上一束共二十五朵紅色鬱金香。另外兩束共五十朵淺綠色花莖、黃色花苞的含苞鬱金香，則一支支排在料理台上。

他開啟烤箱，調到大約攝氏五十度。烤箱的老轉盤刻度已看不清楚。

他將冰箱溫度從攝氏六度調低到兩度，為了確定溫度，他在上層置物架放了一支溫度計，因為塑膠冰箱門內附的溫度計太過陽春，而且也難以辨識。

畢耶離開廚房和公寓，手裡拿著一只宜家家居購物袋，踏上樓梯，一次爬兩格，來到閣樓那根發亮的鋁管前。他撬開鋼環，使用的手法跟早上亨利克和他同來時一樣。他取出十一個錫罐，一次從暖風機內取出一罐，接著再鎖上鋼環，揹著十一公斤稀釋安非他命回到樓下。

我需要三天除去競爭對手。

他檢查烤箱。烤箱感覺溫熱，攝氏五十度。他打開冰箱，檢查放在上層置物架的溫度計。攝氏四度。和花店冷藏庫的溫度一樣，但他必須讓溫度下降到攝氏兩度。

我想知道你打算怎麼做。

他從宜家家居購物袋裡拿出第一個錫罐。一千公克安非他命。用在五十朵鬱金香上綽綽有餘。

鬱金香和詩集。

他仔細清洗水槽，仍在金屬排水孔邊緣發現前天留下的些許殘渣卡在上面。計畫外的槍殺事件。驚慌的毒騾。他必須將毒騾送來這裡卸貨，送來這個絕對不能跟毒騾扯上關係的地方。他打開水龍頭，讓熱水不斷流出，同時洗去嘔吐物、牛奶和褐色橡膠的殘渣。

防火手套放在其中一個抽屜裡，和刀叉放在一起。他在每一隻手套上放上一支鬱金香，再放進烤箱，讓圓形花苞對著箱門。他十分喜愛這一刻。春天和生命都封存在綠色花莖的頂端。溫暖的烤箱裡，花苞突然甦醒，首度展露它們真實的色彩。

花苞開了幾公分之後，他就將花苞拿出來。必須小心不要陶醉在花朵的美麗、色彩和燦爛生命力之中，而讓鬱金香留在烤箱裡太久。

他將鬱金香放在料理台上，拿出一盒保險套——無花紋、無潤滑液、絕對無香味的保險套——仔細地將半截保險套戳進花苞裡，再填入安非他命，一次填入一個刀尖的量。小花苞內填入三公克，較大的花苞填入四公克。他用力將保險套塞進花苞，盡量塞到底，然後將兩朵塞有安非他命的鬱金香放在餐盤上，再放進水槽和炊具中間那台嗡嗡作響的冷凍庫裡。

鬱金香必須躺在攝氏零下八度的冷凍庫裡十分鐘，直到花苞合起，再度沉睡，藏起它們燦爛的生命力。接著他才會將鬱金香從冷凍庫移到固定在攝氏兩度的冰箱裡，讓它們在那裡長時間休息，延緩綻放。

下次它們綻放，會是在室溫的環境中，在典獄長的辦公桌上。

那才是他要它們綻放的時候。

§

一如往常，畢耶站在他的大辦公室裡，看著窗外國王大橋和瓦薩街上的路人和車輛。他在五十朵鬱金香裡塞入了總共一百五十克、濃度百分之三十的安非他命，完全沒意識到這種白中帶黃的粉末偷走了他生命中很多年的時光。曾有一度，他清醒的時間全都用在偷取足夠的安非他命，來換取隔天更多的迷幻時光上。勒戒中心、恐懼、判刑。毒品將他消耗殆盡，一切都變得毫無意義，直到有天早晨，她突然出現他的面前。自此之後，他再也沒注射過毒品。她使他不得不緊緊握住她的手，唯有兩人彼此信任才能如此。

§

雪茄管躺在桌上。錄音筆躺在雪茄管旁。

這份報告——我讀過了。我以為……我以為報告裡的那個人……是個女人？

一支小到可以塞進肛門的錄音筆。

如今錄音筆內的檔案化為了電腦上傳出的話聲。

在這裡我叫這個名字。

畢耶將整段錄音燒到兩張光碟上，分別將它們放進褐色和白色的A4信封。他從槍櫃頂端的架子上拿下四本護照，將其中三本放進褐色信封，第四本放進白色信封。最後他拿出兩具小型發話器和兩具耳機式收話器，並將兩具收話器分別放進兩個信封。

「是我。」

他撥打手機裡儲存的唯一一組號碼。

「哈囉。」

「我忘了你同事的名字，那個正在調查維斯曼街命案的傢伙。」

「你問這幹嘛？」

「艾瑞克，我只剩三十五小時。」

「葛蘭斯。」

「他的全名。」

「伊維特．葛蘭斯。」

「他是誰？」

「我不喜歡你問他名字的感覺，你想幹嘛？」

「**拜託你，艾瑞克，他是誰？**」

「一個老警官。」

「很厲害嗎？」

「對，很厲害，厲害到讓我覺得不安。」

「什麼意思？」

「他……他是那種不會輕言放棄的人。」

畢耶在褐色信封的正面，用粗大清晰的字體寫下伊維特．葛蘭斯的名字，再用較小的字體在下方寫上地址。他檢查信封內的東西：一張光碟、三本護照、一具收話器。

那種不會輕言放棄的人。

§

艾瑞克·威爾森喜歡享受最後一抹夕陽。夕陽正朝韋特恩湖緩緩沉落而下。他享受這片刻的寧靜。不久前，畢耶打來一通怪電話，問起伊維特·葛蘭斯。不久後，艾瑞克要去跟一個人碰面，準備將一名滲透者塑造得更加危險。最近這幾天，艾瑞克發現畢耶每小時都在改變，畢耶正在逐漸撤退，上一通電話跟他說話的人叫做寶拉。他知道這是必然的，甚至還對畢耶諄諄勸誡，然而每當他喜歡的人變成另一個人，依然令他震驚不已。

這幾年來，他曾多次從延雪平車站步行短短的距離到瑞典法院行政辦公室，這段路如果不走鐵道街和西主街，只要五分鐘就能走到法院的厚重大門前。

他來這裡是為了操弄系統。

而且他很行。他很懂得如何吸收線民，無論那人是否正在服刑，只要能用來滲透其他犯罪網路就可以。他也吸收公務員，利用他們添加或刪除資料庫裡的紀錄。他很懂得如何讓線民覺得自己很重要，讓他們相信自己正在幫助社會和自己。他也很懂得在必要時微笑和大笑，迎合滲透者和線民，好讓他們喜歡他多過於他喜歡他們。

「嗨。」

「很謝謝妳留到這個時間。」

女子微微一笑。她五十來歲，是艾瑞克多年前在約塔上訴法庭處理案件時吸收的線民，那星期他們每天都在法庭碰面。一天，兩人共進晚餐時，她同意協助瑞典警方持續打擊組織犯罪，運用她的職務和權限修改資料庫裡的資料。

兩人步上宏偉的法院樓梯，她朝警衛揮了揮手說**我有訪客**。兩人繼續走到二樓的行政部。她在她的電腦前坐下，艾瑞克從旁邊空桌拉過椅子，坐下等候，看著她鍵入使用者名稱和密碼，拿出一張塑膠小卡片刷過鍵盤頂端。

「哪個人？」

授權卡就掛在她脖子上，她緊張地摸弄那張卡。

「721018-0010。」

艾瑞克將手臂倚在她椅子後方，他知道她喜歡這樣。

「畢耶．赫夫曼？」

「對。」

「伊安克區史塔克羅路二十一號，郵遞區號12232。」

艾瑞克看著螢幕，上頭顯示瑞典國家警政署關於畢耶．赫夫曼的紀錄首頁。

一、嚴重違反槍械法，一九九八年六月八日

槍械法第九章，第一部，第二節

二、非法棄置，一九九八年四月五日

SPC第十章，第四部

三、非法駕駛，一九九八年二月五日。

RTOA第三部，第二節（1951:649）

判處徒刑一（1）年六（6）個月
一九九八年七月四日執行判決
一九九九年七月一日假釋出獄
剩餘刑期六個月

「我只想做一點調整。」

艾瑞克朝螢幕傾身，也許稍微碰觸到她的背。他會做出的親近舉動僅止於此，為的是創造出親密的假象。兩人都很清楚這是怎麼回事，而她容許自己被愚弄，只因她需要近似於身體接觸的感受，而艾瑞克假裝和她親近是因為他需要有人替他工作。他們彼此利用的方式，就好似警方聯絡者和線民的關係，其中隱含著一種永遠不會被定義的沉默協議，但這正是雙方願意見面的先決條件。

「調整？」

「我想請妳……加點東西。」

他改變姿勢向後靠，手再度接近她的背。

「哪裡？」

「第一頁，厄斯特羅克監獄那裡。」

「判處徒刑一年六個月。」

「改成五年。」

她沒問原因。她從來不問。她相信他，她相信這位斯德哥爾摩犯罪活動小組的警司之所以坐得離她這麼近，是為了社會最佳利益和防治犯罪。輕盈的手指在鍵盤上舞動，「一（1）年六（6）個月」那一行變成了「五（5）年」。

「謝謝妳。」

「就這樣？」

「下一行，嚴重違反槍械法，這樣還不夠，我想請妳再加兩條罪名：謀殺未遂、嚴重襲警。」

國家法院行政部二樓這間大辦公室裡只有一台電腦開著、一盞檯燈亮著。艾瑞克知道她在辦公室留到這麼晚所冒的風險，她的同事早已離開，現在正懶洋洋地靠在客廳沙發上看電視。她經過一番權衡，覺得比起面對起訴和嚴重偽造文書罪，「感覺自己很重要」比較重要。

「好了，現在他被判了更長的刑期，也有了更多的『判決理由』，還需要調整什麼嗎？」

她列印出721018-0010的犯罪紀錄，遞給那個坐得離她如此靠近、讓她覺得充滿生命力的男子。她等他閱讀那份紀錄，過了一會，他似乎靠得更近了。

「今天這樣就可以了。」

艾瑞克手中拿著兩張紙，那兩張紙可以讓疑心變成尊敬。畢耶剛進入艾索斯監獄的那段時間，必須對頑劣的受刑人證明他曾經犯下轟轟烈烈的罪行，有了因**謀殺未遂**和**嚴重襲警**而入監服刑五年的紀錄，就等於是拿到一張安全通行證，因為這表示他在必要時有能力展現殺人的力量。

寶拉一進入舍房，他所佯裝的形象就會被認為是真的。

艾瑞克撫摸著微笑女子的手臂，在她臉頰上輕輕一吻，便匆匆離去，趕搭晚班列車返回斯德哥爾摩。他離去後，她臉上依然掛著微笑。

§

黑暗開始囓咬屋子角落，使得屋子看起來小了許多。

屋子正面的色彩逐漸淡去，煙囪和剛鋪上新屋瓦的屋頂看起來似乎正往二樓窗戶沉落。

畢耶．赫夫曼站在院子裡的兩棵蘋果樹間，試著看入廚房和客廳。這時是晚上十點半，時間甚晚，但她依然醒著，隱約出現在藍色或白色的窗簾內。

他應該打通電話的。

下午五點出頭，玫瑰堡的會議結束後，他就一頭栽進了繁瑣的工作：前去花店購買三束鬱金香，將政府辦公室的錄音檔燒成光碟，在兩個信封上寫上兩個永遠不會收到信的人名和地址，接著又爬上陰暗閣樓，將十一罐共十一公斤的安非他命放進購物袋，然後將兩朵兩朵的鬱金香放進烤箱再移到冷凍庫，最後放進冰箱。就這樣，傍晚一轉眼就過去了，他卻一通電話也沒打。

剩下三十三小時。

他打開上鎖的前門。客廳裡沒有電視聲響，廚房圓桌上方的燈沒開，書房收音機並未播放她最愛聽的P1脫口秀。他回到家，迎接他的卻是一棟帶著敵意的屋子，任何回應都不在他掌控之內，對此他恐懼不已。

畢耶吞下完全孤獨的感覺。

他向來孤獨。他沒什麼朋友，他將朋友一個一個丟棄，因為他不懂交朋友有何意義。他沒什麼親戚，他和那些並未主動拋棄他的親戚斷了聯絡。但現在他感覺到的孤獨完全不同，這種孤獨不是他自己選擇的。

他打開廚房的燈，只見餐桌空落落地，上頭沒有滴落的果醬，沒有「**再吃一片就好**」留下的餅乾屑。桌子以畫圓圈方式擦過，抹去了一切。若他傾身向前，甚至可以在光亮的松木桌面上看見J魔布留下的擦拭條紋。幾小時前，他們坐在這裡吃過晚餐，她盯著他們吃完盤裡的食物，而他卻不在場，以後也不會在場。

花瓶收在水槽上方的櫃子裡。

二十五朵紅色鬱金香。他將寫著「我愛妳」的卡片弄得挺直。鬱金香擺在餐桌中央，卡片放在顯眼的位置。

上樓時，他盡量放輕腳步，但每踏一步，樓梯都發出嘎吱聲，宛如警告。聽見嘎吱聲的耳朵會知道他靠近了。他心中十分害怕。他害怕的不是他即將面對的怒火，而是後果。

她不在主臥室裡。

他站在門口，看著空無一人的臥室，只見床罩整整齊齊鋪在床上，沒有動過的痕跡。他繼續朝雨果的房間走去，只聽見房裡傳來五歲發炎喉嚨的咳嗽聲。這裡也沒有她的蹤影。

再找下一個房間。他邁步急奔。

她躺在狹小的床鋪上，跟小兒子擠在一起，蓋在棉被下，身體蜷曲。但她沒睡著，她的呼吸聲沒有那麼規律。

「他們怎麼樣了？」

她沒看他。

「他們還在發燒嗎？」

她沒回話。

「很抱歉，我實在走不開。我應該打通電話回來的，我知道，我知道我應該打通電話回來的。」

她保持緘默。這比其他反應都來得糟。他寧願她放開來跟他大吵。

「明天我來照顧他們，我會照顧一整天，妳知道的。」

該死的緘默。

「我愛妳。」

他下樓時，樓梯發出的嘎吱聲似乎沒那麼響亮。他的夾克就掛在走廊衣架上。出門後，他將前門鎖上。

§

剩下三十二小時三十分鐘。畢耶不睡覺。今晚不睡，明晚也不睡。日後他有很多時間可以睡覺。還押之後，他會被關在五平方公尺的小舍房兩星期，裡頭沒有電視、沒有報紙、沒有訪客，他可以躺下來，忘記所有這些狗屁倒灶的事。

§

畢耶坐在車裡。整條街都在睡覺。他慢慢數到六十，感覺身體一節一節放鬆。他經常這樣做。

明天。

明天他會把一切都告訴她。

市郊住宅區的鄰居燈光一個接一個熄滅。山謬森家和桑德家樓上窗戶仍閃著電視發出的藍色亮光。奈曼家的地下室窗戶從黃色變成了紅色，畢耶知道那是奈曼家其中一個青少年小鬼的房間。除了這些之外，夜已降臨。他看了他家和院子最後一眼。他很確定若他按下車窗，伸出手，就可以碰到院子。院子這時被寂靜和黑暗覆蓋，客廳連一絲燈光都沒透出。

明天他會把一切都告訴她。

車子駛上小街道，他在車上打了兩通電話，第一通是安排午夜在二號地點的會面，第二通是安排稍晚在丹維斯山的會面。

他有一小時可以閒晃，不用再趕時間。他駕車開往市區，朝南城區和翁斯圖區附近駛去，他在那裡住過很多年，當時該地是斯德哥爾摩的破敗區，穿著西裝的菁英份子倘若不小心經過那裡，都會發出恥笑。他在伯格桑水岸的濱水區停好了車，旁邊就是一家美麗的老木造澡堂。多年前，許多瘋子努力抗爭，想拆掉那家澡堂，如今那家澡堂如同一顆被埋沒的寶石，矗立在這個時髦地區，週一開放給女士游泳，週五開放給男士游泳。夜晚雖然就在身旁，外頭仍頗為溫暖。他脫去外套，沿著柏油路行走，眼睛望著水面。偶爾有輛車子經過路旁屋舍，尋找停車位，頭燈掃過水面，映照出粼粼波光。

他在頗硬的公園長椅上坐了十分鐘，又去老鐘酒館慢慢喝了杯啤酒，那裡的酒保是昔日他過夜生活時認識的，酒保的笑聲十分響亮。他拿起一份被遺忘的晚報看了幾則報導，伸出油膩膩的手指拿取吧檯盡頭碗裡的花生米。

一小時就這麼被浪費了。

他邁開腳步，朝賀加里斯街三十八號和海利伯格街九號走去，前往二樓那間拼花地板凹凸不平的公寓。

§

艾瑞克坐在包著塑膠套的沙發上。前門打開，進來的人只可能是寶拉。寶拉踏過被水破壞的走廊地板。

「你知道現在還不算遲，你還來得及退出。」

艾瑞克看著寶拉，眼神似乎透著溫暖的感情。他不該帶有感情的，但感情自然而然就流露了出來。滲透者應該只是個工具，當滲透者還有利用價值時，警方可以加以利用，當情勢變得危急時，警方可以加以拋棄。

「你不會收到非常優渥的報酬，也不會獲得政府的正式致謝。」

然而面對畢耶，或是寶拉，情況變得不同。畢耶變得不只是個工具，而是個朋友。

「你有蘇菲雅，還有兩個兒子，我不知道那是什麼樣的感覺，可是……我有時候會想到這些，我會渴望擁有一個家庭。如果我有家庭……媽的我絕對不可能為了一個連謝謝都不會說一聲的人，去冒可能失去家庭的危險。」

艾瑞克非常清楚，此時此刻，他正在做一件他不該做的事，在政府當局最需要的時候，替一個非常特殊的滲透者找尋退出的理由。

「這次你冒的險比以前都大，昨天離開玫瑰堡的時候，在隧道裡我就跟你說過了。**畢耶，我說話的時候請你看著我**。我再說一次，**看著我**！你一完成我們的任務，就會被列在沃德的暗殺名單上，你確定你明白這代表什麼意思嗎？真的明白嗎？」

經歷九年滲透者生涯的畢耶看了看包著塑膠套的家具，選了一張綠色或可能是褐色的扶手椅坐下。不，他不再確定自己真的明白這會伴隨什麼樣的後果，也不明白為何他們要坐在這個祕密會面地點面對彼此，而他的妻兒正在寂靜的屋子裡睡覺。有時事情就是這樣。有時事情起了個頭，就繼續了下去，一天過一天，一月過一月，一年過一年，你並不會去反思它。但他清楚記得當初他說「好」的原因，也記得他們說他剩下的刑期可以定期放假，而且他出獄之後可以過一種不同的生活，他的犯罪活動會變得很簡單，只要他替警方工作，警方就會對他的犯罪紀錄視而不見，將它藏起來，讓犯罪行動小組和檢察官不去打擾他。當時一切看起來都簡單得不得了，他根本沒想過日後自己必須說謊度日，必須承受線民身分曝光的危險，而且沒有人會感謝他和保護他。當時他沒有家累，一人飽全家飽，僅夠餬口而已。

「我會執行完這項任務。」

「你退出的話，沒有人會怪你。」

他起了個頭，然後繼續了下去。他學會跟刺激感共處，學會適應腎上腺素刺激胸腔裡的心臟，讓心臟暴走，學會享受「這一行他最優秀」所帶來的自豪感；他從不曾在什麼事情上優秀過。

「我不會退出。」

他上了癮。少了腎上腺素和自豪感，他不知道生命會變成什麼樣子。

「呃，至少我們公開討論過了。」

他是那種從來沒辦法完成什麼事的人。

這次他要把事情完成。

「很謝謝你給我退出的機會，艾瑞克，我知道這不是你的份內工作。**不過，是的，我們公開討論過了。**」

艾瑞克問了出口，也得到了他想要的回答。

「只是以防萬一。」

他在包著塑膠套、坐起來不甚舒服的沙發上換了個坐姿。

「如果你的身分曝光，在監獄裡沒辦法跑太遠，但你可以請求被送進隔離單位。」

艾瑞克看著寶拉，或是畢耶。

「雖然你就跟被判了死刑沒兩樣，但你不會死。等你被送進隔離單位，受到隔離單位的保護之後，聯絡我們，然後等待一星期，我們需要一星期時間處理書面作業，派人進去救你出來。」

艾瑞克打開腳邊的黑色公事包，拿出兩個檔案夾放在兩人中間的咖啡桌上。那是瑞典國家警政署的新犯罪紀錄和新訊問紀錄，如今這兩份紀錄都包含在一份長達十年的初步調查報告中。

負責訊問的警官楊恩．山德（以下稱「山」）：一把九毫米拉多姆手槍。

畢耶．赫夫曼（以下稱「赫」）：對。

山：你被逮捕的時候，這把槍剛發射過不久，彈匣裡少了兩發子彈。

赫：你說是就是。

畢耶靜靜讀完整份被修改過的報告。

「五年。」

「對。」

「謀殺未遂？嚴重襲警？」

「對。」

山：你開了兩槍，有好幾個目擊者都證實了這件事。

赫：（沉默）

山：那些目擊者都住在瑟德港卡普登街，他們家的窗戶面對你開槍射擊道爾警員的那片草坪。

赫：瑟德港？別鬧了，我從來沒去過瑟德港。

這些紀錄的每個小細節都是艾瑞克精心建構的，組合起來就變成一個可信且站得住腳的背景。

「這……你覺得這會行得通嗎？」

犯罪紀錄裡的判決如果要進行修改，都必須針對已經展開的調查工作舉行新的公聽會，服刑監獄的監獄暨監管局檔案也會根據判決，增加新的內容。

「行得通。」

「根據判決和初步調查報告，你用上膛的拉多姆手槍擊打一名警察的臉部三次，直到他失去意識，倒在地上。」

山：你試圖殺害一名執勤中的員警，也就是我的同事，我想知道你為什麼要這樣做？

赫：這是個問題嗎？

山：我想知道為什麼！

赫：我從來沒在瑟德港對警察開過槍，因為我從來沒去過瑟德港。如果我去過，還對你的同事開槍，一定是因為我不喜歡那個警察。

「然後你將手槍調了個頭，扣下扳機，開了兩槍。其中一槍打中大腿，另一槍打中左上臂。」

艾瑞克的背靠上塑膠套。

「如果有人查看你的背景或進入你的犯罪紀錄和初步調查報告，絕對不會懷疑這些內容的真實性。我還加了關於手銬的備註，說明為了安全理由，你被訊問時全程都上手銬。」

「這個不錯。」

畢耶折起兩張報告。

「給我幾分鐘，我要全部回想一次，然後就可以背下來。」

他將不曾宣判過的判決和不曾發生過的公聽會紀錄拿在手上，這些紀錄是他在監獄走廊上扮演角色和執行任務最重要的工具。

剩下三十一小時。

星期四

午夜過後，俄葛雷教堂的兩座高塔敲起鐘聲，艾瑞克・威爾森穿過社區庭院和海利伯格街的出口，離開二號地點。外頭依然反常地溫暖，不知是因為時序正要邁入夏季，還是他的身體因為緊張而發熱。畢耶・赫夫曼脫下夾克，朝伯格桑水岸走去。他的車停得離水邊很近，當他發動引擎、打開頭燈時，燈光照亮了黑沉沉的水面。他駕車由西區朝東邊的南城區和夜色中駛去，他要去的地方應該湧入了很多人，大家整個冬季都在盼望溫暖季節趕快來臨，不想那麼早回家。現在人潮應該已經散去，熱鬧的城市也沉沉睡去。離開史路森區之後，他沿著史塔斯港加速，然後煞車，在丹維斯托橋和納卡市交界處之前轉彎，駛上特格維斯街，再拐上亞斯諾街，最後來到一道柵欄前，柵欄擋住了通往丹維斯山的唯一山路。

他開門下車，走進黑暗，在他的鑰匙串中翻尋，鑰匙串叮叮作響。他找出一把只有正常鑰匙一半大小的金屬鑰匙，那把鑰匙他帶在身上有一段時間了，因為近幾年來他們時常碰面。他打開又關上柵欄，駕車沿著曲折山路往山坡上緩緩駛去，來到坡頂的露天咖啡館。數十年來，那家咖啡館販賣的是肉桂捲和城市景觀。

他將車子停在荒涼的停車場上，聆聽懸崖邊傳來的浪濤聲，海水從這裡流入索爾灣。幾小時前，客人還坐在此地，握著彼此的手，或談天，或打哈欠，或只是共享寧靜，啜飲拿鐵咖啡。長椅上留著一個被遺忘的咖啡杯，幾個塑膠托盤上留著幾張皺了的紙巾。他在咖啡館旁坐了下來。咖啡館的木百葉窗都已拉上，一張桌子被鐵鍊拴在灰色水泥塊上。畢耶朝山下的城市望去。他在這座城市居住了大半輩子，感覺卻仍像陌生人，彷彿只是個過客，很快就會離開，無論他離開要往哪裡去。

他聽見腳步聲。

腳步聲從背後的黑暗中傳來。

聲音起初模糊而遙遠，是雙腳踏上堅硬路面的聲音，接著腳步聲越來越近、越來越清楚，碎石路面大聲宣告說踏在其上的人正努力不讓自己的行蹤被別人聽見。

「畢耶。」

「羅倫茲。」

對方是個黝黑結實的男子，年齡和畢耶相仿。

一如往常，兩人擁抱。

「有多少？」

黝黑結實的羅倫茲在畢耶面前坐下，手肘重重放在桌上，使得桌子微微一沉。他們認識正好十年，羅倫茲是少數畢耶可以信任的人。

「十公斤。」

他們曾一起在厄斯特羅克監獄服刑，住在同一區的相鄰舍房。換作是在別的地方相遇，他們絕對不會走那麼近，但是在監獄裡他們別無選擇，只能被迫關在一起，最後成了莫逆之交，只是當時他們並未意識到而已。

「純度呢？」

「三十。」

「工廠貨？」

「雪德爾策。」

「『百花齊放』，好極了，正是他們要的，這樣我也用不著大吹大擂說品質有多好，不過我個人是受不了那個味道。」

羅倫茲是唯一畢耶不會透露給艾瑞克知道的人，他喜歡羅倫茲這個人，也需要這個人。羅倫茲出售畢耶稀釋的安非他命，讓畢耶為自己謀取金錢。

「可是百分之三十……太強了，不能拿去平地[4]和中心[5]賣，那裡的傢伙不能用濃度超過十五的安，不然會惹出麻煩。這批貨……我可以拿去夜店賣，混夜店的小鬼都喜歡力道猛的，而且口袋裡有的是錢。」

艾瑞克知道有個人名他拿不到，也知道原因是什麼，因為這樣畢耶才能繼續替自己販毒賺錢，而艾瑞克和他的同事對此視而不見，有時甚至方便他們做生意，只為了換取畢耶繼續進行滲透工作。

「幹，十公斤純度三十的安很多耶。我會吃下來，跟平常一樣，只要你說一聲，我都會吃下來。可是——現在我是以朋友的身分問你，畢耶——你確定如果有人開始追查，你罩得住嗎？」

兩人眼望彼此。這個假設性的問題可以被解讀為其他意思，例如不信任，或是挑釁。然而不是，羅倫茲問這句話的背後就是這個意思。畢耶知道羅倫茲這樣問是出於關心。過去畢耶的做法是把他從某處得來的安非他命分出一小部分，賣到其他地方，為自己賺錢。但這次他為了別的因素，需要一大筆錢，因此在亨利克來訪幾小時後，他就把部分裝在真空包裝錫罐中的已稀釋安非他命，從暖風扇管道移到了宜家家居購物袋中。

「我罩得住。如果有一天我得動用這批貨的錢，會是因為為時已晚，沒辦法再回答這些問題了。」

羅倫茲不再追問。

他早已明瞭，人人都有自己的苦衷，都必須做出自己的抉擇，如果對方不想說，逼著對方說也沒有用。

「我得扣掉五萬克朗的炸藥錢，你給的這個時間太趕了，畢耶，價錢會比平常貴。」

4 Plattan，指斯德哥爾摩著名的賽格爾廣場以西，一個以三角形黑、白階磚鋪設的低層平台，俗稱「平地」，是舉行示威與毒品交易的熱門地點。

5 Centralen，即T-Centralen，地鐵中心站，斯德哥爾摩地鐵系統的核心車站。

一公克一百克朗，十公斤就是一百萬克朗。

扣除買炸藥的費用，一共是現金九十五萬克朗。

「東西你都準備好了？」

「季戊炸藥。」

「不夠好。」

「那還有高爆速硝化甘油，塑膠封袋包裝。」

「我要的就是這個。」

「引爆器和引線會附給你。」

「如果你堅持的話。」

「媽的炸起來一定超大聲。」

「很好。」

「你真是一意孤行。」

§

兩輛車停在黑暗之中，後車廂開著。一個裝有十個錫罐、共十公斤純度三十安非他命的藍色宜家家居購物袋，以及一個裝有九十五萬克朗現鈔的褐色公事包，和兩個裝有易爆物質的小盒子，從一個後車廂換到了另一個後車廂。現在畢耶必須動作快，從丹維斯山上駕車開下曲折山路，用鑰匙打開柵欄，朝伊安克區和他時時渴望的屋子駛去。

§

他察覺到輪胎輾過去時，已然太遲。車道非常暗，根本看不見那輛紅色小塑膠消防車。畢耶又將車子向前開了半公尺，然後下車，跪在地上，伸出雙手在地面摸尋，最後在右前輪旁邊找到雷斯穆最愛的消防車。消防車看起來狀況不是太好，但如果他用紅色簽字筆塗塗車門，讓車門看起來像是鑲了琺瑯，再將原本應該固定在車頂中央的白色梯子壓回原位，也許過幾天後，消防車就可以去沙坑或樓上繼續服務。

他們仍在屋裡，正自熟睡。另一台紅色塑膠消防車停在床下，有時甚至會躺在兩個兒子的床上。再過幾小時，他要用力抱抱他們。

他打開後車廂，再打開置於備胎後方的褐色公事包，遲疑一會，才拿出兩個小盒子，將九十五萬克朗原封不動留在裡頭。

他緩緩穿過庭院裡的重重黑影。

他沒開燈，直到走進廚房，關上了門，才把燈打開。他不想讓不必要的刺眼燈光吵醒蘇菲雅，也不想在走向廁所或冰箱時被逮個正著。他在餐桌前坐下。餐桌擦得十分乾淨，J魔布留下的痕跡仍清楚可見。再過幾小時，他們會在這裡一起吃早餐，吵吵鬧鬧，把桌子搞得黏答答、髒兮兮。

盒子放在餐桌中央。他沒檢查。他從不檢查。只要是羅倫茲給的就夠了。他打開第一個盒子，看起來像是個薄薄的鉛筆盒，他從裡頭拿出一捆長引線。表面上看起來，那玩意只是一捆十八公尺長的細線，但是看在懂炸藥的人眼中，差別可大了；差別就在於一條戊烷基引線可以決定是生是死。他鬆開引線，觸摸它、感覺它，然後從中剪開，再將兩條九公尺長的引線放回盒內。另一個盒子是正方形的，裡頭是個塑膠封袋，上面共有二十四個小袋子，有點像以前他父親擁有的一本綠色集幣冊，他父親用那本集幣冊保存他口中的故鄉哥尼斯堡那個時代的錢幣，保存的都是些用過的錢幣，沒什麼特別價值。有一次，當畢耶的身體嘶喊著再來一管時，他想賣掉那本集幣冊，才發現那些他一直不感興趣的褐色金屬錢幣磨損得太過厲害，對收藏家來說沒有價值，只對他父親有價值。他父親非常珍視那些錢幣，因為它們連結著他心中對於逝去年代的回憶。畢耶小心翼翼地觸碰那些小袋子以及裡頭裝著的透明液體，一共是四釐升硝化甘油，分裝在二十四個扁平的塑膠小袋中。

有人發出嗚咽聲。

畢耶打開廚房門。

又是同樣的嗚咽聲傳來，隨即又歸於沉靜。

他往樓上走去。雷斯穆做了個惡夢，但這次不用別人安慰，惡夢就消失了。

於是他又走下樓，來到地下室，前往其中一個儲藏室，那間儲藏室放著他的個人槍櫃。他打開槍櫃，只見它們都在裡頭，一個架子上有好幾把。他拿了一把，回到一樓。

他拿的是世界上最小的左輪手槍「瑞士迷你槍」，體積不會比汽車鑰匙還大。

那幾把瑞士迷你槍是去年春天他去瑞士拉紹德封市的工廠裡直接買來的，迷你的左輪旋轉彈膛裡可以容納六毫米子彈，每一發子彈的威力都足以致命。他將迷你槍放在手掌上，在餐桌上左右擺動手臂，感受迷你槍的重量——要結束一條生命，只要幾公克就夠了。

他再度關上廚房門，拿出鋼鋸刀身，朝扳機護弓的兩端鋸了下去。環繞扳機用來保護的護弓太小了，他的食指插不進去，因此必須鋸下扳機護弓好讓食指能插入扳機，開槍射擊。只鋸了幾分鐘，扳機護弓就跌落地面。

接著他只用兩根手指拿著迷你槍，舉了起來，瞄準洗碗機，假裝開槍。

那把致命武器的長度不會超過牙籤，但仍然太大。

因此他打算用迷你螺絲起子將迷你槍拆解成更小的部件。那柄迷你螺絲起子總是令他想起哥尼斯堡的祖母，祖母會將它收在縫紉機底下的抽屜裡。縫紉機就擺在浴室，對一個七歲小男孩來說，那算是個巨大的家具。首先，他小心謹慎地旋下木槍托一邊的螺絲，放在白色料理台上，這樣比較醒目，螺絲可不能弄丟。另一枚螺絲位於槍托另一邊靠近擊錘的位置。接著他用螺絲起子的尖端輕敲幾次迷你槍中央的插銷，直到它掉出來，如此一來，那把牙籤大小的迷你槍就分解成了六個部件：兩片槍托；左輪骨架，包括槍管、旋轉彈膛樞軸和扳機；旋轉彈膛和六發子彈；槍管保護罩；一個不知名的骨架部件。他將各個部件放進一個塑膠袋，跟十八公尺長的戊烷基引線和包裝輕薄的四釐升硝化甘油一起拿出去，將它們全都放進後車廂備胎後面的褐色袋子裡，就放在九十五萬克朗現金上方。

§

畢耶坐在廚房椅子上，看著光明擊退夜的黑暗。他等她等了好幾個小時，現在終於聽見她沉重的腳步聲出現在樓梯上。雙腳平踏樓梯，那是她獲得充足睡眠後所呈現的狀態。他經常聆聽人們的腳步聲，腳步聲可以清楚反映人的內在狀態，如果想知道一個人現在心情如何，閉上眼睛聆聽對方走過來的腳步聲，對他來說總是比較容易。

「早安。」

蘇菲雅沒看見他，聽見他的聲音時嚇得跳了起來。

「嗨。」

咖啡已經煮好。畢耶依照蘇菲雅早上喜歡的份量，在咖啡裡加入牛奶。他端著咖啡杯，走到頭髮蓬亂、睡眼惺忪、身穿睡衣的美麗女子面前。她接過咖啡，眼神疲憊。昨晚她的怒火燃燒了半個晚上，下半夜則和發燒的兒子睡在一起。

「你整晚沒睡啊。」

蘇菲雅並未生氣，口氣中並無怒意，只是疲倦而已。

「自然而然就沒睡。」

畢耶在桌上放了麵包、牛油、起士。

「他們的體溫怎麼樣？」

「算是降下來了，不過還得在家裡休息幾天，說不定只需要兩天。」

又有腳步聲傳來，這次的腳步聲輕盈多了，那雙腳只要一離開床鋪，踏上地板，就十分歡快。雨果是老大，依然最早起床。畢耶迎上前去，將他抱起來親了親，又捏捏他柔嫩的面頰。

「好刺喔。」

「我還沒刮鬍子。」

「比平常還刺耶。」

碗，湯匙，玻璃杯。三人都坐了下來，雷斯穆的位子依然空著，但他們不會去吵他，讓他睡個夠。

「今天我來照顧他們。」

蘇菲雅預料到他會這樣說，但說得容易做到難，因為這句話不是真話。

「照顧一整天。」

餐桌上擺著整齊餐具。不久之前，同一張餐桌上還擺著硝化甘油，旁邊是戊烷基引線和上膛迷你槍。現在餐桌上滿是麥片粥、優格、薄脆餅乾。早餐玉米片嚼起來卡滋作響，幾滴柳橙汁濺到了地上。三人如同往常般吃著早餐，直到雨果拿湯匙往桌上重重一敲。

「你們為什麼**在**生氣？」

畢耶和蘇菲雅對看一眼。

「我們沒有在生氣啊。」

他說話時望著大兒子，立刻發現兒子不會對這種老套的回答感到滿意，因此決定以責難的眼神看著他。

「你為什麼說謊？我看得出來，你們在生氣。」

畢耶和蘇菲雅又對望一眼，這次換她決定回答。

「我們**本來**在生氣，可是現在沒有了。」

畢耶帶著感謝之情看著兒子，感覺肩膀放鬆下來。他心裡一直惴惴不安，渴望聽見妻子的這句話，卻沒膽問出口。

「很好，沒有人生氣，那我還要麵包和玉米片。」

雨果伸出五歲的稚幼雙手，在原本就裝了玉米片的碗裡又倒了許多玉米片，又在一片麵包上放上起士，將麵包放在另一片已經放了起士、卻動都還沒動的麵包旁。他的父母決定不對他這些行為表示意見，今天早上他愛做什麼都可以，今天早上他比他的父母都來得有智慧。

§

畢耶坐在前門的木階梯上。蘇菲雅剛離開。他尚未把他想說的話說出口，事情就是沒辦法這樣發生。今晚，今晚他會告訴她，將一切都告訴她。

蘇菲雅的背影一消失在山謬森家和桑德家之間的小街道上，畢耶就餵雨果和雷斯穆吃下一劑卡波感冒糖漿，跟著又餵他們吃下半劑。三十分鐘後，他們的體溫下降了，而且整裝待發，準備前往幼稚園。

他剩下二十一小時三十分鐘。

§

畢耶訂的是瑞典最常見的車，一輛銀色富豪轎車，但那輛車還沒準備好，尚未經過清理和檢查。他沒時間等，便另選一輛紅色的福斯高爾夫，瑞典第二常見的車。

如果你不想被看見或記住，最好盡量保持低調。

他在教堂墓園附近、距離高大水泥牆一千五百公尺之處停下車。從那裡有一道長長的斜坡往下延伸而去，斜坡上鋪滿翠綠青草，青草長得還不高。斜坡盡頭就是他將要前往的目的地，艾索斯監獄，瑞典三大高度戒護監獄之一。再過不久，他就會遭到逮捕、還押候審、遭到起訴、被判徒刑，然後被關進拘留所舍房大約十天，也許十二天，最多十五天。

他開門下車，瞇縫著眼，看著太陽和微風。

今天會是美麗晴朗的一天，但他看著那道監獄高牆，心裡想到的只有恨。

他曾經在另一道包圍四方的水泥高牆內蹲了十二個月，而恨是唯一遺留下來的情緒。

長久以來，他一直以為自己心中會有恨意，只不過是因為年輕人的叛逆，反抗自己受到約束和禁錮。結果不然。如今他已不算是個年輕人，當他看著那堵高牆，痛恨的情緒卻依然強烈。他痛恨那些例行公事、專制蠻橫、隔絕孤立、重重大鎖、凶惡態度、在工場裡處理方形木塊、懷疑質疑、戒護運送、尿液檢查、全身搜查。他還痛恨牢子、豬玀、制服、規定，他痛恨代表社會的一切。他和其他受刑人都有這種共同的恨意，這是他們的共同點，除此之外他們的共同點還有毒品和孤寂。這股恨意驅使他們跟彼此說話，甚至是去爭取某些東西，就算是被恨意驅動著去爭取，也總比什麼都不做來得好。

這次被關進監獄是他自願的，他不會有時間去感覺任何情緒，只是去完成任務，然後離開。

他站在租來的車子旁，站在早晨陽光和輕柔微風中。高牆一端的遠處可以看見許多外型一致的紅磚小屋和一個小鎮，環繞在這座大監獄周圍。監獄裡除了在走道上擔任獄警的工作人員，其他有的是建設公司員工，負責修理C棟地板，有的是外燴公司員工，負責在餐廳提供固定份量的餐食，或者是電工，負責調整監獄活動場的燈光。這些住在艾索斯監獄高牆外、行動自由的人，生計必須仰賴那些被關在高牆內、自由受到剝奪的人。

我保證你不會因為維斯曼街七十九號發生的事而受到起訴。

數位錄音筆仍放在他褲子口袋裡，過去幾小時內，國務祕書的聲音他聽了好幾遍。錄音當時，他的右腳和麥克風十分靠近她，清楚錄下了她說的話，播放時聽得十分清晰。

我保證我們會盡全力協助你在監獄裡完成任務。

他打開柵門。碎石小徑最近才經過耙梳，他踏出的每個腳步都破壞了教會執事仔細整理的心血。他看著受到良好照顧的小石子，以及簡單墓碑周圍的方形青草地，彷彿住在墓裡的亡者在死後仍過著和生前同樣的生活，彼此之間隔著適當距離，不會互相干擾，卻又不至於太遠，讓自己感到孤獨，每個人都有一塊清楚標示且明白分隔的空間，不多也不大。

教堂墓園周圍環繞著石牆和栽植已久的樹木，依照一定間隔林立，擁有足夠的生長空間，但也能達到庇蔭的效果。畢耶走近了些，只見洋桐楓樹剛冒出的嫩葉在微風中顫動，這表示風力強度大約每秒二到五公尺。他望向小樹枝，看見小樹枝也在擺動，這表示風力強度每秒七到十公尺。他側過了頭，想看看較大的樹枝是否也在擺動，最後判斷風力強度大約為每秒十五公尺。

他打開厚重木門，走進一間過大的教堂，裡頭有挑高白色天花板，聖壇位在遠處盡頭。教堂給人的感覺非常大，即使艾索斯鎮鎮民全都坐上堅硬長椅，似乎也填不滿整個空間。這座教堂的建築年代正值過去那個以大小來衡量權力的時代。

教堂中殿空蕩蕩地，只有一名執事正在洗禮盆旁邊搬動幾張木椅，裡頭靜悄悄地，唯有管風琴附近的樓座傳來一聲刮擦聲。

他走進教堂，入口旁邊的桌子上擺著一個募捐箱，他在箱裡投入二十克朗紙鈔。那名執事聽見聲響，轉過頭來，畢耶對他點了點頭。畢耶回到前廳，等了一會，確定自己並未受到監視後，才打開右首的灰色門扉。

他盡可能快速閃身而入。

樓梯很陡，梯面上滿是踩踏的痕跡，是過去那個人們身材較矮的年代留下來的。他將撬棒嵌入樓頂那扇門的門縫之間，稍一用力，門就蕩了開來。屋頂上有把簡單的鋁製梯子倚在一扇小拉門前，那裡就是教堂鐘塔的入口。

他停下腳步。

耳聽得一種聲音傳來，那是朦朧的管風琴聲。

他微微一笑，先前他在中殿聽見樓座傳來的刮擦聲，原來是唱詩班的領唱者正在準備今天的聖歌。

他從袋子裡抽出扳手，鋁梯左右晃動，他抓住拉門掛鎖的鉤子，穩住身形。他對鎖頭給予一次重擊，鎖就開了。他打開拉門，爬進鐘塔，低下身子，從碩大的鐵鑄鐘身下方穿過。

再一扇門。

他打開門，踏上露台，迎面而來的景色美得驚人。他呆立原地，視線沿著湛藍天空往下移動，望向蓊鬱森林和兩座湖泊，遠方隱約可見嶙峋山巖。他雙手握著欄杆，查看露台。那個露台不大，但仍有容納一個人躺下的空間。露台上的風大多了，同一陣風在地面上只是玩玩葉子和小樹枝，來到這裡就完全施展開來，化為陣陣強風，似乎要把所有東西都帶走，讓露台都為之震動。他看著高牆、尖刺鐵絲網和窗前設有欄杆的建築物。從這裡望去，艾索斯監獄同樣又大又醜，而且這裡的視線毫無障礙，可以看見戒備森嚴的活動場上每個受刑人、每道無意義的金屬柵欄和水泥建築內每道上鎖的安全門。

還有……任務結束後，我們會照顧你。我知道到時候你的生命會受到威脅，你的名字會傳遍整個黑道世界。我們會給你新生活、新身分，還有金錢，讓你移居國外，重新開始。

錄音筆握在他手裡，儘管這裡風聲呼呼，國務祕書的聲音依然清晰。

我以司法部國務祕書的身分對你保證。

如果他成功了。

如果他在那些高牆之內順利按照計畫完成了任務，他等於就被黑道判了死刑，之後他必須逃離，必須遠走他鄉。

他放下肩袋，從袋子前方的口袋裡拿出一條黑色電線和兩具發話器，發話器都是銀色的，大小有如小銅板。他將電線兩頭分別插入兩具發話器，電線大約半公尺長，再用Blu-Tack萬用黏土將發話器和電線固定在欄杆外緣，面對監獄，這樣一來，站在教堂鐘塔的露台上便看不到。

他蹲下身來，用刀子割開電線上幾公分的黑色保護層，露出裡頭的金屬電線，再用這個開口連接另一條電線，而且也將另一條電線黏在欄杆外緣。他躺下身來，身體靠近欄杆，將電線接到一小片看似黑色玻璃的物體上。

總是孤單一人。

他將頭探出欄杆，檢查兩條電線、兩具發話器和太陽能電池是否都妥當地黏在欄杆外緣。

只能相信自己。

下次有人站在這裡說話，絕對不會知道自己說的字字句句，都會被下方艾索斯監獄高牆裡的一名受刑人聽見。

§

畢耶站立片刻，再次欣賞那幅美景。

兩種極端的景色，如此相近，又如此相異。

他站在教堂鐘塔的刮風露台上，若抬起頭，就可以看見閃爍光芒的湖水、樹梢和無垠的澄藍天際。

他若低下頭，就會看見一個完全不同的世界、完全不同的現實——九棟方形水泥建築，從遠處看起來像是用樂高積木搭成的、外型一模一樣的房子，全瑞典最危險的犯人就被塞在裡頭鎖起來，過著一成不變的日子。

畢耶知道他會被分配到B棟的清潔工作，這是他們在政府辦公室會議上談好的條件之一，瑞典監獄暨監管局局長則奉命設法執行這道命令。因此他將注意力放在大約位於中央、被七公尺高牆圍起來的樂高房子上，用望遠鏡仔細觀看，一區一區看，那棟建築他還不熟悉，但再過幾天，那會是他每天活動的場所。他認出三樓一扇窗戶，那是工場的窗戶，也是選擇不念書的艾索斯監獄受刑人最大的工作場所。那扇窗戶的位置頗為靠近屋頂，窗玻璃用的是強化玻璃，金屬欄杆架設得頗為密集，但他透過望遠鏡，仍看得見幾個正在操作機具的受刑人，看見他們的臉和眼睛不時停下來，朝窗外看去，渴望著窗外的世界——當你所能做的只是數算日子和打發時間，一切都變得那麼危險。

§

一個無處可逃的封閉系統。

如果我身分曝光。如果我被燒了。如果我孤單一人。

他將不再有任何選擇。

他將會死。

§

畢耶躺上露台，再爬上欄杆，雙手假裝握著一把槍，瞄準他剛剛決定的那扇窗戶，B棟三樓的那扇窗戶。他仔細查看教堂圍牆旁的樹木，只見風力增強，大樹枝正在晃動。

風力強度每秒十二公尺。向右調整八度。

他假裝用槍瞄準在工場窗戶內移動的一顆頭。他打開袋子，拿出測距儀，瞄準同一扇窗戶。

他目測這段距離大約一千五百公尺。

他查看螢幕，臉上泛起一絲微笑。

教堂鐘塔露台到強化玻璃正好一千五百零三公尺。

距離一千五百零三公尺。視線清晰。子彈擊發到命中目標需要三秒。

他的雙手緊緊握住那把不存在的槍。

§

九點五十五分，畢耶往回走，經過墓園和庇護在周圍的洋桐楓樹，踏上細心耙梳的碎石小徑，回到停在柵門外的車子上。一切都按照計畫進行，他完成了來教堂要做的工作，並將在艾索斯圖書館開門時成為第一個客人。

艾索斯圖書館是廣場上一棟獨立建築，位在銀行和超市之間，落成已超過五十年，裡頭有名五十多歲的圖書館員，不論外表或態度都十分友善。

「請問需要幫忙嗎？」

「等一下，我要先查看書目。」

為兒童設計的角落備有坐墊和小椅子，《長襪子皮皮》冒險故事書就排在書架上，三張樸素的桌子可以讓人念書或安靜地看一會書，一張沙發上設有耳機，可以聽音樂，多台電腦可供人上網。這是間舒適的小圖書館，安祥靜謐，這裡的氛圍和時光充滿意義，正好和每扇窗外可以看見的監獄高牆形成對比；監獄高牆象徵的是麻煩與監禁。

他在借書櫃台的電腦螢幕前坐下，搜尋館藏目錄。他需要六本書的書名，最好都是些很久沒出借過的書。

「我想借這些書。」

和善的圖書館員看著他的手寫書單。

拜倫《唐璜》，荷馬《奧德賽》，尤翰森《十九世紀斯德哥爾摩》，伯爾曼《傀儡》，貝爾曼《我的寫作生涯》，世界文學之亞特蘭提斯系列《法國風貌》。

「詩集……還有書……沒有，樓上應該都沒有。」

「我想也是。」

「我去樓下找得花一點時間。」

「我現在就需要。」

「呃，這裡只有我一個人值班……你要的這些書都在倉庫裡，我們都把不常出借的書收在倉庫裡。」

「可不可以請妳現在去拿，因為我沒有太多時間，很感謝妳。」

她輕輕嘆了口氣，彷彿被請求去做一件麻煩事，心裡其實卻很開心。

「呃，反正現在只有你一個客人，我想午餐前應該不會再有人來了。我去地下室找，這裡請你替我看一下。」

「很謝謝妳，我只要精裝本，麻煩妳了。」

「你說什麼？」

「我不要平裝本或那些容易壞的裝訂本。」

「不要平裝本？平裝本的購買成本比較便宜，內容都一樣啊。」

「我要精裝本，麻煩妳，這跟我的閱讀習慣有關，或者應該說，跟我的閱讀地點有關。」

畢耶在出借櫃台旁那張圖書館員的椅子上坐下。他來過這裡，借過一些人氣不高的書，那些書都被存放在地下室倉庫裡，就好像他在其他幾家圖書館借過的書一樣，那幾家圖書館都位於小型社區，鄰近瑞典的高度戒護監獄。他曾在庫姆拉公立圖書館借過書，那裡的借閱者包括庫姆拉監獄的受刑人，還有南泰利耶公立圖書館，多年來那裡的借閱者包括了哈爾監獄的受刑人。艾索斯監獄距離這間艾索斯圖書館只有幾百公尺遠，艾索斯受刑人要借的書，通常都會從這裡出借。此外，如果書必須從倉庫裡拿出來，借書人就可以確定他要借的那一本特定的書一定可以拿到手。

她打開地下室的厚重大門，氣喘吁吁。

「樓梯很陡。」

她露出微笑。

「我應該多去慢跑。」

借書櫃台上放上了六本書。

「這些可以嗎？」

全都是又大又厚的精裝本。

「鬱金香和詩集。」

「抱歉？」

「完美極了，跟我要的一模一樣。」

§

廣場上風很大，陽光普照，行人稀落。一名老婦手握助行架，正走在圓石路上。一名年齡跟老婦差不多的男子，單車手把上掛著塑膠袋，伸出雙手正在垃圾箱裡翻找空瓶。畢耶駕車緩緩駛出這個小鎮，十天之後，他將搭乘戒護車，雙手銬著手銬，再回到這裡。

「我還是想知道妳會怎麼處理？」

「這件事我們已經談過三次了。」

無處可逃的封閉系統。

在監獄裡，身分曝光的滲透者或線民就跟強暴犯或戀童犯一樣受人憎恨，這些人一向都處於歐洲監獄階級的最底層，殺人犯和大毒梟則藉著這個階級制度取得地位和權勢。

「基於人道立場的考量，你會收到正式特赦，關於這點不必再詳細解釋。不論基於醫療或人道立場，司法部都有權力賦予機密特赦。」

倘若事情出錯，他所能依靠的只有國務祕書說的話，以及他為自己所做的準備。

他看著儀表板上的時鐘。還有十八小時。

車子駛離斯德哥爾摩數哩，穿過昏沉市郊，速度稍快。這時他的其中一支手機響了起來。傳來的是女子的聲音，是海頓幼稚園的老師。

兩個孩子都發燒了。

他駕車朝伊安多蘭區駛去。今天輪到他照顧孩子，而卡波感冒糖漿失去了效力。

§

畢耶眼前是個聰慧女子，比他年輕幾歲，雨果和雷斯穆交給她向來都很令人放心。

「我不明白。」

前幾天打電話來跟他說兩個孩子生病的人也是她。她坐在辦公室裡，和他面對面，對他皺起眉頭，兩個全身發熱的小男孩坐在遊戲室外頭的長椅上。

「你……你們夫妻倆……這不像是你們的作風，都這麼多年了，尤其是你，應該不會玩這種愚蠢的卡波糖漿把戲，我真不明白你是怎麼了。」

「我不是很懂妳在……」

別人指控他時，他總是習慣替自己辯護，不過這次他卻住了口。這不是訊問，幼稚園老師不是警察，他也沒被懷疑犯案。

「我們這裡是有規定的，你知道這些規定，你們夫妻倆都知道。規定裡清楚說明幼稚園什麼時候歡迎小朋友，什麼時候不歡迎。這裡是工作場所，是成人的工作場所，也是你的孩子和其他家長的孩子的工作場所。」

他感到羞愧，默然不語。

「還有，畢耶，感冒糖漿對小孩身體不好，對雨果和雷斯穆的身體都不好。你自己看看他們那個樣子，帶著過熱的小身體來到這裡……而且可能導致更嚴重的後果。你明不明白？」

當一個人越過了曾經信誓旦旦絕不逾越的界限。

這個人成了什麼樣的人？

「我明白，這種事不會再發生了。」

他抱著兩個兒子走出幼稚園，他們趴倒在他肩膀上。上車之後，他親了親他們的額頭。

再一次。只要再一次就好。

他對他們解釋接下來該怎麼做。他們必須好起來。他餵他們一人一劑卡波感冒糖漿。

「我不要喝。」

「再喝一次就好。」

「好噁心喔。」

「我知道，這是最後一次了，我保證。」

他又親了親他們的額頭，駕車上路。雨果知道這不是回家的路。

「我們要去哪裡？」

「去爹地的辦公室，我們會在那裡待一下子，等工作結束，我們就可以回家了。」

幾分鐘後，車子經由史剛斯督區和南列德區，駛上了主幹道，接著在南城區的地下隧道轉換車道，朝宏斯街和瑪莉亞廣場開去。車子在一家影音出租店門口停下，那家店擠在超級市場和保齡球館之間。他匆匆走進店內，不時看出窗外留意車子後座，同時選了三支片子，一共十二集的《小熊維尼》卡通。這些卡通的台詞兩個兒子都會背了，但這是他能夠忍受的少數卡通之一，裡頭的音效不像大多數卡通那樣歇斯底里，由成人負責卡通人物的配音，扯開假聲吼叫，假裝自己是小孩。

下一站是瓦薩街的那扇門。雨果和雷斯穆同樣渾身發燙，而且疲倦，他希望他們走路走得越少越好。他們跟他去過幾次赫夫曼保全公司，孩子總是會對媽咪和爹地的工作場所感到好奇，但他們從未在他真的工作時來過。對他們來說，這裡只是爹地等待他們在幼稚園遊玩結束的地方。

半公升香草冰淇淋、兩大杯可樂、十二集走路搖搖擺擺的小熊維尼。他讓兩個兒子坐在寬敞辦公室的電視螢幕前，背靠桌子，跟他們說爹地要上去閣樓幾分鐘，但他們充耳未聞，正忙著看瑞比和依唷要維尼坐進一台小木車。畢耶從暖風機裡拿出三個錫罐，帶下樓來，放在地板上，清空桌面，整理出工作的空間。

那六本書因為很少在艾索斯圖書館被借出，所以第一頁都夾著一張條子，上頭用藍色的字寫著「倉庫」。

一個裝有分解迷你槍的塑膠袋。

兩條剪成九公尺長的戊烷基引線。

一個塑膠封袋，裝了二十四個小袋子，裡頭一共是四釐升硝化甘油。

一罐純度三十的安非他命。

他從桌子抽屜裡拿出一管膠水、一包刀片、一包里茲拉牌捲菸紙。捲菸紙甚薄，邊緣有黏性，專供愛好自行捲菸的人士使用。

鬱金香。

詩集。

他打開第一本書，拜倫男爵的《唐璜》。書本非常完美，共五百四十六頁，硬皮精裝，長十八公分，寬十二公分。

他知道這個方法一定管用。過去十年來，他處理過上百本小說、詩集和散文集，在書本中填入十到十五公克的安非他命，而且每次都成功。現在他打算在艾索斯監獄裡借來自己處理過的書——這還是頭一遭——然後清出安非他命。

「**我需要三天除去競爭對手，在那三天完全不要跟我聯絡，帶足夠的貨進去是我的責任。**」

他打開封面，用刀片切開書溝，直到書溝鬆開，露出五百四十六頁的《唐璜》書脊，再用刀片將散亂的邊緣修裁整齊。他翻到第九十頁，捏住這九十張書頁，用力扯下，放在桌上。接著翻到第三百九十頁，又扯下厚厚一疊書頁。

他要動手腳的是第九十一頁到第三百九十頁的這疊書頁。

他用鉛筆在第九十一頁左緣，畫出一個長十五公分、寬一公分的長方形，再用刀片沿著鉛筆線切割，一次割得比一次深，一公釐一公釐往下割，直到割穿整疊共三百頁的書頁。他的手靈巧地使動刀片，稍有不平整或毛燥的地方全都修掉。他拿起書本中央這疊書頁，只見上頭出現了一個長十五公分、寬一公分、深三公分的洞。他將這疊書頁放回原位，用膠水黏上，再用手指感覺頁緣，發現仍有些許不平整之處，便將里茲拉牌捲菸紙貼在洞壁上。要在洞裡填入安非他命，表面必須非常平整才行。這本書很厚，切割出來的空間足以填入十五公克安非他命。

他將完好如初的前九十頁放回原位，蓋在洞上，用膠水黏上書脊和鬆脫的硬皮封面，再用雙手使勁將拜倫男爵的經典名作往桌上壓，直到確定每一頁都已黏回原位。

「爹地，你在幹嘛？」

雨果的臉從畢耶的手肘後方探了出來，靠近剛完成處理工作的書本。

「沒什麼，只是在看書，你怎麼不去看電視？」

「播完了。」

他摸了摸雨果的臉頰，站了起來。還有兩支片子。小熊維尼必須再多吃一些蜂蜜，再多挨瑞比一些罵，他才能完成所有工作。

畢耶用同樣的方法，處理了《奧德賽》、《我的寫作生涯》和《法國風貌》這三本書。兩星期後，艾索斯監獄的一名受刑人將對文學產生濃厚興趣，這名受刑人所借的其中四本書裡，總共會有四十二克安非他命。

剩下兩本書。

他拿出一支新刀片，在《十九世紀斯德哥爾摩》和《傀儡》的左緣切出一個長方形的洞。他在前一本書的洞裡頭放進迷你槍的組成部件，不過最困難的部分在於那個裝有六發子彈的旋轉彈膛，槍膛比他預想得還來得寬，但是在取出幾張里茲拉牌捲菸紙之後，他還是小心地將槍膛塞了進去。那是一把足以致命的手槍，只要子彈命中目標就可以致人死命。六個月前在斯未諾契市，他第一次見識到。當時一名毒騾連船都還沒登上，就想在渡輪碼頭的廁所裡吐出兩千五百公克海洛因。馬力歐斯一打開門，就看見那名毒騾臥倒在地，手裡拿著一個塑膠袋對著嘴巴。馬力歐斯不發一語，立刻踏上前去，揚起短槍管對準毒騾的一隻眼睛，用一發子彈了結了對方的性命。後一本書，最後一個洞。他在洞裡放入一個指甲大小的引爆器和銅板大小的收話器，這具收話器可以塞在耳中，聆聽兩具發話器發出的訊號；兩具發話器就黏在教堂鐘塔露台的欄杆上，以Blu-Tack萬用黏土固定。

剩下兩段九公尺長的戊烷基引線和裝有四釐升硝化甘油的塑膠封袋，擺在桌上。他偷偷瞄了一眼正在看胖熊卡通的兩個小背影，只聽見他們突然哈哈大笑，原來是維尼的頭被蜂蜜罐給吸住了。畢耶走進廚房，打開另一桶冰淇淋，放在他們中間的桌子上，摸了摸雷斯穆的臉頰。

難度最高的部分來了，他必須在書本中藏入戊烷基引線和硝化甘油塑膠封袋，不能露出一絲痕跡。他選擇體積最大的那本書來進行這項工作。《十九世紀斯德哥爾摩》，二十二公分長，十五公分寬。他切開封面和封底的硬皮，抽出裡頭類似透氣紙的填充物，換成炸藥和引線，再黏回去，修整邊緣。最後他翻動六本書，確定書溝全都黏著妥當，從外表完全看不出裡頭有長方形空洞。

「那是什麼？」

雨果的臉又從桌邊探了出來。第二支片子播完了。

「沒什麼。」

「那是什麼，爹地？」

雨果指著裡頭裝有純度三十安非他命的閃亮錫罐。

「那個啊？喔……只是葡萄糖而已。」

雨果站在那裡，好整以暇。

「你不想看剩下的卡通嗎？那裡還有一支片子。」

「等一下再看。那裡有兩個信封，爹地，是要寄給誰的啊？」

好奇的雙眼望向開著的櫥櫃，只見兩個信封高高放在架子上。

「我不會把它們寄出去。」

「可是上面有名字耶。」

「等一下我會把它們弄完。」

「裡面寫什麼啊？」

「我要不要放另一支片子？」

「那是媽咪的名字耶，白色的信封上面寫的好像是媽咪的名字耶，褐色的那個開頭寫的是E，我也看得見。」

「伊維特，他的名字叫伊維特，可是我想他可能不會收到這封信。」

小熊維尼第九集演的是小豬過生日，以及維尼和小男孩克里斯多福・羅賓一同出遊。雨果回到雷斯穆身旁坐了下來。畢耶檢視褐色信封裡的東西，裡頭有一張錄音檔光碟、三本護照和一具收話器。他在褐色信封上蓋上「郵資已付」的戳印，將信封和六本從艾索斯圖書館借出、已經處理完畢的書，一起放進褐色皮袋。接著他檢視那個雨果發現上面寫著蘇菲雅名字的白色信封，裡頭有一張光碟、第四本護照和一張寫了行動指示的信。現在他又在白色信封裡放進九十五萬克朗現鈔，再將信封跟其他東西一起收在褐色皮袋裡。

剩下十五小時。

他停止《小熊維尼》的播放，幫兩個又開始發燒的兒子穿上鞋子，然後走進廚房，打開冰箱，取出帶有綠色花苞的五十朵鬱金香，放進冷藏箱，再帶著冷藏箱、褐色皮袋和兩個兒子走下樓梯，回到車上。車子就停在門口，雨刷下夾著一張罰單。

§

畢耶看了看後座那兩張紅通通的臉。

再兩站就好。

然後他就可以抱他們上床，床上鋪著乾淨的床單，他可以坐在那裡看著他們，直到蘇菲雅回家。

他讓兩個兒子躺在車上，獨自走進庫斯雷果街的瑞典商業銀行分行，來到地下室的房間，房裡全是一排排的保險箱。他使用兩把鑰匙中的一把，打開一個空保險箱，將褐色信封和白色信封放進去，再鎖起來。幾分鐘後，他走出銀行，坐上了車，駕車朝南城區的賀肯斯街開去。

他又看了他們一眼，心中羞愧無比。

他逾越了界限。世界上他最深愛的兩個小男孩坐在後座，後車廂卻放著安非他命和硝化甘油。

他吞了口口水。他們不會看見他哭。他不想讓他們看見他哭。

∮

畢耶拿出最大的膽量，盡量把車停得靠近賀肯斯街一號的大門口。四號地點，十五點整。艾瑞克已經從另一扇門進去了。

「我不要再走路了。」

「我知道，這是最後一個地方了，然後我們就回家，我保證。」

「我的腳好痛，爹地，真的真的好痛。」

雷斯穆才爬上一格階梯就坐了下來。畢耶握住雷斯穆的手，用一手將他抱了起來，他的手十分溫熱。畢耶的另一隻手拿著冷藏箱和褐色皮袋，因此雨果必須自己爬上樓梯。有時當老大的就是得自己爬上樓梯。

他們爬上三樓，來到信箱名牌上寫著「林斯卓」的大門前。他的腕錶鬧鈴響起時，門準時打開。

「雨果、雷斯穆，這位是艾瑞克叔叔。」

小手伸了出去，跟大手握了握。他感覺到艾瑞克的畏縮眼神朝他射來，意思是說，**他們跑來這裡幹嘛？**

他們走進家具包有塑膠套、正在裝修中的客廳，兩個小男孩雖然疲累，仍好奇地看著那些怪異的家具。

「為什麼到處都是塑膠？」

「因為這裡在施工。」

「施工？什麼意思？」

「他們要把這間房子弄新，不想把東西弄髒。」

他將兩個兒子留在沙沙作響的沙發上，走進廚房，一對尖銳的眼神跟著他進了廚房。他把頭一抬。

「我沒有別的選擇。」

艾瑞克沒說什麼，彷彿當他看見兩個小孩進入這個走在生死邊緣的世界時，他就變得不知如何是好。

「你跟蘇菲雅談過了沒？」

「還沒。」

「你得跟她談才行。」

畢耶並不接話。

「畢耶，你要編什麼理由都可以，無論如何你都得編出理由來，可是天啊，你就是得跟她談才行啊，老兄！」

她的反應，他完全無法掌控。

「今天晚上，等孩子上床以後，我會跟她談。」

「你還是可以退出。」

「你知道我一定得完成這項任務。」

艾瑞克點點頭，看著畢耶抬上桌子的藍色冷藏箱。

「裡面是鬱金香，一共五十朵，是黃色的。」

艾瑞克瞪著躺在一包包白色方形冰塊中的綠色花莖和花苞。

「我會把它們放在冰箱裡，冰箱的溫度會保持在兩度左右。我要你照顧這些花。我被送進艾索斯監獄的那天，你就把這些花送到我給你的地址。」

艾瑞克將手伸進冷藏箱，翻看花束上的一張白色卡片。

「**合作愉快，衷心感謝，艾索斯商業協會。**」

「沒錯。」

「這些花要送到哪裡？」

「艾索斯監獄，送給典獄長。」

艾瑞克不再多問。還是不知道內情比較好。

「我們還要等多久啊？」

雨果玩膩了用手指在塑膠套上滑來滑去弄出沙沙聲的遊戲。

「再一下子就好，回去找雷斯穆，我等一下就出來。」

艾瑞克等待那雙小腳消失在陰暗的走廊上。

「你明天就會被捕，畢耶，在那之後，我們不能有任何聯絡。你在市警局裡不能跟我或任何人聯絡，要一直到你準備好了，才能告訴我們說你要出來。這項任務非常危險，只要有人懷疑你是在替我們工作……你就死定了。」

§

艾瑞克踏上重案組走廊，經過伊維特辦公室門前時，他感到心神不安，放慢腳步。最近幾天他每次經過伊維特辦公室都會這樣，用好奇的眼光窺視那間空蕩的辦公室，那間不再有音樂流出的辦公室。艾瑞克心中納悶，不知道那個正在調查維斯曼街命案的警司在做什麼？不知道他知道了什麼？再過多久他就會開始問起沒有人能夠回答的問題？

艾瑞克嘆了口氣，這感覺就是不對，那兩個孩子實在太幼小了。他的工作是鼓勵滲透者甘冒奇險，取得警方仰賴的資訊，但他不確定畢耶真的明白他可能失去的是什麼。他們兩人走得太近了，他對畢耶的關心出自內心。

如果出了差錯，立刻中止任務。

如果身分曝光，立刻進行新任務。保住性命。

艾瑞克關上他的辦公室房門，打開電腦，為了安全起見，那台電腦並未連接網路。剛才兩個孩子拉著父親手臂時，艾瑞克對畢耶解釋說，這幾天他必須返回南喬治亞州的聯邦執法訓練中心，完成幾天前他被迫中斷的訓練。艾瑞克不確定站在他面前的畢耶有沒有把話聽進去，畢耶只是回答說好，也點了點頭，可是他的心早已飛回家，準備度過最後一個自由的夜晚；不久之後，他將失去自由很長一段時間。電腦螢幕上開啟了一個空白文件，艾瑞克開始鍵入情報報告，這份報告將透過約蘭松總警司，呈交給郡警政總長，然後就會從他的硬碟裡刪除。這份報告是一名暴力通緝罪犯的背景，犯人後車廂裡放有三公斤波蘭安非他命，已被逮捕。這份報告明天才會送出，因為事情還沒發生。

§

畢耶獨自在廚房餐桌前等了兩小時。

桌上擺著一瓶啤酒、一個三明治、一份填字謎遊戲，但他沒喝、沒吃、一個字都沒填。

雨果和雷斯穆早已上樓睡覺。他們先吃了薄煎餅加草莓醬和一大坨鮮奶油，然後才被送上床。他打開房間窗戶，看著他們不到幾分鐘就沉沉睡去。

他聽見了。他聽見了無比熟悉的腳步聲。

腳步聲穿過院子，走上台階。前門發出咯吱一聲。他覺得胃部深處緊緊縮了起來。

「嗨。」

她是如此美麗。

「嗨。」

「他們在睡覺？」

「睡好幾個小時了。」
「體溫呢？」
「明天就會退燒了。」
她在他臉頰上輕輕一吻，露出微笑，並未發覺世界即將崩解。
又一吻，這次換另一邊臉頰。總是要親偶數才行。
她並未察覺該死的地面正在鬆動。
「我有話跟妳說。」
「現在嗎。」
「對。」
一聲輕嘆。
「不能等嗎？」
「不能。」
「明天好不好？我好累喔。」
「到那個時候就太遲了。」
她上樓更衣，換上柔軟長褲和厚毛衣，毛衣袖子過長。她是他夢寐以求的伴侶。她靜靜看著他，蜷曲在沙發一角，等待他開口。他原本想料理一些香味濃烈的食物，也許是印度菜或泰國菜，再開一瓶昂貴紅酒，等上一陣子才溫柔地告訴她。但他發現那樣做是虛假的，一旦用了喜悅和親密來包裝，要再解釋什麼只會顯得更虛假而已。他傾身向前，抱了抱她。她聞起來很香，有蘇菲雅的香味。
「我愛妳，我愛雨果，我愛雷斯穆，我愛這棟房子，我愛有人稱呼我是『我的丈夫』，我愛有人叫我『爹地』。我從來都不知道這種生活是可能發生的，現在我已經非常習慣、也非常依賴這種生活了。」
她蜷曲得更緊，縮成了一顆球，緊緊縮進沙發角落。她看得出來，這番話經過排練。

「我希望妳可以聽我說這些話，蘇菲雅。更重要的是，我希望妳坐在那裡，不要離開，聽我把話說完。」

他總是比別人更了解情勢，比那些將要和他一起參與的人更了解情勢。只要他做足更多準備，就可以掌控更多情勢，而掌控情勢的人總是握有決定權。

但現在不是。

她的感受、她的反應都讓他驚懼不已。

「然後……蘇菲雅，然後妳想怎麼樣都可以。先聽我說完，然後妳想怎麼樣都可以。」

他坐在她對面，開始用平靜的口吻，述說十年前的一個判決；述說一個警察如何吸收他成為滲透者；述說他如何繼續犯罪活動而警方視而不見；述說一個波蘭黑手黨組織名叫沃德；述說裝修公寓裡的祕密會面；述說她載送丈夫前往的是一家叫赫夫曼保全的空殼公司；述說虛構的犯罪紀錄、嫌犯資料庫和監獄紀錄，那些紀錄將他描述得窮凶極惡，並將他歸類為精神變態；述說這個被虛構出來的全瑞典最危險罪犯，明天早上六點三十分將在斯德哥爾摩市中心的撞球間被逮捕；述說預料中的審判和結果，刑期將會很長，十天後他就會開始在監獄高牆裡生活，並繼續在那裡生活兩個月；述說他每天都必須看著妻子和兒子的雙眼，清楚知道他們對他的信任和信心全都建立在謊言之上。

星期五

他們並肩躺在床上，努力不碰觸到對方。她動也不動。

他不時停止呼吸，擔心自己也許漏聽她說話。

他坐上床沿，知道她還醒著，知道她躺在那裡看著他虛假的背影。先前他只是滔滔不絕地往下說，和她共飲一瓶廉價紅酒。他說完之後，她只是站起身，消失在臥房裡，關上了燈。她不發一語，也沒尖叫，只是保持靜默。

畢耶穿上衣服，突然急著想離開。要和「毫無反應」共處實在太困難了。他轉過身，和她四目交接，兩人都默然不語。最後他遞了一把鑰匙給她，那是庫斯雷果街瑞典商業銀行分行保險箱的鑰匙。他說如果她仍希望和他分享生命，就應該去那家銀行，然後等他聯絡，等他說事情全都解決了。她應該去打開保險箱，拿出一個褐色信封和一個白色信封，並依照他留下的指示行動。他不確定她有沒有聽見他說的這番話，她的目光只是落在遠方。他逃到兩個小鬼頭的房間，他們都還在小枕頭上睡覺。他深深吸入他們的氣味，撫摸他們的臉頰，然後離開位於住宅區的這棟屋子。整個住宅區仍在酣睡之中。

§

剩下兩個半小時。後照鏡映照著他的臉。深色下巴留著花白鬍碴，臉頰上的鬍碴更為明顯。上次他不刮鬍子時，年紀輕得多。不刮鬍子臉會有點癢，一開始總是這樣，然後鬍子就會蔓生開來。畢耶拉了拉鬍子，其實也沒好到哪裡去，他的鬍子太稀疏，無法長成落腮鬍。

他很快就會遭到逮捕，被送上警用廂型車，前往克羅諾伯拘留所，收到寬鬆的獄服。

他駕車穿過黎明，最後一次造訪斯德哥爾摩北部的小鎮，小鎮上的教堂和圖書館他不到二十四小時前才來過。艾索斯鎮廣場上只有微弱曙光和茫然的微風陪伴他，連鵲鳥、鴿子和經常睡在長椅上的流浪漢都不見蹤影。畢耶打開圖書館入口右側的還書箱，放進那六本因為出借頻率低而不會被放在架上的書，然後前往那間外觀幾乎全白的教堂，走進鋪著薄霧的教堂墓園，抬頭看那座可以俯瞰高度戒護監獄的教堂鐘塔。他撬開厚實木門和裡頭一扇較小的門，踏上凹凸不平的階梯和鋁梯，打開關著的拉門，穿過重達數百公斤的鐵鐘下方。

堅固高牆內矗立著九棟方形建築，在它們自己的世界裡看起來更像樂高積木。

他看著他選定的那扇窗戶，用想像中的槍瞄準它，從口袋裡拿出一具銀色收話器，這具收話器和那具已藏在《傀儡》書頁左緣空洞裡的收話器一模一樣。他倚在欄杆上，有那麼一瞬間，他覺得自己彷彿就要墜落地面。他用一手抓住鐵欄杆，檢查那兩具發話器、一條黑色電線和一個太陽能電池，看它們是否還黏在原位。他將收話器塞入耳中，一根手指放在發話器上，左右輕輕調整。耳中聽見的吱喳聲和劈啪聲告訴他說，機器運作良好。

他走下樓，來到墓園。墓園裡的墓碑並肩排列，彼此卻又不會靠得太近。他走進遮蓋了死亡的薄霧。商人及妻子之墓。資深飛行員及妻子之墓。泥水匠及妻子之墓。男人死後都以頭銜或工作來稱呼，女人死後則以她們冠了頭銜的丈夫之妻來稱呼。

他在一座墓碑前停下腳步，那座墓碑是灰色的，和其他墓碑比較起來小了些。那是一位船長的安息之所。畢耶彷彿看見了父親，至少是他想像中父親的模樣。一艘簡陋漁船駛出加里寧格勒和波蘭之間的邊境，帶著漁網消失在但澤灣和波羅的海，一出海就是好幾個星期。他母親會站在港口，看著漁船緩緩往岸邊靠近，然後奔向碼頭，投入父親的懷抱。但事實並非如此。他母親經常提到空虛的夜晚和漫長的等待，從沒提過奔跑的雙腳和張開的雙臂，那是他小時候自己想像出來的畫面。他小時候經常好奇地問說，他們倘若生活在另一個時空會是什麼樣子，而這是他選擇留下的畫面。

那座墳墓已有多年無人打理，苔蘚爬上了墓碑邊角，小墓床已被雜草淹沒。他打算利用那座墳墓。**史坦因．維達．歐森船長及妻子之墓，一八八八年三月三日生，一九五八年五月十八日卒**。這位船長活到了七十歲，如今他的墓碑卻沒人來清掃。畢耶拿出手機，他和艾瑞克的通訊不到兩小時內就會切斷。他關上手機電源，用保鮮膜包起來，放進一個塑膠袋，跪了下來，伸出雙手在墓碑右下角旁邊的土地上挖掘，掘出一個夠大的洞。他環顧四周，墓園裡沒有其他訪客在黎明時分前來。他將手機放進洞裡，用土埋好，快步回到車上。

§

晨霧繚繞中的艾索斯教堂宛如罩上一層面紗，下次他看見這座教堂，將會是透過方形水泥建築內的舍房窗戶。

畢耶設法完成了所有準備工作，不久之後，他就得完全靠自己了。

只能相信自己。

他已經開始想念她了。他對她說了這句話，而她不發一語，不知為何，感覺像是他對她不忠一般。他絕對不會再碰其他女人，但感覺就是如此。

一個永無止盡的謊言。對此，他比任何人都清楚。這個謊言只是不斷地改變面貌和內容罷了，等他需要另一個謊言時，它就融入下一個現實，化身為新謊言，並讓舊謊言死去。過去十年來，他對蘇菲雅、雨果、雷斯穆和其他人說了那麼多謊言，以致於當這一切結束後，他心中對謊話和真話的界限已永遠模糊；這就是真實的狀況，他無法完全確定哪裡是謊話的終點，哪裡又是真話的起點。他已經搞不清楚自己是誰了。

驀然之間，他做出決定。他放慢車速幾公里，讓思緒沉澱下來，決定這真的是最後一次了。這一整年來，他的內心一直有個感覺，現在這個感覺浮現出來，讓他可以去感覺它、詮釋它。這是他內在世界運作的方式：起初他身體裡會有個矇矓的感覺浮現，當他試著要去了解這感覺代表什麼時，會經過一個動盪的階段，接著便會出現洞見，一種突然降臨的、強而有力的了解，這份了解一直以來都緊緊跟在他身邊。他決定在艾索斯監獄裡挨完這段刑期，完成他在監獄裡的任務，之後就洗手不幹。他替瑞典警方提供的服務已經夠多了，換來的卻只有小小的感謝，包括艾瑞克的友情和每月一萬克朗的獎勵金，而他必須接受如此的對待才能繼續隱藏身分。這次事成之後，他決定去過另一種生活，他希望知道真實生活長的是什麼模樣。

§

五點三十分。斯德哥爾摩開始甦醒。路上只有零星幾輛車和零星幾個人趕著要去搭火車或巴士。畢耶將車子停在北門街，就在一所小學對面，然後下車，走進一家清晨開始營業的餐館。餐館供應三十九克朗早餐，內容包括麥片粥、糖漬蘋果、起士三明治、一顆蛋和一杯黑咖啡，全都放在紅色塑膠托盤上。艾瑞克一走進來，畢耶就看見了他，艾瑞克的臉晃過書報台，隨即消失在攤開的《每日新聞》之後，避免和畢耶有任何目光接觸。畢耶點了早餐，選擇另一側角落坐下，盡量遠離艾瑞克。店裡另有六個客人：兩名來自建築工地的年輕男子，身穿反光工作服，以及四名身穿西裝的年長男子，頭髮梳得十分僵硬，似乎一整天都不會變形。早餐館看起來經常如此，聚集著許多沒有伴侶的男人，為了逃避寂寞而一起用餐，女人鮮少這樣做，也許她們比男人更適應寂寞，也或許她們更覺羞恥，不願意在公共場所如此露臉。

咖啡很濃，麥片粥有點結塊，但這是他能選擇餐點內容、料理方式和用餐地點的最後一餐，他要再過好一陣子才能吃到這樣自由的一餐。他在厄斯特羅克監獄的那段時光，為了熬過刑期，總是避免去吃早餐，一大清早實在不想去和那些只會聊自己有多哈毒品的受刑人同桌吃飯，但是為了存活，他也必須和那些不喜歡示弱，而喜歡攻擊、奚落、疏遠別人的受刑人打交道。

艾瑞克走出餐館，經過畢耶的桌子時差點撞到。畢耶等待五分鐘，跟了上去，步行數分鐘，來到凡納迪路，打開一輛銀灰色富豪轎車車門，坐上乘客座。

「你是不是開一輛紅色福斯來，停在學校附近？」

「對。」

「跟平常一樣從史路森區的OK加油站那邊開過來？」

「沒錯。」

富豪轎車離開凡納迪路，沿著聖艾瑞克街緩緩行駛，在皇后島路上停了兩個紅燈。兩人未發一語。

「事情都解決了嗎？」

「解決了。」

「蘇菲雅呢？」

畢耶並不答話。艾瑞克將車子停在菲德漢普區一個公車站旁，清楚表示他不會再往前開。

「蘇菲雅呢？」

「她都知道了。」

兩人坐在已經開始繁忙的晨間車流中，路上移動的是一群群行人和長長的人龍，不再只是零星幾個人。

「昨天我在犯罪情報資料庫裡把你塑造得更加危險，逮捕你的巡邏員警會充滿先入為主的概念和腎上腺素。到時候場面會很暴力，畢耶。你身上不能帶武器，不然一定會很血腥。可是任何看見、聽見或讀到這起逮捕事件的人，都不會懷疑你實際上是在替誰工作。對了，你的逮捕令已經發出去了。」

畢耶吃了一驚。

「逮捕令？什麼時候？」

「幾個小時前。」

§

這地方聞起來仍有煙味，或者他只是心理作用。綠絨氈上方總是飄浮著悶濁的空氣。畢耶俯身聞了聞，又聞到了煙味，煙味總是不可磨滅地和指尖的藍巧克和每個撞球檯角落的煙灰缸連結在一起……他甚至聽得見有人沒打中球或一記重球失手時，周圍冒出粗啞輕蔑的笑聲。他一口氣喝下半杯從福萊明街那家7-ELEVEN買來的黑咖啡，看了看鐘。時間到了。他檢查平常放在後口袋的小刀，確定小刀不在裡頭，然後走到面向聖艾瑞克街的窗戶邊，站立不動，假裝正在講手機，直到確定警車上的一男一女看見了他。

§

兩名員警接獲線報，說一名重大通緝犯今天早上會去撞球宮。報案者匿名，電話號碼無法追蹤。

而那名通緝犯竟然就站在窗前。

他們已經得到通緝犯的姓名，並將姓名鍵入警車電腦，在袖珍鍵盤上按下「輸入」，螢幕立刻顯示出他的生平事蹟。

已知的危險武裝罪犯

兩名員警都十分年輕，資歷尚淺，從沒見過這種特殊代號，因為犯罪情報資料庫裡只有非常少數的罪犯有資格擁有這種代號。

姓名：畢耶・赫夫曼。身分證號碼：721018-0010。相關紀錄：七十五筆。

兩名員警快速往下瀏覽，得到一個清楚的概念：此人非常危險——**厄斯林路一起命案發生前十五分鐘，畢耶．赫夫曼和命案嫌犯馬可維奇在一起**——熟悉槍械——**一棟涉及軍火交易且遭到突擊檢查的房子附近，發現畢耶．赫夫曼的蹤跡**——他曾經槍擊一名受傷員警，身上可能攜帶武器。

§

「指揮中心，這裡是九〇二七號車，完畢。」

「這裡是指揮中心，完畢。」

「我們必須立刻逮捕一名嫌犯，請派人支援。」

§

畢耶聽見警笛聲自都市大樓之間往這裡靠近，猜想那些聲音和藍色警示燈一靠近福萊明街就會關閉。十五秒後，兩輛深藍色警用廂型車停在窗外。

他做好準備。

§

「這裡是九〇二七號車，完畢。」

「請描述嫌犯。」

「畢耶．赫夫曼，被逮捕時曾有行使暴力的紀錄。」

「最近目擊地點？」

「聖艾瑞克街五十二號撞球宮門口。」

「外型？」

「身穿灰色連帽上衣、牛仔褲，金髮，沒刮鬍子，大約一百八十公分高。」
「還有什麼需要注意？」
「他可能攜帶武器。」

§

畢耶並未逃跑。

空蕩撞球間兩側的門被撞開時——**警察**——數個便衣警察舉槍衝了進來——**趴在地上**——畢耶．赫夫曼在撞球桌旁冷靜地轉過身，雙手保持高舉。他不是自願趴下的——**幹你媽的給我趴在地上**——而是因為頭部遭到兩次敲擊才倒下。他流了血——**媽的人渣**——於是高高豎起中指，跟著又被打了一記。之後的事他記不太清楚了，只記得手腕被銬上手銬，肋骨被踹了一腳，以及逮捕行動結束之後，頸部感到劇烈疼痛。

兩輛深藍色警用廂型車經過，朝聖艾瑞克街的方向高速駛去時，艾瑞克就坐在車上，車子停在克羅諾伯警局停車場入口對面。他等到警車關閉警笛之後，才把車開到警衛亭旁邊的門欄，亮出證件，再緩緩開到警局停車場的自動門前。這座停車場位於克羅諾伯公園地下。他將車子停進一個鋼籠，前方就是通往克羅諾伯拘留所的電梯。他在駕駛座上可以看見這裡隨時有警車進進出出。

他等待半小時，按下兩側車窗，好讓自己聽得更清楚。他覺得全身緊繃，試著甩掉不舒服和憂心的感覺，但不太成功。他吸進含有汽車廢氣的潮濕空氣，聽見一輛車停在停車場另一邊，有個人下車，又一個人下車，另一側則響起呆滯的腳步聲。

接著他看見大型鐵門被拉到一旁。

八名經過特殊訓練的員警花了三十五分鐘，才發現並逮捕全瑞典犯罪紀錄最多、也最危險的通緝犯。

一輛深藍色警用廂型車開了進來，他看著那輛車行駛最後幾百公尺，在一輛車身的距離之外停進一個鋼籠。

如果出了差錯，立刻中止任務，請求自願進入隔離單位。保住性命。

先下車的是兩名便衣警察，接著是一名臉被打腫的男子，身穿灰色連帽上衣和牛仔褲，雙手戴著手銬。

員警接獲命令，前去逮捕一名可能持有武器的高度危險通緝犯，並用他們唯一知道的方法對付他。

那個方法就是暴力。

「嘿！媽的我不喜歡娘砲警察碰我。」

艾瑞克看見畢耶突然往那個站得離他最近的便衣警察臉上吐口水，那名便衣警察不發一語，也沒露出任何表情。畢耶又吐了口口水。便衣警察瞥了其他同仁一眼，發現他們都在看別的地方，便踏上一步，抬起膝蓋就往畢耶胯間頂了上去。

罪犯。

畢耶痛苦呻吟，接著腹部又被踹了一腳。他掙扎著站起來，雙手銬在背後，由四名便衣警察押解到通往拘留所的電梯前。這時艾瑞克聽見畢耶大聲對那個剛才被他吐口水的便衣警察說：

「給我小心點，你這個渾蛋，遲早你會落到我手上，媽的到時候一定給你吃上兩顆子彈，就跟瑟德港那個渾蛋一樣。」

只有罪犯才能扮演罪犯。

第三部

星期一

他們站得離他十分之近。兩人站在他背後，在這個狹小空間裡，他只要後退一步，背部就會碰到他們。兩人站在他面前，瞪著他的眼睛、耳朵、鼻子，濕潤的鼻息噴上他的臉部肌膚。

他們接到了警告。

斯德哥爾摩市克羅諾伯拘留所的每一位戒護員，都看過了這名全瑞典最危險罪犯的資料，大家也都聽說十天前這名犯人在聖艾瑞克街一家撞球場被逮捕後，警察押解他走在停車場裡，他竟然對其中一名員警吐口水，還威脅說下次見到那名員警要讓他吃兩顆子彈。

這一次，這名犯人要發監服刑。他們搭乘小電梯前往克羅諾伯公園地下停車場的金屬籠，一輛戒護車準備載犯人去艾索斯監獄。戒護員共有四人，比平常多了兩人，犯人帶著手銬腳鐐。他們甚至考慮要替犯人戴上腰部戒具，後來決定作罷。

犯人是那種痛恨一切的人，用他僅有的智能來惹麻煩；多年來，這種犯人他們看過幾個，都是些重刑犯，買了張通往早逝之路的單程車票。戒護員對犯人和彼此保持視線接觸；從電梯前往運送車的短短路途上，他又吐了一次口水，結果得到的是胯間遭到重重一頂，當時另外三名戒護員正好都在看別的地方。

戒護員做好準備等待，犯人很快就會再有動作，他們就是知道。

戒護員押解犯人前往戒護車時，他保持沉默。上車時，他保持沉默。坐上後座時，他保持沉默。戒護車穿過地下停車場，朝出口和皇后島路的警衛亭開去時，那名痛恨一切且需要額外警力戒護的犯人也保持沉默。過了一會，他才開口。

「你要去哪裡？」

那個名叫畢耶．赫夫曼的犯人被推上車時，看見車上已經坐著一人，同樣身穿寬鬆衣服，胸前有個監獄暨監管局的標誌。

「厄斯特羅克。」

厄斯特羅克監獄是位於斯德哥爾摩北部的另一所監獄。從拘留所出發的戒護車通常會載運多名人犯前往數個地方，將他們送到各自發監服刑的監獄。

「你幹了什麼事？」

那個名叫畢耶．赫夫曼的犯人沒得到對方回答。

「我再問一次，你幹了什麼事？」

「傷害罪。」

「判多少？」

「十個月。」

解送員對看一眼。這不太妙。

「十個月？我猜也是。你看起來就是那種會打自己女人的小孬種，最多也只會判到這樣。」

畢耶壓低嗓音咆哮，朝對方靠近了些。戒護車通過安全門欄，沿著聖艾瑞克街往北行進。

「你什麼意思？」

那名要被送往厄斯特羅克監獄的犯人注意到畢耶話聲改變，也表現出侵犯的態度，但他完全不知道應該退讓。

「就是說你是那種只會打女人的人，讓我們看了不順眼。」

「幹你媽的……你怎麼知道？」

畢耶暗自一笑，他猜得沒錯。他也知道解送員正在聆聽，這正是他要的，他要解送員聽了之後去宣傳說這個危險犯人做出威脅行為，需要額外人員戒護。

「一看就知道你是個小孬種，應該去死。」

解送員正在聆聽，畢耶很確定他們已經知道他的下一個動作是什麼。這種事他們都見識過。將戀童犯和打老婆的犯人跟別的犯人一起解送，總是有發生危險的可能。畢耶望向前座，話聲冷靜。

「給你們五分鐘，聽好了，五分鐘而已。」

兩名解送員同時回過頭來，坐在乘客座的那人正要說話，卻被畢耶打斷。

「給你們五分鐘把這個渾蛋丟出去，不然……場面可能會很難看。」

稍後解送員會把這件事告訴其他獄警。

話會傳開，傳到高牆裡的受刑人耳裡。

這麼做只不過是為了建立其他受刑人對他的尊敬。

乘客座那名解送員嘆了口大氣，拿起無線電說請立刻再派一輛戒護車前來北門區，他們將在北門區等候，因為車上一名犯人必須坐另一輛車前往厄斯特羅克監獄。

§

畢耶從未踏進艾索斯監獄的高牆內。他在教堂高塔上已將所有監獄建築物的位置牢記在心，並仔細研究每扇窗戶外架設的欄杆。拘留期間，在艾瑞克的協助下，他得知了G棟所有走道上的犯人和人員，但是當監獄鐵門打開，戒護車朝安全中心駛去時，這才算是他第一次進入這座一級戒護監獄。他的雙腳戴著又重又緊的腳鐐很難行走，每一步都太短，尖銳金屬嵌入肌膚。兩名獄警站在他後方，兩名在他前方，距離他都很近。他們指了指一般訪客室左邊那扇門，那扇門直接通往登記處，裡頭有更多的安全中心獄警。他們解開他身上的戒具，好讓他脫光衣服，挪動雙臂雙腿，再彎下腰，接受一人戴著橡膠手套檢查肛門，另一人像梳子般拉扯他的頭髮，第三人按壓他的腋下。

§

畢耶收到新衣，穿起來像是掛在他身上，跟其他犯人一樣醜陋，然後被押送到一間乏味的等候室。他坐在木椅上，默然無語。

十天過去了。

一天二十四小時，他只是躺在金屬門裡的鋪位上，門上有個窺視孔，可以從走廊窺看。室內空間五平方公尺，不得會客、沒有報紙、沒有電視、沒有收音機。這段時間就是要將你擊潰、要你順從。

他一直習慣身旁有人，忘了孤寂會如何強化一個人的渴望。

他極為想念她。

他心想不知道現下她在做什麼？穿什麼衣服？散發什麼味道？腳步聲是悠長而放鬆，還是短促而煩躁？

蘇菲雅也許再也不會回到他身邊。

他已將事實全都告訴了她，她可以自由選擇要怎麼做。他十分害怕幾個月後，他將沒有人可以思念，他將變得什麼都不是。

§

畢耶坐在等候室裡，瞪著白色牆壁瞪了四小時，才有兩名日班獄警開門進來，說明他將住在G2左區的一間舍房，開始服漫長的刑期。他們走出等候室，一人走在他前方，一人走在他後方，穿過監獄活動場地下的寬廣通道，經過幾百公尺的水泥地面和水泥牆壁，通過一道上鎖的安全門，上方設有監視器，接著又是一條通道，然後爬上陡峭樓梯，來到G棟。

他已將克羅諾伯拘留所舍房裡的監禁日子和快速審判拋在腦後，那段日子裡，他做的事就如同他告訴亨利克和副總裁的一樣。

他坦承持有三公斤安非他命，放置在他租來的車子裡。

他讓檢察官確信他沒有同夥，罪名只由他一人承擔。

他宣布同意判決，簽署文件，省去等候判決執行的不必要時間。

隔天，他就走在這條通往舍房的艾索斯監獄通道裡。

「我想借六本書。」

走在前方的獄警停下腳步。

「你說什麼？」

「我想借……」

「我聽見了，我只是希望我聽錯而已。你才來這裡幾小時，連單位都還沒到，你就想借書了？」

「你知道這是我的權利。」

「晚點再說。」

「我需要書，對我來說很重要，沒有書，我活不下去。」

「晚點再說。」

§

你們搞不清楚狀況。

我可不是來這裡服什麼該死的刑期。

我是來你們這座有漏洞的監獄，在幾天之內擊敗所有藥頭，占領毒品市場。

然後我會繼續工作、分析，將所有線索拼湊起來，等我把一切摸清楚了，就能夠以瑞典警方之名，破壞波蘭犯罪組織的營運。

我想你們對這些狀況一點也搞不清楚。

∮

畢耶抵達單位，只見裡頭空蕩無人，門口兩側站著兩名年輕且十分緊張的獄警。都已過了十年，而且是一座完全不同的監獄，但這個單位跟過去那個並無多大差別：他又回到了兩邊各有八間舍房的走道上，單位裡有設備完善的廚房，電視區擺著撲克牌和被翻爛的報紙，小儲藏室另一頭有個乒乓球桌，破爛的網子中央掛著一隻破球拍，撞球桌上鋪著骯髒的綠絨氈，每顆球都被安全地鎖起來……甚至連氣味都是一樣的，混合了汗水、塵埃、恐懼、腎上腺素，以及些許私釀酒的氣味。

「名字？」

「赫夫曼。」

獄警長是個又矮又胖的男子，他在玻璃辦公室內對兩名獄警點點頭，表示由他接管。

「我們見過嗎？」

「應該沒有。」

獄警長的一雙小眼十分銳利，似乎可以穿透任何東西，而且很難想像那雙眼睛是人的眼睛。

「我看了你的資料，知道你……你叫赫夫曼，對吧？……我知道你對這種地方的運作應該很熟悉。」

畢耶對獄警長微微點頭，他可不是來這裡跟某個胖警官說他應該被痛打一頓。

「對，我很熟悉這些運作。」

單位裡再過三小時才會有受刑人回來，目前受刑人正在工場、圖書館或教室裡。他還有時間讓獄警長帶他導覽一圈，熟悉該去哪裡尿尿，了解為什麼鎖門時間是七點半而不是七點三十五，也還有時間在自己的舍房裡坐下，接受事實，明白從今以後，這裡將是他的家。

其他受刑人回來前幾分鐘，畢耶在電視區坐下。他已看過單位裡另外十五名受刑人的照片，了解他們的背景。他坐在這裡，每一個回來的人他都能看得一清二楚，但更重要的是，他也會被看見，大家會知道四號舍房來了個新人，而且這個人一點也不害怕，沒有躲起來，等到適當時刻才溜出來，拿出判決書博得大家認可。畢耶坐在某人最愛的椅子上，拿起某人做了記號的撲克牌，開始在某人的桌子上玩起接龍，問都沒問他是不是可以這樣做。

§

他特別要找的是兩張面孔。

一張是蒼白厚實的方臉，上頭兩個眼睛不只小而且靠得很近。另一張是削瘦長臉，鼻子曾多處骨折，癒合不佳，下巴和臉頰爬著並非出自醫師之手的縫合疤痕。

這兩人一個名叫史蒂芬·里加斯，一個名叫卡洛·托瑪斯·潘德瑞奇。

他們是在艾索斯監獄裡服長刑期的四名沃德成員中的兩人，也是他除去競爭對手、占領毒品市場的幫手。若他是寶拉的身分曝光，這兩人也將會是奪走他性命的劊子手。

§

晚餐時，首先有人對他提出質問。提問的是兩名較年長的受刑人，牛頸般的粗脖子上戴著粗重的金項鍊，他們端著溫熱的餐盤，秀出有殺傷力的手肘，一人一邊在他身旁坐下。史蒂芬和卡洛站了起來，想制止他們，但畢耶對他們揮揮手，示意他們先別發作，他要讓這兩個人提出數小時前他在戒護車上提出的問題。這些問題的用意其實全都一樣，他們基於對娘砲的痛恨，想看看眼前這個人值不值得尊重。

「我們想看你的判決書。」

「隨你怎麼說。」

「你有問題嗎？」

史蒂芬和卡洛早已做完大部分準備工作，他們已對其他受刑人說過，再過幾天畢耶就會進來，還說明他幹過哪些豐功偉業、替誰工作、在東歐黑手黨的地位。他們甚至透過史蒂芬的律師，設法弄來了721018-0010的資料，包括國家警政署犯罪紀錄、犯罪情報資料庫紀錄、監獄紀錄和最近的判決。

「沒有，可是我不喜歡人家坐得靠我太近。」

「媽的把你的判決書拿出來！」

他將會請他們進入他的舍房，秀出他的判決書，這樣就不必再多回答什麼。四號舍房的新受刑人不是強暴犯也不是打老婆的孬種，他確實具備他所聲稱的背景；他甚至可能會得到幾個微笑，肩膀被鄭重地拍一拍。一個曾經槍擊警察、被判謀殺未遂和嚴重襲警的受刑人，一點也不需要爭取自己的地位。

「你只要閉嘴，讓我吃完晚餐，就可以看到我的判決書。」

§

稍晚，眾人一起玩梭哈，嘴上叼著一根值一千克朗的牙籤。畢耶坐在某人的位子上，那人已不敢把位子要回去。他大吹大擂說他拿槍對準瑟德港那個豬玀警察的額頭時，那警察乞求他饒他一命。他嘴裡抽著多年不曾抽過的捲菸，說自己只要一假釋，就要出去狂幹猛幹女人。眾人聽了哈哈大笑。他倚著椅背，環顧滿是受刑人的房間和走道。這些受刑人渴望離開這裡太久，以致於早已不知道離開這裡要往哪裡去。

星期二

他駕車緩緩穿過斯德哥爾摩的黑夜，這時黑夜已逐漸轉亮。昨晚又是漫長的一晚，充滿騷亂和不安。他有兩個多星期沒來過這裡了。凌晨三點半左右，他再度來到利丁哥島那座橋的中央，看著天空和河水，**我不想在這裡再見到你**，他正駕車朝著不再歡迎他造訪的療養院和不再有她坐在窗前的那扇窗戶駛去，**你害怕的事已經發生了**。突然間他掉頭往回開，朝高樓和人群和那個既大且小的斯德哥爾摩開去。他已經在那座城市居住和工作了一輩子。

伊維特．葛蘭斯開門下車。

他不曾來過這裡。他甚至不知道自己要來這裡。

他動過這個念頭很多次，也曾計畫前來並開車上路，但從未抵達。如今他站在這個名為「一號大門」的南側入口，感覺雙腿宛如橡膠，似乎隨時都要潰散，胸腔裡也充滿壓迫感，壓力也許是來自胃部或心臟。

他舉步而行，走了幾步又停下來。

他辦不到，只覺得雙腿乏力，體內有種東西規律地撞擊他。

這是個溫柔的黎明，太陽在墓地、草地和樹林間灑下美麗光芒，但他無法繼續往前走。今早不行。他決定轉過身，回到車上，再次開上返回城市的公路，讓北公墓逐漸消失在後照鏡中。

也許下次吧。

也許下次他會找出她的墓碑位置，也許下次他會走到她的墓碑前。

下次吧。

§

重案組走廊荒涼且陰暗。伊維特在員工休息室的桌上籃子裡，拿了一片被人遺忘且甚為乾癟的麵包，按下咖啡販賣機的按鈕，買了兩杯咖啡，回到那間不再有歌聲的辦公室。他吃了這頓簡單的早餐，拿起一個薄薄的檔案夾，檔案夾裡頭是件正在進行的調查案，進度停滯不前。案發之後幾天內，他們就查出死者是丹麥警方的滲透者，辨識出現場有毒騾和安非他命的跡象，並確認當時公寓裡至少還有一名口操瑞典語的人在場，那人還打了報案電話。伊維特經常聆聽那通報案電話，聽電話錄音幾乎成了他生活中的一部分。

他們發現一個波蘭黑手黨分支名叫沃德，沃德在華沙可能設有總部，再來他們就碰壁了。

伊維特咀嚼那片乾硬的麵包，喝完塑膠杯裡的咖啡。他不常放棄。他不是那種輕言放棄的人。但面前這堵牆太長太高，這兩個星期以來，無論他怎麼推它、撞它，甚至是對它吼叫，都無法繞過或穿過它。

他追查那件在垃圾間發現的襯衫上的血跡，卻發現資料庫裡沒有符合的資料，使得案情走進死胡同。

隨後他和史文前往波蘭，追查尼爾斯在襯衫上發現的黃色物質，據研判那黃色物質是雪德爾策市一家工廠生產的安非他命殘跡。他們在波蘭和三千名警察緊密工作了幾天，那些警察被歸屬為特殊警力，目標在於打擊組織犯罪。但他們遭遇的是一種無助的狀態、一場永遠沒有結果的追捕行動。波蘭國內有五百個犯罪集團，每天都在分食當地的資本大餅，其中百分之八十五甚至是和國際接軌的大型犯罪集團，使得波蘭警方經常陷入槍戰。這個國家靠著生產合成毒品，每年海撈超過五千億克朗。

伊維特仍記得那種鬱金香的香味。

生產凶手襯衫上沾有的安非他命的工廠，位於市中心以西數公里一個破敗骯髒的社區公寓地下室。當地建有數以千計外觀一致的公寓，以暫時解決嚴重的居住問題。伊維特和史文坐在車上，親眼目睹整場突擊行動，行動最後演變為槍戰，一名年輕員警在槍戰中喪生。一共六人在公寓地下室的房間裡遭到逮捕，那六人無論面對波蘭或瑞典的訊問員警，一概保持緘默，他們不是冷笑就是看著地板，只因他們知道誰要是敢開口，絕對活不久。

伊維特在空蕩辦公室裡高聲咒罵，又打開窗戶，對著一名便衣男子大吼，那名男子正好走在克羅諾伯拘留所中庭的柏油小徑上。接著他扭開房門，一跛一跛地在長走廊上來回行走，直到額頭冒汗，氣喘吁吁，才坐回到辦公椅上。

他不曾有過這種感覺。

他很習慣憤怒，幾乎對憤怒上癮。他經常尋求衝突，將自己藏在衝突裡。

但這是另一種感覺。

這種怪異的感覺就像是真相近在眼前，答案正看著他、嘲笑他，而他靠得那麼近卻什麼都看不見。

伊維特將檔案拿在手裡，躺在燈芯絨沙發後方，雙腿伸直。他開始翻閱資料，從報案電話開始看起：有人通報說維斯曼街死了人，接著是兩星期的全力調查，動用了所有科技資源，然後是哥本哈根和雪德爾策之行。

他又開始咒罵，也許又吼了某個人。

他們只是原地踏步而已。

他打算一直躺在地上，直到他知道他聽了無數次的聲音究竟是誰的，直到他搞清楚那些他一直難以釐清又無法掌握的案情，直到他弄明白為什麼真相就近在眼前而且正在嘲笑他的感覺是如此強烈。

畢耶．赫夫曼聽見鑰匙叮叮作響。

兩名獄警打開另一頭的兩間舍房，八號和對面的十六號，那兩間舍房窗外是個碎石大坡。

他做好準備，迎接每天這可能代表死亡的二十分鐘。

昨晚簡直糟透了。

雖然他已好幾天沒睡，但他躺在床上，怎麼等睡意就是不來。蘇菲雅、雨果和雷斯穆就圍繞在他身邊，他們站在窗外，坐在床沿，躺在他身旁，逼得他不得不把他們趕走。他們已不存在；他必須停止內心的感覺，他有個自己選擇的任務要完成，沒有空間留給夢境。他必須壓抑、忘記。在監獄裡做夢的人很快就會喪命。

獄警越來越近。鑰匙再度發出叮叮聲，七號和十五號舍房打開了。他隱約聽見有人說「早安」，然後有人回答說「去死啦」。

最後當蘇菲雅消失，外頭的黑夜最為濃重時，他起身下床，開始做引體向上、仰臥起坐、在床上床下交錯做青蛙跳，利用這些運動來控制住恐懼。舍房裡沒多大空間，他已經搥打過好幾次牆壁，但能夠流流汗、感覺心臟在胸腔裡跳動總是好的。

他已開始進行工作。

報到的那個下午，他才花幾小時就已贏得整個單位的尊敬，讓他可以繼續工作。現在他已經知道什麼人在供貨和交易，那些人在哪個單位、哪個舍房。其中一人就在這個單位，也就是二號舍房的希臘人，另外兩人在H棟的不同樓層。畢耶很快就能拿到第一批數公克的貨，用來除去這三個對手。

獄警更接近了，正在打開六號和十四號舍房。只剩下幾分鐘。

七點到七點二十分之間，舍房門被打開後那段時間非常關鍵，如果他能活過那段時間，就能活過這一天。

他做好準備，往後每個早上他都會像這樣做好準備。為了活下去，他必須假設，經過了一個晚上，有人發現了他的另一個名字：有個叫寶拉的在替政府當局工作，有個線民被安排進來催毀組織。只要舍房門是鎖著的，他就是安全的，鎖著的門能夠阻擋攻擊，但是在那聲「早安」之後，在舍房被打開之後的二十分鐘，就是生死交關的時刻。獄警打開舍房後，就會回到辦公室裡喝咖啡休息，在這二十分鐘內，單位裡完全沒有獄警，這時一場事先計畫好的攻擊行動就可能展開。近幾年來，獄中已有多名受刑人在這段時間內遇害。

「早安。」

獄警打開了門，往裡頭看。畢耶坐在床上，看著獄警，並不回話。獄警說的那聲早安並非發自真心，他只是出於規定而必須說聲早安。

那白癡獄警並不放棄，站在那裡，等待回應，要確認受刑人還活著，一切如常。

「早安，好了，幹你媽的別來煩我。」

獄警點點頭，繼續開門，一次開兩扇門。這時畢耶必須開始行動，等到最後一扇門打開，那就太遲了。

§

畢耶在門把上纏繞一隻襪子，朝自己的方向將門拉開——那扇門通常無法從裡面完全鎖住或關閉——再將襪子的布料塞進門和門框之間，把門卡住。

一秒。

他把平常擺在衣櫥旁的簡單木椅拉到門檻前，讓椅子擋住門口大部分的地方。

一秒。

枕頭和被子和褲子弄得好像裡頭躺了個人，運動夾克的藍色手臂伸了出來，宛如身體的延伸。這把戲騙不了什麼人，但可以創造出一種假象，讓人猛然一怔。

半秒。

§

兩名獄警消失在走道上。每間舍房的門鎖都打開了，畢耶在房門左方就定位，背靠牆壁。他們隨時都可能進來。假使他們發現了，他的身分曝光了，他們馬上就會發動死亡攻擊。

他看著纏在門把上的襪子、房門前方的椅子、被子下的枕頭。

兩秒半。

這是他自保的時間，是他反擊的時間。

§

他呼吸濃重。

他將維持這個姿勢，站在這裡等待二十分鐘。

這是他在艾索斯監獄的第一個早上。

有人站在他前方。穿著西裝的那兩條腿說了些話，正在等他回答。他並未回答。

「葛蘭斯？你在幹嘛？」

伊維特．葛蘭斯在褐色燈芯絨沙發後的地板上睡著了，肚子上擺著調查檔案。

「我們還要不要開會？是你自己說要這麼早開會的。我猜你應該在這裡待了一整個晚上吧？」

他的背微感疼痛。這次地板感覺比較硬。

「不關你的事。」

伊維特翻過身，以沙發扶手做為支撐，將自己撐了起來。世界稍微旋轉了幾圈。

「你好嗎？」

「也不關你的事。」

拉許．奧格斯坦在沙發上坐下，等著伊維特走向辦公桌。他們彼此之間互無好感。說得更明白一點，他們完全受不了對方。這名年輕檢察官和這名年老警司來自不同的世界，兩人都無意造訪對方的世界。拉許先做過嘗試，他來找伊維特聊天，聆聽和觀察伊維特有什麼回應，結果發現這樣做毫無意義可言，伊維特已經決定討厭他，沒什麼可以改變他的心意。

「維斯曼街七十九號那件案子，你是來要報告的。」

拉許點點頭。

「直覺告訴我，你毫無進展。」

他們的確毫無進展，但伊維特不想承認，現在還不想承認。

伊維特執意保住自己的調查資源，而拉許有權力撤除那些資源。

「我們正在調查幾個假設。」

「比如說？」

「我還沒準備好要說。」

「我想像不出來你還會有什麼假設，如果你有的話早就說了，然後叫我滾開。我想你應該什麼發現都沒有，該是降低這件案子等級的時候了。」

「降低等級？」

拉許揮了揮他削瘦的手臂，指向桌上一大疊正在調查中的其他案件。

「你一點進展都沒有，這件調查案根本就停頓下來了，你我都心知肚明，葛蘭斯，既然調查人員無法突破，就沒理由再花那麼多資源在這件案子上。」

「我從來不放棄命案的。」

兩人彼此互視。他們來自不同的世界。

「那你有什麼發現？」

「命案絕對不能被降級，奧格斯坦，命案必須偵破。」

「你知道……」

「三十五年來我都是這樣幹的，在你還穿著尿布到處跑的時候。」

拉許根本沒聽見伊維特說的這句話。當你必須聽不見別人說的難聽言語時，你真的會聽不見。拉許不被伊維特的言語刺傷已經很久了。

「初步調查報告的結論我都看過了，看得很……快。你提到調查工作的外圍還有幾個人沒有充分調查，那你就去充分調查，徹底調查外圍的每一個人，然後結案。我給你三天時間，然後我們再碰一次面，如果到時候你還是沒有任何發現，我就會降低這件案子的等級，你愛怎麼小題大作是你家的事。」

伊維特看著拉許那鐵了心腸的西裝背影離開他的辦公室。如果他腦子裡不是有個聲音不斷迴繞，他一定會對拉許咆哮怒吼。那聲音已經迴繞在他腦子裡兩星期了，這時又再度喃喃響起，不斷重複那短短幾句話，令他發狂。

「**有人死了，維斯曼街七十九號，四樓。**」

他只有三天時間。

你是誰？

你在哪裡？

§

畢耶背貼在舍房牆上二十分鐘，每吋肌肉都緊繃，每個聲音聽起來都像是攻擊的前奏。

結果什麼事都沒發生。

他的十五名鄰居各自去上廁所和沖澡，然後去廚房吃早餐，沒有人停留在他門外，沒有人試著要打開他舍房的門。他在這裡依然被視為是畢耶．赫夫曼，是沃德成員，因後車廂藏有三公斤「波蘭黃花」而被判持有毒品，過去曾因毆打豬玀警察並開了兩槍而被判刑。

受刑人一個接一個離開，有的去了洗衣場和工場，大部分去了教室，有幾個去了醫務所。沒有人因為發動罷工而留在舍房裡。罷工的情況在監獄裡很常見，罷工受刑人總是嘲笑獄方祭出的懲罰，繼續拒絕工作，因為要在十二年刑期外再多加幾個月，只不過是存在於正式文件上的數字而已。

「赫夫曼。」

那是昨天親自迎接他的獄警長發出的聲音，獄警長有一對足以穿透人的銳利眼睛。

「是？」

「該出來了。」

「是嗎？」

「你的工作是負責打掃行政大樓和工場，但不是今天，今天你要跟我學學刷子和洗潔劑要怎麼使用、在哪裡使用、什麼時候使用。」

他們並肩走過走道，穿過單位，步下樓梯，來到地下通道。

實拉進入艾索斯監獄之後的工作已經安排好了，從第一個下午開始，他會擔任清潔工，負責清潔行政大樓和工場。

他們朝B棟二樓走去，不合身的獄服布料擦痛他的大腿和肩膀。

監獄管理處通常只有獎勵犯人才會派給清潔工作。

他們停在工場廁所的大門外。

那就獎勵他。

畢耶點點頭，他會從這裡開始清潔工作，打掃更衣室裡龜裂的臉盆和尿斗。裡頭臭氣薰天。他們繼續走進大工場，可以聞到裡頭飄著些許柴油味。

「外面的廁所，玻璃窗後面的辦公室，然後是整個工場，明白了嗎？」

畢耶站在門口，環視整間工場，只見作業台上留著東西，看起來像是發亮的小管子，架子上堆著一疊疊包裝帶，工場裡還有沖床和棧板起重機，每個工作站的棧板都是半滿。受刑人在這裡一小時賺十克朗。監獄工場製造的通常都是簡單物品，賣給製造商。過去在厄斯特羅克監獄，畢耶負責製造方形紅木塊，供應給玩具商。這裡製造的是燈柱零件：電線出入口的一公寸長方形護蓋和燈柱底部的開關，這些東西在街上每隔十公尺就看得到，從來不會有人注意，但總是得在某個地方生產。獄警長走進工場，指著灰塵和滿出來的垃圾箱。畢耶朝他不認識的受刑人點點頭：一名二十來歲的受刑人站在沖壓機旁，俯身在長方形護蓋上；一名口操芬蘭語的受刑人，正在操作鑽孔機，替每個螺絲鑽出小孔；一名受刑人在窗邊，站得較遠，喉嚨到臉頰爬著一條大疤痕，他倚在柴油桶旁，正在清理工具。

「看看地板，你必須把它清理得很乾淨，媽的給我用力刷，不然會發臭。」

畢耶並未聽見獄警長那隻豬玀在說什麼，他在柴油桶和窗戶邊停下腳步。這就是之前他瞄準的那扇窗戶，當時他趴在教堂鐘塔露台上，舉起想像中的手槍，選定要射擊的就是一千五百零三公尺外的這扇窗戶。那是一座美麗的教堂，從這裡可以清楚看見鐘塔，窗戶到鐘塔之間的視線毫無障礙。

他轉過身，背對窗戶，記住這個長方形空間的構造。這個空間被三根刷了白漆的粗大水泥柱所區分，水泥柱大得足以藏住一個人，人站在柱子後面不會被看見。他往前踏出幾步，來到最靠近窗戶的那根柱子旁，站立不動。柱子跟他想的一樣大，他站在這裡可以完全把自己藏起來。他轉過身，慢慢穿過這個房間、感覺這個房間、習慣這個房間，腳下並不停步，一直走到玻璃牆後方的房間。那是獄警的辦公室。

「很好，赫夫曼，那個房間……一定要打掃得亮晶晶地。」

一張小桌子，幾個書架，一張骯髒的地毯，筆筒裡插著一把剪刀，牆上設有一具電話，兩個抽屜沒上鎖，裡頭大部分是空的。

只是時間問題而已。

萬一事情出錯，萬一寶拉的身分曝光，他能夠掌握越多時間，就越有機會活下來。

獄警長走在他前方，穿過監獄活動場的地下通道，來到行政大樓，中間經過四道上鎖安全門，門的上方設有四具監視器。他們抬頭看著每一具監視器，朝鏡頭點點頭，等待安全中心人員按下按鈕。接著門會發出喀噠一聲，告訴他們門已開啟。他們花了十多分鐘才走完那條數百公尺長的通道。

行政大樓的一樓有條狹長走廊可以看見整個受刑人報到區，每個戴著鐐銬、剛被押解來此的受刑人，穿過安全中心來到報到區，都可以在六間辦公室和窄小的會議室裡被觀察。昨天他被押解進來時，典獄長和行政人員全都盯著他這個重刑犯瞧，清楚看見他戴著手銬腳鐐，身穿克羅諾伯拘留所服裝，頭上金髮一綹一綹地，下巴留著兩星期長的花白鬍子。

「你聽見了嗎，赫夫曼？你每天都得來打掃，離開的時候不准留下一點灰塵，聽見沒？有很多地板要刷、很多桌子要擦、很多垃圾桶要倒、很多窗戶要擦，有沒有問題？」

行政大樓的辦公室有著政府機關一貫的灰色牆壁、地板和天花板，彷彿走廊上的陰鬱和無望蔓延到了辦公室內。除了幾個綠色盆栽和一面牆壁上的圓圈狀陶磚之外，其他都是一片死寂，家具和顏色都不會勾起讓人夢想前往別處的欲望。

「也許應該讓你認識一下典獄長，走快點。」

典獄長是個五十多歲男子，他的人就和牆壁一樣灰濛濛地。

「他是赫夫曼，從明天開始是這裡的新清潔工。」

典獄長伸出了手，他的手甚是柔軟，握起手來十分堅定。

「我是萊納．奧斯卡森。兩個垃圾桶每天都要倒，一個在辦公桌下，一個在訪客椅旁邊。如果有沒洗的杯子，記得帶出去。」

典獄長的辦公室很大，窗戶面對柵欄和活動場，但是和其他辦公室一樣瀰漫著相同的感覺：這是個毫無喜悅可言的政府機關。辦公室裡沒有私人物品，甚至連放在銀色相框裡的家庭照片或掛在牆上的證書也沒有。只有兩樣東西例外，那就是桌上的兩個水晶花瓶裡插著兩束花。

「鬱金香？」

獄警長走到桌邊，看著長長的綠色花莖和綠色花苞，拿起兩張白色卡片，大聲唸出上面寫的字。

「**合作愉快，衷心感謝，艾索斯商業協會。**」

典獄長稍微整理其中一束花，共二十五朵尚未綻放的黃色鬱金香。

「應該是吧，看起來像是鬱金香。這年頭我們常收到花，整個艾索斯鎮的鎮民幾乎都在這裡工作，不然就是供應我們某些東西，還有那些參訪團。不久之前，大家都還瞧不起監獄單位，現在幾乎沒完沒了，監獄的每個安排或事件都會登上快報和頭版。」

他口裡雖然頗有埋怨，卻驕傲地看著那束花。

「花很快就會開了，通常都要過個幾天。」

畢耶點點頭，轉身離開，獄警長同樣走在他前方幾公尺處。

明天。

鬱金香明天就會開。

§

伊維特．葛蘭斯清掉小木桌上的兩個空塑膠咖啡杯和只吃一半的杏仁片，坐了下來，沉入柔軟的燈芯絨沙發中，等待史文和瑪莉雅娜走進門來，坐在對面。

筆記本撕下的一張紙上有著手寫字跡，紙張一個角落有咖啡濺出留下的褐色污漬，另一個角落有亂飛的杏仁片碎屑留下的油漬。

紙上寫了七個人的名字。

這七人處於初步調查工作的外圍，他們有三天時間對這七人進行調查。這七人代表這件案子可以繼續深入追查或被降級，換句話說，這七人是這件案子能不能偵破的關鍵。

他將這七個名字分成三類。

毒品，暴徒，沃德。

史文將專注於調查第一類的已知毒販，這些毒販在維斯曼街七十九號附近居住或出沒：荷西．賀南德茲住在同棟公寓二樓；荷馬．蘭塔拉住在沾血襯衫被發現的那棟公寓，襯衫被包在塑膠袋丟在垃圾間。

瑪莉雅娜選擇第二類：強恩．杜托比和尼可拉斯．巴洛，兩名國際殺手，根據瑞典安全局的情報，命案當時他們位於斯德哥爾摩或附近地區。

伊維特負責調查最後三人，這三人曾和沃德國際保全公司有過合作：馬傑．波薩斯基、畢耶．赫夫曼和卡爾．拉格，三人都擁有瑞典保全公司，過去波蘭官員前來瑞典訪問時，這三家公司都和沃德總公司簽有合約，提供隨扈服務，而且完全合法。那些官員前來洽談的事宜，是營運良好且無可動搖的黑手黨組織所仰賴的，那些官員是黑手黨組織檯面上的傀儡，同時隱藏和象徵黑手黨的活動。在斯德哥爾摩警署裡，伊維特是熟知波羅的海另一岸組織犯罪的警察之一，也是這間辦公室裡唯一知道如何調查這三人是否和沃德真正的非法活動有關聯的人，這些非法活動包括在瑞典公寓裡殺害一名男子。

§

沒人再來問畢耶什麼問題。

當他食用一份肉和兩份蔬菜時，沒有渾蛋敢再坐得離他太近或看著他。到了第二天午餐時間，他已經是一號人物，但其他受刑人還不知道，不久之後，他將掌控決定一切的權力，而這都要歸功於毒品的力量。再過兩天，他就會掌控所有的毒品供應和銷售，甚至超越謀殺犯在監獄階層裡的層級。殺過人的受刑人在監獄裡是最受欽佩和尊敬的，再來是大藥頭和銀行搶犯，最底層是戀童犯和強暴犯。

畢耶緊緊跟隨獄警長，學習他新分配到的打掃工作，然後回到舍房鋪位上，等待單位裡其他受刑人從工場和教室回來，一起吃一頓毫無滋味可言的餐點。他和史蒂芬及卡洛的目光接觸過許多次，只見他們一臉不耐，等待他下達命令，因此他對他們無聲地說「wieczorem」（**晚上**），直到他們會意為止。

今晚。

今晚他們將除去三個大藥頭。

當其他受刑人在碎石院子裡抽著無濾嘴捲菸，或以一千克朗牙籤為賭注在玩梭哈時，他自願清理桌面和洗碗。廚房裡只有他一個人，沒人看見他在清理水槽和料理台時，順便塞了兩支湯匙和一把刀在褲子口袋裡。

他走到水族箱、也就是獄警玻璃辦公室前，敲了敲門，結果得到的回應是不耐煩的揮手，叫他走開。他又敲了敲門，這次敲得比較用力也比較久，明白表示他不會離開。

「你要幹嘛？現在是午餐時間，你不是要去清理廚房嗎？」

「外面看起來像是有事還沒做完嗎？」

「這又不是重點。」

畢耶聳聳肩，他不想繼續討論這個話題。

「我的書呢？」

「怎樣？」

「我昨天借了六本書。」

「我沒聽說過。」

「這樣的話，可不可以請你查一下呢？」

畢耶眼前是個較為年長的獄警，和他昨天應付的不一樣。獄警不耐煩地揮了揮手臂，過了一會才走到玻璃辦公室另一頭，看了看桌上的東西。

「是這些嗎？」

精裝本，圖書館書套，每本書前面都塞了一張條子，上頭用藍色的字寫著「倉庫」。

「就是那些。」

老獄警瞄了一下書底的作者簡介，隨便翻了幾頁，便將書遞給他。

「《十九世紀斯德哥爾摩》、《傀儡》，什麼玩意啊？」

「詩集。」

「也太做作了吧？」

「說不定你可以讀讀看。」

「聽好了你這個王八蛋，我才不讀娘砲的書。」

畢耶半掩著舍房的門，讓大家都看得見他的房間，卻又不致於看得太清楚，以免引起懷疑。他將六本書放在小床頭桌上。這幾本書很少人借，因此今天早上艾索斯圖書館接到大監獄送來的借書單之後，必須將書從地下倉庫裡拿出來，交給負責駕駛圖書館巴士那位氣喘吁吁的司機，司機是一名五十來歲的單身女圖書館員。

他從廚房裡偷來的那把刀，刀鋒已用手指刮過，確定十分鋒利。

他用力將刀切進拜倫男爵的《唐璜》書封和第一頁之間的書溝，書溝一點一點鬆開，最後書封和書脊分了開來，就跟十三天前他在瓦薩街辦公室的桌子上將它切開時一樣。他翻到九十頁，捏著一整疊書頁，用力一口氣拉開。只見九十一頁左緣出現一個長十五公分、寬一公分的空洞，薄薄的洞壁由里茲拉牌捲菸紙構成，共三百頁深。裡頭的東西原封不動，就跟他放進去時一模一樣。

黃中帶白，稍有黏度，正好十五公克。

十年前，他私自運進監獄的安非他命，幾乎都被自己用光，偶爾才有多餘的可以出售。有幾次他被債主逼得急了，才把安非他命拿去償還催得最急的一部分債款。這一次，安非他命將做為其他用途。四本書共四十二克純度三十的工廠製安非他命，將成為他的武器，他將用它來除去對手，占領市場。

書本。百花齊放。

量雖不多，但目前他不需要更多。多年來他學到的訣竅安全無比，不會被監獄的例行檢查發現。

十年前，他第一次假釋出獄後，沒多久就立刻被送回厄斯特羅克監獄。當時有人密告他在肛門或肚子裡夾帶毒品，於是他被送進了「乾牢房」。乾牢房的四面都是玻璃牆，有個鋪位可以躺下，廁所屬於封閉系統……裡頭的東西僅此而已。他得在那裡待上一星期，赤身裸體二十四小時，上大號有三名獄警監看並檢查他的糞便。睡覺時也有人監看，而且不能蓋毯子，臀部不可以被遮住。

當時他別無選擇，在債務和外力威脅的雙重壓迫之下，他只能讓自己被送進乾牢房。然而現在，他有選擇。

在監獄裡，受刑人每天時時刻刻想的都是毒品：如何取得毒品，如何使用毒品又不被定期尿液檢查發現。來探監的親戚可以偷渡一些他們自己的尿液進來，那些尿液是乾淨的，檢查結果會呈現陰性。他剛進厄斯特羅克監獄的前幾個禮拜，有個碎嘴的塞爾維亞人叫他的女友在幾個馬克杯裡尿尿，那些尿液後來賣了很多錢。使用那些尿液的受刑人，尿液檢查結果都不是陽性，儘管半數以上的人都在吸毒，不過報告卻顯示另一項結果，那就是單位裡的每個男性受刑人都懷了身孕。

《唐璜》、《奧德賽》、《我的寫作生涯》、《法國風貌》。

這幾本書一個接一個清空。畢耶只要一聽見腳步聲接近舍房，或聽見不熟悉的聲音，就立刻停下手邊工作。他從這四本沒什麼人讀的書裡，清出了四十二克安非他命。

最後剩下兩本書：《十九世紀斯德哥爾摩》和《傀儡》。他將這兩本書留在床上，讓它們保持原貌，希望這兩本書永遠不需要讀到。

他看著那些人們無所不用其極想取得的黃白色物質。

在這裡，每公克要價更高。

在這裡，需求大於供給。在封鎖的舍房裡，被逮到的風險比外面的自由世界來得高。在監獄裡持有毒品的懲罰更重，相同的重量會被判處更長的徒刑。

畢耶將四十二公克安非他命分裝在三小包塑膠袋裡。他打算自己留下一包，用來對付二號舍房的希臘仔，另外兩包等人來取，用來除掉H棟頂樓和一樓的兩個大藥頭。三包的十四公克安非他命將一舉殲滅所有對手。

廚房偷來的兩支湯匙依然在他褲子口袋裡。

他拿出湯匙，撫摸它們，再用力將湯匙壓向鋼製鋪位的邊緣，直到兩支湯匙彎到有如鉤子一般；他查看湯匙，心想這樣應該就可以了。他那件印有監獄暨監管局標誌的藍色運動褲就擺在床上，他用刀子割下褲頭，抽出裡頭的鬆緊帶，再將鬆緊帶切成兩段。

房門半掩，他等待時機，等到走道上空無一人。

廁所距離他的舍房需要快走十五步。

他在背後關上了門，選擇右邊最裡頭的一間廁所，確認門確實鎖上。

§

伊維特．葛蘭斯又去倒了一杯黑咖啡，再帶一片上頭灑有黏膩糖霜的杏仁脆片回來。那張寫有七個名字的清單上沾了更多咖啡漬，但字跡依然清楚可見，那張清單將留在沙發旁的桌子上，直到每個名字都經過調查，一一刪除。

他們有三天時間。

其中一個沾有咖啡漬的手寫名字握有關鍵鑰匙，可以開啟命案的調查工作，讓他們繼續追查斯德哥爾摩市中心的出租公寓，在光天化日下發生的處決式命案。或者，三天之後，薄檔案夾裡的這件調查案會被降級，變成桌上那三十七件初步調查案之一，而且可能永遠無法跳脫出來。再過一兩個星期，一定會有新的命案或攻擊案出現，吃掉所有調查資源，直到被偵破或歸類在被人遺忘的檔案堆裡。

他研究那三個名字。馬傑・波薩斯基、畢耶・赫夫曼、卡爾・拉格。三人都是保全公司老闆，他們這三家公司和其他保全公司一樣，業務包括安裝警鈴系統、販賣防彈夾克、舉辦自衛課程、提供隨扈服務。但這三家公司都曾在波蘭官員來訪期間，被沃德國際保全公司相中合作。這些都是正式工作，開立正式收據。其中沒什麼疑點，真的。但這激起了他的好奇心。有時「正式」裡頭隱藏了「非正式」，他找尋的是那些看不見的線索——倘若這些線索真的存在——這些線索連結的是另一個沃德，連結是那個幕後真正的犯罪組織，專門買賣毒品、軍火、人口。

伊維特站起身來，走出辦公室，來到走廊上。

真相正在嘲笑他的感覺更為強烈了。他試著抓住它，但它總是從指縫間溜走。

他花了兩小時，在警局的資料庫裡研究那三人的身分證號碼，查看一頁接一頁的**逮捕令資料**、**身分資料**、**犯罪紀錄**、**情報資料**、**個人健康狀況**，最後有了幾個發現。那三人都有前科，三人的名字都出現在犯罪情報資料庫和嫌犯登記檔案裡，三人都提供過指紋，兩人在ＤＮＡ資料庫裡有紀錄，三人都曾遭到通緝，其中至少有一人曾被確定屬於幫派成員。伊維特並沒有那麼訝異，因為越來越多人移向灰色地帶，在這個灰色地帶裡，要懂保全，就必須先懂犯罪。

他穿過走廊，經過幾扇門。也許他應該先敲門，但他很少敲門。

「我需要你的幫忙。」

這間辦公室比他那間大得多，而且他不常進來。

「幫什麼忙？」

他們並未公開談過，但兩人在某個層面上皆同意為了要在一起共事，彼此最好不要碰到面。

「維斯曼街。」

約蘭松總警司的桌子上沒有成堆的文件、沒有空紙杯、沒有販賣機裡那些不天然的蛋糕碎屑。

「維斯曼街？」

所以他無法了解這種感覺是從哪裡來的；這種不舒服感，這種沒有空間的感覺。

「我不知道你是指什麼。」

「就是那件命案，我正在調查最後幾個名字，我想查看槍枝登記資料。」

菲列克點點頭，轉頭看著電腦，登入槍枝登記資料庫，為了安全起見，這個資料庫只有少數幾個人可以登入。

「你站得太近了，伊維特。」

這種不舒服感。

「什麼意思？」

它是從心底冒出來的。

「你可以退後幾步嗎？」

無論這種不舒服感是什麼，它需要更多空間。

菲列克看著眼前這個他討厭的人，而且他知道對方也討厭他，所以他們很少干涉彼此的事，總是各走各的路。

「身分證號碼？」

「721018-0010。660531-2559。580219-3672。」

三個人的身分證號碼，螢幕上出現三個名字。

「你想知道什麼？」

「什麼都想知道。」

維斯曼街。

突然間他明白了。

「約蘭松？你聽見了嗎？我什麼都要知道。」

那個名字。

「其中一人有槍枝執照，是工作用的，再加上四把獵槍。」

「工作用的槍？」

「手槍。」

「製造商？」

「拉多姆。」

「口徑？」

「九毫米。」

那個名字依然在螢幕上閃爍。

「可惡，約蘭松。可惡！」

警司伊維特陡地直起身來，朝門口走去。

「我們才剛進資料庫而已耶，伊維特。」

伊維特突然停下腳步。

「什麼意思？」

「這裡還有備註，上面說所有槍枝都被查扣，應該都在克蘭茲那邊。」

「為什麼？」

「上面沒寫，你得去問他。」

笨重身軀一跛一跛離去，在走廊上留下悶騰騰的腳步聲。菲列克・約蘭松總警司無力對抗心頭浮現的那種某些事正在醞釀的感覺，也無力對抗那個令他從內心開始顫抖的懼怕之感。他看著螢幕上的一個名字，看了良久。

畢耶・赫夫曼。

伊維特只需要按幾個鍵，打幾通電話，就能查出登記槍枝所有人的目前所在地，然後前往斯德哥爾摩市北部小鎮的那座大監獄展開訊問，直到他得到他不能得到的答案為止。

不該發生的事，剛剛發生了。

§

畢耶在上鎖的廁所裡等了許久，確定廁所只有他一個人。

鬆緊帶、湯匙、塑膠袋。

他在厄斯特羅克監獄就是用這個方法藏匿毒品和注射器，羅倫茲告訴他說這法子現在還是管用，儘管它簡單得不得了，也許這正是它為什麼還管用的原因，因為監獄裡的獄警沒有人真的會去搜查U形排糞管。

貯水槽、排水管、水槽下的廢水管，這些藏匿處在今日也許已不管用，但至今獄警仍不知道馬桶的U形排糞管可以藏東西。

畢耶將鬆緊帶、彎曲的湯匙和包著安非他命的塑膠袋放在骯髒的廁所地上，將塑膠袋固定在鬆緊帶一頭，湯匙固定在另一頭，然後跪在馬桶邊，手裡握著塑膠袋，盡量將它往排糞管裡推，讓鬆緊帶被繃緊。他一壓下沖水把手，手臂和袖子立刻濕透，一直濕到肩膀處。水壓將塑膠袋推得更深，使得彎曲的湯匙卡在排糞管邊緣。他等了一會，再沖水一次。這樣一來，鬆緊帶會繃得更緊，塑膠袋會被固定在彎管更深處的位置。

從外表完全看不出湯匙卡在彎管裡，將塑膠袋固定住。

而且下次要拿出來十分容易。

只要跪下來，把手伸進水裡，小心地拉出來就行了。

§

伊維特離開菲列克和重案組辦公室，那個他一直無法捕捉到手的真相，現在已經笑得沒那麼大聲了。**拉多姆**。這是初步調查工作進行到現在，他頭一次掌握一條線索、一個名字。**九毫米**。這個名字可能和處決式命案有關。

畢耶．赫夫曼。

他從未聽過這個名字。

但這個人擁有一家保全公司，這家公司曾在波蘭官員來訪瑞典時接受沃德國際保全公司委託，提供正式的隨扈服務。這個人因為工作關係，持有波蘭製槍枝的執照，儘管他曾因重傷害罪入獄五年。根據登記資料，兩週前這幾把槍已被警方查扣。

伊維特踏出電梯，朝鑑識組走去。

他查到了一個名字。

很快地，他將查出更多名字。

§

畢耶從廁所地板上爬起來，聆聽四周的寂靜，同時覺得雙膝發疼。他又沖了兩次水，再次聆聽，仍然沒聽見其他聲音。他打開門鎖，回到走道上，裝得一副像是在馬桶上坐了好一會的樣子；拉肚子總是得花點時間。他走到電視區，拿起一副牌洗了洗，像是要自己玩個幾分鐘，同時朝獄警辦公室和廚房瞄了幾眼，想找出在單位裡巡視的獄警位置。

一張張面孔都看著別處，身穿制服的獄警背對著他，正在忙自己的事。他比出中指，通常這個舉動會將他們吸引過來。

但什麼事都沒發生，無人回應，無人看見。

這個下午，其他受刑人仍被限制在教室和工場裡，還有一小時才會回來，走道上空蕩無人，獄警都在別處。

現在正是時候。

他朝一排舍房走去，快速地回頭瞥了一眼，依然什麼動靜都沒看見。他打開二號舍房的門。

那是希臘仔的房門。

房裡擺設看起來一模一樣，同樣有該死的床、該死的衣櫃、椅子和床頭桌。只是裡頭味道不太一樣，有點窒悶，也許還有點酸臭味，但同樣該死地悶熱，空氣聞起來也有塵味。牆上掛著一張小女孩的照片，小女孩留著深色長髮，另一張照片裡是個女子，畢耶心想這應該是他女兒的母親。

倘若這時有人打開門。

倘若這時有人看見他手上拿的東西，看見他正要做的事。

他被自己的念頭給嚇得跳了起來——他不可以用心去感覺。

他手中拿著的劑量不是太多，只有十三或十四公克，但卻足以讓希臘仔被加判徒刑，拉長刑期，而且立刻被移監送往其他監獄。

這十三或十四公克必須放在高處。

他試了試窗簾軌道，小心拉動；窗簾軌道一拉就被他拉鬆了。他在塑膠袋上貼上膠帶，固定在牆上，三兩下就把窗簾軌道又裝回了原位。

他打開門，又看了一圈這間舍房，視線停留在牆上那張照片上。小女孩大約五歲，站在草地上，背景是幾個開心的小朋友正在揮手。他們正要前往某個地方，應該是參加校外教學，手裡提著包包，頭上戴著黃色或紅色棒球帽。

下次她來探監，父親已不在這裡。

§

伊維特俯身在一張工作台上，查看排列在台面上的七把槍。

三把波蘭製拉多姆手槍，四把獵槍。

「放在同一個槍櫃裡？」

「放在兩個槍櫃裡，都經過核准。」

「他有執照？」

「市警局核發的。」

伊維特站在尼爾斯旁邊，這裡是鑑識組許多房間的其中一個，看起來像是個小型實驗室，裡頭有通風櫥、顯微鏡和一罐罐化學藥劑。伊維特拿起其中一把塑膠外殼的手槍，置於掌心，掂掂它的重量。他十分確定躺在客廳地板上的那名死者，手中握著的槍和這把是同一款。

「兩個禮拜前？」

「對，在瓦薩街公寓的一家公司裡查扣的，槍主因為持有毒品被判重刑。」

「什麼都沒發現？」

「每一把槍都試射過，沒有一把曾在其他案件中使用過。」

「維斯曼街七十九號呢？」

「我知道你希望在這裡找到答案，但是沒辦法，這幾把槍都跟命案沒關係。」

伊維特朝最靠近他的家具用力搥了一拳。

金屬櫃強烈震動，裡頭的書和檔案掉落一地。

「我不明白。」

伊維特的拳頭又要揮落，尼爾斯站到他面前，擋下了這拳。

他的拳頭轉而敲上牆壁，牆壁並未震動得像金屬櫃那麼厲害，但發出的聲音毫不遜色。

「尼爾斯，我他媽的就是不明白，這件案子……這整個調查工作我都覺得自己好像站在界線外面觀看一樣。所以說，他的槍全是你查扣的？二十天前？可惡，尼爾斯，這整件事就是有哪裡不對勁。難道你沒看出來嗎？這渾蛋根本不可能擁有槍枝，我們根本不可能發槍枝執照給他。好吧，就算他被判刑是十年前的事，可是……以這種重罪來說……我從來沒聽說過重刑犯可以被核發槍枝執照的。」

尼爾斯依然站在金屬櫃前方，難以判斷他的同事伊維特會不會再拿無生命的物體出氣。

「那你得去問他。」

「我會去的，等我查出他在哪裡以後。」

「他在艾索斯。」

伊維特看著那個少數在警署裡年資跟他一樣久的刑事鑑識專家尼爾斯。

「艾索斯？」

「他在那裡服刑，我想刑期應該很長。」

§

這天下午，畢耶又坐在電視區的新位子上，等待左鄰右舍一個個從工場和教室回來。他和大家又玩了幾局梭哈和幾種撲克牌遊戲，一邊談起今早執勤的那個王八牢子，還聊了泰比市那件失敗的銀行搶案，最後大家興高采烈地聊起注射一公克安非他命你可以打幾次手槍，好幾個人生動地描述安非他命造成的堅硬勃起，大家粗聲笑成一團，史蒂芬、卡洛和幾個芬蘭受刑人紛紛自誇說只要東西夠強，他們可以硬個好幾天，幹上幾天幾夜。過了一會，畢耶朝希臘仔微一點頭，請他來坐，卻未得到任何回應；希臘仔販賣和控制這裡的貨，占有最高的位階，現在還不想來跟菜鳥囚犯說話。

再等幾小時就好了。

塑膠袋就藏在窗簾軌道後方等著，那個希臘豬頭還不知道自己即將大難臨頭。

§

伊維特站在辦公桌前，儘管對話早已結束，一隻手仍抓著話筒，另一隻手拿著一張紙，紙上沾有咖啡漬和杏仁片油漬。

尼爾斯說得對。

他那張短清單上的最後一個人**的確**已經鋃鐺入獄。

那人因為後車廂藏有三公斤安非他命而被逮捕，遭到拘押，最後以創紀錄的速度被判刑，移監送往艾索斯監獄服刑。

散發花香的安非他命。

濃烈的鬱金香香氣。

§

畢耶在硬梆梆的鋪位上躺下，抽了一根菸。他已有多年不曾自己捲菸，自從他和蘇菲雅在監視器上看見一公分長的小生命，他們有了小孩之後，就戒了菸；那個小生命幾乎難以用肉眼看見，但他們每呼吸一口氣都會對他造成影響。他焦慮不安，菸一口一口地抽，很快又點了第二根菸……躺在這裡枯等簡直跟下地獄沒兩樣。

他站了起來，將耳朵附在堅硬房門上聆聽。

什麼也沒聽見。

他只聽見不存在的聲音，也許是天花板水管經常傳出的細微咚咚聲，也許是某人房裡的電視聲。他選擇不在房裡放電視，這樣就不用參與外面的世界。

假如計畫順利進行，獄警隨時可能來襲。

他又躺了下來，點燃第三根菸。手裡夾個東西感覺總是比較好。現在是七點四十五分，鎖門之後才過十五分鐘。通常獄警會等個半小時到一小時，讓每位受刑人在舍房裡安頓下來，才會開始突擊檢查。

每樣東西都按照計畫設置在正確位置。這天傍晚，當獄警等待每位受刑人返回舍房時，畢耶在廁所裡接獲確認，另外兩包藏在廁所、用鬆緊帶固定在排糞彎管深處的安非他命，已經在H棟，暗藏在窗簾軌道後方。

來了。

他百分之百確定。

耳聽得警犬猛吠，黑皮鞋踏在走道地板上喀喀作響。

你會取得我的姓名和個人資料，這樣你才能把我安排到指定的監獄，派給我指定的工作，並且在我入獄整整兩天之後，對監獄裡的每間舍房進行徹底的突擊檢查。

走道另一端，第一扇房門被猛然打開。

交互咆哮的聲音傳來，芬蘭受刑人大聲怒罵，獄警回罵得更大聲。

獄警花了二十五分鐘，查了八間舍房，才輪到他。一隻手推開他的房門。

「檢查。」

「幹你媽的死牢子，吸我屌啦。」

「出去，赫夫曼，不然要你好看。」

獄警將畢耶拖出房間，拉到走道上，畢耶對他們吐口水。**罪犯**。獄警開始檢查所有孔洞和凹處，畢耶繼續對他們吐口水。**只有罪犯才能扮演罪犯**。畢耶身穿不合身的四角內褲，站在門外，兩名獄警進入他的舍房，搜尋藏匿的違禁品。

照慣例總是同時檢查相對的兩間舍房，兩扇房門同時打開之後，走道上就沒剩多少空間。

每間舍房各有兩名獄警進入，外頭有兩名獄警看守著不斷叫嚷咒罵、口出威脅的受刑人。

畢耶看著床單被拉開和扯下，衣櫃向前傾斜，每隻鞋子都被清空，每隻襪子都被翻過來，床頭桌上從圖書館借來的六本書被翻過，數公尺長的地板被抬起來，褲子、夾克和上衣的口袋和縫線處被扯開，吠叫不已的警犬被牽進來，天花板被掀開，燈罩被翻開，窗簾軌道被拉開，鋪著油地毯的地面一片狼藉。

什麼……

而且要用警犬，這點很重要。

要用警犬？如果我們發現你浪費在其他犯人那裡、用來栽贓的毒品要怎麼辦？

水槽下的地板又被翻起來一塊。

床頭桌燈下，牆上的壁塞小孔也被仔細查看。

「有嗎？有沒有發現違禁品？沒有？真可惜，你得去其他舍房打手槍了，還是要我幫你？」

對面的獄警大笑。畢耶身旁的獄警在房門上敲了一記，輕聲說，**繼續幹屁眼啊，赫夫曼**。

顯然那些獄警都聽說了。

畢耶在鋪位邊緣坐了下來。獄警鎖上門，繼續檢查下一間舍房。床頭桌下的混亂中，半根香菸躺在一件四角褲下；他點燃那半根菸，躺了下來。

再十分鐘。

他抽著菸，看著天花板，不久之後，警犬狂吠起來。

「**幹，搞什麼鬼，那不是我的，幹你媽的！**」

二號舍房的希臘仔吼聲震耳，吼得連上鎖的房門都差點震開。

「怎麼可能，幹，那……一定是你栽贓的，幹你媽的混帳牢子，我……」

一名警衛拉住了猛力往窗簾軌道伸出前腳亂抓的黑色警犬，因為那裡有一包塑膠袋貼在牆上，裡頭裝了十四公克高品質安非他命。希臘仔被押上走道，送出單位，渾身發抖，不停咒罵。隔天他就會被移監送往庫姆拉監獄或哈爾監獄，繼續服完罪加一等的刑期。大約同一時間，兩包裝有同份量安非他命的塑膠袋，分別在H棟頂樓和一樓的兩間舍房裡被發現，因此今晚將是三名受刑人待在艾索斯監獄的最後一晚。

畢耶躺在床上，嘴角泛起微笑，這是他進入高牆之後，頭一次真心露出微笑。

就是現在。

現在，我們開始占領市場了。

星期三

距離畢耶兩間舍房外的芬蘭受刑人冷靜下來後，鐵窗外的黑夜來到最濃重的時刻，在這濃重黑夜中，他熟睡了將近四小時。先前那個渾蛋芬蘭仔每次按警鈴要求獄警注意，獄警的鑰匙叮叮聲就會穿透他的腦際，打斷他的睡眠。最後是好幾個受刑人同聲威脅，說那個芬蘭仔的手指敢再犯賤去按警鈴的話，他們就要引發暴動，整個單位才安靜下來。

畢耶背貼著牆，焦慮地瞥了一眼被子下的枕頭、門檻前的椅子和門縫間的襪子。這是他的防護措施，就跟昨天一模一樣，兩秒半的防護措施。要是有人發現他的真實身分，他們只能趁每天這個獄警看不見、聽不到的時段痛下殺手。

七點零一分。剩下十九分鐘。這段時間過去後，他就能走出房門，跟別人一起沖澡吃早餐。

他已經完成了第一步，用四十二公克純度三十的工廠製安非他命，除去艾索斯監獄裡的三個大藥頭。華沙方面和副總裁已接到通報，正開了一瓶野牛草伏特加，舉杯慶祝他們邁向下一階段。

剩下八分鐘。

他注意呼吸，肌肉緊繃。死神並未來敲門。

今天畢耶打算踏出第二步，沃德的安非他命將出售給第一位客戶，隨後流言就會傳開，說全瑞典最嚴格的監獄之一來了個新藥頭。對瑞典警方來說，他們將可以獲得更多有關毒品供應、運送日期和配送管道的情資，等到販毒網路建立到一定程度，再一舉殲滅。現在必須再等上數天或數星期，等待沃德掌控了艾索斯監獄但尚未將觸角伸到另一所監獄，等待滲透者畢耶充分掌握華沙羅威伊吉科夫街那棟陰沉樓房的犯罪集團核心情報。

畢耶看著大聲滴答作響的鬧鐘。七點二十分。他移開椅子，整理床鋪，過了一會才打開房門，踏上依然昏沉的走道。畢耶經過廚房和餐桌時，史帝芬和卡洛對他微笑。戒護車通常會在這個時間送來新受刑人，顯然今天有個叫希臘仔的受刑人會坐上戒護車的臭椅子，和兩個H棟的受刑人面面相覷。他們可能不會交談，只是看出窗外，心想幹他媽的真是栽得莫名奇妙。

他沖了個熱水澡，洗去貼在門邊二十分鐘準備戰鬥和脫逃的緊繃。他看著鏡子上沒沾染到水氣的地方，看見一個沒刮鬍子、頭髮有點過長的男人。他的刮鬍刀放在口袋裡，看來那些花白鬍子今天還是得先留著。

清潔推車放在單位門口外的壁櫥裡。

推車的骨架以金屬製成，上頭放著黑色垃圾箱、一捲捲紮得十分堅實的白色小垃圾袋、一支小掃帚、一個搖搖晃晃的畚箕、一個臭塑膠籃子，還有一些應該是用來洗窗戶的小道具，底下則放著幾瓶無香精清潔劑，那牌子他從未見過的。

「赫夫曼。」

畢耶經過大玻璃牆時，眼神銳利的獄警長正和其他獄警坐在猶如水族箱的辦公室裡。

「第一天上工？」

「對，第一天上工。」

「你得在每一道上鎖的安全門前面等候，抬頭看著監視器，安全中心一幫你開門，你就得迅速通過。」

「還有什麼事嗎？」

「昨天我看過你的資料，你被判了……是多少來著？……十年吧，我忘了，赫夫曼，不過如果幸運的話，你有很多時間學會怎樣把環境打掃得乾乾淨淨。」

第一道上鎖安全門位於地下通道起點，他停下清潔車，抬頭看著監視器，等候喀噠聲響起，再繼續前進。他穿過活動場下方，通道裡的空氣頗為潮濕，讓他覺得涼颼颼地。過去他在厄斯特羅克監獄服刑時，曾多次被押解通過相似的通道，前往醫院單位、健身房、報攤，或任何可以將受刑人賺來的克朗換成刮鬍霜和肥皂的地方。他在每扇門前停下腳步，對監視器點點頭，門一開就立刻通過。他希望吸引越少注意越好。

「嘿，老兄！」

監獄另一側有群受刑人正往不同工場走去，畢耶在監獄這一側朝他們點頭打招呼，這時一名受刑人轉過身來看著他。

「什麼事？」

叫喚畢耶的受刑人是個瘦稜稜的毒蟲，眼神飄移，雙腳似乎無法站定。

「我聽說了——我要買八G。」

史蒂芬和卡洛的工作幹得毫不含糊。

當話語穿牆流傳，大監獄也成了小地方。

「兩G。」

「兩G？」

「可以給你兩G，今天下午在死角碰面。」

「兩G？幹，我至少需要……」

「現在只能給你這樣。」

畢耶轉過身，繼續踏上寬廣通道，那乾瘦毒蟲依然揮動著長長雙臂。

毒蟲站在原地，渾身顫抖，數算時間，直到這種犯癮的感覺變得比較可以忍受。他將會買那兩克安非他命，然後立刻找間空廁所，用骯髒的注射器注射毒品。

畢耶緩緩走開，按捺著不讓自己笑出來。

再過幾小時，他就可以掌控整個艾索斯監獄的毒品交易。

重案組走廊的燈光十分強烈，不時還會閃動。那是種刺人眼目的強烈光芒，每次閃動都會發出滋滋聲和颼颼聲，而最糟的莫過於自動販賣機旁邊那兩排燈光。菲列克・約蘭松感覺得到昨天他心裡產生的憂懼依然留存在體內；經過一整個下午和傍晚，又經過一晚的睡眠，他醒來之後，卻發現伊維特昨天來找過他之後，他心頭出現的那種持續被囓咬的感覺，無論他怎麼努力就是無法散去。一宗命案的調查工作正在進行，卻仍優先派遣滲透者進入監獄高牆，實在不是個好做法。當時他坐在玫瑰堡的會議桌前，權衡這個冒險做法和壓制波蘭黑手黨孰輕孰重，最後選擇了壓制犯罪擴張。

「約蘭松。」

又是那該死的聲音。

「我想跟你談一談，約蘭松。」

他從沒喜歡過那個聲音。

「早安，伊維特。」

伊維特腳跛得越來越嚴重了，若非如此，就是走廊牆壁放大了一隻健康的腳踏上水泥地面的聲音。

「槍枝登記資料。」

到底是什麼占據了這麼多空間。

菲列克避開在他身旁摸索塑膠杯和咖啡販賣機按鈕的那雙大手。

這裡又變得沒有空間了。

「你站得太近了。」

「我不會移開。」

「如果你要答案，你就得移開。」

伊維特依然站在原地。

「721018-0010。三把拉多姆手槍和四把獵槍。」

那個名字依然在他的螢幕上閃爍。

「對，怎樣？」

「我想知道為什麼有人有這麼嚴重的犯罪紀錄，還可以被核發工作用槍枝執照。」

「我不懂你在說什麼。」

「攻擊警察，謀殺未遂。」

塑膠杯滿了。伊維特嚐了一口溫熱的液體，滿意地點點頭，又按了一杯。

「我搞不懂，約蘭松。」

可是我懂，葛蘭斯。

那個人之所以有槍枝執照是因為他不暴力、不需要被歸類為精神變態、不需要被標明為危險人物，而且沒有被判謀殺未遂罪。

因為你看見的那個資料庫裡的資料只是工具，全都是虛構的。

「如果很重要的話，我會去查。」

伊維特又嚐了嚐第二杯，面露欣喜之色，慢慢舉步離開。

「**的確很重要，我想知道執照是誰發的，原因是什麼。」**

是我發的。

「我來想辦法。」

「我今天就要，明天一大早我就要去訊問他。」

菲列克．約蘭松總警司站在滋滋作響的閃爍燈光下，看著伊維特緩緩走開。

他對著來要答案的伊維特．葛蘭斯警司高聲大喊。

「那其他人呢？」

伊維特停下腳步，並未轉身。

「什麼其他人？」

「昨天你來找我的時候帶了三個名字。」

「我今天會去調查另外兩個人，這個混帳反正已經入獄了，我知道哪裡找得到他，明天他還是會在同一個地方。」

太近了。

伊維特一手拿一個塑膠杯，笨拙軀體一跛一跛走在走廊上，最後消失在辦公室裡。

伊維特站得太近了。

§

馬桶因為沾有尿漬而發黃，水槽裡滿是濕了的香菸和沒有濾嘴的菸屁股。無香精清潔劑連第一層污垢都清不掉。他用刷子刷了好一陣子，再用擦拭布猛擦，但都只是從陳舊的陶瓷表面滑過。工場大門旁的那間廁所甚小，來使用這間廁所的受刑人都尿到馬桶外面，因為這份工作令他們痛恨，而且休息時間很短，只有幾分鐘可以讓他們緩解痛苦；當他們站在機具旁，替燈柱護蓋的底部鑽出螺絲小孔，最可以清楚感受到刑罰帶來的痛苦。

畢耶．赫夫曼走進工場的大房間，朝昨天見過的面孔點頭打招呼。他擦拭所有的工作台和架子，清洗柴油桶附近的地板，清空垃圾桶，擦亮面對教堂的那扇窗戶，不時朝玻璃牆後方那個小辦公室和裡頭坐著的兩名獄警望去。他等待他們站起來，前去工場巡視；他們每半個小時就必須巡視一次。

「是你嗎？」

男子體型碩大，長髮紮成馬尾，留著落腮鬍，讓他看起來成熟一些。畢耶猜測男子大概二十歲。

「對。」

男子正在操作壓模機，兩隻大手抓著要壓塑成長方形護蓋的金屬板。如果他不是每過一陣子就停下來看著窗外，一分鐘可以做好幾個護蓋。

「一G。今天要。每天都要。」

「今天下午。」

「H棟。」

「那裡我們有人。」

「麥可？」

「對，你從他那裡拿貨，付錢給他。」

畢耶好整以暇地做著清潔工作，擦擦抹抹了一個多小時。這是個好方法，可以了解這個房間，測量窗戶到柱子的距離，留意每一支監視器的位置，這樣他才能比別人有更多了解，比別人更能掌控每個攸關生死的情勢。獄警站了起來，離開辦公室。他趕緊推著清潔車走進辦公室，擦拭空辦公桌和空垃圾箱，同時小心翼翼，隨時保持背對玻璃牆和工場。他只需要幾秒鐘，刮鬍刀就放在他口袋裡，他將刮鬍刀從口袋裡拿出來，放進辦公桌最上層的抽屜，就放在收納原子筆和迴紋針中間的空收納格裡。他替垃圾箱換上新的垃圾袋，依然背對玻璃牆，然後走出門，搭電梯到地下通道，經過四扇上鎖安全門，前往行政大樓。

§

他全身發癢，覺得胸部以上被西裝勒得十分之緊，只好稍微鬆開領帶，並在走廊上越奔越快，穿過一扇門，進入一棟更大的建築，那棟建築吞沒了周圍的樓房，是目前容納大部分警務工作的地方。

菲列克．約蘭松的臉頰、脖子和背部，全都汗流如雨。

畢耶．赫夫曼。寶拉。

伊維特打算前往艾索斯監獄，而且訂好了時間和接見室。他只要訊問畢耶幾分鐘，不用更多，畢耶就會俯身越過桌面，叫他關上錄音機，然後哈哈大笑，說你可以回家了，我們是同一陣線的，我的老天，我是替你同事、也就是你的長官工作的，我們早就在玫瑰堡的辦公室裡把事情談好了，你的長官選擇忽視市中心公寓的處決式命案，好讓我在這裡從監獄內部進行滲透活動。

菲列克踏出電梯，門也不敲，直接開門而入，也不管辦公室裡的人一隻手正拿著話筒，另一隻手對他揮舞，表示他應該在外面等他講完電話再進來。菲列克在沙發上頹然坐倒，神不守舍地猛拉領口，因為他的喉嚨越來越痛。國家警政總長跟對方說他待會再回電，結束通話，看著眼前變了個樣的菲列克。

「伊維特．葛蘭斯。」

菲列克的額頭沁出滴滴汗珠，眼珠亂轉。

警政總長從桌前站了起來，走到一台推車前，推車上放著許多大玻璃杯和小瓶礦泉水。他在杯子裡放了兩顆冰塊，打開一瓶礦泉水倒了進去，希望那杯水夠冰涼，可以讓菲列克冷靜下來。

「他要去那邊。他要去訊問他。這樣不行……這樣……我們得把他燒了。」

「菲列克？」

「我們得……」

「菲列克，看著我，你倒底在說什麼？」

「葛蘭斯，葛蘭斯明天要去訊問赫夫曼，他明天要去監獄的接見室訊問赫夫曼。」

「來，杯子拿著，喝點水。」

「你還聽不懂嗎？我們得燒了他。」

§

行政大樓的每間辦公室都有人。畢耶從外面的狹小走廊開始刷洗擦拭，直到灰色油地氈被刷得幾乎發亮。接著他在辦公室外一間一間等候，等裡頭的人向他示意可以入內倒垃圾，打掃書架及桌子上的灰塵。辦公室都很小，裡頭也都沒有擺放名牌，而且全都面對監獄活動場。他看見活動場上有一群群他不認識的受刑人，有的手持香菸坐在陽光下做白日夢，有的大腿上放著足球，有的正沿著內牆旁邊的跑道散步。走廊上只有一扇門是關著的，他不時從那扇門前經過，希望門可以稍微打開，讓他看見裡頭的情況。幾小時後，只剩下那間辦公室尚未打掃。

畢耶敲了敲門，站立等待。

「什麼事？」

典獄長不記得昨天見過他。

「我是赫夫曼，來打掃的，我以為……」

「等我辦完事再來，先去打掃其他辦公室。」

「已經打掃完了。」

萊納．奧斯卡森典獄長已關上了門，但畢耶已越過典獄長肩頭，看見了他想看的東西，那就是辦公桌上那兩支花瓶裡的鬱金香，花苞已開始綻放。

他在靠近典獄長辦公室的一張椅子上坐了下來，一隻手放在清潔車上，越來越頻繁地望向典獄長辦公室的門，漸漸沉不住氣。每樣東西都各就各位，現在他需要的就是進行第二步。

把所有毒友釣上鉤。

占領市場。

「喂。」

門打開了，萊納正看著他。

「可以進去了。」

萊納往隔壁辦公室走去，隔壁是一名女子的辦公室，從門上的標牌看來，她的職務似乎跟財務有關。畢耶點點頭，走了進去，將清潔車推到辦公桌旁等待。一分鐘、兩分鐘過去了。萊納仍未回來，只聽見他和隔壁女子同時發出笑聲，聲音交纏在一起。

畢耶傾身靠近花束。花苞開得不大，尚未完全綻放，但足以讓他伸進手指，將剪短並打結的保險套拿出來。保險套裡裝的是三公克化學安非他命，在雪德爾策市的工廠以花肥而非丙酮製成，因此散發濃郁的鬱金香香氣。

畢耶一口氣清空了十五個花苞，將保險套丟進清潔車的黑色垃圾箱中，同時聆聽隔壁辦公室的聲音。他的嘴角泛起微笑。

不久之後，他將成功地把沃德的第一批貨運進封閉市場。

§

菲列克喝了兩杯礦泉水，用力咀嚼冰塊，嘎吱作響，不甚悅耳。

「我不懂，菲列克，你說要燒了誰？」

「赫夫曼。」

國家警政總長覺得坐立難安。菲列克衝進辦公室時，他就感覺到了：某種他說不上來的東西已經直闖進來。

「要不要喝杯咖啡？」

「我要抽菸。」

「你不是只在晚上抽菸？」

「今天破例。」

警政總長的辦公桌底層抽屜放著一包未拆封的菸。

「這包菸放在那裡兩年左右了，不知道還能不能抽，我從沒想過會拿給別人抽。我會放這包菸是因為每次喝完咖啡，肚子裡好像都會出現一道缺口，覺得旁邊好像應該要有一包菸，而且這包菸放在這裡正好證明我沒破戒。」

他打開窗戶。第一口呼出的煙飄越辦公桌。

「我想窗戶最好關著。」

警政總長看著猛力吸菸的菲列克，明白他說得對，便關上窗戶，吸入那熟悉的氣味。

「我想你不明白，我們沒有太多時間，葛蘭斯會坐在赫夫曼對面，聆聽那場從沒開過的會議所做出的結論。葛蘭斯會……」

「菲列克？」

「對？」

「你人都已經在這裡了，我也在聽你說話，所以請你冷靜下來，把事情從頭到尾說給我聽。」

菲列克將那根菸抽到底，按熄了它，點燃另一根，抽掉半根，然後從他在咖啡販賣機旁覺得一顆心沉了下去開始說起：有個警司正在追查一件調查案外圍名單上的人，那人曾替檯面上的沃德保全工作，而且根據政府當局的紀錄，那人雖然曾犯下重傷害罪，卻還可以拿到槍枝執照。那人目前正因違反毒品危害防制法而入監服刑，刑期很長。明天早上那人會被訊問關於維斯曼街七十九號命案的事。

「伊維特．葛蘭斯。」

「對。」

「希婉．瑪基維斯。」

「就是他。」

「不肯輕言放棄的人。」

不肯輕言放棄的那種人。

「這會演變成一場災難，你聽見了嗎，克里斯丁？一場災難。」

「不會的。」

「葛蘭斯不會放手的，他只要一訊問赫夫曼……就會知道是我們在背後操縱，是我們批准這所有的事，就只是為了保護赫夫曼。」

警政總長默然不語，他聽了這件事並未冷汗直冒，但清楚知道闖入他辦公室的這種焦慮是什麼，而且這種焦慮必須立刻驅逐，以免繼續滋長。

「等我一下。」

警政總長從沙發上站起來，翻開一本黑色記事本的後面幾頁，過了一會便撥打他找到的那組電話號碼。對方的電話鈴聲比一般鈴聲來得響，菲列克坐在沙發上都聽得見……三聲、四聲、五聲……直到一個低沉的男性聲音響起，警政總長將話筒拿得靠近了些。

「保羅？我是克里斯丁，你一個人嗎？」

那低沉聲音聽起來有點遙遠，只是模糊的低語，但警政總長面露滿意之色，微一點頭。

「我需要你幫忙，我們有個共同的問題。」

§

畢耶站在行政大樓和G棟之間，地下通道的第一道上鎖安全門前。監視器移動，安全中心調整角度，放大一張年約三十五歲、留鬍子的面孔，仔細查看，也許還比對監獄資料裡的照片。鏡頭上的受刑人幾天前抵達，和監獄裡其他受刑人一樣被判處重刑。

他謹慎小心地倒垃圾，將其他垃圾桶裡的垃圾倒在清潔車大垃圾桶裡的垃圾上方，這樣一來，有人經過時往大垃圾桶裡看，只會看見散亂的信封和空塑膠杯，不會看見五十個總共裝有一百五十公克安非他命的保險套。他已經用藏在圖書館那四本書裡的四十二克安非他命，除掉了監獄裡的三個大藥頭，現在他要再用五十朵黃色鬱金香裡藏匿的安非他命，以新藥頭的身分售出第一批貨。再過幾小時，每個單位裡的每位受刑人都會知道，現在G棟有個叫畢耶．赫夫曼的受刑人，負責銷售和流通大量化學毒品。他在第一輪銷售不會販賣兩公克以上的安非他命給任何人，無論對方如何乞求或威脅都不行；沃德的第一波安毒必須均分給七十五名染有毒癮的受刑人，讓他們欠下對統治者的第一筆毒債，而這筆毒債日後絕對會被追討回來。過幾天，等他接手了F棟的兩名獄警，他就會開始銷售更高的劑量。過去希臘仔都付錢給那兩名獄警，讓他們定期走私大量毒品。

喀噠聲響起，安全中心核對身分完畢，開門數秒。畢耶開門通過，來到第一條岔道折而向右，走了幾大步之後停下腳步，停在大約兩公尺半的長度之內。那兩公尺半正好是兩台監視器之間的死角。他環視四周。沒有人從H棟走來，也沒有人離開行政大樓。

他在垃圾桶裡摸尋，抓出五十個保險套，在堅硬的地板上將保險套裡的安非他命清到一個黑色塑膠袋中。他從典獄長辦公室的一個杯子裡拿來一支小茶匙，那支小茶匙舀起粉末抹平，正好是兩公克；他將安非他命分成七十五小堆。

他動作迅速，但一絲不苟，撕開白色小保險套，將一小堆的兩公克安非他命包進塑膠袋，再將七十五個小塑膠袋放在大垃圾桶底部，上面用行政大樓的垃圾蓋住。

「說好了八G，對不對？」

畢耶聽見腳步聲接近，那是毒蟲在水泥地上拖曳的腳步聲，他知道那條毒蟲會皺著眉頭站在他旁邊。

「八G對吧？我們說好八G的？」

畢耶不耐煩地搖搖頭。

「媽的有那麼難懂嗎？你只能拿到兩G。」

監獄裡的每位毒友都必須拿到至少一劑安非他命，讓他們今天可以再次進入人造的世界，在那個世界裡，日子可以過得輕鬆如意。為了後續的銷售，一開始所有毒友都不能拿到足夠的安非他命，如今少了其他藥頭、少了其他競爭對手，所有毒品都掌控在G2左走道的一間舍房裡。

「幹你媽的，我……」

「媽的如果你還要你的兩G，就給我閉嘴。」

那條瘦巴巴的毒蟲抖得比早上還要厲害，雙腳不停移動，眼神飄忽，就是無法正視他的說話對象。毒蟲閉上嘴，伸出手，等手上被放了一個由塑膠袋形成的小白球，才舉步走開，甚至沒將它放進口袋。

「你好像忘了什麼。」

瘦毒蟲的眼睛抽動一下，接著抽動得越來越快，臉頰也不規律地抖動起來。

「錢我會搞定。」

「一公克五十克朗。」

抽動停止了幾秒。

「五十？」

畢耶見那瘦毒蟲滿臉疑惑，不禁露出微笑。畢耶大可以開價三百到四百五，如今少了其他藥頭，甚至可以喊到六百，但他要讓這個消息傳遍整個監獄，等所有買家都上鉤了，全都被他這個壟斷的藥頭給釣上了，再一口氣抬高價錢。

「五十。」

「幹，幹……那我要二十G。」

「兩G。」

「或是三十，甚至……」

「你都已經欠錢了。」

「我會搞定啦。」

「我們會盯著你欠的錢。」

「別擔心，老兄，我都說我一定……」

「很好，到時候我們會找到辦法來解決。」

這時H棟的通道隱約傳來下樓梯的腳步聲，聲音來得甚快，越來越大。他們都聽見了腳步聲，瘦毒蟲舉起腳步，準備離去。

「你工作嗎？」

「念書。」

「在哪裡？」

瘦毒蟲額頭冒汗，臉頰抽動扭曲。

「幹，這有什麼……」

「哪裡？」

「F 3教室。」

「以後你可以跟史蒂芬叫貨和拿貨。」

畢耶通過兩扇上鎖安全門，搭電梯上樓，前往G棟，將清潔車推進瀰漫著濕布臭味的清潔櫃，再將十一個小白球放進口袋，讓其他小白球留在雜亂的廢棄文件底下。再過一小時，那些小白球就會被傳到多棟監獄房舍，每個單位都會有毒友知道新藥頭的事，以及藥的品質和價錢，然後他和沃德就能占領整個艾索斯監獄的毒品市場。

單位裡的毒友正在等他。

有的在走廊，有的在電視區，眼光閃爍，飢渴無比。

畢耶口袋裡有十一份安非他命，可以供應給這個單位，而這個單位和其他單位沒有兩樣：五人會付現，他們擁有數百萬現金，那些錢全都是藉由瑞典社會難以制止的犯罪活動賺來的；六人手頭上的錢連買襪子穿都不夠，日後出了高牆，勢必淪落到替沃德做牛做馬。這些人是沃德投資的資產，是犯罪勞工，而他擁有他們。

§

菲列克坐在國家警政總長辦公室的沙發上，聆聽電話另一頭傳來響亮的說話聲，一開始的模糊低語已在短時間內變得清晰可聞。

「**共同的問題？**」

「對。」

「**這麼一大早？**」

低沉的男性聲音嘆了口氣，警政總長繼續往下說。

「是關於赫夫曼。」

「**他怎樣？**」

「明天早上他會在一間接見室接受訊問，有個市警局的警司正在調查維斯曼街七十九號命案。」

警政總長等待對方回答或回應或做出任何表示，但沒等到。

「保羅，這場訊問不能讓它發生，無論如何，你都不能讓赫夫曼見到那個警司，絕對不能讓赫夫曼被牽連到那棟公寓的初步調查裡。」

話筒另一端依然保持靜默，過了一會，對方的聲音有了回應，這次又變成了模糊低語，數公尺外無法聽見。

「現在我在這裡不方便再多說什麼，我只能說你必須想辦法搞定這件事。」

警政總長坐在桌緣，這時開始覺得坐得不太舒服，他直起背部，臀部某處發出嘎扎一聲。

「保羅，我只需要爭取幾天時間，或是一個星期，我希望你能幫我搞定這件事。」

他放下電話，傾身向前，又發出嘎扎幾聲，聽起來像是從下背部傳來的。

「我們爭取到了幾天時間，現在我們必須行動，避免同樣的狀況在七十二或九十六小時之內再度發生。」

兩人喝完了咖啡壺中剩下的咖啡。菲列克又點燃一根菸。

幾星期前在那間有著斯德哥爾摩瑰麗美景的美麗辦公室裡開的會議，已突變成新的狀況。代號寶拉已不再是瑞典警方耕耘和等待多年的一場行動，現在它還涉及了一個同名罪犯，那名罪犯他們所知不多，但他手中握有的資訊若傳出去，造成的後果將是那張橢圓會議桌上的每個人都難以料想的。

「所以說，艾瑞克．威爾森在國外？」

菲列克點點頭。

「我們知道赫夫曼在單位裡的沃德聯絡人是誰嗎？」

菲列克．約蘭松總警司又點點頭，往後靠了些。這是他坐下來之後首度能夠稍微放鬆，靠上椅背，只覺得椅背布料感覺起來頗為舒適。

警政總長看著菲列克的臉，看見他的面容似乎比較冷靜下來。

「你說得對。」

警政總長舉起空了的咖啡壺，看裡頭還有沒有咖啡剩下。他覺得口渴。他從不明白為什麼大家那麼愛喝氣泡礦泉水，但既然推車上有，就倒了一杯，因為辦公室裡煙霧瀰漫，喝杯水比較清爽。

「如果我們洩露赫夫曼真正的身分呢？如果犯罪組織發現他們內部有個線民呢？他們會怎麼處理這個消息不關我們的事，我們不會也不能替別人的行為負責。」

再來一杯，更多氣泡。

「就像你說的，我們得燒了他。」

星期四

他又夢見了那個黑洞。連續四晚，辦公桌後方書架上的塵線都化為一道裂口、一個無底洞，無論他在哪裡，無論他如何掙扎，最後都會被那個黑洞吸過去。每當他要墜入黑洞時，他都會醒過來，不住喘氣，發現自己躺在燈芯絨沙發後方的地板上，背後濕成一片。

凌晨四點半，克羅諾伯拘留所中庭漸暖漸亮。伊維特．葛蘭斯踏上走廊，走到小餐具室，看見J魔布掛在水龍頭上。他將J魔布用水沾濕，拿回辦公室。那個黑洞在現實中小得多。三十五年來，他一天中有大部分時間都環繞著一段不再存在的時光，耗費了無數時間。他用濕抹布擦去長長塵線，那條塵線標示出他那台錄音機——他的二十五歲生日禮物——曾經置放的地方，再來是代表錄音帶和照片的短塵線，而兩個方形塵線代表的是兩個喇叭，喇叭音質澄淨動人。

現在甚至連塵埃都不留了。

伊維特將窗台上的仙人掌和地上的檔案移到書架上，那些檔案有絕大部分屬於老早就已結束的初步調查案，應該被歸檔到某個地方才對。他將空書架上的每個空隙都填滿，這樣一來就不必擔心再墜入洞裡；那個空洞消失了，既然不再有空洞，也就不再有無底洞。

來杯黑咖啡吧。細小塵埃依然在空氣中飄動著，似乎在找尋新家。咖啡嚐起來不像往常那般可口，彷彿塵埃融入了褐色液體，讓咖啡的顏色看起來甚至淡了一點。

他提早上路。他希望得到直接了當的答案，而昏昏欲睡的監獄比較不會那麼嘮叨、傲慢、輕蔑。訊問這檔事，若不是關於權力鬥爭，就是關於爭取信任，而他沒時間建立信任。他駕車離開斯德哥爾摩，車速飛快，以致於感覺好像才剛開上E4公路，沒兩下就經過了賀加地區和左方一片大墓園。他猶豫片刻，仍加速向前駛去。他可以回程時再下交流道，慢慢經過一手拿著植物和鮮花、另一手拿著澆水壺的人們。

距離艾索斯監獄還有三十公里。過去三十年來，這座監獄他每年至少得跑兩趟。身為斯德哥爾摩的警察，他參與的調查案最後經常都會和艾索斯監獄扯上關係，比如說訊問或移監。總是會有收容人知道些什麼、看見些什麼。但監獄裡的收容人對警察的厭憎比其他地方的人都來得強烈，而且他們對警察的懼怕情有可原，因為在封閉空間裡，向警察提供情報的告密者都活不長久，所以警方在錄音機上得到的回答通常都是冷笑或只是靜默。

昨天伊維特見到了外圍調查名單上的另外兩個人，那兩人擁有的保全公司和沃德國際保全公司有過正式往來。最後伊維特將他們給刪除了。伊維特在邁什塔地區外的歐登沙拉鎮和馬傑·波薩斯基碰面，兩人喝了咖啡，接著前往南泰利耶市見了卡爾·拉格，又喝了更多咖啡。兩次他都是坐下沒幾分鐘，就知道眼前那人不是在市中心公寓犯下處決式命案的凶手。

監獄高牆浮現在遠方。

伊維特有時會穿過偌大活動場下的地下通道網路，結果每次都撞見他在現實生活中不想碰上的人，也就是那些被他奪去多年自由的人。他明白那些人為何向他吐口水，他也尊重這種狀況，但這並不會影響他的心情。大家都曾經氣過別人，但從伊維特的角度來看，任何人覺得自己有權力傷害別人，日後都必須有膽量承擔後果。

灰色水泥牆漸高漸長。

那張沾了咖啡漬的名單上只剩下一個名字：畢耶·赫夫曼。此人曾因瞄準和射傷警察而被判刑，後來申請槍枝執照卻都被核發下來。這裡頭有哪裡不對勁。

伊維特停好了車，穿過監獄大門。不久之後，畢耶·赫夫曼就會坐在他面前。

§

感覺不大對勁。

畢耶不知道為什麼自己會有這種感覺。也許因為太安靜了。也許他也被關在自己的腦袋裡了。

他對抗任何有關蘇菲雅的思緒，這些思緒在凌晨兩點、天開始亮時最為活躍。他起身下床，一如往常，開始做引體向上和青蛙跳，直到汗流如雨，汗水從額頭一路流到胸部。

他應該感到輕鬆才對。連續三天，沃德都收到了他的報告。他已除去對手，占領市場。從今天下午開始，他將取得更大量的貨，販賣更大量的安非他命。

「早安，赫夫曼。」

「早安。」

但他無法放鬆下來。有個東西困擾著他，有個東西要求要有自己的空間，無法被他勸離。

他感到十分害怕。

門鎖打開了，他的鄰居在外頭到處走動，他看不見他們，但他們的確在外面吼叫和低語。襪子夾在門縫中，椅子放在門檻前方，枕頭蓋在被子下。

七點零二分。剩下十八分鐘。

他緊緊貼在牆壁上。

§

安全中心的年長獄警查看他的警察證，在電腦上打了幾個字，嘆了口氣。

「你是說訊問？」

「對。」

「葛蘭斯。」

「對。」

「畢耶·赫夫曼？」

「我訂了一個接見室，請讓我進去，這樣我就能開始準備訊問。」

年長獄警慢悠悠地拿起電話，按下一個號碼。

「請你稍等，我得查一下。」

§

總共花了十四分鐘。

接著地獄之門開啟。

房門被拉開。一秒。椅子被踢倒。一秒。史帝芬從畢耶右側擦身而過，手中握著一把螺絲起子。

剩下一個瞬間，一次心臟跳動的時間，人們總是以不同方式經驗半秒鐘。

對方可能有四個人。

畢耶見過這種事發生很多次，自己甚至還參加過兩次。

一人握著螺絲起子、桌腳或金屬片衝進來，緊跟在後的人赤手空拳，準備出拳或殺人。兩人站在門外走道上，保持距離和警戒。

被子下的枕頭和運動衫替他爭取到的兩秒半結束了，他的自保時間、他的逃命時間結束了。

他奮力一擊。

他只能給予一擊。

但就這麼猛力一擊，畢耶的右手肘擊中史蒂芬喉嚨左側的頸動脈感覺接收器，該處受到重擊使得史帝芬的血壓立刻竄升，當場昏厥。

史蒂芬的沉重身軀倒在地上，擋住門口，也擋住了緊接而來的大拳頭和工場的尖銳金屬片。卡洛為了保持平衡，不得不在空中揮動雙手。畢耶從門框和某人肩膀之間竄了出去，那人還搞不清楚那個死期到了的畢耶究竟躲在哪裡。畢耶奔上走道，迅速穿過負責看守的那兩個人，朝緊閉的獄警辦公室門直奔而去。

他們知道了。

畢耶一邊跑，一邊環顧四周，只見他們就站在那裡。

他們知道了。

畢耶打開門，奔進獄警辦公室，有人在他身後大喊「Stukatj」，獄警長則高喊給我滾出去。他自己可能沒喊什麼，他無法確定，但感覺起來應該什麼也沒喊。他站在關上的辦公室門前說，**我要被送進隔離單位**。獄警沒有反應，他又說得大聲了點，**我要P18**。不料那些該死的獄警只是瞪著他，動也不動。最後他豁了出去，扯開喉嚨大喊，**媽的你們這些烏龜王八蛋**，用的很可能是這種詞彙，**我需要立刻被送進隔離單位**。

§

伊維特坐在接見室的椅子上，看著床邊地上的一捲衛生紙和包著塑膠套的床墊從床尾突了出來——受刑人的恐懼和渴望在每月一小時的接見時間中，化為兩具緊緊擁抱的軀體。他走到窗前，看了看毫無景觀可言的窗外，只有幾根粗糙鐵欄杆外加尖刺鐵絲網，再過去就是厚實的灰色水泥牆。他又坐了下來。心中那份焦躁不安一直跟隨著他，不肯讓他放鬆。他把玩桌子中央的黑色卡帶式錄音機。每次他來這裡訊問那些什麼都沒聽見、什麼都沒看見的受刑人，都會把玩那台錄音機。他記得受刑人的面孔靠近他，壓低聲音，瞪著地面，充滿憎恨，直到他關上錄音機。他不確定在這間接見室裡進行過的訊問，是否真的協助他偵破過案件。

門上傳來敲門聲，一名男子走了進來。根據資料，畢耶．赫夫曼還不到中年，所以男子應該是別人。男子比畢耶．赫夫曼年長不少，身穿藍色監獄制服。

「我是萊納．奧斯卡森，艾索斯監獄的典獄長。」

伊維特伸出手，露出微笑。

「真有你的，上次我們見面，你只是個獄警長，現在算是熬出頭了。後來你還有讓別人逃走過嗎？」

時光匆匆，轉眼已過數年。

當年的獄警長萊納．奧斯卡森曾批准一個戀童累犯戒護就醫，結果那個娘砲在途中逃跑，還殺害了一個五歲小女孩。

「上次我們見面，你只是個警司，現在……你還是？」

「對，你得犯很大的錯誤才會被好好教訓。」

伊維特站在桌子另一頭，等待萊納說出更多挖苦、風趣的話，但並未等到。萊納一進來，伊維特就察覺到這位典獄長似乎表情冷淡，目光茫然，心不在焉。

「你是來這裡找赫夫曼問話的？」

「對。」

「我剛從醫務所那邊過來，你不能見他。」

「抱歉，我昨天就通知你們說我要過來，那時候他還好端端地。」

「他們昨天晚上都住院了。」

「他們？」

「目前有三個人發高燒，我們不知道病因，監獄的醫師決定讓他們隔離照護，不准見任何人，直到我們知道病因是什麼。」

伊維特大聲嘆了口氣。

「要隔離多久？」

「三天，也許四天，目前我只能這樣說。」

兩人彼此互望，現下已無話可說，只能準備離去。就在此時，一種刺耳聲響傳來。萊納腰際掛著的黑色塑膠方塊上有個紅燈閃閃爍爍，每閃一次，就發出嗶一聲巨響。

典獄長抓起掛在腰帶上的呼叫器，閱讀螢幕上的顯示文字，臉上先是驚駭莫名，跟著露出緊張和逃避的神情。

「抱歉，我得走了。」

萊納正要出門，又轉過頭來。

「監獄裡發生了點事，你認得出去的路嗎？」

§

萊納奔向樓梯間，快步跑下階梯，沿著地下通道朝監獄單位奔去，又查看一次呼叫器螢幕。

G2。

G棟二樓。

那個名叫畢耶．赫夫曼的受刑人就在G2。

他剛剛才編造關於畢耶．赫夫曼的謊言，而他那麼做，是因為接到監獄暨監管局局長的明確指令。

畢耶對獄警大吼之後，就坐在地上。

過了一會，獄警採取行動。一名獄警從裡頭鎖上辦公室房門，站在玻璃窗前，留意走道上的一群受刑人，另一名獄警打電話給安全中心，請監獄鎮暴小組提供協助，護送一名受刑人前往隔離單位，因為該受刑人可能受到威脅。

畢耶坐到椅子上，讓圍在外頭的受刑人看不清楚。外頭的受刑人經過窗前時，都低聲說著Stukatj，聲音雖小，卻大得足以讓他聽得見。

Stukatj。

奸細。

§

國家警政總長辦公室的房門開著。

菲列克輕輕敲了敲門，看見辦公室裡已做了迎接他的準備，沙發中間的桌子上放了一個銀色大保溫瓶和許多外餡三明治，三明治原本裝在皺了的紙袋中，是從博格斯街另一頭的小型早餐館買來的。菲列克自己倒了兩杯咖啡，狼吞虎嚥地吞下一個三明治。他覺得飢腸轆轆，只因體力已被內心的焦慮給消耗殆盡。他經過走廊時，慢慢走過伊維特的辦公室。那間辦公室是清晨唯一會亮著燈光的辦公室，並將一切都淹沒在平庸無味的音樂裡。伊維特的辦公室和菲列克的感覺同樣空洞。伊維特通常會睡在辦公室裡，外頭天一亮就坐到桌前辦公，但今天他不在，他已經去艾索斯監獄了，就如同他昨天說的，他一大早就會去。**絕對不能讓葛蘭斯和赫夫曼說話**。一大塊麵包卡在菲列克嘴裡，持續脹大，逼得他不得不把它吐在紙盤上。**絕對不能讓赫夫曼和葛蘭斯說話**。他又喝了幾口咖啡，把仍然卡在嘴裡的東西吞下去。

「菲列克？」

國家警政總長回到辦公室，在菲列克身旁坐下。

「菲列克，你怎麼了？你還好吧？」

菲列克試著微笑，但笑不出來，嘴角就是不肯動。

「不好。」

「我們會想出辦法解決這件事的。」

菲列克拿起一片三明治，挑掉起士，只見起士下方是一些綠色蔬菜，也許是胡椒和幾片小黃瓜。

「我剛講完一通電話，葛蘭斯從艾索斯監獄回來了，他被告知說那個叫畢耶．赫夫曼的受刑人可能三、四天沒辦法會客。」

菲列克看著那片麵包，覺得體內的緊縮似乎比較消退，因此拿起麵包，試著用來填滿身體裡的空洞。

「苦惱。」

「什麼？」

「你剛剛問我怎麼樣，我覺得苦惱，非常苦惱。」

他將起士和麵包留在盤子裡，不一會又將它們丟進垃圾桶。他的嘴巴、喉嚨奇乾無比，嚥不下去。

「我苦惱赫夫曼會把事情說出去，苦惱我必須使出什麼手段來阻止他。」

過去他們也曾燒了線民。**我們不知道這個人是誰**。每當問題蜂湧而至，他們就把線民給甩了。**我們不和罪犯合作**。每當遭到滲透的犯罪組織出手解決叛徒、追殺線民時，他們就假裝沒看見。但他們從不曾在監獄裡、在一個封閉且無路可逃的地方燒了線民。

不是生，就是死。

突然間，一切變得如此清晰。

「最讓你苦惱的是什麼？」

警政總長屈身向前，朝他靠近。

「你得好好想一想，菲列克，最讓你苦惱的是什麼？是赫夫曼把話說出去造成的後果？還是我們採取行動造成的後果？」

菲列克陷入沉默。

「你有選擇嗎，菲列克？」

「我不知道。」

「我有選擇嗎？」

「我不知道！」

菲列克不由自主地大手一揮，越過桌面，將銀色保溫瓶打到地上。警政總長等了一會，確定菲列克不會再揮手，才撿起保溫瓶。

「菲列克，你聽我說。」

警政總長又靠得近了些。

「我們採取的行動並沒有錯，事情就這麼簡單，**我們什麼都沒做錯**。**我們**只做了一件事，那就是對艾索斯監獄裡那兩個沃德成員的律師說了一些話，如果**那個律師**在昨天傍晚決定把那些話告訴他的客戶，那我們不能為他的行為負責，如果他的客戶決定做出一些受刑人常做的事，那我們也不能為他們的行為負責。」

警政總長不再靠近，只是再稍微向前傾身。

「**我們**不能替不是**我們自己**做出的行為負責。」

窗外可以看見克羅諾伯公園，幾個孩童正在沙堆裡玩耍，幾隻狗奔來跑去不肯聽主人的話，只因主人手上拿著狗鍊。這是國王島中央的一個美麗小公園。菲列克看著那個小公園，看了許久，心想為什麼他平常都不會去那個公園？

「把話說出去造成的後果。」

「什麼？」

菲列克站在窗前，風從上方開著的長方形小窗吹進來，輕撫著他。

「你剛剛問的問題，最讓我苦惱的是什麼，答案是赫夫曼把話說出去造成的後果。」

§

他將椅子稍微往左移，這樣就能透過玻璃牆看見整條走道和撞球桌，只見剛剛攻擊他的那四個人正假裝在玩，眼睛卻一直盯著他瞧。顯然他們要他知道，他是個該死的線民，這裡無處可逃。監獄是個封閉系統，四周都是牆，將人關在裡頭，誰想逃跑，很快就會碰上難以穿越的牆壁。卡洛站得最近，他揚起手，指著自己的嘴巴，不斷做出Stukatj（**奸細**）的唇形。

寶拉已不復存在。

畢耶·赫夫曼試著在內心深處找出一個不鼓噪的角落。他必須讓自己了解，現在他有了一個新任務，那就是保住性命。

他們知道了。

他們一定是在傍晚和晚上的時候知道的。舍房的鎖門時間並未更動，這表示有人擁有可以打開門鎖的通信管道。

如果你的身分曝光，在監獄裡沒辦法跑太遠，但你可以請求被送進隔離單位。

監獄鎮暴小組共有十人，頭戴鋼盔，手持盾牌，做為防護，而且持有鎮靜劑做為武器，用來壓制暴動。小組穿過活動場，爬上G棟樓梯。其中六人負責防止和阻擋反復的暴力行為，四人負責護送脆弱的受刑人走下通道，深入地底，前往C棟的自願隔離單位，兩人在前，兩人在後，一路護送。

雖然你就跟被判了死刑沒兩樣，但你不會死。

這裡也有十六間舍房。自願隔離單位建造得跟監獄裡其他單位一樣，有獄警辦公室、電視區、淋浴間、廚房、乒乓球桌。自願被送來這裡的受刑人可以自由移動，不用擔心會碰到監獄裡其他單位的受刑人，他們只會碰見自願隔離單位裡同樣一批受刑人。

只要一星期。

他會等待，避免衝突；他會在這裡保住性命，在這裡活下來。一走出自願隔離單位的門，他就死定了。

這座大監獄裡的每個角落，隨時都可能會冒出螺絲起子插入他的喉嚨，或伸出桌腳重擊他的額頭，而且不斷重擊，直到他的額頭被打凹為止。一星期之內，艾瑞克和市警局人員會來救他。他不會死，現在還不會死，他還要照顧雨果、雷斯穆和蘇菲雅，他不能死。

不能

不能

不

能

「你還好吧？」

他暈倒在地上，沒能用雙手阻擋，臉頰和下巴直接敲上地面。有幾秒鐘，他飄到了別處：攻擊行為、水族箱裡的獄警、做出Stukatj（奸細）唇形的嘴唇、身穿黑色制服的鎮暴小組……他突然覺得難以呼吸，想保持直立，雙腳卻左右晃動。

這時他才知道，當死亡的恐懼籠罩整個身心，全身的能量都會被恐懼吸食殆盡。

「我不知道。廁所，我要洗臉，我在流汗。」

廁所中央的水槽看起來似乎是乾淨的。他打開水龍頭，讓水流出，等水變得冰涼，才把頭伸到水龍頭下，冷卻自己的脖子和背部，再用雙手掬起水來，沖洗臉部肌膚，像是回過神似的，甚至不覺得怎麼頭暈。

突然之間，他的身側給狠狠踹了一腳。

疼痛十分劇烈，灼熱感從臀部某處迅速蔓延開來。

畢耶並未聽見或看見那個二十多歲的長髮結實小伙子跑進廁所或朝他衝來。鎮暴小組就在外面，那小伙子踹了一腳之後不能多做什麼，只是吐了口口水，低聲說Stukatj（奸細），離去時把門關上。

死刑已降臨到他頭上。

他直起身來，咳了幾聲，用手去感覺臀部。那一腳踹得比他以為得還要疼痛，彷彿就像踹斷了他幾根肋骨一樣。他必須離開這裡，前往下一個層級，那就是單獨隔離，完全隔絕，只和獄警接觸，不和其他受刑人接觸，一天二十四小時都鎖在舍房裡，無法進出。

Stukatj（**奸細**）。

他必須再度離開。他不能死。

§

伊維特．葛蘭斯離開艾索斯監獄，回程途中停在泰比市的ＯＫ加油站。他坐在窗邊一張凳子上，手裡拿著柳橙汁和起士三明治。**發高燒。隔離照護。三天，也許四天**。那時他站在接見室裡，看著衛生紙和包著塑膠套的床墊，只想用力搥牆，但克制住了那股衝動，因為跟監獄醫師爭論不曾聽說過的感染症狀是沒用的。他又買了一個非有機三明治。這是返回斯德哥爾摩的最後一段路，他不能再拖延下去了。於是他駕車在賀加地區南方開下Ｅ４公路，駛過醫院，在索納休基路停下了車。一號大門，這是他上次可以抵達的最遠之處。

他並不孤單。

訪客、墓園管理員和拿著澆水壺的人都往草地和一排排墓碑移動。他按下車窗，只覺得外頭甚是悶熱，熱空氣黏上他的背。

「你在這裡工作嗎？」

那人身穿藍色連身工作服，腳下的機器腳踏車後頭有兩把鏟子，可能是墓園管理員或教堂執事。那人回過頭，看見叫住他的人坐在車裡，受到車門保護，不敢下車。

「我在這裡幹了十七年了。」

伊維特侷促不安，移開在座椅上沙沙作響的三明治包裝紙。他的視線被一名老婦吸引過去，老婦俯身在一個看來很新的灰色小墓碑上，一手拿著植物，另一手拿著空澆水壺。

「所以這地方你很熟囉？」

「可以這樣說。」

老婦開始掘土，再小心翼翼地將植物種入土壤；墓碑和草地之間正好有一條細長空間可以種植物。

「我在想……」

「是？」

「我在想……不知道你可不可以幫我找一座墳墓，有人葬在那裡……你是做什麼的？」

§

萊納・奧斯卡森站在辦公室最深處的一扇窗戶前，這間辦公室是他成年後追求的目標，也就是艾索斯監獄的典獄長辦公室。經過二十一年的奮鬥，從獄警、獄警長、副典獄長一路爬上來，四個月前，他終於坐上典獄長的位子。他將所有的檔案都搬到這間辦公室裡稍微長一點的固定式牆架上，就在稍微軟一點的沙發旁。他夢想擁有這間辦公室太久了，以致於當他站在這裡，夢想就抓在手中之際，他不知道該拿它怎麼辦才好。當你不再有夢想需要追逐，你要怎麼辦？逃跑嗎？他輕嘆一聲，望著窗外正在活動場上休息的受刑人：一大群一大群曾經犯下殺人、傷害、竊盜罪的受刑人，他們坐在乾碎石地上，不是沉思，就是壓抑自己的情緒，適應環境。萊納的視線越過高牆，望向小鎮裡一排排白色和紅色的屋舍，最後目光停留在一扇窗戶上。長久以來，那扇窗戶內是一個家庭的臥室，但現在他獨自一人住在那裡。他曾經做了個決定，但卻是個錯誤的決定。有時候，你想要更正過去犯下的錯誤，才發現為時已晚。

他又嘆了口氣，自己卻沒察覺。昨天的傍晚和夜晚充滿了憤怒，那種緩緩滲透全身的憤怒，並在腦子裡逐漸發酵，最後轉變成沮喪。一切都是從他太陽穴所感到的惱怒開始，當時他正聽著一個人的聲音，那聲音的主人他認得，卻從不曾和對方交談過。一如往常，他坐在廚房餐桌前吃晚餐，整張桌子只有他一個人，差不多快吃完時，電話響起。局長說話的口氣和善而堅定，告訴他說，明天早上市警局會有一名警司去艾索斯監獄訊問一個住在G2的受刑人，名叫畢耶・赫夫曼。那場訊問必須被阻止，無論如何都不能讓那兩人碰面，今天不行，明天不行，後天也不行。萊納什麼問題也沒問。稍後他在洗一個盤子、一個杯子、一支刀子和一支叉子時，才發覺那個已經轉變成憤怒的惱怒是從哪裡開始的。

一個謊言。

一個謊言剛剛誕生了。

萊納請伊維特．葛蘭斯離開監獄，轉身正要離去時，突來的一陣警報鈴聲吸走了小接見室裡所有的空氣。一名受刑人遭受威脅，必須進行緊急護送，從G2送到自願隔離單位。

畢耶．赫夫曼。

萊納就是收到命令必須對這名受刑人的事說謊。

萊納緊咬下唇，咬到出血。他用牙齒咀嚼傷口，讓傷口刺痛，彷彿是在懲罰自己。也許他咬嘴唇是為了讓自己暫時忘卻心頭的憤怒，那憤怒讓他想打開窗戶跳出去，奔向小鎮和一無所知的鎮民。

那起攻擊事件和那通命令他不准讓警司進行訊問的電話之間互有關聯。除此之外，他還接到另一道命令，那就是容許一名律師在昨晚去監獄探視客戶。每當審判在即或判決定讞，律師必須去舍房探視受刑人，總會有人來求情放行，但從未像這樣直接下達命令，更遑論是在鎖門時間之後。那名律師去探視的是G2的一名波蘭受刑人，而且是收了錢去傳達一則設計好的消息，這點萊納十分確定。

那名律師連夜探訪的單位，正是今天早上發生攻擊事件的單位。

萊納又咬著下唇，鮮血嚐起來有鐵的味道和某種其他味道。他不知道當初自己認為執行上級交代的命令後會發生什麼事。也許他太天真了，這麼長一段日子以來，他總是抬頭仰望那個如今他已然身處的辦公室，想像那件如今他已然穿上的制服，無論當初他嚮往的是什麼，他從沒想過爬到夢寐以求的位子之後，必須面對的竟然是這種事。

§

這間舍房裡完全沒有個人物品，只有一個鋪位、一張椅子、一個衣櫃，沒有顏色，也沒有靈魂。畢耶進來之後就沒有出去過，也不打算在這裡一直待下去。他的死刑判決比他還早抵達這裡，它就站在廁所裡等待，等到機會來了就在他臀部踹上一腳，口中低聲說了句Stukatj（奸細），而且保證會有更多攻擊在後頭等著他。如果他想要熬過一星期，就必須請求另一種隔離，那就是單獨隔離。單獨隔離的受刑人不只會和監獄裡其他受刑人隔開，也會和接受單獨隔離的受刑人彼此隔開，二十四小時都鎖在舍房裡。

畢耶小便時踮起腳尖，因為牆上的水槽有點太高，但他絕對不踏出這間舍房，也不去廁所。

他按下門邊的警鈴，持續按住。

「有什麼事？」

「我要打一通電話。」

「走道上有電話。」

「我不要出去。」

獄警走進舍房，俯身朝水槽聞了聞。

「好臭。」

「我有權利打一通電話。」

「幹，你在水槽裡小便。」

「我有權利打電話給我的律師、非監禁機構、警方和五個被批准的電話號碼，現在我想打這通電話。」

「這個單位是你自願要來的，在這個單位裡，我們使用走道上的廁所。還有，我還沒拿到你那張該死的電話清單。」

「警方，我想打電話給市警局總機，你不能拒絕。」

「走道上有電話……」

「我想從這裡打電話，我有權利私下打電話給警方。」

鈴聲響了十二次。

畢耶手裡拿著無線電話。艾瑞克不在。畢耶知道艾瑞克去了美國東南部，這段期間他們不應該有任何聯絡。但他必須打電話去艾瑞克的辦公室，他想離開監獄就必須從這裡著手。

他又請總機轉接了一次。

等你被送進隔離單位，受到隔離單位的保護之後，聯絡我們，然後等待一星期，我們需要一星期時間處理書面作業，派人進去救你出來。

鈴聲響了十四次。

無論他等多久，艾瑞克都不會接電話。

「幫我接市警局總機。」

我孤單一人。

總機鈴聲總是這樣，模糊且虛弱。

還沒有人知道。

「斯德哥爾摩警局，請問有什麼需要幫忙？」

「約蘭松。」

「誰？」

「重案組組長。」

女性總機替他轉接。模糊虛弱的鈴聲再度響起，一聲又一聲。**我孤單一人。還沒有人知道。**他將話筒按在耳朵上等待。規律的鈴聲越來越響，每響一聲就響亮一些，直到穿透他的腦際，和先前在廁所聽過的另一種聲音混合在一起，那聲音經過他緊閉的舍房房門，高聲大喊Stukatj（**奸細**），一次、兩次、三次。

§

伊維特·葛蘭斯躺在燈芯絨沙發上，看著辦公桌後的書架，看著今天清晨被填滿的空洞，看著一排排檔案和一株被遺忘了一輩子的孤單仙人掌。**那裡好像從來沒有灰塵存在過**。他轉過頭，看著天花板，發現幾道新裂縫即將分岔，隨後又交會，接著又再分岔。那時他留在車上，沒有下車。墓園管理員指著看起來簡直像一座森林的草地和樹木，說新墳都在靠近賀加地區的那一頭。管理員甚至還熱心地說要陪他去，替一個從沒來過的人領路。伊維特跟他道謝，搖了搖頭，說他改天再去好了。

「那個噪音呢？」

有人來到他辦公室門口。

「什麼事？」

「那個噪音。」

「媽的什麼噪音？」

「那個噪音啊，那個……毫無調性可言的聲音，不和諧音。」

拉許．奧格斯坦跨過門檻。

「那個平常都會聽到的噪音，希婉．瑪基維斯的歌聲啊，我本來是打算朝她的歌聲走來的，結果卻發現走過頭了，因為這裡……沒有聲音。」

拉許．奧格斯坦檢察官走進這間看起來不一樣的辦公室，彷彿這裡換了個次元，原本是辦公室中心的東西不見了。

「你是不是替家具換了位子？」

拉許看著書架、檔案、初步調查案、一株死了的盆栽、只露出一點點的牆面。書架上原本應該放著別的東西，那些東西原本是這間辦公室的中心。

「你做了什麼？」

伊維特默然不答。過去拉許在這裡總是聽見不斷播放的音樂，他厭惡那個音樂，卻被迫一定得聆聽。

「葛蘭斯？為什麼……？」

「不關你的事。」

「你……」

「我不想談這件事。」

拉許吞了口口水。他心想也許他和伊維特可以聊點非關法律的事，但現在他嘗試過了，一如往常，也後悔了。

「維斯曼街。」

「怎樣？」

「我給了你三天時間。」

一點聲音也沒有。這裡不應該一點聲音也沒有。

「三天時間，讓你去調查最後幾個名字。」

「我們還沒全部查完。」

「如果你還是沒有收穫……葛蘭斯，那我就降低這件案子的等級了。」

伊維特一直躺在沙發上，這時陡地直起身來，在沙發上留下深深的凹痕。

「媽的不行！我們完全按照你的建議去做，查出外圍調查名單上的人，聯絡他們，訊問他們，也一一剔除了他們的嫌疑，只有一個人例外。那個名叫畢耶．赫夫曼的人已經被關進監獄，可是現在他在醫務所裡，不能接觸。」

「不能接觸？」

「隔離照護，要三、四天。」

「你認為呢？」

「我認為事有蹊蹺，這裡頭有些東西……兜不起來。」

年輕的檢察官拉許看著扮演偽裝角色的檔案和盆栽，感覺難以置信，伊維特竟然對一樣他只能遠遠去愛的東西放手了。

「我給你四天去訊問這最後一個傢伙，如果你沒找出他跟命案的關聯，我就會降低這起命案的等級。」

警司伊維特點點頭。拉許朝門口走去，這間辦公室他從未笑著進來過，甚至連帶著微笑進來都不曾有過。他每次來這裡幾乎都會面臨衝突，這間辦公室的主人總是會立刻傷害他、將他逐退。他走得很快，想盡快離開這個窒悶的地方，因此並未聽見那聲咳嗽，也並未注意到一張紙從外套內袋裡給抽了出來。

「奧格斯坦？」

拉許停下腳步，心想自己會不會聽錯了？那是伊維特的聲音，可是聽起來近乎和善，甚至帶著歉意。

「你知道這是什麼嗎？」

伊維特打開那張紙，放在沙發前的桌子上。

那是一張地圖。

「北公墓。」

「你去過嗎？」

「什麼意思？」

「有嗎？你去過嗎？」

真是個怪問題，但這是他們最接近於閒話家常的一次對話。

「我有兩個親戚葬在那裡。」

拉許從沒見過那個傲慢的王八蛋看起來這麼地……渺小。伊維特摸弄著那張瑞典大型公墓地圖，掙扎著說出心裡想說的話。

「那你知道……我是在想……那裡好不好？」

§

自願隔離單位走道的最後一間舍房房門開著。G2那名受刑人在四名監獄鎮暴小組護送下，穿過了地下通道，隨後他就要求打電話給警方，而且持續騷擾獄警。他不斷地按警鈴，要求再被移送到另一個地方，大聲喊說他要單獨隔離，不停搥打牆壁，推倒衣櫃，摔壞椅子，在地上到處小便，讓尿液滲出房門底下，蔓延到走道上。他被嚇壞了，但仍把持得住自己，雖然恐懼，但仍看得清局勢。他知道自己在說什麼，也知道為什麼要說這些話，他並未精神渙散或崩潰。那個名叫畢耶．赫夫曼的受刑人打算鬧到有人聽他的話，才會安靜下來。萊納．奧斯卡森站在辦公室窗邊，遙望監獄活動場和鎮公所時，有人來報告說C棟自願隔離單位發生騷動，於是他決定親自跑一趟，去見見那個他不認識、卻從昨晚那通電話之後就一直纏繞著他的受刑人。

「在裡面？」

萊納見過那名受刑人，他就是行政大樓的清潔工，那時他看起來比較高，腰挺背直，眼神帶著好奇和警覺，但眼前這個雙膝縮到下巴之下、背部緊緊貼著牆壁的完全是另一個人。

唯有死亡或恐懼死亡可以如此快速地改變一個人。

「有問題嗎，赫夫曼？」

那名不能被訊問的受刑人打起精神，試著讓自己看起來狀況好一點。

「我不知道，你認為呢？還是你來這裡是要叫我去倒垃圾？」

「我想你看起來有問題，而且問題是你引起的。」

那道准許律師進入你原單位的命令。

「你要求自願隔離，又不肯透露原因，現在你如願以償了，你已經在自願隔離單位裡了。」

那道不准你被訊問的命令。

「所以說……你還有什麼問題？」

「我想被送進黑洞。」

「你想什麼？」

「黑洞，單獨隔離。」

我看見了你。

你穿著我們發給你的制服坐在那裡。

但我看不出你是誰。

「單獨隔離？這……你到底在說什麼，赫夫曼？」

「我不想跟其他囚犯有接觸。」

「你是不是受到威脅了？」

「完全不要有接觸，我要求的就只是這樣而已。」

畢耶從開著的房門看出去，外頭自由走動的受刑人在這裡象徵的是死亡，就跟任何其他單位一樣，他們雖然跟監獄裡其他受刑人隔離開來，但並未跟彼此隔離開來。

「事情不是這樣運作的，赫夫曼，要不要單獨隔離是我們的決定，不是受刑人個人可以決定的。我們依照你的要求並根據監獄法第十八節，把你移送到這裡，是我們的職責所在。只要你要求自願隔離，我們就有義務執行。可是要把受刑人移送到黑洞或單獨隔離舍房，必須依照完全不同的法規和條件。監獄法第五十節不是你能要求的，它不是自願的，它是被強制執行的命令，由獄警長下達，或是由我下達。」

他們正在外頭四處走動。他們知道他是線民。他在這裡活不過一星期。

「強制執行？」

「對？」

「那這個該死的命令要怎樣才會下達？」

「必須是你對其他受刑人造成危險，或是對你自己造成危險。」

四面全都是牆，將你鎖在裡頭，根本無處可躲。

「危險？」

「對。」

「什麼樣的危險？」

「暴力，對其他受刑人行使暴力，或對我們的獄政人員行使暴力。」

§

他們正等著他。

他們低聲說著Stukatj（奸細）。

他靠近典獄長，看著那張因為疼痛而緊緊皺起的臉——那一拳他出手極重。

畢耶坐在堅硬的水泥地上。他聽說過單獨隔離舍房被稱為黑洞或籠子，也聽說過在外頭的暴力世界叱吒風雲的人物，被關進單獨隔離舍房沒幾天就精神崩潰，回到嬰兒的蜷縮姿勢，被送進醫務所，或是有些人靜悄悄地用床單在舍房裡上吊自殺。單獨隔離最能讓一個人脫離生命、脫離自然狀態。

他坐在地上，因為裡頭沒有椅子，只有金屬床和水泥馬桶，緊緊連結在地面上，僅此而已，沒有其他東西。

先前他揮拳打中典獄長的臉部正中央，打中臉頰上方、眼睛和鼻子。典獄長萊納從椅子上摔到地上，鮮血長流，但意識清醒。獄警趕緊衝進舍房。萊納雙手掩面，保護自己不再受到攻擊。畢耶自願伸出雙臂雙腿，讓獄警抬他出去。四名獄警分別抓住他的四肢，其他受刑人則排列在走道上觀看。

他從攻擊行動中存活下來，從自願隔離單位存活下來，設法進到了這裡，在封閉舍房裡得到所有的保護，但他和之前一樣蜷縮起來。**我孤單一人，還沒有人知道**。他在堅硬地面上縮成一團，發冷、又發汗、然後又發冷。他躺在地上，直到一名獄警打開房門上的方形小窗，問他要不要出去放風一小時，透透氣。被單獨隔離的受刑人一天有一小時放風時間，可以離開有如一塊長方形蛋糕般的囚室，透過鐵絲網眼看看藍色天空。但他搖搖頭。他不想離開舍房，不想曝露在任何人面前。

§

萊納關上自願隔離單位的門，緩緩步下階梯，一次踏一格，來到C棟一樓。他一手捂著臉頰，手指觸碰腫脹的部位。顴骨周圍尤其嚴重，一碰就痛，舌頭和喉嚨也有鮮血的味道。只要再過一小時，眼睛周圍就會變成藍色。典獄長萊納感覺臉上時時傳來疼痛感。這些身體上的傷害要花很長一段時間才會痊癒，但這不算什麼。令他感覺痛苦的是另一種痛，一種發自內心的痛。在他的職業生涯中，他一直都和那些在社會上沒有立足之地的人生活在一起，他向來都比別人更能讀出麻煩人物的心思，這一點令他相當自豪，這是他的專業知識，也是他自認為最有價值的個人成就。

然而那一拳他完全沒有料到。

他沒看出畢耶是那麼地走投無路，也沒料到畢耶心中的恐懼有那麼巨大。

鎮暴小組已將那個渾蛋抬到他應該去的地方，畢耶將會在那個最糟糕、最惡劣的舍房裡待上很長一段時間。萊納當天下午就會提出報告，畢耶的刑期將會加長。但這些都於事無補。萊納用手指觸摸疼痛的臉頰。這些都無法改變什麼，無法紓緩他錯判受刑人所帶來的沮喪。

§

鐵床。水泥馬桶。無論畢耶再等多久，這間舍房都不可能冒出更多東西。骯髒的牆壁曾是白色的，天花板從沒油漆過，地板十分冰冷。他再度按下警鈴，將手指持續壓在按鈕上，久到足以激怒獄警。終究會有一名獄警衝進來，叫這個打傷典獄長的受刑人別再按了，不然就等著穿上約束衣。

他再度開始發冷。

他們知道了。他們知道他是線民了，他受到了死亡威脅。他們遲早也會設法進入這裡，彷彿沒有一扇上鎖房門可以保護他。沃德有的是錢，當他們真的要某人死，任何人都可能被買通。

方形小窗位在房門上方，打開時會發出尖銳的吱吱聲響。

那雙眼睛瞪著我。

「有什麼事？」

你是誰？

「我要打一通電話。」

你是獄警？

「為什麼我們要讓你打電話？」

還是他們的同夥？

「我要打給警方。」

那雙眼睛靠得更近，笑了起來。

「你想打給警方？要幹嘛？報告說你剛剛攻擊典獄長嗎？我們這裡的工作人員沒時間幹這種事。」

「媽的我要打電話說什麼不關你們的事，你很清楚你們不能拒絕我打電話給警方。」

那雙眼睛陷入沉默。小窗關了起來。腳步聲漸去漸遠。

畢耶從冰冷的地上直起身，再度將自己縮在牆邊，躲在裡頭，他猜大概躲了五分鐘。

突然間門被拉開，三名身穿藍色制服的男子走了進來。現在畢耶才相信剛剛瞪著他的那雙眼睛屬於一名獄警。兩名獄警形貌相似，他們身後的第三人是個大約六十來歲的年長男子，從制服上的條紋來看，應該是獄警長。

開口說話的是那名獄警長。

「我叫馬丁．約格森，是這裡的獄警長，也是這個單位的主管，你有什麼問題？」

「我要求打一通電話給警方，這是我的權利。」

獄警長仔細打量畢耶，看見那個身穿過大囚衣的受刑人渾身是汗，難以站穩，接著他看了那名愛瞪眼的獄警一眼。

「把電話推進來。」

「可是……」

「我不管他為什麼會被送來這裡，你去把電話推進來就是了。」

§

畢耶蹲在鐵床旁，手裡握著話筒。

每當接線生一接起電話，他就說要轉接到市警局。這次鈴聲響了更多次，無論是打給艾瑞克或菲列克，他都數到了二十。

兩人都沒接電話。

畢耶坐在封鎖的舍房裡，裡頭只有一張鐵床和一個水泥馬桶。他無法接觸外界或其他受刑人。舍房外的獄警都不知道他之所以進入這座監獄，是為了替瑞典警方執行任務。

他受困在此，無法脫困。他孤身一人在這座監獄裡，而這座監獄裡的所有受刑人都希望他死。

§

畢耶脫去囚衣站立，全身發抖，揮舞雙臂，讓身體開始發汗，然後屏住呼吸，直到胸腔的壓力令他痛苦無比。

他趴倒在地上，希望身體裡有其他感覺，什麼感覺都好，只要不是恐懼就好。

§

通往走道的門開啟又關閉，這樣畢耶就知道了。

他不用親眼看見，就知道他們在那裡。

有人踏著沉重步伐走了進來。他趕緊來到房門口，將耳朵附在冰冷的金屬門上聆聽，只聽見幾名獄警押送一名新受刑人進來。

接著他就聽見他熟識的聲音。

「Stukatj（奸細）。」。

那是史蒂芬的聲音，他正朝走道更裡頭的舍房走去。

「你說什麼？」

這聲音屬於那個愛瞪眼的獄警。畢耶將耳朵往房門上貼得更緊了，他必須聽見外面說的每句話。

「Stukatj，這是俄語。」

「我們不說俄語。」

「這裡有人會說。」

「進你的舍房去，快進去！」

他們入侵這裡了。很快地，會有更多人來到。從今以後，單獨隔離舍房裡的每個受刑人都會知道，有個線民被關在這裡的其中一間舍房。

史蒂芬的聲音中帶有純粹的恨意。

§

畢耶按下紅色警鈴，並打算一直按著，按到獄警過來為止。

他們已經讓他知道他們來了，現在只是時間早晚的問題而已，也許他只剩幾小時、幾天或幾星期可以活。追殺者和被追殺者知道當等待結束，決定生死的時刻就來臨了。

方形小窗打開，出現的是另一雙眼睛，那名老獄警長的眼睛。

「我要……」

「你的手在發抖。」

「幹你媽的……」

「你滿頭大汗。」

「電話，我要……」

「你的眼睛在抽動。」

畢耶依然按著警鈴，走道上迴盪著刺耳的鈴聲。

「把手拿開，赫夫曼，你得冷靜下來。在我做任何事情之前……我想知道到底是怎麼回事。」

畢耶縮回了手。寂靜籠罩而來，感覺十分怪異。

「我要再打一通電話。」

「你剛剛才打了一通電話。」

「我要打同一個號碼，打到有人接為止。」

白髮獄警長將放置電話和電話簿的推車推了進來，撥打他已熟記下來的號碼，從頭到尾都盯著畢耶的臉瞧，只見畢耶的眼周肌肉不停抽動，額頭和髮際大汗涔涔，顯然他一邊等待無人回應的電話，一邊在跟心中的恐懼搏鬥。

「你看起來狀況不太好。」

「我得再打一通電話。」

「可以等一下再打。」

「我得……」

「反正也沒人接，你可以等一下再打。」

畢耶將話筒握在手中不放，雙手不住顫抖，和獄警長目光相觸。

「我要我的書。」

「什麼書？」

「我舍房裡的書，在G2，我在這裡有權利看五本書，我要其中兩本，我不能一直坐在這裡瞪著牆壁。那兩本書放在床頭桌上，《十九世紀斯德哥爾摩》和《傀儡》，我現在就要。」

受刑人赫夫曼一提到他的書，身體的顫抖就緩和下來，人也比較冷靜。

「詩集？」

「有問題嗎？」

「這裡很少有人會看這種書。」

「我需要書，書讓我相信還有未來。」

受刑人赫夫曼臉上的潮紅逐漸退去。

「**突然我想到天花板，我的天花板，是別人的地板。**」

「什麼？」

「弗林的《赤足孩童》，如果你喜歡詩，我可以……」

「把我的書拿來就好了。」

老獄警長不再多說，只是將推車推出舍房，鎖上沉重房門。四周又歸於寂靜。畢耶坐在冰冷地板上，抹去眉毛上的汗珠。他不停抽動和痙攣，全身發抖，渾身冒汗。他不知道自己全身上下寫滿了兩個字：恐懼。

畢耶從地上挪到床上，在薄薄的床墊上躺下，床墊上沒有床單也沒有被子。他全身發冷，縮在僵硬且過大的囚衣中，最後沉沉睡去。睡夢中，蘇菲雅朝他奔來，他卻無法靠近她，無論他多麼努力，只要一碰到她的手，她就解體了。她對他高聲喊叫，他回應她，但她聽不見。他的聲音越來越小，終於無聲。她的身形越來越小，越來越遠，終至消失。

走道上的聲響吵醒了他。

有人被送到浴室或籠子，呼吸新鮮空氣。有人說了些話。他走到門邊，將耳朵附在方形小窗上。這次是另一個人的聲音，說的是瑞典語，沒有口音，是他不熟悉的聲音。

「寶拉，你在哪裡？」

他確定自己沒聽錯。

「寶拉，你不是躲起來了吧？」

愛瞪眼的獄警叫那受刑人閉嘴。

那受刑人的喊聲並未對準特定方向，但就在他的舍房外發出，顯然是針對某人而來。

畢耶背靠房門，滑了下來，雙膝頂住胸部和下巴，雙腿發軟。

昨晚有人洩露了他是Stukatj（奸細）的身分，判了他死刑。但是……寶拉……他一直不明白消息為什麼會洩露，直到現在。洩露他身分的人知道他的代號是寶拉。老天……世界上只有四個人知道這個代號。這個代號是艾瑞克想出來的，經過總警司菲列克批准，多年來就只有這兩個人知道這個代號。上次在玫瑰堡開完會之後，又多了兩人知道，那就是國家警政總長和國務祕書，此外再沒有其他人知道。

寶拉。

消息是這四人當中的其中一人洩露的。

這四人應當要保護他，協助他脫逃，如今其中一人竟然燒了他。

「寶拉，我們好想見你喔。」

又是同一名受刑人的聲音，從裡頭淋浴間的方向傳來，跟著是同樣疲憊的聲音叫他閉嘴，那獄警完全不明白這是怎麼一回事。

畢耶將雙膝抱得更緊了，緊緊壓著胸部。

他已經成為每位受刑人的目標，監獄裡的線民就跟性侵犯一樣被所有受刑人唾棄。

有人敲打房門。

另一頭有人高喊Stukatj（**奸細**）。

很快地，就跟以前一樣，眾人痛恨的目標將會鎖定在一扇房門上。首先，兩人敲打房門，接著變成三人、四人，越來越多，每過一分鐘就多一分恨意灌注在敲打房門的雙手上，越敲越用力。畢耶用雙手摀住耳朵，但敲打聲穿透他的腦際，直到他再也受不了，伸手按下警鈴，讓鈴聲淹沒單調重覆的敲打聲。

方形小窗打開，出現的是獄警長的眼睛。

「什麼事？」

「我要打電話，還有我的書，我必須打電話，我必須拿到我的書。」

房門開啟，老獄警長走了進來，伸手撥了撥稀疏白髮，指向走道。

「這些人在用力敲門……這跟你有關係嗎？」

「沒有。」

「我在這裡幹很久了，你不停地抽動、發抖、流汗，表示你非常恐懼，我想這就是你要打電話的原因。」

老獄警長關上房門，並確定這名受刑人注意到他把門關上。

「我說得對不對？」

畢耶看著面前那個身穿藍色制服的老獄警長，只見他看起來似乎頗為親切，口氣也頗為和善。

不要相信任何人。

「不對，跟我一點關係也沒有，我只是要打電話而已。」

老獄警長嘆了口氣。電話推車放在走廊另一端，因此老獄警長這次拿出自己的手機，撥打市警局的電話號碼，遞給眼前那名受刑人，那人否認他很害怕，也否認大家都在敲門跟他有關。

第一組電話號碼。鈴聲響起，無人回應。

抽動、顫抖、發汗，全都變得更加嚴重。

「赫夫曼。」

「再一通，另一個號碼。」

「你狀況不太好，我想叫醫生來，你應該去醫務……」

「幹，快撥那個號碼，你別想把我送去別的地方。」

鈴聲再度響起，響了三聲，對方的聲音就傳了出來。

「我是約蘭松。」

他接電話了。

畢耶的雙腿恢復了知覺。

他接電話了。

畢耶迫不及待要告訴他們，等一下他們就可以開始處理行政程序，一星期之內讓他恢復自由。

「天啊，終於通了，我一直……我需要幫助，現在就要。」

「請問你是哪位？」

「寶拉？」

「誰？」

「畢耶．赫夫曼。」

接踵而來的靜默並不太長，但聽起來像是電話被掛斷似的，只剩下電子訊號的空洞聲與死寂感。

「哈囉？我的天，哈囉，你……」

「我還在，你說你是誰？」

「赫夫曼，我是畢耶．赫夫曼，我們……」

「很抱歉，我不認識你。」

「什麼……你認識我……你很清楚我是誰，我們最近才在國務祕書辦公室見過面……我……」

「我們從來沒見過面，好了，很抱歉，我很忙。」

畢耶全身上下每一吋肌肉都緊繃起來，胃部彷彿在燃燒，胸腔、喉嚨、每個部位都彷彿燒了起來。這時你必須尖叫或逃跑或躲藏或……

「我要打電話給醫務所了。」

手機被畢耶緊緊抓在手上，怎麼都不肯放手。

「我哪裡都不去，除非我拿到那兩本書。」

「手機給我。」

「我的書，我在單獨隔離舍房有權利閱讀五本書。」

畢耶的手鬆了開來，手機滑落。

手機啪一聲掉落地面，塑膠碎片四散紛飛。畢耶倒在手機旁，雙手抓著肚子、胸部、喉嚨。火依然熊熊燒著。當你遭受烈焰焚身，你必須逃跑或躲藏。

「他聽起來很絕望？」

「對。」

「緊張？」

「對。」

「恐懼？」

「非常恐懼。」

他們彼此互望。**如果我們洩露赫夫曼真正的身分呢？**他們又喝了幾口咖啡。**他們會怎麼處理這個消息不關我們的事。**他們將桌上幾疊文件從一邊移到另一邊。**我們不會也不能替別人的行為負責。**

這件事應該已經結束了才對。

他們已經安排一名律師在那天傍晚去跟客戶見面。他們已經燒了他。

但不久之前，畢耶竟然從監獄舍房裡打電話來。

「你確定？」

「確定。」

「不可能……」

「是他沒錯。」

國家警政總長從抽屜裡拿出那包放著不抽、現已拆封的菸，遞給菲列克。火柴就在桌上。片刻間，辦公室瀰漫著白色煙霧。

「給我一根。」

菲列克搖搖頭。

「你已經戒菸兩年了，我不想害你破戒。」

「我沒有要抽，我只是想拿在手上。」

警政總長將一根菸夾在手指之間，這熟悉感令他極為懷念，如今在他最需要的時刻，這根菸讓他冷靜下來。

「我們還有很多時間。」

「我們有四天，一天已經過去了。萬一葛蘭斯和赫夫曼碰了面……萬一赫夫曼全盤托出……萬一……」

菲列克自己住了口。他沒有必要再說下去。他們都想像得到那個跛腳、年老、頑固、不輕言放棄的警司伊維特會怎麼做。伊維特會徹底追查真相，一旦給他發現署裡有幾名同事打從一開始就對這件案子瞭若指掌，他絕對會一路往下追查，絕不停止，直到找出是什麼人在背後操縱，並且把帳全都算到那些人頭上。

「這是遲早的事，菲列克。那類犯罪組織一旦知道他們裡頭有奸細，絕對會想盡一切方法把奸細除掉。他在那裡雖然接觸不到其他犯人，但時間久了，最後一定逃不掉。」

警政總長手中夾著那根沒點燃的菸。

這感覺如此熟悉，他很快就會嗅聞自己的指尖，讓這份禁忌的樂趣持續得更久一點。

「不過呢，如果你要的話，我們可以……我的意思是說，被關在單獨隔離舍房那種地方一定很可怕，完全跟人斷絕接觸，所以他應該被送回原來的單位，回到他認識的熟人之間。既然他在單獨隔離舍房裡非常痛苦，那麼他應該……呃，他應該跟其他犯人在一起，基於……人道立場的考量，應該要這麼做才對。」

一

如往常，萊納．奧斯卡森站在典獄長辦公室窗前沉思，望著那個歸他管轄的世界：一座大監獄和一個小鎮。他不曾對其他地方發生的事感興趣，眼前這一切就是他夢想擁有的。陽光折射使得窗玻璃變成一面鏡子，他小心地觸碰臉頰、鼻子、額頭。他感到痛楚，雖然在深色玻璃中看不清楚，但是他眼睛周圍的藍色瘀青看起來似乎改變了形狀。

他錯判了畢耶，沒看出畢耶已經到了狗急跳牆的地步。

「哈囉？」

桌上傳來的電話鈴聲打斷了傷處肌膚的緊縮感。

「萊納嗎？」

他認出局長的聲音。

「是我。」

電話傳來輕微吱喳聲，局長在室外使用手機，外頭風大。

「關於赫夫曼的事。」

「是。」

「把他送回去，回到原單位。」

吱喳聲變得清晰可聞。

「萊納？」

「你在說什麼？」

「把他送回去，最晚明天早上完成這件事。」

「可是他受到了嚴重威脅。」

「這是基於人道立場的考量。」

「我不能把他送回去，他甚至不應該再待在同一座監獄，如果他要被送去別的地方，那應該是快速移監到庫姆拉監獄或哈爾監獄。」

「你不能把他快速移監到其他地方，**你必須把他送回去**。」

「一個受到威脅的受刑人**絕對**不能被送回原單位。」

「這是命令。」

辦公桌上的兩束鬱金香已開始綻放，黃色花瓣在他眼前猶如點亮的燈火。

「你命令我讓一個律師在晚上探視受刑人，我照辦了。你命令我阻止一個警司進行訊問，我也照辦了。可是這個……我不能照辦。如果編號0913的赫夫曼被送回到當初他受到威脅的原單位……」

「這是命令，不是跟你商量。」

萊納俯身接近黃色花瓣，想聞一聞真實的味道。花朵掃過他的臉頰，使得肌膚又緊縮起來。那一拳打得十分之重。

「我個人是不反對看他下地獄，我有我個人的理由，但只要我還是這座監獄的典獄長，我絕對不會讓這種事情發生。他一回去就跟死了沒兩樣。近幾年來，瑞典監獄裡發生的命案已經夠多了，那些命案的調查工作沒人見過也沒人聽說過，最後屍體還被藏了起來，根本沒有人會去關心。」

電話又傳來吱喳聲，可能是風造成的，也可能是敏感麥克風接收到濃重呼吸聲造成的。

「萊納？」

是呼吸聲造成的。

「把他送回去，不然你就等著被免職。給你兩個小時。」

§

畢耶躺在鐵床上，緊閉雙眼。**很抱歉，我不認識你。**那些應該打開監獄大門，讓他返回現實世界的人，竟然宣稱說他不存在。

這等於正式判處他十年徒刑。

倘若那些知情人士加以否認，倘若那些安排假審判和製作假犯罪紀錄的人加以否認，那就再沒有人可以出面說明真相。

他出不去了。他會被追殺到死。無論他跑多遠、躲多久，高牆之外都不會有人來開門救他出去。

§

監獄活動場上風很大，暖空氣在水泥牆之間來回震盪，每回流一次，氧氣就少一點。萊納・奧斯卡森典獄長腳步甚快，伸出衣袖擦了擦汗濕的額頭。單獨隔離單位大門深鎖，他在鑰匙串中找尋鑰匙。他不常造訪這條陰鬱走道，這裡是那些無法遵守監獄規定之人的暫時居所，即使是全瑞典最窮凶極惡的罪犯也會被送來這裡。

「馬丁。」

獄警辦公室就在門內不遠之處，萊納對三名手下點點頭，那三人是馬丁・約格森獄警長和兩名臨時獄警。兩名臨時獄警年紀甚輕，名字他還不知道。

「馬丁，我想跟你談一下。」

兩名臨時獄警點點頭；他們聽出萊納的言外之意，走到門外走道上，關上了門。

「赫夫曼。」

「喔，九號舍房，他看起來不太好，他……」

「他必須被送回G2，最晚明天早上要送回去。」

老獄警長望向空蕩走道，聽著牆上那個醜陋大時鐘的聲響，秒針發出的滴答聲在整個空間裡迴繞。

「萊納？」

「你沒聽錯。」

老獄警長馬丁從小桌前的椅子上站了起來，那張小桌上擺的絕大部分都是杯子。他看著萊納，他的朋友、同事、長官。

「我們在這裡共事有……二十年了吧，我們當鄰居也差不多這麼久了，你是我在監獄裡和監獄外少數的朋友，星期天我想找人一起喝酒，你是少數我會找的人。」

馬丁試著看入萊納魂不守舍的雙眼。

「看著我，萊納。」

「不准問問題。」

「看著我！」

「我求你，馬丁，這次不要問什麼該死的問題。」

白髮蒼蒼的馬丁吞了口口水，他不僅覺得訝異，而且感到憤怒。

「這到底是怎麼回事？」

「不准問問題。」

「他會死的。」

「馬丁……」

「這違背了我們所有的價值觀。」

「我要走了，你接到命令了，照做就是。」

萊納打開門，舉步前行。

「他打了你，萊納……這是私人恩怨嗎？」
傷處緊縮。萊納每踏出一步，強烈的刺痛感就從顴骨往下傳遞。
「是嗎？這是私人恩怨嗎？」
「照我說的話去做就是。」
「不行。」
「既然如此，馬丁，我命令你這樣做！」
「我不會照做，因為這樣做是不對的。如果一定要把他送回去……那你自己送。」

§

萊納朝九號舍房走去，覺得背上似乎被看穿了兩個大洞。馬丁應該算得上是他最好的朋友，他感覺得到馬丁的目光從背後直射而來。他想轉過身去，解釋說他這麼做也是受人箝制。馬丁是個有智慧的朋友，也是個資深的同仁，更是那種眼見一個懂得明辨事理的朋友走上岔路時，敢於直言不諱的人。

萊納走向上鎖的九號舍房，下意識地伸手到夾克背後抓了抓，想抓掉那兩個大洞和那對灼灼目光。兩個姓名不詳的臨時獄警跟在他身後，走到門前停下腳步，找尋九號舍房的鑰匙，叮叮作響。

受刑人躺在鐵床上，全身上下只穿一條白色內褲。他正在休息，全身顫抖，身體和臉色一樣蒼白。

「你要被送回去。」

那具蒼白的身體看起來十分不起眼，幾小時前卻才在他臉上重重打了一拳。

「明天早上八點。」

受刑人動也不動。

「你要回到你的原單位和原舍房。」

受刑人似乎什麼都沒看見也沒聽見。

「你聽見了嗎？」

典獄長萊納等待著，對兩名年輕獄警點點頭，往門口走去。

「我的書。」

「什麼？」

「**我要我的書**，這是我的權利。」

「什麼書？」

「我有權利讀五本書，現在我要其中兩本，《十九世紀斯德哥爾摩》和《傀儡》，都在我原來的舍房裡。」

「你要看書？」

「這裡的夜晚很漫長。」

萊納又朝那兩名獄警點點頭，表示他們應該關上並鎖上房門，離開這間舍房。

§

畢耶坐了起來。**送回去**。他就要死了。**送回去**。他回到原單位只有死路一條。他已遭到痛恨和追殺，因為他打破了監獄潛規則第一條，他是線民，人人得而誅之。

他跪在水泥馬桶前，將兩根手指伸進喉嚨，插在那裡，直到嘔吐。

恐懼將他全部的能量都給吸走了，他必須把它吐出來，他必須讓恐懼離開他的身體。他保持跪姿，清空胃裡的東西，清空曾經留在他體內的東西。現在他只能靠自己，那些有能力燒了他的人如今又燒了他一次。

他壓下沖水把手。

他不會死。他還不打算死。

§

畢耶按住警鈴十四分鐘後，門上小窗終於打開，那個愛瞪眼的獄警對他吼叫，叫他拿開手指。

他沒回頭，只是按得更用力。

「書。」

「你會拿到的。」

「我要書！」

「我已經拿來了，典獄長下令要我去拿的。如果你要我進去，就把你的手指拿開。」

門一打開，畢耶就看見了他的書拿在獄警手上。原本重壓在他胸口令他發抖的壓力消失了。他放鬆下來，想要倒下，想要哭泣，此刻他的感覺就是想放鬆下來，痛哭一場。

「裡面有嘔吐的味道。」

獄警朝水泥馬桶看去，只覺得作嘔，後退幾步。

「這是你自找的，你知道沒有人會來打掃舍房，這味道你得自己習慣。」

獄警將書抓在手上搖了搖，翻了翻，又搖了搖。畢耶站在獄警面前，並不驚慌，他知道那兩本書撐得住。

§

畢耶坐在鐵床上良久，手中拿著附近艾索斯圖書館出借的兩本書，兩本書都保持原貌。剛剛他跪在地上，將胃裡的東西全都吐了出來，現在他很冷靜，身體感覺柔軟，幾乎又可以彎腰了。如果他休息，如果他睡一會，就可以讓身體補充能量。

他不會死。他還不打算死。

星期五

畢耶醒了過來，身上裹著一層閃著微光的汗水，隨即又沉沉睡去，夢境破碎，沒有顏色，他沉入的是那種遙遠而黑白的淺眠。他再度醒來，在鐵床上坐了起來，看著地面和躺在地上許久的兩本書。他的身體呼喊著還要更多的休息，但睡眠吸走的能量比給予得多，因此他選擇繼續坐著，等待黎明逐漸轉變為早晨。

外頭既靜且黑。

單獨隔離單位的走道還會再繼續沉睡幾小時。

昨天他清空了體內的恐懼，恐懼在身體裡構成了阻礙，因此必須釋放。嘔吐造成的臭味依然圍繞在水泥馬桶周圍。他清空了自己，如今體內只留下一樣東西，那就是生存的意志力。

畢耶撿起那兩本書，放在面前床上。《十九世紀斯德哥爾摩》、《傀儡》，均以單色硬紙板裝訂，上頭用藍字寫著「倉庫」，紅字寫著「艾索斯圖書館」。他打開第一頁，緊緊抓住封面，用力一拉，扯開了封面，再用力一拉，扯開了書脊，第三次則扯開了封底。他抬頭望向房門，外頭依然靜悄悄地。沒有人在外頭走動，也沒有人聽見他房裡發出的聲音而匆匆走來，打開門上小窗，愛管閒事地往裡頭瞧。他換個姿勢，背對房門。倘若真有人往裡頭看，只會看見一個心事重重、無法入眠的重刑犯。

他用手輕撫被扯開的書，手指沿著左側頁緣和長方形空洞撫摸。

原封不動，十一個部件全在裡頭。

§

他將書本翻過來，小心翼翼拿出金屬部件。只要幾分鐘，那些東西就能組裝成五公分長的迷你左輪手槍。以大部件為主軸組裝，也就是連結槍管、旋轉彈膛樞軸和扳機的骨架。他用縫紉機螺絲起子輕輕敲入一公釐長的插銷，用第一顆螺絲旋上槍管保護罩，用第二顆螺絲旋上槍托，用第三顆螺絲旋上槍托穩定器。

畢耶轉頭望向房門，但一如往常，腳步聲只存在於他腦海中。

他旋轉精巧的彈膛，清空子彈，將僅有指甲一半長的六發子彈排在鐵床上，慢慢檢視。那幾發子彈加起來的重量不超過一公克。

§

他曾在遙遠的斯未諾契渡船碼頭上那間偏僻的廁所裡，親眼見過一個人停止呼吸。迷你槍管對準嚇呆了的眼珠，一槍就結束了性命。

§

畢耶將迷你槍拿在手上，舉了起來，對準骯髒的牆壁，左手食指輕輕扣在扳機上。鋸下扳機護弓後，空間正好可以讓他插入食指。他緩緩扣動扳機，看著擊錘隨著手指動作上升。食指收緊，擊錘向前彈出，發出尖銳的喀噠一聲。迷你槍運作良好。

§

他用相同方式扯開另一本書，露出書頁左緣的空洞，空洞裡放著指甲大小的引爆器和銅板大小的收話器。接著再用縫紉機螺絲起子沿著厚厚的封面與封底底端，割開用膠水黏上的書溝，拉出兩條九公尺長的戊烷基引線和同樣細薄的塑膠封袋，封袋裡裝有四釐升硝化甘油。

§

時間來到七點過後不久。

畢耶聽見上鎖房門外的走道上，獄警正在換班，夜班與日班交替。再幾個小時，他就會被送回原單位。G2左區。**送回去**。回到那裡，他只有死路一條。

他按下牆上的警鈴。

「什麼事？」

「我要大便。」

「你床邊有馬桶。」

「我昨天吐在裡面，馬桶塞住了。」

獄警的說話聲尖而急促。

「有多急？」

「越快越好。」

「五分鐘。」

畢耶站在門邊，聽見腳步聲傳來，接著是更多腳步聲。兩名獄警正押送某人回房，**前往舍房**，他們打開門鎖，拉開房門，**上廁所**，走道上不准同時有兩名受刑人走動，**媽的給我進房裡去**。迷你槍躺在他手掌上。

他打開彈膛，數了數一共六發子彈，再將迷你槍塞進褲子前側的深口袋中。粗糙的囚衣布料藏住了迷你槍，也藏住了另一個口袋中的引爆器和收話器。戊烷基引線和硝化甘油塑膠封袋則塞在內褲裡。

「打開九號舍房。」

剛剛高聲叫喊的獄警就在門外。畢耶跑回床邊，躺了下來，看著方形小窗打開。獄警透過小窗查看許久，確定受刑人乖乖躺在床上。

鑰匙發出叮叮聲響。

「你要上廁所，那就快點下床去上吧。」

一名獄警站在房門邊，另一名獄警站在走道深處，還有兩名獄警在外頭的活動場上。

畢耶望向獄警辦公室，看見第五名獄警坐在裡頭，那是年紀最大、一頭稀疏白髮的老獄警長馬丁，他正背對走道坐在椅子上。

這三名獄警彼此之間的距離太遠了。

畢耶慢慢朝淋浴間和廁所走去。單位裡有三名獄警。**他們彼此之間的距離太遠了**。

他在骯髒的塑膠馬桶座上坐了下來，沖水，打開水龍頭，深呼吸，每口氣都吸到腹部深處，他需要腹部深處的冷靜能量。他不會死。他還不打算死。

「我好了，可以開門了。」

獄警一打開門，畢耶立刻猱身而上，先亮出迷你槍，再用槍管緊緊頂住獄警的眼珠。那獄警正是透過小窗瞪他的渾蛋獄警。

「你的同事。」

畢耶低聲說。

「叫你同事過來。」

那獄警動也不動，也許他聽不明白，也許他嚇呆了。

「**快點**，叫他過來，**快點**。」

畢耶盯著掛在那獄警腰帶上的個人警報器，將槍管更用力地頂在那獄警合上的眼皮上。

「艾瑞克？」

那獄警明白意思了，他發出虛弱無力的聲音，輕輕地揮了揮手。

「艾瑞克？你可以過來一下嗎？」

畢耶看見第二名獄警逐漸靠近，來到近處卻陡然停下腳步，第二名獄警看見他的同事站得僵直，頭部像是被金屬物體頂著。

「過來。」

那個名叫艾瑞克的獄警遲疑片刻，又開始往前走，抬頭朝監視器瞥了一眼，心想也許安全中心有人正在監看。

「你再看一次監視器我就殺了他，聽見沒？殺了他。」

畢耶一手用槍管緊緊頂著獄警眼皮，另一手取下兩台塑膠警報器；獄警只能只用警報器來啟動警鈴。兩名獄警站立原地，乖乖照畢耶的吩咐做。很明顯地，畢耶是個豁出去的亡命之徒，他們心裡都很清楚。

剩下一個獄警。

可以在走道上自由行動的獄警只剩下一個。畢耶朝辦公室望去，看見老獄警長的臉依然望向別處，脖子前傾，像是在閱讀。

「起來。」

白髮蒼蒼的老獄警長轉過頭來。他距離他們大約二十公尺，但他一看就知道發生了什麼事。一名受刑人拿著某樣東西指著一名獄警的頭，另一名獄警站在旁邊動也不敢動。

「不准按警鈴，不准鎖門。」

馬丁・約格森吞了口口水。

他總是好奇這會是什麼感覺，現在他知道了。

他等待這種攻擊事件來臨等了很多年，經常心懷焦慮，想著說不定哪天緊急情況會發生。冷靜。

現在他內心的感覺是冷靜。

「不准按警鈴，不准鎖門，**不然我就開槍！**」

老獄警長馬丁熟知艾索斯監獄的安全指示。**攻擊事件發生時：將自己反鎖在辦公室裡，發出警報。**多年來，他協助制定這些安全指示，用來替無武裝獄政人員建立監獄文化，現在他第一次有機會實際應用。

他採取的第一個步驟應該是反鎖獄警辦公室的門。

接著向安全中心發出警報。

但他聽過畢耶說話，觀察過畢耶的肢體語言，他見過也知道畢耶具有攻擊性，他知道那個正在對他吼叫、手裡拿槍的受刑人不只有暴力傾向，而且有殺人的能力。他讀過被歸類為精神變態的受刑人檔案和報告，而他同事的性命比安全指示來得更為重要，畢竟人命關天。因此他沒留在辦公室裡，沒鎖上門，沒按下個人警報器，也沒按下牆上的警報器，慢慢依照畢耶的指示，走了過去，經過第一間舍房。這時第一間舍房裡的受刑人開始敲擊房門，發出沉重單調的聲響，迴盪在走道四壁之間。這是受刑人對外界發生之事的回應，也是當他們生氣、需要注意，或對任何反常之事感到開心時所做出的反應。馬丁每經過一道門，門上就開始傳出敲擊聲，其他受刑人雖然搞不清楚到底發生什麼事，但加入大家總比沒事做來得好。

「赫夫曼，我……」

「閉嘴。」

「說不定我們……」

「閉嘴！**不然我就開槍**。」

現在三名獄警聚在一起了，彼此之間距離夠近。活動場上的獄警至少要再過幾分鐘才會進來。

他朝空蕩的走道吼叫。

「史蒂芬！」

再叫一次。

「史蒂芬，史蒂芬！」

三號舍房有了回應。

「**幹你媽的奸細。**」

那聲音聽起來十分惡毒，每個字都可以穿牆而過。

史蒂芬。

他們距離幾公尺遠，彼此之間只隔著一道上鎖的門。

「**幹你媽的奸細，你的死期到了。**」

畢耶頂住那年輕獄警眼皮的槍管突然滑動了一下。

槍管接觸到濕濕的東西，原來是淚水，那獄警哭了。

「你跟他交換位置，你進去三號舍房。」

那獄警動也不動，彷彿沒聽見似的。

「打開門，進去啊！他媽的你只要打開門進去就好了！」

那獄警的動作像機械人似的，拿出鑰匙，卻不小心掉在地上，又撿起來再插入鎖孔，小心翼翼轉動門鎖，門一稍微打開就立刻讓開。

「**幹你媽的奸細，交了新朋友啊。**」

「你們交換，快點！」

「**王八奸細，你……媽的你手上拿的是什麼？**」

史蒂芬比畢耶高也比畢耶重，身材魁梧得多。

史蒂芬一站到門口幾乎就把整個門口給塞滿，形成一道充滿鄙夷意味的黑影。

「出來。」

史蒂芬毫不猶疑，面帶冷笑，走得太快，靠得太近。

「站住！」

「我為什麼要站住？就因為有個小奸細拿槍頂著牢子的頭嗎？」

「站住！」

史蒂芬繼續朝他走來，嘴巴張開，口唇乾燥，呼出溫熱氣息。他的臉靠得太近了，發出強烈的侵略性，看來正準備採取攻擊。

「快啊，開槍啊，這樣世界上就少了一個牢子。」

史蒂芬的沉重身軀步步進逼，畢耶的腦袋一片空白。畢耶原本是想調換人質，因為威脅沃德成員總比威脅監獄暨監管局人員來得好，但他低估了史蒂芬的濃烈恨意。剩下最後幾步時，史蒂芬突然發足急奔，朝畢耶衝來。畢耶的頭腦停止運作，只剩恐懼激發求生本能。他推開獄警，揚起迷你槍瞄準那雙充滿恨意的眼睛，扣下扳機。一發子彈穿過瞳孔、水晶體、玻璃體，鑽進柔軟的腦組織，最後停止在某個地方。

史蒂芬又跨出一步，臉上依然掛著冷笑，看起來絲毫不受影響，但一秒之後，就重重地朝畢耶的方向倒了下去。畢耶趕緊閃避，以免被史蒂芬壓在底下。他隨即彎下腰，將槍管頂在史蒂芬的另一隻眼睛上，又補了一槍。

一個人死在地板上。

持續不斷的敲門聲在槍聲響起之後……突然之間，一切都靜了下來。

走道上陷入一種令人屏息的怪異寂靜。

「你可以進去了。」

畢耶用槍指著年輕獄警，回答的卻是老獄警長馬丁。

「赫夫曼，我們……」

「我還不打算死。」

畢耶看著那三名獄警，他需要他們，但他們也擋了他的路。其中兩人頗為年輕，正在發抖，接近崩潰邊緣。那老獄警長甚是冷靜，是那種可能會試圖調停的人，但也是那種不會崩潰的人。

「進舍房去。」

金屬槍管抵在眼皮上，眼皮下是一對淚眼。黑暗近在咫尺。

「進去！」

年輕獄警走進空舍房，在鐵床邊坐了下來。

「關門！上鎖！」

畢耶將鑰匙抛給馬丁；這次馬丁不發一語，並未試圖溝通，也沒進行假接觸。假接觸的目的是為了引發困惑、博得信任、勾起感情。

「屍體。」

畢耶朝屍體踢了一腳，這一腳是為了維持權力，保持距離。

「把他拖到六號舍房外面，可是不要太近，讓門還是可以打開。」

「他太重了。」

「**快點**，六號舍房外，**可以嗎**？」

畢耶移動槍管，從太陽穴移到眼珠，又從眼珠移到太陽穴。

「你希望我在哪裡扣下扳機？」

馬丁握住已失去肌肉反射反應的雙臂，運用結實的年老身軀，拖拉一百二十公斤重的死屍，沿著堅硬的油地氈走道一路拖行，將屍體拖到六號舍房外，房門打開不會撞到的地方。

「打開門。」

畢耶並不認識六號舍房的受刑人，他們素昧平生，但那人正是昨天經過他門口，叫他好幾次寶拉的人。那人是沃德的爪牙。

「**幹你媽的Stukatj（奸細）**。」

那人發出同樣的刺耳聲音，衝了出來，一出門口就陡然停步。

「**天啊……**」

那人低頭看著腳下躺著的那具動也不動、毫無呼吸的死屍。

「**媽的你這個混帳……**」

「跪下來！」

畢耶用迷你槍指著那人。

「跪下！」

畢耶已做好面對威脅或甚至是蔑視的準備。

但那人不再言語，在動也不動的屍體旁頹然跪下。畢耶呆立片刻，原本他已做好再開殺戒的準備，沒想到那人竟乖乖聽話。

「你叫什麼名字？」

那年輕獄警一感覺到槍管頂上來，就閉上眼睛，開始哭泣。

「強……強納。」

「強納，進去。」

又一名身穿制服的獄警坐上了空蕩鐵床。馬丁鎖上六號舍房的門。

畢耶迅速估量了一下，感覺上時間似乎已經過了很久，但他的脫逃行動才剛開始而已。從他打開廁所門，舉起手槍到現在大概過了八、九分鐘，不會更多。現在已有兩名獄警被鎖在舍房裡，第三名獄警站在他面前，第五和第六名獄警可能還會留在活動場上好一陣子。但安全中心隨時可能選擇監看這個單位的畫面，或其他單位的獄警可能經過這裡。他必須動作快。他知道自己要往哪裡去。自從他發現他只能靠自己，死亡威脅降臨頭上，而且還被知道他身分代號的幾個人燒了之後，他就計畫要前往那裡；那地方他老早就選定了，用來在事情出錯時保住性命。

「我要你去把那邊的檯燈拿過來。」

畢耶伸手指向獄警辦公室角落一盞亮著的簡單檯燈，等著馬丁將檯燈拿過來，放在他面前的地板上。

「用延長線把他綁起來。」

馬丁將那名受刑人的雙手反綁在背後，拉緊白色延長線，使得電線緊緊嵌入同樣蒼白的肌膚中。畢耶拉了拉電線，檢查是否牢固，再將電線纏綁在老獄警長馬丁的腰際。他們開始往樓梯上移動。樓梯間似乎是活的：關閉的單位大門內鎖著的是受刑人之間的唇槍舌戰、餐盤放上餐桌的噹啷聲、不耐煩的玩牌聲、孤伶伶的電視機被轉到最大聲所發出的聲響。只要一聲尖叫或在門上踢一腳，畢耶就會被發現。畢耶用槍輪流指著那名沃德爪牙和獄警長的眼睛，這樣他們應該就明白他的意思。

他們走到頂樓，來到工場外的狹小走廊上。

門開著，偌大工場裡的燈都關著。

在這裡工作的受刑人仍在吃早餐，一小時後日班才會上工。

「還不夠。」

他們走到工場中央，畢耶命令那沃德爪牙跪下。

「再低一點，再彎得低一點。」

「為什麼？」

「彎低一點！」

「你可以殺了我，你可以殺了那該死的牢子，可是寶拉，你那些豬玀朋友都叫你寶拉對不對？你還是一樣死定了。在這裡，你遲早都會死。反正沒關係。你的事我們都知道了。我們不會放過你，你知道規矩。」

畢耶揚起另一隻手，在那沃德爪牙的脖子上用力打了一拳。他也不知道自己為什麼要出手打人。其實他是因為難以回話，就只好出手打人，畢竟那沃德爪牙說的沒錯。

「拿一些包裝帶下來，綁住他的手腕！然後拉緊！」

馬丁踮起腳尖，從沖床上方的架子拿下一捆用來捆紮紙箱的堅硬灰色包裝帶。畢耶命令馬丁剪下兩公尺包裝帶，緊緊纏在那沃德爪牙的手臂上，嵌入肌膚，直到流血，然後剝下跪在地上那沃德爪牙的全身衣服，再脫去自己全身的衣服，將衣服放在地上疊成兩堆。最後馬丁全身赤裸，背對畢耶，雙手也被硬包裝帶綁了起來。

畢耶已牢牢記住這間工場的一切，包括機油、柴油和灰塵的氣味。他注意到監視器位在鑽孔機和小棧板起重機上方，用腳步量出了長方形工作台和三根支撐天花板的大柱子之間的距離。他清楚知道柴油桶的位置和哪個工具放在哪個櫃子裡。

那個姓名不詳的沃德爪牙和白髮獄警長跪在地上，全身赤裸，雙手反綁。畢耶又檢查了一次，確定他們都被綁得牢牢地，才捧起兩堆衣服，拿到面對教堂那扇窗戶旁的一張工作台上。收話器放在他褲子口袋裡。他將收話器塞進耳朵聆聽，露出微笑，望向窗外的教堂鐘塔。他聽見微風吹拂發話器的聲音，兩台發話器都運作正常。

驀然之間，風聲被另一種聲音淹沒。

那是一種重複而響亮的聲音。

那是警報鈴聲。

畢耶奔到那兩堆衣服前，抓起扣在藍色褲子腰帶上、正在閃動紅色亮光的塑膠盒，閱讀上頭的電子訊息。

B1。

單獨隔離單位，也就是他們剛離開的單位。這來得比他預料得早。

他望出窗外。

望向教堂，望向教堂鐘塔。

十五分鐘後，第一個警察就會抵達外牆，再過幾分鐘，訓練有素的獄警就會拿著適當武器就定位。

§

警報是一名正要前往監獄活動場的獄警長發出的，他經過通往樓梯間的緊閉大門時，心想過去說聲**早安好了**，順便看看有沒有事。第一批獄警此時衝進陰暗走道，卻同時停步，看著眼前的景象。

地上躺著一具死屍。

單位裡滿腹困惑的受刑人發揮攻擊性，持續不斷地敲擊上鎖的房門。

一名臉色發白、滿頭大汗的獄警從六號舍房裡被放了出來。

那獄警驚魂未定，指著三號舍房。

另一名獄警也被放了出來，年紀很輕，正在哭泣。他看著地上，喃喃地說，**他殺了他**，不斷重複這句話，越說越大聲，像是要蓋過敲門聲似的，也可能他需要把這句話再說一次，**他對準眼睛開槍殺了他**。

§

畢耶聽見獄警衝上樓梯，看見更多獄警奔越活動場。跪在地上的兩具赤裸身體不安地扭動。他用槍輪流指著他們的臉和眼睛，提醒他們。在他被發現之前，他需要更多時間。

「你這是要幹嘛？」

老獄警長馬丁跪在地上，雙膝劇烈疼痛，不再說話，但顯然他為了分散重量，不斷前後擺動身體。

畢耶聽見他說的話，但默不作答。

「赫夫曼，看著我，你這是要幹嘛？」

「我已經回答過了。」

「我不懂你的回答。」

「我還沒打算死。」

馬丁仰起頭，一眼看著槍管，一眼看著畢耶。

「你沒辦法活著出去的。」

馬丁看著畢耶，要求他回應。

「你有家庭。」

倘若畢耶肯說話，變成一個有感情的人，從客體變成主體，和另一個人溝通……

「你有老婆和小孩。」

「我知道你在幹嘛。」

畢耶從馬丁面前移開，走到赤裸的軀體後方，也許是檢查塑膠包裝帶是否還牢牢綁著，但也可能是為了避開那雙瞪著他、要求他回應的眼睛。

「是這樣的，我也有家庭，有老婆和三個孩子，小孩都長大了……」

「約格森？你叫約格森對不對？你給我閉嘴！我剛剛已經說得很客氣了，我知道你他媽的想幹嘛。我沒有家庭，現在沒有。」

畢耶將包裝帶拉得更緊，血流得更多。

「而且我還不打算死，如果這表示你得死，那也沒辦法。我只是用你來保護我自己而已，約格森，你只是我的盾牌，其他什麼都不是，不管你有沒有老婆小孩。」

§

B2的獄警長試著和幾分鐘前剛從三號舍房被放出來的獄警說話，那是個年輕人，比他兒子大上幾歲，只是暑假來代班，工作還不滿一個月。世事就是如此捉弄人，有人在工作崗位等了一輩子，才等到今天早上的這種突發狀況，有人則上班才二十四天就有了這種難忘的經驗。

那獄警只說了一句話。

無論問什麼問題，他都只回答一句話。

他對準他眼睛，開槍殺了他。

年輕獄警仍處於驚嚇狀態，他親眼目睹一個人死在面前，還被槍管頂著眼睛，眼周的柔嫩肌膚仍留有一圈明顯印痕，後來他就被鎖在死寂的單獨隔離舍房裡坐著枯等。他暫時還說不出其他話來。獄警長指示旁邊的獄警照顧他，逕自去看另一名同僚。那人原本被關在六號舍房裡，滿臉發白，渾身是汗，他話聲細小，但仍清楚可聞。

「約格森呢？」

獄警長將手放在他肩膀上，他的肩膀頗為單薄，仍顫抖不已。

「什麼意思？」

「我們有三個人，約格森本來也在這裡的。」

§

這段對話結束已有一陣子了。

萊納．奧斯卡森聆聽完獄警長的報告之後，感到煩躁不安，希望獲得更多資訊，希望獲得其他可以緩和他的情緒、使他冷靜下來的資訊。但目前為止那名獄警長只有這些可以報告。Ｂ２的獄警長已經將他知道的全說出來了。

兩名獄警被鎖在舍房裡。一名受刑人死亡。

外加一起疑似綁架事件。

典獄長萊納將話筒重重摔上辦公桌，插著黃色鬱金香的一支花瓶倒了下來。第三名獄警馬丁．約格森遭到一名持槍受刑人綁架，那名受刑人是編號０９１３的重刑犯赫夫曼，被關在單獨隔離舍房中。

萊納在地上坐了下來，手指撥弄著黃色花瓣，花瓣在灑落一地的清水上漂浮著。

當然他抗議過，就好像後來馬丁抗議過一樣。

我對一個警司當面說謊。我之所以說謊是因為你命令我這樣做。可是這個，我不能照辦。

他將黃色花瓣撕成碎片，一次撕一小片，濕潤的碎片跌落到濕了的地板上。他伸手去拿那個懸垂在電線底端的話筒，撥打一組電話號碼，滔滔不絕地說了一大串，直到他百分之百確定局長已經明白他所說的每個字和每個含蓄的批評。

「我要一個解釋。」

一聲咳嗽，如此而已。

「保羅，我要一個解釋！」

又是一聲咳嗽，再無其他回應。

「你晚上打電話去我家，命令我把一個受刑人送回他受到威脅的原單位，叫我不准問問題，還說最晚今天早上要送回去。保羅，現在這個受刑人拿著一把槍對著我的手下，你給我解釋清楚，你所下的命令跟這起綁架事件有什麼關聯，不然我只好去問別人這個問題。」

§

艾索斯監獄的安全中心屬於監獄入口的一部分，就和瑞典其他監獄一樣。安全中心內有點熱，裡頭一名身穿皺巴巴藍色制服的獄警名叫巴雷。巴雷背後桌上的電扇雖將散置的紙張和他薄薄的瀏海吹得飄來飄去，但他依然汗流浹背，因此他轉身去拿毛巾，毛巾就掛在控制面板和十六台電視螢幕的紅色和綠色按鈕之間。

赤條條的身體映入他的眼簾。

黑白畫面的解析度不佳，畫面也有點閃動，但他確定自己沒看錯。

最靠近毛巾的那個畫面中，兩個赤裸的人跪在地上，一名身穿囚衣的男子拿著某樣東西指著他們的頭。

他抬頭看著美麗的藍色天空，只見天空飄著幾抹雲彩，陽光和煦，暖風宜人。除了第一輛警車發出的警笛聲之外，這是個美好晴天。警車前座坐著兩名制服員警，都屬於艾索斯警區。

「奧斯卡森……？」

艾索斯監獄典獄長萊納．奧斯卡森站在監獄大門旁的柏油停車場上，背後的水泥高牆猶如未上色的灰色布景。

「這是怎麼……」

「他已經射殺了一個人。」

「奧斯卡森？」

「還威脅說會再開槍。」

警車的車窗被按了下來，兩名警察都坐在前座。萊納沒見過其中一名年輕員警，只知道年輕員警旁邊坐著的警佐名叫雷登，和他年紀相仿。萊納和雷登並不認識，但都知道對方這個人，雷登在艾索斯警區工作的年資和萊納在艾索斯監獄的年資相當。

他們關上藍色警示燈，開門下車。

「犯人是誰？」

我剛從醫務所那邊過來，你不能見他。

「畢耶．赫夫曼，三十六歲，因持有毒品被判十年徒刑，根據我們的紀錄，他十分危險，被歸類為精神變態，非常暴力。」

艾索斯警區的警佐雷登造訪大監獄無數次，對監獄裡的環境十分熟悉。

「我不明白，B棟，單獨隔離，可是卻持槍？」

他必須被送回G2，最晚明天早上要送回去。

「我們也不明白。」

「可是手槍？我的老天，奧斯卡森……怎麼可能？從哪裡弄來的……？」

「我不知道，**我不知道**。」

雷登的視線越過水泥牆，看著他所知的B棟三樓和屋頂。

「我需要更多資訊，哪一種槍？」

萊納嘆了口氣。

「根據受到威脅的獄警說……他心情還沒平復，還處於驚嚇狀態，但他說那好像是……迷你手槍。」

「是手槍？還是左輪？」

「有什麼不一樣？」

「用的是彈匣？還是旋轉彈膛？」

「我不知道。」

雷登的視線徘徊在B棟屋頂上。

「綁架人質。危險、暴力的囚犯。」

他搖搖頭。

「我們需要完全不同的武器、完全不同的知識，我們需要受過專業訓練的警察。」

雷登回到車上，從開著的車窗伸手進去，拿起無線電麥克風。

「我來聯絡勤務指揮中心的值班警監，請他們派特種警察部隊過來。」

§

他小腿底下的髒地板又冷又硬。

馬丁・約格森小心移動，試著將身體擺回來，他的膝蓋壓在地上疼痛不已。自從進入這間大工場之後，他們就一直並肩跪在地上，身體前傾，雙手反綁。他瞥了一眼他身旁的那名受刑人，他們靠得非常之近，那受刑人每呼出一口氣他都感覺得到。馬丁記不得那受刑人的名字，鎖在單獨隔離舍房的受刑人很少會被視為一個人。馬丁可以確定那受刑人來自中歐，個頭高大，對畢耶恨之入骨，彷彿兩人之間有血海深仇，牽動著古老仇恨。他們的目光只要一接觸，那受刑人就對畢耶吐口水，頻頻冷笑，還不斷用馬丁聽不懂的語言對畢耶吼叫。最後畢耶被搞得厭煩不已，舉腳便往那受刑人臉頰上踢去，還用尖銳的塑膠包裝帶將那受刑人的雙腳也綁了起來。

先前情況一片混亂，馬丁又必須專心和綁架者溝通，因此他沒有多餘能量去感覺，但現在他逐漸可以開始去感覺。

而他感覺到的是一種令人毛骨悚然、似乎要將人吞沒、十分駭人的恐懼。

事態危急。畢耶承受著極大壓力，但意志堅決，況且已有一人躺在單獨隔離單位的地板上，再也無法思考、說話或大笑了。

馬丁又開始微微晃動身體，深呼吸一口氣。也許這不只是恐懼，他從不曾有過這種感覺，簡直可以說是恐怖。

「不要動。」

畢耶踢了馬丁肩膀一腳，力道雖然不重，但足以讓他肌膚發紅。接著畢耶沿著長方形工作台穿過工場，往上伸長了手，將第一台監視器轉向牆壁，跟著是第二台和第三台，但是到了第四台，他伸出雙手捧著監視器，讓自己的臉對著鏡頭，眼睛直視鏡頭，將臉靠得更近，讓整張臉填滿整片螢幕，然後突然高聲叫嚷；他叫嚷完之後，將第四台監視器也轉向了牆壁。

§

巴雷仍在流汗，自己卻沒察覺到，他在安全中心玻璃室裡挪動椅子，俯身看著螢幕，他眼前有四個螢幕顯示B棟工場的畫面。幾分鐘前，有人加入了他。典獄長站在巴雷後方，兩人同樣專注地看著那四個黑白畫面，默不作聲。驀然之間，畫面出現變化。一台靠窗監視器的螢幕突然轉黑，但不是那種電子畫面的黑，監視器依然運作正常，而是某人或某樣東西阻礙了監視器的視線。接著又是一台螢幕變黑。監視器被轉動得很快，也許是被轉得面向牆壁，陰暗的畫面中可以近距離看見灰色水泥牆面。再來是第三台，這次他們有所準備，看見了監視器被轉動前出現一隻手。有人轉動了固定在牆上的監視器。

剩下最後一台監視器。他們緊盯螢幕，等待著，不一會兩人都嚇得跳了起來。

螢幕上赫然出現一張臉。

而且是臉部特寫，近到不能再近，只看得見鼻子嘴巴。那張嘴喊了不知道什麼話，然後就消失了。

那是畢耶．赫夫曼的臉。

他喊了幾句話。

§

馬丁覺得冷。

不是因為地面冰涼而覺得冷，而是因為恐懼覺得冷，他正在喪失意志力，無法抵抗思緒，只能任憑腦子裡逐漸瀰漫著自己死期將近的思緒。

他身旁那名沃德爪牙再度口出威脅之語，這次蘊含更多恨意、更多奚落，最後畢耶從工作台上拿來一條抹布，塞進沃德爪牙口中，逼他把話全都吞回肚裡。

他們兩人都跪著不動。馬丁聽見畢耶的堅定腳步聲不時響起，慢慢遠離他們。他還是不敢動。畢耶的腳步聲朝遠處的玻璃牆移動，那裡有一扇窗戶朝向辦公室。馬丁一轉頭，就看見畢耶進了小辦公室，俯身在辦公桌前，拿起一樣東西，遠遠看去像是話筒。

§

那張嘴緩緩開合，薄而緊的嘴唇看起來皸裂了，幾乎是綻裂開來。

他死……

他們對看一眼，點了點頭。

他們都認出了唇形所形成的字句。

「下一個字。」

萊納坐在巴雷旁邊，擠在狹小的安全辦公室裡，手指急切地按下播放鍵，一次播放一格。那張嘴填滿整個螢幕，只見喊到下一字時，嘴唇擴張。

「你看見了沒？」

「看見了。」

「再放一次。」

一目瞭然。

那張嘴喊叫的話語如此激進，宛如攻擊一般。

他死定了。

§

畢耶的手發起抖來。這陣顫抖來得太快，他不得不放下話筒。

他得到答案以後該怎麼辦？

他沒得到答案又該怎麼辦？

他透過玻璃窗朝工場瞥了一眼，只見那兩個赤裸人質依然跪在那裡，並未移動。辦公桌中央放著一個瓷杯，裡頭是擱了一天的半杯咖啡。他喝下那半杯咖啡，雖然又冷又苦，但咖啡因將留在他體內一陣子。

他又撥打了一次那組號碼。鈴聲響起，一聲、兩聲，他等待著。她是否還在那裡？她的電話號碼是否仍然一樣？他不知道，只能抱著希望，也許她……

她的聲音出現了。

「是你嗎？」

很久沒聽見這聲音了。

「我要妳按照我們說好的計畫立刻去進行。」

「畢耶，我……」

「按照計畫，立刻去進行。」

他掛上電話。他想念她。他非常想念她。

他心想不知道她是否仍在那裡，仍為了他留在那裡。

§

閃爍的藍光越來越耀眼，越來越清楚，很快就穿過了樹林，那片樹林分隔鄉間道路和通往艾索斯監獄的車道。大門旁的停車場上，萊納站在警佐雷登旁邊，看著兩輛厚重的黑色方形車駛來。二十四分鐘前，特種警察部隊離開了他們位於索爾納市索倫托區的總部，這時他們的重裝車尚未停妥，車上就躍下九名裝束相同的男子，身穿黑色靴子、藏青色連身服、全罩式頭套、防護眼罩、頭盔、防火手套和防彈背心。

第一輛重裝車的乘客座下來一名瘦高男子，雷登快步上前，和那瘦高男子打招呼。瘦高男子名叫約翰·艾伐森，是特種警察部隊隊長。

「那一棟，黑色屋頂，頂樓。」

B棟最靠近監獄外牆的那一面有四扇窗戶。約翰點點頭，立刻朝B棟奔去，萊納和雷登幾乎得快跑才跟得上。他們環視周圍，看見八名隊員都跟了上來，其中六人手持衝鋒槍，兩人拿著長距離狙擊槍。

他們經過安全中心和行政大樓，穿過開著的柵門，奔進下一道牆。那道牆比較矮，將監獄分隔成數個區域，每一區同樣都是方形，裡頭是三棟相同的L形建築。

「那是G棟和H棟。」

萊納貼著內牆奔跑，此處視線良好，同時可以受到保護。

「那是E棟和F棟。」

他指著監獄內的大樓一一說明，那些大樓就是受刑人的長期居所。

「那是C棟和D棟。」

每棟複合大樓裡有六十四間舍房，容納六十四名受刑人。

「這些大樓收容的是一般受刑人。特殊強暴犯的單位在監獄的另一區，因為幾年前有些受刑人撞在一起，造成了一些問題。」

他們沿著長長的厚實水泥牆向前疾奔，越來越接近最後一棟L形大樓。萊納稍微落後，但仍跟得上。

「那棟大樓的兩翼分別是A棟和B棟，B棟面向另一邊。兩名獄警回報說，他們很確定在一扇大窗戶裡看見他幾次，那扇窗戶面對另一頭的艾索斯教堂，可以俯瞰活動場。」

那棟大樓是灰色的水泥碉堡，是醜陋、堅固、沉默的樂高積木。

「一樓是單獨隔離單位，也就是B1，他就是在那裡綁架人質的，然後從那裡逃脫。」

幾分鐘前特種警察部隊跳下車之後，他們就開始奔跑，直到這時才停下腳步。

「二樓分為B2左區和B2右區，左右兩區各有十六間舍房，收容一般受刑人，一共三十二個人。」

萊納頓了幾秒，他的話聲十分短促，尚未喘過氣來。

他稍微壓低嗓音。

「工場就在那裡，頂樓，B3，那裡是受刑人的工作場所之一。你有沒有看見那扇窗戶？面對活動場的那扇？」

萊納的話聲停了下來。那扇大窗給人十分怪異的感覺，窗外是美麗的豔陽、綠色的草地和藍色的天空，窗內卻是死亡。

「持有武器？」

約翰一邊等待雷登回答，一邊命令六名隊員守住B棟三個入口，兩名狙擊手則前往附近大樓的屋頂找尋狙擊位置。

「我問過兩次獄警，他們見過他持有的武器，只是他們有點語無倫次，還處於驚嚇狀態，但我很確定他們描述的是一種迷你左輪手槍，裡頭有六發子彈。我只親眼見過一次這種手槍，叫做瑞士迷你槍，瑞士製造，標榜是世界上最小的手槍。」

「六發子彈？」

「根據獄警的說法，他已經射擊兩發子彈了。」

約翰看著典獄長萊納。

「奧斯卡森……這個犯人被關在高度戒護監獄的黑洞裡，怎麼拿得到這樣一把可以致人死命的手槍？」

萊納現在無法回答這個問題，只是沮喪地搖搖頭。隊長約翰轉頭望向雷登。

「迷你左輪，我對這種槍毫無概念，你認為它的威力足以致命嗎？」

「他已經殺了一個人了。」

約翰抬頭看著那扇面對美麗教堂的窗戶；綁架者曾在那個地方被人目擊，他顯然還有同夥，才能將一把裝有子彈的手槍運入高度戒護監獄。

「被歸類為精神變態？」

「對。」

窗戶上裝的是強化玻璃。

兩名人質赤裸裸跪在地上。

「有暴力前科？」

「對。」

頂樓那個綁架者從頭到尾都知道自己在做什麼，根據獄警描述，他行事冷靜堅定，因此他會選擇前往那個工場絕對不是出於偶然。

「這可有點棘手。」

約翰看著他們要進入的大樓前側。時間無多，綁架者剛剛才威脅說他會再開殺戒。

「有人看見他出現在那扇窗戶裡，可是狙擊手卻不能從內部潛入。根據你對這個赫夫曼的描述以及他的犯罪紀錄……我們也不能強行侵入，破門而入或是砸碎屋頂的天窗是很簡單，可是這個精神異常的犯人非常危險……如果我們這樣做，如果我們發動猛烈攻擊，他不會把矛頭指向我們，而是會堅守自己的位置，舉槍指著人質，無論自己受到多大威脅，他說得出一定做得到，他一定會再殺人。」

約翰舉步往回走，朝柵門和高牆走去。

「我們一定會逮到他，但不是從這裡，我會派狙擊手去監獄外頭。」

§

畢耶．赫夫曼離開窗前。

人質赤裸地跪在他腳下。

人質並未移動，也並未嘗試溝通。

他檢查人質的雙手雙腳，拉了拉尖銳的包裝帶，包裝帶已深深嵌入肌膚，遠超過必要的程度，但這個動作只是為了彰顯力量，他必須讓那些正在準備對付他的人知道，他有殺人的力量。

他第二次聽見警笛聲。第一次是大約半小時前傳來，來自當地警局的警車，只有他們能這麼快到達這裡。第二次的警笛聲不太一樣，響得比較久，也比較大聲，是從索倫托區的特種警察部隊總部一路響到這座監獄。

他穿過工場，數算步伐，細看工場大門，研究第二扇窗，抬頭看著天花板和那層不牢固的玻璃纖維磚，那層玻璃纖維磚的作用是吸收和抑制工場發出的噪音。他從工作台上拿起一根細長金屬管，一個接一個敲鬆玻璃纖維磚，直到磚塊落下地板，露出真正的天花板。

§

黑色重裝車離開艾索斯監獄大門的停車場，約一分鐘後，車子停在一公里外的一道較小柵門前，那道柵門通往一條碎石小徑，小徑的盡頭是耀眼的白色小教堂。約翰沿著最近耙梳過的碎石小徑走去，雷登走在他旁邊，兩名頭戴面罩的隊員跟在後頭。陽光灑滿整座維護良好的墓園，裡頭的訪客看著那幾名持槍又戴面罩的制服男子，面露不安之色，畢竟暴力和平靜擺在一起很不搭調。教堂大門開著，他們望入空蕩但雅緻的中殿，然後打開右首一扇門，步上陡峭階梯，又穿過一扇門。從門框上的痕跡來看，那扇門最近被撬開過。接著他們爬上鋁製樓梯，打開屋頂拉門，走進教堂鐘塔，彎腰穿過鐵鐘，一直到踏上狹小露台才直起身來。露台上的風比較強，可以看見整座監獄的灰色方形建築。他們牢牢抓住欄杆，仔細觀察最靠近牆邊的大樓以及三樓窗戶，那裡就是綁架者被人目擊的地方，也可能是他的藏身之處。

§

畢耶·赫夫曼敲下了半數的玻璃纖維磚，這時突然停止敲磚的憤怒動作，因為他聽見了一些聲音，耳中的收話器傳來聲響。他沒聽錯。收話器原本只傳來輕微的風聲，這時卻傳來砰一聲，接著是腳步聲，再來是刮擦聲。有人走來走去，而且不止一人，有好幾雙腳的腳步聲。他奔到窗前，看見了他們，他們就站在教堂鐘塔上，一共四人，站在那裡看著他。

窗邊出現一條黑影，一轉眼就不見了。
綁架者站在那裡，一看見他們，立刻就藏了起來。
「這是個好地方，是監視他最好的地方，我們就在這裡操控大局。」
約翰．艾伐森將露台鐵欄杆又抓得更緊了些，這裡的風比想像中還大，而且距離地面很遠。
「雷登，我需要你的協助。從現在起，我會在這裡指揮，可是我還需要一個像你一樣熟知監獄地形的人來幫忙掌控情勢。」
雷登警佐看著墓園裡的訪客，只見他們不安地抬頭看了鐘塔好幾次，現下正在離開。訪客尋找和分享的平靜消失了，看樣子那份平靜今天不會再出現了。
雷登緩緩點頭，他聽見約翰說的話，也明白約翰的安排，但他另有想法。
「我很樂意幫你，可是另外有一位警官比我更了解這座監獄，這座監獄興建的時候，他就在這個轄區服務，後來也常來這裡訊問犯人，他是更適當的人選。」
「是誰？」
「市警局的一位警司，名叫伊維特．葛蘭斯。」

每個字都清楚傳來，銀色收話器運作得和他預料中一樣良好。

「是誰？」

他稍微調整收話器，用食指輕推金屬碟盤，讓收話器更貼近內耳。

「市警局的一位警司，名叫伊維特·葛蘭斯。」

那些人的聲音很清晰，彷彿將發話器拿在嘴邊直接說話一樣。

畢耶·赫夫曼站在窗邊等待著。

那些人正站在矮欄杆前，也許還稍微向前傾身。

接著有了其他動靜。

清晰的刮擦聲傳來，先是金屬槍枝碰撞木質地面的聲音，然後是沉重身軀躺下的聲音。

「一千五百零三公尺。」

「一千五百零三公尺，對不對？」

「對。」

「太遠了，我們的裝備射程都沒那麼遠，我們可以看見他，但射擊不到他。」

車子幾乎不動。

晨間車陣開開停停，遲緩且暴躁，沿著克拉斯登路的兩條車道延伸而去。前方巴士有個怒氣沖沖的乘客下了車，沿著擁擠的主幹道路肩步行，穿過暖熱的車陣，比其他乘客更早抵達E4公路交流道，臉上表情看起來也開心許多。伊維特．葛蘭斯原本想對那名違規走上公路的男子按喇叭，甚至擺出警示燈，但想想還是作罷。他明白那男子的心情，倘若憤怒地走在車陣和廢氣中，可以防止人們搥打儀表板或嚇唬其他通勤民眾，那他們應該被容許這樣做。

伊維特輕輕撫摸放在乘客座上的皺地圖。

他已做出決定，正要去探訪她。

再過幾公里，他就會把車停在北公墓的一扇大門前，那扇大門總是開著。他會下車，找到她的墳墓，跟她說些類似道別的話。

他的手機就放在地圖下方。

手機響了三聲，他沒理它，跟著又響了三聲，他拿起來看了看，認為對方不會掛斷，便接了起來。是值班警監打來的。

「伊維特嗎？」

「是。」

「你在哪裡？」

口氣聽起來很熟悉，伊維特已開始找尋離開靜止車陣的方法。一個說話有這種口氣的值班警監很快就會請求他協助。

「北向的克拉斯登路。」

「有個任務需要你去執行。」

「什麼時候？」

「非常緊急，伊維特。」

伊維特不喜歡更動做好的計畫。

他喜歡例行公事，喜歡有頭有尾，因此當他的心已在路上，要改變方向是很困難的。

所以照理來說，這時他應該嘆口氣，也許小小抗議一下，然而他卻有鬆了口氣的感覺。這下子他不用去墓園了，現在還不用去。

「等一下。」

伊維特打了方向燈，掉轉車頭，越過白色實線，直接迴轉到對向車道上。隨之而來的是歇斯底里的喇叭聲和緊急煞車聲。最後他被喇叭聲吵得煩了，便按下車窗，將藍色警示燈放上車頂。

喇叭聲立刻安靜下來，駕駛人個個都壓低了頭。

「伊維特？」

「我還在。」

「艾索斯監獄發生緊急情況，全瑞典的警官就只有你最熟悉那座監獄，我需要你去那裡擔任策略指揮官。」

「好。」

「情況非常危急。」

§

約翰．艾伐森站在艾索斯教堂的美麗墓園裡。二十分鐘前，他下了鐘塔，留下狙擊手在塔上，狙擊手已經兩度看見赫夫曼和人質了。特種警察部隊隨時都可以強行入侵，無論是破門而入或是穿過天窗制伏綁架者，幾秒之內就可以完成，但只要人質還活著，未受傷害，他們就不能冒然進攻。

約翰環顧四周。

墓園由烏普薩拉市警局的一名巡邏員警負責看守並封鎖附近地區，四周拉起藍白封鎖線，無論是訪客、神父或教堂執事都不准進入。阿蘭達區派來兩輛警車，斯德哥爾摩區也派來兩輛警車，約翰指派四輛警車分別守住艾索斯監獄水泥高牆的四個角落。現在他手下有四名來自艾索斯警區的員警，還有烏普薩拉、阿蘭達和斯德哥爾摩各自的四名員警，特種警察部隊的另外十二名隊員稍後就會抵達，如此一來總共有三十七名警察可以分派各地，負責看守、保護和進攻。

約翰相當緊張，他站在墓園裡看著灰色高牆，心頭惴惴不安，這份不安從一開始就囓咬著他，令他焦躁不已，但他卻說不出那份不安是什麼，就是覺得好像有什麼地方……不大對勁。

畢耶．赫夫曼。

那個威脅說要再大開殺戒的男子，不符合犯案的類型。

約翰回想過去十年來，瑞典監獄大概每年會發生兩三起綁架事件，每次特種警察部隊都獲報前去處理，每次也都碰上類似的狀況：一名受刑人不知道從監獄哪裡弄來私釀酒，喝得酩酊大醉，並在腦子裡做出結論，認為他受了冤屈，遭到不公平對待，尤其是來自女性獄政人員的不當對待。在酒精催動下，他誇大了一切，而且衝動行事，變得孔武有力且危險，抓了一把生鏽的螺絲起子，抵在一名二十九歲女獄警的脖子上，那倒楣的女獄警可能只是暑假去打工而已。獄方發出警報，二十多名受過特殊訓練、頭戴面罩的特種部隊警察收到呼叫，前往支援。接下來就只是時間問題。隨著時間過去，受刑人體內的酒精濃度會逐漸消退，只剩宿醉，這時受刑人就可以看出究竟哪邊握有勝算，接著就會雙手抱頭，出來投降，最後被追加六年刑期，假釋的條件也更加嚴苛。

但畢耶．赫夫曼不符合這個犯案類型。

根據獄警所述，他曾被關進兩個不同舍房，也沒喝酒。他的行動經過計畫，每一步似乎都經過分析。他並不是一時衝動犯案，而是有目的的犯案。

約翰調高無線電音量，指揮剛抵達的特種警察部隊十二名隊員：四人前往B棟工場門外架設麥克風，五人攀牆前往屋頂設置更多監聽器材，三人加入原已守在樓梯間的隊員。

他已經派人包圍了工場，也封鎖了墓園。

他已經做了目前可以做也應該做的所有工作。

下一步就看綁架者有什麼動作。

§

通往警署四樓的沉重鋼鐵大門開啟。伊維特．葛蘭斯拿出他的證件卡刷過讀卡機，鍵入四位數密碼，等待鍛鐵柵門滑開，然後走進一個小空間，來到一個上頭寫有數字的盒子前，用他的鑰匙打開盒子，拿出一把甚少使用的槍。彈匣裝滿子彈，他將彈匣推進槍身。彈匣裡的子彈外殼刻有凹痕，凹痕內鑲有類似透明玻璃的材質，這種子彈可以將物體撕成碎片。他匆匆趕往重案組，經過史文的辦公室時慢下腳步，**我們有任務了，史文，你跟海曼森十五分鐘後到車庫集合，把資料庫裡關於721018-0010的資料都帶著，**跟著又繼續快步前行。史文也許有所回應，無論如何他並未聽見。

§

屋頂上有動靜。

上頭傳來刮擦聲和拖拉聲。

畢耶．赫夫曼站在一堆玻璃纖維磚旁。他的決定是正確的。假使玻璃纖維磚還在天花板上，就會吸收和抑制屋頂上的細小活動所發出的聲音。

更多刮擦聲傳來。

這次是在門外。

警方已經部署在教堂鐘塔、屋頂和門外，正在減少他可以活動的範圍。如今他們人數夠多，可以守住監獄，同時準備好幾波攻擊。

畢耶撿起方形玻璃纖維磚，一個接一個朝大門丟去。這些聲音警方一定聽得見。他們正站在外面利用監聽器材聆聽，知道如此一來，進門的難度將會提高，他們要越過這些障礙得多花個幾秒，這幾秒足以讓持槍綁匪射殺人質。

§

瑪莉雅娜．海曼森將車子開得太快。警車的警笛大作，藍燈閃爍。他們來到了斯德哥爾摩以北之處，離開城市已有一段距離。車內三人都默不言語，也許想起了過往的綁架案，也許想起了過去曾在日常調查工作中造訪艾索斯監獄。史文在置物箱裡翻尋，不一會就找到了他要找的東西；他總是找得到他要找的東西。他找到了兩捲希婉的六〇年代金曲卡帶，並將其中一捲插入播放機。過去他們在車上為了避免說話，同時掩蓋他們對彼此其實無話可說的真相，總是聆聽那些代表伊維特逝去時光的音樂。

「把它拿出來！」

伊維特拉開嗓門大喊，史文不太明白為什麼。

「我以為……」

「拿出來，史文！對我的哀悼表示一點尊重。」

「你是說……」

「尊重。哀悼。」

史文退出卡帶，將它放回置物箱，小心關上，以免伊維特看見或聽見。他很少了解長官伊維特的想法，於是學會了不去多問；有時不去理會別人的古怪之處反而讓自己比較輕鬆。史文自己則是個無趣之人，不喜歡跟人產生衝突，不喜歡要求答案來讓自己在階級裡找到一個位置，他早已決定一個心中時常焦慮且缺乏自信的人可以這樣活在世界上。

「那個綁架者？」

他轉向後座。

「他怎麼樣？」

「你拿到背景資料了吧？」

「等等。」

史文從信封裡拿出資料，戴上眼鏡。第一頁是從犯罪情報資料庫裡列印出來的，上頭有個特殊代號，只有少數罪犯用得上這個代號。他將資料遞給伊維特。

已知的危險武裝罪犯

「他是**那一類型**的罪犯。」

伊維特嘆了口氣。「那一類型的罪犯」通常意味著警方在設計逮捕計畫時，一定會有特種單位或經過特種訓練的警察加入。為了對付那一類型罪犯而動用的資源，通常沒有上限。

「還有嗎？」

「還有犯罪紀錄，因持有安非他命而被判處十年徒刑，但有意思的部分在於他的前科。」

「嗯。」

「五年徒刑。謀殺未遂。嚴重襲警。」

史文看著下一份文件。

「我也拿到了判決原因。他在瑟德港被逮捕的時候，先用槍托打了警察的臉很多下，然後朝警察開了兩槍，一槍射中大腿，一槍射中左上臂。」

伊維特揚起一隻手。

他的臉突然脹紅，背往後靠，另一手撥弄稀疏的頭髮。

「畢耶．赫夫曼。」

史文嚇了一跳。

「你怎麼知道？」

「因為他就叫這個名字。」

「我都還沒唸出他的姓名呢，可是沒錯，他是叫這個名字。伊維特……你怎麼會知道？」

伊維特的臉脹成深紅色，呼吸可能也變得更吃力。

「不到二十四小時前我才看過他的判決書，**史文，就是你手上那份該死的判決書**。為了調查維斯曼街七十九號命案，我去艾索斯監獄要訊問的人就是畢耶．赫夫曼。」

「我不明白。」

伊維特緩緩搖頭。

「他是我在維斯曼街命案中要去訊問和剔除的三個人之一，**畢耶．赫夫曼**，我不知道為什麼會這樣，可是他在我的名單上，史文。」

§

墓園看起來十分美麗，陽光從高大樹木的叢叢綠葉間射下，碎石小徑最近耙梳過，每塊墓碑前都有整整齊齊的方形草地，靜靜等候下一位訪客的來臨。但那美麗的景致只是幻相，他們靠近之後，美麗變成了危險、焦慮和緊張，帶著澆水壺和鮮花的訪客變成了身穿黑衣、手持半自動槍枝的不速之客。約翰．艾伐森在門口和伊維特一行人碰面，眾人快步朝白色教堂走去，爬上陡峭階梯，穿過關著的木門。約翰將望遠鏡遞給伊維特，等待這位警司找到那扇窗戶。

「工場的那個區域。」

伊維特將望遠鏡遞給瑪莉雅娜。

「工場的那個區域只有一個出入口，如果要綁架人質的話……那是個最不理想的地方。」

「我們聽見了他們說話。」

「兩個人的聲音都聽見了？」

「對，他們還活著，所以我們不能進去。」

教堂門內右側的房間並不特別大，但足以設立指揮站。通常在喪禮前，直系親屬會聚在那個房間，婚禮前新郎和新娘也會在那個房間等候。史文和瑪莉雅娜將椅子搬到牆邊，約翰走到木製小聖壇前，在聖壇上攤開監獄平面圖以及工場的詳細平面圖。

「而且全都……看得見？」

「我隨時都可以下令叫狙擊手開槍，可是太遠了，距離一千五百零三公尺。我只能保證我們的子彈可以擊中最遠六百公尺之內的目標。」

伊維特指著平面圖上的一扇窗戶，目前他們只能透過那扇窗戶目視綁架者，而那綁架者幾小時前才殺了一個人。

「他知道我們從這裡沒辦法開槍穿過欄杆和強化玻璃射擊到他……他覺得在那裡是安全的。」

「他**以為**他是安全的。」

伊維特看著約翰。

「以為？」

「**我們**的確射擊不到他，**我們**的裝備的確沒辦法做到這點，但這並不代表不可能。」

§

玫瑰堡一個邊間辦公室的大會議桌上放著一張平面圖，辦公室被陽光照得十分明亮，高高的窗戶透進陽光，和天花板上的燈光融合在一起，窗外可以看見諾斯登河和騎士灣的水面。菲列克·約蘭松用手撫平硬挺的紙張，移動位置，方便國家警政總長和國務祕書觀看。

「這裡，最靠近圍牆的大樓是B棟，還有這裡，三樓是工場。」

三張臉孔俯在桌上，藉由平面圖，正在研究一個他們從未去過的地方。

「所以說，赫夫曼就站在這裡，他旁邊的地板上是人質，一個犯人和一個獄警，全身被脫光衣服。」

光從建築師繪製的線條上，很難想像有人站在那裡威脅說要殺人。

「艾伐森說，特種警察部隊抵達之後，赫夫曼就讓自己完全暴露在窗戶裡頭。」

菲列克將桌上資料和夾有監獄暨監管局文件的厚重檔案夾移到椅子上，騰出空間，但空間依然不夠，於是又移開保溫瓶和三個馬克杯。他展開艾索斯區地圖，拿起簽字筆，從容納多個監獄大樓的方塊開始，畫一條直線，穿過綠色區域和開放空間，一直畫到地圖上另一個方塊，那個方塊上畫有十字記號。

「這是一間教堂，距離監獄一千五百零三公尺，是附近唯一可以讓狙擊手有清楚視線的地方，而且艾伐森十分確定赫夫曼知道這點，赫夫曼知道警方沒有裝備可以射到他，所以才站在那裡，向我們發出宣告。」

保溫瓶裡只剩少許咖啡，國務祕書替自己倒了半杯，站起身來，離開桌旁，看著她的訪客，以鎮定的口吻說話。

「你們昨天就應該通知我的。」

她並不期待他們回話。

「你們的決策把我們大家都逼進了死角。」

她怒不可遏，全身顫抖，瞪著他們，一次瞪一個人，將聲音壓得更低。

「你們逼他行動，現在我迫於無奈，也只好行動。」

她朝門口走去，目光並未離開他們。

「我十五分鐘後回來。」

§

伊維特・葛蘭斯每踏出一步都很痛苦，當他看見那道通往教堂鐘塔拉門的鋁梯時，他那條僵硬的腿抗議了，發出一連串尖銳刺痛，將所有思緒沖刷殆盡。他踩滑第一格階梯時，一聲也不吭，爬上幾格階梯後，只覺得胸部幾乎都被擠上了喉嚨，但他依然沒吭聲。他的額頭泌出晶瑩汗珠，手臂麻痺，勉強讓自己穿過木拉門，頭部還撞到了沉重鐵鐘的邊緣，割傷了自己。他趴了下來，爬過最後一小段路，終於來到門外，站上涼風吹拂的露台。

這時監獄外、監獄內、教堂外、鐘塔上，總共部署了四十六名警察。鐘塔上的狙擊手透過望遠鏡，緊緊盯著B棟三樓的一扇窗戶。

「現在只有兩種可能，那邊的鐵路橋樑可能近個幾百公尺，但角度太小，目標區域也太小。從這裡射擊的話，目標區域非常完美，可以完全看見他，但是有個問題，我們的狙擊手用的是PSG90狙擊步槍，射程大約六百公尺，狙擊手所受的訓練也是在這個射程範圍內，但是從這裡到監獄的距離卻遠超過六百公尺，伊維特。」

伊維特直起身來，站在狹小露台的一端，雙手抓著欄杆。他又看見了一條人影，那是畢耶·赫夫曼的身影。

「意思是什麼？」

「對我們來說，這個距離是不可能的。」

「不可能？」

「目前所知狙擊手可以成功命中目標的距離是兩千一百七十五公尺，這個紀錄是一個加拿大狙擊手締造的。」

「所以說？」

「所以說什麼？」

「所以說不是不可能啊。」

「對我們來說不可能。」

「這個距離不是少了將近九百公尺嗎？媽的還會有什麼問題？」

「問題是我們沒有人員可以射擊這麼遠的距離，**我們**沒有受過這種訓練，**我們**沒有這種裝備。」

伊維特轉身望向約翰，使得整個露台都搖晃起來，他的身軀十分沉重，轉身時必須用力拉著欄杆。

「那誰有？」

「誰有什麼？」

「誰受過這種訓練？有這種裝備？」

「軍方有，我們的狙擊手就是軍方訓練的，軍方受過這種訓練，也有這種裝備。」

「那就叫他們派一個人過來，**現在**就派來。」

露台再度搖動。伊維特十分激動，一轉頭，一頓足，笨重的身體都會跟著晃動。約翰靜待伊維特把話說完，他很習慣面對說話激動的警司。

「事情不是這樣運作的，軍人不能從事警方的勤務。」

「我們現在講的事可是攸關人命！」

「SFS 2002:375號法規，**瑞典軍方支援民間活動條例**，如果你要的話，我可以背給你聽，第七節。」

「我才不管這些。」

「瑞典法律是這樣規定的，伊維特。」

§

他持續留意屋頂的細微活動，警方人員正在屋頂上待命。

收話器傳來吱喳聲。

「**軍方有，我們的狙擊手就是軍方訓練的，軍方受過這種訓練，也有這種裝備。**」

畢耶．赫夫曼微微一笑。

「**那就叫他們派一個人過來，現在就派來。**」

他又笑了笑，不過是內心在笑。他小心地側身站立，肩膀以適當角度對準窗戶。裝備，訓練，技術。

狙擊手。**軍方**狙擊手。

§

國務祕書回來時，那張艾索斯區地圖依然攤在會議桌上。她意味深長地在身後關上了門。

「好，我們繼續。」

十五分鐘前，她離開辦公室時，全身緊繃，面色潮紅，這十五分鐘內，無論她做了什麼事或跟人說了什麼話，都讓她冷靜了下來，現在她看起來比較堅定和專注。她端起剩下的咖啡，一口喝完。

「日誌呢？」

她朝那疊被移開桌面的資料點了點頭。

「是？」

「拿來給我。」

菲列克將一個厚厚的黑色檔案遞給她，她翻閱檔案，看見裡頭的報告全是用手寫的，使用的不是黑色就是藍色原子筆。

「你的聯絡者跟這個赫夫曼的會面紀錄都在這裡？」

「對。」

「只有這一份嗎？」

「這是我身為臥底線民主管所保留的紀錄，就只有這一份。」

「銷毀它。」

她將檔案放在桌上，推給菲列克。

「警方和赫夫曼之間還有什麼正式連結？」

菲列克搖搖頭。

「沒有了，我們跟他沒有其他的正式連結，跟其他線民也沒有，這是我們作業的方式。」

菲列克看起來似乎輕鬆了一點。

「赫夫曼從我們這裡領錢領了九年，不過是透過一種我們稱為獎勵金的帳戶領錢，這個帳戶無法追查到個人資料，所以也不用向稅務機關申報。他不在我們的正式發薪名單上，對警方來說他並不存在。」

監獄暨監管局的資料依然躺在椅子上。

「那些呢？那也是他的檔案嗎？」

「那些只是關於他的紀錄而已。」

國務祕書打開檔案，翻閱裡頭關於畢耶．赫夫曼的精神健康報告和列印文件。

「就這些了嗎？」

「那些是我們替他塑造出來的。」

「塑造？」

「那是我們替他創造出來的形象。」

「那麼這個整體形象……這樣說好了……這個形象能不能替策略指揮官建立足夠的基礎，讓他對赫夫曼做出清楚的判斷……呃，讓他了解這起綁架事件可能造成的後果？」

陽光照射進來，辦公室變得更明亮，桌上的白色文件反射陽光，白得更加耀眼。

「他的形象已經強烈到讓他可以被黑手黨分支所接受，在犯罪組織裡進行滲透。後來我們也不斷強化那些紀錄的可靠性，讓他可以在艾索斯監獄裡執行任務。」

國務祕書將檔案推到一旁，看著菲列克。菲列克身為指揮官，有資格在綁架事件中坐鎮指揮。

「如果是你……有了這些資料，還有艾索斯監獄的現場狀況，現在人質的性命受到威脅……你會判斷赫夫曼是個危險人物，而且有能力做出危險行為嗎？」

總警司菲列克點點頭。

「毫無疑問。」

「所有可能被指派為策略指揮官的警官，也會根據這些資料而做出同樣的判斷嗎？」

「根據赫夫曼的這些資料，現場沒有一位警官會質疑說赫夫曼不會再下手殺害獄警。」

政府辦公室窗外的太陽不想再和雲彩爭鬥，隱去光芒，使得辦公室的光線舒服許多。

「所以說……如果坐鎮艾索斯監獄的策略指揮官確信畢耶．赫夫曼會再殺害人質……他就會做出決定……是不是？」

「如果策略指揮官認為人質有立即的危險，畢耶．赫夫曼打算殺了人質，那麼策略指揮官就會下令攻擊，保護人質的性命。」

菲列克靠近會議桌和地圖，伸出手指在地圖上畫一條線，從代表B棟的方塊畫到一公里半外代表教堂的方塊。

「但是從這裡是不可能的。」

菲列克的手指伸到那個畫有十字記號的方塊上，不斷緩緩畫圈，好一會才停下來。

「所以說，如果必要的話，策略指揮官會下令特種警察部隊的狙擊手去除綁架者。」

「去除？」

「射擊。」

「射擊？」

「讓他喪失行動能力。」

「讓他喪失行動能力？」

「殺了他。」

原本給神父準備禮拜用、裡頭放有木製小聖壇的小房間，已經完全變成了指揮站，艾索斯監獄平面圖鋪展在每個平面上，從當地加油站的咖啡販賣機買來的紙杯咖啡散置地上，有些喝完了，有些喝了一半。房間裡的小窗完全打開了，在微風中咯吱作響，好讓一些氧氣流進來，取代在高聲的緊張談話中被呼出的二氧化碳。伊維特在約翰、史文和瑪莉雅娜之間不安踱步，高聲說話，但不激動，也不生氣。他剛接下策略指揮官的任務，意志堅定，目標導向。再過一會，他就必須做出最後決定，這裡只有他一個人必須替數個人的性命直接負責。他離開那個窒悶的小房間，走進空蕩無人的墓園，徘徊在墓碑和最近種植的花朵之間，驀然間他心頭浮現另一座墓園，那座他還不敢去造訪的墓園。但現在他敢去了，等這裡的事一結束，他就會去。他在一個頗為美麗的灰色墓碑前停下腳步，旁邊是一棵樹，看起來像是楓樹。他拿起掛在胸前的望遠鏡，望向艾索斯監獄高牆內的那棟大樓。綁架者應該就在窗內，名叫畢耶·赫夫曼，是他昨天應該訊問的受刑人……可是這裡頭有個地方怪怪的，有個地方兜不起來——一個突然生病的人很少會有這樣的力量和專注力，可以瞄準一個人的眼睛開槍射擊。

「海曼森？」

伊維特走到開著的小窗前，向裡頭高喊。

「妳去聯絡監獄醫師，我要知道昨天早上在醫務所被隔離照護的犯人，怎麼會在今天午餐時間站在那裡拿著槍指著人質。」

伊維特在小窗外站了一會，望著監獄。他內心有股力量一直在那裡催促他快點想辦法、想辦法、想辦法，一定得想出辦法才行。他十分清楚那股力量是從哪裡來的。那股力量來自於那名老獄警。倘若兩名人質都是受刑人，他不會有那麼大的驅動力，他內心產生的推動力量不會那麼強大。事實就是如此。他不在乎工場地板上的另一具赤裸軀體，他對那名被綁架的受刑人一點感覺也沒有，而且理論上那名受刑人很可能是綁架者的同伴。他心裡會有這種感覺，自己並不感到自豪，但事實就是如此。另一方面，那個身穿制服、在監獄工作的老獄警長，他將一輩子都奉獻給了那種爛地方，**那種一般社會大眾都厭惡的工作場所**，他不應該受到這麼大的羞辱，還被人以為有權力可以拿槍指著他的頭，奪走他的性命。

伊維特吞了口口水。

這場行動的主要目的是為了營救那名老獄警長。

他放下望遠鏡，拿出手機，回想自己是否曾經連續兩天請求長官協助，畢竟他們之間長久以來互有默契，彼此間為了避免衝突，都盡量不要有交集，但現下他別無選擇。他撥打菲列克的辦公室電話。沒有人接。他又撥一次，這次電話被總機接了起來，他請總機將電話轉接到菲列克的手機上。鈴聲響了一次，總警司菲列克就接起電話，說話聲音壓得很低，像是正在開會，只能俯身講手機。

「伊維特……我現在沒時間，我正在處理緊急事件。」

「我的事也很緊急。」

「我們……」

「現在我在艾索斯監獄一千五百零三公尺外的地方，我負責處理一起綁架事件，如果我做出錯誤決定，一名獄警可能會因此喪命，所以我必須盡全力避免這種事發生，但我需要官僚體系的協助，你知道，就是你做的那些工作。」

總警司菲列克伸手抹過臉龐和頭髮。

「你說你在艾索斯？」

「對。」

「你是策略指揮官？」

「我剛從艾伐森那裡接下這個任務，現在他負責人員調度。」

菲列克將手機高舉過頭，大動作地指了指手機，引起國家警政總長和國務祕書的注意，並激動地點頭，直到他們會意過來。

「你說，我在聽。」

「我需要一個能夠勝任這項任務的狙擊手。」

「特種警察部隊不是已經部署在那裡了嗎？」

「對。」

「那我就不懂了。」

「我需要一個狙擊手，這個狙擊手必須受過訓練，有適當的裝備，有能力射擊一千五百公尺外的目標。特種警察部隊的狙擊手顯然辦不到這點，所以我需要**軍方**的狙擊手。」

警政總長和國務祕書就坐在菲列克身旁，聆聽這段對話，並開始了解現場狀況。

「你跟我都知道軍方的資源不能用來對付平民。」

「你是官僚，約蘭松，如果你還有點能力的話，這就是你發揮能力的機會，當個好官僚。我要你想個辦法出來。」

「伊維特……」

「在人質還沒死**之前**想出來。」

§

菲列克．約蘭松手中拿著手機。

懼怕。

懼怕的情緒又冒了出來。

「電話是伊維特．葛蘭斯打來的，他就是負責調查維斯曼街七十九號命案的警司，現在他就站在這裡。」

菲列克指著地圖，指著那些象徵實際建築的一條條細線。伊維特現在就站在那裡，再過不久，他就必須根據不實資料來做出決定，那些資料存在於資料庫和紀錄檔案中，呈現出來的形象是由他的警察同事所塑造出來的，任何警官根據那些不實資料，都可以找到強而有力的決策基礎，做出開槍射擊的決定。

開槍射擊。

「這裡……他就站在這裡，他被指派為策略指揮官，負責指揮整個行動，他必須做出決定，想出**解決辦法**。」

菲列克的手在顫抖，他用力按著地圖，但手還是不住發抖。他的手平常是不會發抖的。

「他距離赫夫曼常被看見的那扇窗戶一千五百零三公尺，但警方的狙擊手沒受過這麼長距離的射擊訓練，也沒有適當的裝備，所以他請求我們派出受過這種訓練的軍方狙擊手，配備威力更強大的武器和子彈。」

開槍，射殺。

「一定會有解決辦法，只要去找，一定可以找到解決辦法。很顯然地，協助找出辦法，解決這起事件，對我們大家都有利。」

國務祕書的聲音冷靜而清晰。

「我們有責任拯救人質的性命。」

伊維特．葛蘭斯請求我們派出受過適當訓練、持有適當裝備的狙擊手。

根據監獄裡現在已知的情報，赫夫曼是不會放棄人質的。

如果葛蘭斯得到軍方狙擊手的支援，一定會下令開槍射擊。

「妳說什麼？」

菲列克直起身子，看著坐在他面前的嬌小女子。

他們根本不用自己扣下扳機。

下令狙擊手開槍的會是策略指揮官，開槍射擊的會是狙擊手。

他們根本不必自己做出這個決定。

他們只是給別人機會做出這個決定。

「可是……我的老天啊……」

菲列克的手依然按在地圖上，這時他突然把地圖拉了過去，用雙手揉成一團。

「……我們到底是在幹嘛？」

他霍地站起，神情僵硬，滿臉通紅。

「我們是在把伊維特．葛蘭斯變成一個殺人工具！」

「請你冷靜下來。」

「我們是在合法化一場殺人行動！」

他丟出紙團，紙團打上窗戶，砰的一聲掉落在國務祕書桌前。

「如果我們把策略指揮官要求的這個解決辦法給了他……如果他根據赫夫曼的背景資料而做出判斷……他會相信赫夫曼是個暴力、殘酷、有殺人能力的人，最後被迫下令射殺一個事實上從未犯下暴力案件的人。」

國務祕書傾身向前，撿起紙團，放在大腿上，看著處在爆發邊緣的菲列克，直視他的臉龐好一會。

「如果真是這樣，如果策略指揮官得到軍方狙擊手的支援，最後下令開槍射擊……那麼這個決定就拯救了人質的性命。」

她的聲音十分節制，音量大到可以被聽見，但不會大到讓聆聽的人屏住氣息。

「赫夫曼已經殺了一個人，而且是他自己威脅說他還要再殺人。」

§

艾索斯監獄的方形活動場上鋪滿粗糙乾燥的碎石和塵沙，這時活動場上沒有人，沒有聲音。過去幾小時以來，所有受刑人都被鎖在舍房裡，要等到人質綁架事件落幕，房門才會開放。伊維特走在活動場上，旁邊是約翰，前方是兩名特種警察部隊隊員，瑪莉雅娜跟在他們幾步之後。先前她在監獄柵門內等待伊維特，並向伊維特簡短報告說她已經去找過監獄醫師，監獄醫師說他根本沒聽說過有傳染病這回事，他在艾索斯監獄服務這段期間也從未對任何病人施行隔離照護。一行人走到B棟門外，伊維特停下腳步，等待瑪莉雅娜。

「媽的這一切都是謊言，全部都是謊言，這一切都互有關聯。我要妳繼續去調查這件事，找到典獄長，叫他給個答案。」

瑪莉雅娜點點頭，轉身離去，伊維特看著她頗為苗條的背部和肩膀走進淡淡沙塵之中。最近他們不常在一起說話，過去這一年來他們根本沒說什麼話——他從不真正跟人說話。他打算從北公墓回來之後，就去找瑪莉雅娜說話。他原本再也不想跟女警說什麼話，但這幾年來他越來越欣賞瑪莉雅娜。他依然不太確定有時瑪莉雅娜究竟是在笑他還是在氣他，但她工作表現出色，人又聰明，她看著他的眼神既嚴厲又不妥協，很少人敢用那種眼神看他。他會再去找她聊聊天，也許還會帶她離開辦公室一會，請她去博格斯街的咖啡館喝咖啡吃蛋糕。有這些想法的感覺很好，可以期待去做某件事，去和一個他們不曾有過的女兒喝杯咖啡。

伊維特打開通往單獨隔離單位和走道的門，數小時前，這裡的一切都亂成一團。原本躺在地上、鮮血從頭部流出的屍體這時已被移走，抬上了擔架送去解剖。那兩名被畢耶．赫夫曼以槍威脅並鎖在舍房裡的獄警，這時正在接見室裡由危機處理小組照顧，可能正在和監獄心理醫師和監獄牧師談話。

伊維特走進這裡的第一個念頭和敲門聲有關。

一樓每個單獨隔離舍房裡的受刑人都在敲打上鎖的房門，那是一種規律的重擊聲，可以打亂人的心跳節奏。他知道受刑人會出現這些行為，決定加以忽略，但那些敲門聲強行鑽進他的腦子裡，直到他跟著約翰爬上樓梯，經過武裝警察來到第一個樓梯平台時，才鬆了口氣。

爬上三樓之後，他們停下腳步，對八名特種部隊隊員靜靜地點了點頭。那八名隊員守在工場門外，隨時準備破門而入，投擲震撼彈，在十秒之內掌控局面。

「十秒太長了。」

伊維特低低地說，約翰傾身向前，以同樣細小的話聲回答。

「那就八秒，伊維特，我這個小組可以壓縮在八秒內搞定。」

「還是太長，赫夫曼舉起手槍連續朝兩個人頭部開槍，花的時間不會超過一秒半。以他那個人的精神狀態……我不能拿人質的性命來冒險。」

約翰朝天花板點點頭，每隔一段時間，屋頂上就會傳來隊員身體變換姿勢的細微聲響。

伊維特搖搖頭。

「那也不會成功，不論是從大門還是從屋頂，你說的那個秒數……人質都可以死好幾遍了。」

單獨隔離單位的敲擊聲不斷傳來，令伊維特難以繼續忍受，他的注意力無法同時容納樓下的瘋子和樓上的瘋子。他正要下樓梯，朝雷鳴一般的敲擊聲走去，約翰的手搭上他的肩膀，他轉過頭來。

「伊維特……」

「謝謝你。」

兩人靜靜站立，待命隊員呼出的鼻息就在他們身後。

「這樣的話，伊維特，除非赫夫曼突然自首，否則如果我們把他威脅說會再殺人的那句話視為是真的……那就只剩下一個辦法——那就是軍方狙擊手，再加上威力強大到足以射殺他的狙擊槍。」

§

懼怕的情緒縈繞著他，表現為抽動的動作和緊張的咳嗽。菲列克・約蘭松在玫瑰堡一間辦公室的窗戶和桌子之間無止盡地繞圓圈，繞了十分鐘，卻哪裡都沒走到。

「是**我們**把他是線民的情報送到監獄的犯人手裡。」

被揉成一團的地圖在垃圾箱裡，菲列克將它撿了出來，然後攤平。

「是**我們**逼他採取行動。」

「他有職責在身。」

目前為止，國家警政總長都讓國務祕書回答菲列克的問題，這時他看著菲列克。

「那不代表他可以威脅其他人的性命。」

「我們燒了他。」

「你以前也燒過其他線民。」

「以前我總是否認警方跟滲透者合作，每當被滲透的犯罪組織要找線民麻煩，我總是站在一旁觀看，不給予任何保護。可是這次……這次不一樣。這不是燒了他，這是謀殺。」

「你還是不明白，我們不是做出決定的人，我們只是提供解決辦法，讓負責的警官**自己**去做出決定。」

菲列克十分激動，身子不斷抽動，懼怕的情緒在背後一直追逐著他，讓他無法靜止下來。他快步從會議桌旁走過，朝關著的房門走去。

「我不要參與這件事。」

§

他不再覺得冷。散發柴油味的地板還是一樣硬、一樣冷，但他不再感覺到冷，也不再感覺到膝蓋的疼痛，他甚至不再去想他全身沒穿衣服，還被綁了起來，而且不時會被人踢上一腳，低聲說他就要死了。馬丁·約格森已經沒有力氣說話或思考，他只是跪倒在地上，動也不動。他也無法確定這時他眼前看到的景象是不是真的，他看見畢耶走到最大的那張工作台前，從褲子裡拉出一個塑膠封套，封套裡似乎裝著液體，接著畢耶將封套裁成二十四個同樣大小的塑膠包，從架子上拿下一捲膠帶，將塑膠包黏在那個姓名不詳的沃德爪牙身上各處，包括頭部、手臂、背部、腹部、胸部、大腿、小腿、雙腳。畢耶又從褲子裡抽出看起來像戊烷基引線的細小物體，長度有好幾公尺，纏繞在沃德爪牙身上。如果事實真是這樣，如果他看見的景象是真實的，那麼他無法再繼續面對那副景象。他慢慢將視線轉到別處，這樣他就不需要看見——已經沒有空間容許他不明白這是怎麼回事。

§

會議桌前被拉開的三張椅子上，已有一張空無人坐。這間辦公室的主人，也就是司法部國務祕書，正在用手來回撫摸皺巴巴的地圖，彷彿下意識地想撫平那些不該出現的褶痕。

「我們可以完成這件事嗎？」

坐在國務祕書對面的國家警政總長聽見了她的這個問題，心裡知道她不是在問他們是否有能力完成這件事，這一點無須質疑，有能力解決這件事的不是只有菲列克，他的離開並沒有讓事件圓滿解決的可能性也跟著消失。國務祕書其實是在問，**我們信任彼此嗎？**或者是，**我們信任彼此的程度，是否足以讓我們解決這件事，而且繼續堅定面對，尤其是後果？**

警政總長點點頭。

「可以，我們可以完成這件事。」

國務祕書走到桌子後方的書架前，從一排黑色檔案中取下一個檔案，翻了開來，找到她要找的SFS 2002:375號法規。

瑞典軍方支援民間活動條例。

她指著第七節。

「就是這裡，我們必須在這裡頭找出辦法。」

軍方根據本條例提供支援時，若情況可能需要對個人行使武力或暴力，即不得提供援助。

他們兩人都清楚知道這一節的意思，軍方武力不可能用來支援警務工作。將近八十年來，瑞典這個國家向來都可以想出辦法解決問題，無須容許軍方朝百姓開槍。

但這正是他們必須促成的事。

「你也這樣同意嗎？你是不是同意現場那個警司的意見？這件事唯一的解決辦法，就是派軍方狙擊手……從這裡開槍……讓子彈射到這裡，到這棟大樓？」

國務祕書將地圖撫平，好讓自己的手指可以指出那段距離。

「對，我贊同使用威力更強大的槍枝和子彈，採用訓練更精良的人員。我已經要求好幾年了。」

國務祕書疲憊地笑了笑，站起身來，在辦公室裡緩緩踱步。

「所以說，警方不能使用軍方雇用的狙擊手。」

她停下腳步。

「可是警方可以使用警方自己雇用的狙擊手，是不是這樣？」

國務祕書看著警政總長，警政總長遲疑地點了點頭，揚起雙手。國務祕書想到了些什麼，但他一點頭緒也沒有。

她走到電腦前，盯著螢幕一會，印出另一份文件。

「SFS 1999:740。」

她等他翻到那一頁。

「警方訓練條例，第九節。」

「怎麼樣？」

「我們可以從這裡開始，再繼續想辦法。」

她大聲讀了出來：

國家警政署在特殊情況下，可以免除此條例詳載之訓練。

警政總長聳聳肩。

「這一節我很熟，可是我不明白妳的用意。」

「我們可以雇用一個軍方狙擊手替警方服務，做為警方的狙擊手。」

國務祕書又露出微笑。

「你跟我一樣是律師不是嗎？」

「對。」

「你是國家警政總長，你掌握警方的公權力對不對？」

「對。」

「可是你沒有受過正式的警察訓練？」

「對。」

「所以我們可以從這裡做為起點，找出解決的方法。」

他還是不明白她想往哪個方向去找解決方法。

「我們可以找一位訓練精良、懂得使用適當裝備的狙擊手，然後在他的長官協助下，讓他從軍方解職，之後我們再跟這個剛從軍方退伍的狙擊手簽訂一份……比如說……六小時的臨時合約，請他替警方工作，階級可以是警司，或其他階級也可以，你自己決定要給他什麼階級和頭銜。」

他尚未露出微笑。

「所以呢，他會被警方雇用正好六小時，履行他的合約，等到六小時後，他可以申請軍方那個尚未來得及遞補的職缺，重新復職。」

現在他開始明白國務祕書的意思了。

「此外，警方在行動中或行動結束後，都不能公布狙擊手的姓名。」

這正是她的用意。

「這樣一來，沒有人會知道那一槍是誰開的。」

這是一棟空蕩、乾淨的大樓。這個樓層尚未有人踏進來過，裡頭的窗戶尚未有人看出去過。

大樓裡沒有燈光，沒有聲音，連尚未用過的門把都閃閃發光。萊納・奧斯卡森曾在腦海中想像新完工的K棟大樓落成典禮要如何舉行，這棟大樓有更多舍房，可以容納更多受刑人，正好用來彰顯他這位新上任典獄長的企圖心和魄力。如今這一切都不可能發生了。他踏上空蕩的走道，經過開著的舍房。他打算開啟強烈的燈光，啟動新的警報系統，不久之後，新油漆的氣味和剛裝上軟墊的松木家具的氣味，將和越來越多的恐懼和清潔不周的口腔氣味混在一起。新大樓的啟用不到幾分鐘就會完成，受到嚴重威脅而從B棟大樓倉促撤離的受刑人，將暫時入住這棟新大樓。現下特種警察部隊正在B棟大樓的每扇門窗做準備，槍枝上膛待命。目前為止，警方對B棟三樓發生的人質綁架事件還毫無頭緒，他們不知道綁架者的動機，也不知道綁架者的目的和要求。

又是糟透了的一天。

他已經對一名調查案件的警官說謊，將自己的下唇咬到出血。他已經逼迫一名受刑人返回生命受威脅的原單位，最後當那名受刑人綁架人質時，他只能將濕潤的黃色鬱金香花瓣撕成碎片，丟在濕了的地板上。他走進一間空舍房，疲憊地躺在未鋪床墊的鋪位上，這時他的手機響起，鈴聲在空舍房中迴盪。

「奧斯卡森？」

他立刻認出局長的聲音，躺在堅硬鋪位上的身體立刻緊繃。

「是？」

「他的要求呢？」

「我……」

「他的要求是什麼？」

「他沒說。」

「已經三小時又五十四分鐘了，連一個要求也沒有？」

「完全沒有訊息交流。」

他親眼看見填滿監視畫面的那張嘴，緊閉的雙唇慢慢形成死亡的字句，那句話他說不出口。

「如果他提出要求，當他提出要求的時候，萊納，不准讓他離開監獄。」

「我不明白。」

「如果他要求打開監獄大門讓他出去，無論如何你都不能答應。」

他感覺不到身體底下的堅硬鋪位。

「我有沒有聽錯？你要我……違背你自己訂下的政策？違背我們這些高階主管都簽名遵守的規定？——倘若人質遭遇生命危險，倘若我們認為綁架者打算將威脅付諸實現，在這種情況下，如果綁架者要求被釋放，那我們**應該**打開大門，拯救人質的性命。現在你要我違背這個規定？」

「我很清楚我自己制定的政策和規定，可是……萊納，如果你還喜歡你的工作，就照我的話去做。」

他無法移動。這件事他做不到。

「這是**你**要**我**做的？」

每個人都有自己的極限，到了一定的限度，就無法繼續下去。

這是他的極限。

「還是**別人**要**你**做的？」

§

「起來。」

畢耶．赫夫曼站在兩個赤裸人質之間，朝其中一人彎下腰，對著疲憊的年老雙眼說話，直到那人終於明白他說的話，慢慢站了起來。那個名叫馬丁．約格森的老獄警長伸直膝蓋和背部，臉上露出痛苦表情，開始朝畢耶指著的方向走去。馬丁經過三根堅實的水泥柱，走進工場大門附近的一道牆後頭，那裡是工場的另一個區域，看起來像是儲藏室，裡頭堆疊著尚未開啟的紙箱，箱子上貼著工具和機械零件供應商的標籤。畢耶要求馬丁坐下，但是見他動作不夠快，便不耐煩地將他推到地上。馬丁必須躺下，伸長雙腿，才能讓畢耶將他的雙腳綁起來。老獄警馬丁多次試著和畢耶交談，問他為什麼要這樣做？他想幹什麼？他什麼時候要殺人？畢耶都默然不答。馬丁望著畢耶靜默的背影消失在鑽孔機和工作台之間。

§

該死的敲擊聲。伊維特．葛蘭斯搖搖頭。敲擊聲似乎有個模式，那些瘋子敲打房門兩分鐘之後，會等待一分鐘，然後再繼續敲打兩分鐘。他走進安全辦公室，將門關妥，約翰也跟在後頭進去了。桌上並排的兩台螢幕顯示的是相同的畫面，畫面裡一片陰暗，是監視器被轉向工場牆壁所顯示出來的畫面。伊維特伸手去拿咖啡壺，壺底裝有一些冷掉的褐色濃重液體。他將咖啡壺裡剩下的咖啡全倒在一個用過的馬克杯裡，幾乎將整個咖啡壺都顛倒過來，好讓最後幾滴褐色液體慢慢滴下來。伊維特將馬克杯遞給約翰，約翰婉拒，讓他獨享那杯咖啡。他喝了幾口——品質不是太好，但是夠強。

「哈囉。」

伊維特正要將塑膠馬克杯裡的咖啡喝完時，面前的電話響了起來。

「葛蘭斯警司嗎？」

伊維特環顧四周，原來是那些該死的監視器，安全中心裡的人看見他走進辦公室，於是接通了電話。

「是。」

「你聽得出來我是誰嗎？」

伊維特認出電話裡的聲音，對方在克羅諾伯區警署裡有一間辦公室，位在他辦公室的樓上幾層樓。

「我知道你是誰。」

「你現在方便說話嗎？你那裡好像很吵。」

「請說。」

伊維特聽見國家警政總長清了清喉嚨。

「情況有沒有變化？」

「沒有，我們想要行動，我們也應該行動，但我們缺少適當的專業人員，而且時間越來越少。」

「你希望得到軍方狙擊手的協助。」

「對。」

「這就是我打這通電話的原因，你的要求現在就擺在我桌上。」

「等一等。」

伊維特朝約翰揮揮手，請他去檢查房門，看看是否關妥。

「哈囉？」

「我想我找到解決辦法了。」

警政總長頓了頓，等待伊維特回應，卻什麼也沒等到，只聽見走道持續傳來的砰砰聲響。

「我剛剛簽了一紙合約，雇用一名軍方的狙擊手兼教練，他原本在庫塞根地區的史維亞步兵團服役，最近剛退伍，可以來我們這裡擔任助理處長六小時，職務內容是支援艾索斯警區。他剛從庫塞根搭乘直升機離開，大概十分鐘，最多十五分鐘就會降落在艾索斯教堂。五小時又五十六分鐘後，他的合約終止，同一架直升機會載他回庫塞根，讓他申請尚未公布遞補的狙擊手兼教練職缺。」

§

當它出現在無雲天際，只是一個小點時，他就聽見了它的聲音。他跑到窗前，看著那個小點越來越大，聲音也越來越響，最後降落在監獄高牆和墓園之間的長草地上。那是一架藍白相間的直升機。畢耶．赫夫曼看著守在教堂高塔上的兩名人員，又望著朝直升機奔去的員警，耳中聆聽屋頂上人員移動的聲音，以及守在工場門外的人員聲音，然後點了點頭，但不是對特定某個人點頭。一切都各就各位。他檢查那個沃德爪牙的雙手和雙腳綁得是否夠緊，再快步走到分隔儲藏室和工場其他區域的那道牆內，設法讓那老獄警站起來，逼老獄警走在他前面，來到面向牆壁的一台監視器前方。他將監視器轉過來，對準他的嘴巴和老獄警，好讓他講話時鏡頭能清楚拍到。

§

他走路時微向前傾，身穿灰白相間的迷彩制服，年約四十多歲，自我介紹說他名叫史坦納。

「這我辦不到。」

他們走向教堂，爬上樓梯和鋁梯。伊維特向史坦納說明失控的人質綁架事件如何發生，以及從教堂鐘塔發射一發子彈可以讓整起事件落幕。

「辦不到？你是什麼意思？」

史坦納踏上狹窄露台，和一名原本躺在地上的特種警察部隊隊員交換位置。他在法律上替警方服務的時間還剩下五小時又三十八分鐘。

「我帶的這把槍不是一般的狙擊步槍，而是M107，它是更沉重、威力更強大的反器材步槍，專門用來射擊巴士和船隻，或是引爆地雷。」

史坦納跟露台上的特種警察部隊狙擊手打招呼，那兩名狙擊手將負責擔任觀察員。

「我得到的訊息只說是長距離目標，那也是我原本準備要射擊的目標，可是這個……我不能射擊軟目標。」

史坦納透過望遠鏡，在窗戶一角看見畢耶・赫夫曼，立刻明白這是怎麼一回事。

史坦納看著伊維特。

「抱歉，所以說他——那邊那個傢伙——是個軟目標？」

「對。」

「軟目標……到底是什麼意思？」

「意思是說，我使用的子彈是高能彈藥，不能用來射擊人類。」

伊維特咳了幾聲，聽起來卻像是短促煩躁的笑聲。

「那……那你來這裡幹嘛？」

「我被賦予的任務是射擊一千五百零三公尺外的目標。」

「**你被賦予的任務**是防止某人奪去另外兩人的性命，或是套用你的術語，防止一個軟目標奪去另外兩個軟目標的性命。」

史坦納拿起望遠鏡，仔細查看綁架者，只見他依然站在窗戶裡同樣的地方，暴露自己的位置，史坦納不明白他為什麼要這樣做。

「我只是遵守國際公約而已。」

「公約……**我的老天，史坦納**……公約是那些躲在辦公桌後面的人訂出來的！可是這個……這是現實世界。站在那裡的那個人，**那個軟目標**，是現在我們必須面對的現實，如果不制止他，另外兩個人會因此而死亡，而他們的親屬應該會很高興你遵守了……那叫什麼來著……**國際公約**。」

望遠鏡的放大功能十分強大，史坦納的雙手雖然在風中輕晃，仍能清楚看見綁架者的金色長髮，以及綁架者有時會低頭看著某樣東西。史坦納很確定對方是在看著人質，就躺在他附近的地上，那就是人質的所在地。

「如果我照你的話去做，如果我用這把槍和現有的子彈開槍射擊，他的四肢會被炸飛，什麼都不剩。」

史坦納放下望遠鏡，看著伊維特。

「到時候你會發現那個軟目標，那個人，只剩下四處散落的碎片。」

§

那張臉，那張嘴，再度出現在畫面中。

身穿皺巴巴藍色警衛制服的巴雷站了起來。跟上次一樣，同一個螢幕，同一台被轉向水泥牆壁的監視器。巴雷依然覺得熱，但他已經關上電扇，將電扇移到安全中心小房間的牆邊，讓出空間，好讓他連接和傳送總共十六個螢幕的畫面，並讓自己看清楚每個畫面。

那張嘴在說話，而且可以看見畫面中的另一個人是全身赤裸、雙手受縛的馬丁·約格森。綁架者抓著馬丁，突然後退一步：他要他們看見他拿著一把迷你左輪手槍指著馬丁的頭。綁架者又說了些話。

這次巴雷不需要倒帶。

他讀出了綁架者說的話。

他死定了。

最後幾個字更是只從唇形就能輕易讀出。

剩下二十分鐘。

§

史文．桑奎斯特手裡拿著手機，奔上教堂樓梯，剛剛他和安全中心人員的對話十分清楚：綁架者下了最後通牒，他們做決定的時間正一分一秒減少。他將鋁梯擺正，打開拉門，彎著腰步上露台。伊維特、狙擊手史坦納和觀察員都在露台上。史文對大家高聲說，沒時間再討論那些已經討論過的事了。

伊維特看著史文，眼神銳利，太陽穴靜脈突起。

「這是多久之前的事？」

「一分二十秒之前。」

伊維特知道這一刻終究會來，但沒料到這麼早就來了，他以為他還有更多的時間。他嘆了口氣；事情就是這樣，事情總是這樣，時間總是不夠。他抓著欄杆，越過監獄，望向小鎮。這兩個世界之間雖然只有咫尺之遙，卻是兩個不同且獨特的世界，各有各的規則和期望，而且互相衝突。

「史文。」

「是？」

「他是誰？」

「你說誰？」

「那個獄警長。」

強化玻璃另一頭那個叫畢耶・赫夫曼的男子，非常清楚這兩個世界的運作方式，他知道從現在開始，我們會因為那名老獄警而開始行動，而且他料得沒錯，我們只在乎那名白髮老獄警長。如果……如果人質只是個被判重刑的煙毒犯，呃，實在很難想像我們會這麼大費周章。

「史文？」

「等一等。」

史文翻找筆記本，裡頭用伯羅牌原子筆密密麻麻寫滿了字，這種原子筆現在很少人用了。

「馬丁・約格森，六十四歲，從二十四歲開始在艾索斯監獄工作，已婚，小孩都已成年，住在市區，大家都喜歡他也尊敬他，對人不具威脅性。」

伊維特心煩意亂地點了點頭。

「你還需要更多資料嗎？」

「現在不需要。」

若是少了那股憤怒、那具內在引擎、那股驅動力，伊維特什麼都不是。現在那股力量掌控了他，用力搖撼著他。不行，媽的絕對不行，那個全身被剝光、雙手被綁著、眼睛被迷你槍指著的老獄警長，已經和痛恨他的犯人在一起工作了四十年，賺取到的只是微薄薪資，這樣的人怎麼可以在退休前一年死在髒臭的工場地板上，這種事絕對不能讓它發生。

「史坦納。」

狙擊手史坦納趴在露台稍遠之處的欄杆前，手中拿著望遠鏡。

「現在你是警察，**現在你是警察**，你還要再當五個半小時的警察，在這裡我擔任的是策略指揮官，所以我是你的長官，這表示從現在起，你必須服從我的命令，而我呢，**你仔細聽好了**，我沒興趣跟你討論什麼軟目標和國際公約，你明白了嗎？」

兩人彼此對望。伊維特沒得到對方回答，也沒期待對方會回答。

那扇大窗。

一名全身赤裸的六十四歲老人。

伊維特記起另一個人、另一起綁架事件，那已經是將近二十年前的事了，但現在他依然感覺得到那股令他憤慨不已的怒意。當年少年觀護所的幾個危險年輕罪犯計畫逃亡，並決定綁架一個人質，他們攻擊一位在廚房幫忙的退休老婦，用廉價的螺絲起子抵住她的喉嚨。他們選擇綁架最老弱的工作人員。後來那老婦死了，不是在綁架過程中死的，而是由於受到綁架事件的影響而死，他們不知怎地偷走了那老婦的生命，而她不知道要如何將她的生命要回來。

眼前這起綁架案同樣卑劣，同樣經過事先計畫，歹徒選擇綁架的是最老弱的獄政人員。

「我要你讓他喪失行動能力。」

「什麼意思？」

「讓他受傷。」

「不行。」

「不行？我剛剛才跟你解釋過……」

「不行，因為我必須瞄準他的軀體，從這裡……目標太小了。如果我瞄準他的手臂，第一，我可能失手，第二，就算我真的射中手臂，他身體的其他部位也會被炸成碎片。」

史坦納將他那把槍遞給伊維特。

那把墨黑色的細長步槍比伊維特想像中來得重上許多，他估計起碼有十五公斤重，堅硬的槍緣重重壓在他的手掌上。

「這把反器材步槍……它的威力足以摧毀人的身體。」

「如果你射中他呢？」

「他會死。」

§

收話器好幾次差點掉出來，因此他用手指壓著，一如往常，每句話都很重要。

「**讓他受傷。**」

收話器發出吱喳聲，受到干擾。他將收話器換到另一隻耳朵。訊號不是很清楚。他仔細聆聽，他必須——**必須**——聽清楚他們說的每一句話。

「**如果你射中他呢？**」

「**他會死。**」

這樣就夠了。

畢耶．赫夫曼穿過工場，來到後方小辦公室的桌子前，拉開最上層的抽屜，從放有原子筆和迴紋針中間的收納格裡拿出刮鬍刀，那個收納格在他放進刮鬍刀前是空的，接著他從鉛筆盒裡拿出一把剪刀。他走進儲藏室。那個名叫馬丁．約格森的老獄警仍靠牆坐著。畢耶檢查綁在馬丁手腕和腳踝上的塑膠包裝帶，然後抓住窗簾，用力一扯，將窗簾給扯了下來。他又從地上撿起一小塊地毯，回到工場，朝那名沃德爪牙走去。

沃德爪牙的肌膚上依然黏著裝有硝化甘油的小塑膠包，戊烷基引線緊緊纏繞在他身上。畢耶將那一小塊地毯丟在那人身上，再用窗簾綁牢。他看見沃德爪牙用求饒的眼神看著他。

畢耶將工作台旁邊的一桶柴油推了過來，放在沃德爪牙腳邊。

接著他在小地毯底下摸尋，找到引爆器，將它黏在戊烷基引線的一端。

他回到窗前，抬頭看著教堂鐘塔和那把瞄準他的步槍。

他們站在玫瑰堡三樓的一扇高窗旁，將薄薄的玻璃窗完全打開，吸入涼爽的新鮮空氣。他們已做好準備。四十五分鐘前，他們通知位於艾索斯教堂的策略指揮官，跟他說再過不久，他要求的軍方狙擊手就會抵達，那名狙擊手已經在路上了。

無法解決的問題如今都解決了。

一切就緒，只待策略指揮官根據現有資料做出決定。

不久之後，這個決定將完全由伊維特．葛蘭斯一人做出，也將完全由他一人承擔所有責任。

就他記憶所及，他從未登上過教堂高塔，也許小時候參加校外教學，跟在雄心勃勃的班導師後頭，曾經做過這種事。很怪，這真的很怪，他受過這麼多年的訓練，從不曾在這麼明顯的地方射擊過，教堂高塔在很多地區都是當地的制高點。史坦納背靠著牆，看著那口沉重的鐵鐘。他獨自坐在鐘塔裡休息；狙擊手在射擊前通常都必須休息，沉入自己的世界，享有片刻的平靜，留下觀察員看守步槍。

一小時前他抵達教堂，再過五小時，他就要返回庫塞根，離開警方這個暫時職位，重新被軍方錄用。前來這裡的路上，他一直以為自己要射擊的是個無生命目標，結果大出意料之外。再過幾分鐘，他就要去做一件他從未做過的事，端起上膛步槍，瞄準並射擊一個人。

一個活生生的人。

一個會呼吸、會思考、會被某人想念的人。

「目標進入視線。」

他不害怕開槍，他對自己擊中目標的能力也沒有懷疑。

但他害怕的是後果，扣下扳機後內心產生的後果，那是你永遠無法準備好去面對的事，就好像死亡一定會對殺人者產生影響一樣。

「重複一次，目標進入視線。」

觀察員的口氣十分急迫。史坦納踏入微風之中，趴了下來，將步槍緊緊握在手中，等待著。窗戶裡有一條人影。他看了觀察員一眼，那觀察員也有相同的感覺、相同的觀察心得：他們兩人都不認為那個側身站在窗內的人，不知道他們在這麼遠的距離**可以**射得到他。

「準備射擊。」

那個身形笨重、態度強硬的警司就站在他正後方，警司有條僵硬的腿，顯然十分疼痛，但卻不輕易露出疼痛的表情。

「如果赫夫曼不收回他的威脅，我就要命令你開槍，再過十三分鐘，時間就到了，你準備好了嗎？」

「準備好了。」

「子彈呢？」

史坦納並未回頭，趴在地上，面對監獄，視線集中在瞄準鏡和B棟頂樓的一扇窗戶上。

「**根據正確情報**，一架直升機已經從庫塞根起飛，載著口徑比較小的子彈飛往這裡，但直升機無法在時間內趕到。用現有的這種子彈……要我穿透強化玻璃，射中目標……一定可以成功。可是我要再說一次……這發子彈不可能只是讓他受傷，一旦子彈發射了，就會致他於死地。」

門緊緊關著。

門是褐色的，也許以橡木製成，門鎖周圍有一些刮痕，每次鑰匙在僵硬的鎖芯裡旋轉兩圈，鑰匙串裡的其他鑰匙就會在周圍留下少許刮痕。

瑪莉雅娜．海曼森輕輕敲了敲門。

沒聽見腳步聲，也沒聽見說話聲。如果裡頭有人，那麼一定沒有動作，也沒說話。裡頭的人不想跟外界接觸。

先前瑪莉雅娜奉伊維特之命，前去尋找監獄醫師，她走向這座大監獄的另一頭，進入矮牆之內，距離工場、畢耶．赫夫曼和那個生死交關的綁架現場數百公尺遠。她在C棟醫務所的小窗裡，看見一名受刑人躺在床上咳嗽，同時聆聽身穿白袍的男子跟她說，編號0913的赫夫曼不曾躺在醫務所的床上，監獄裡也不曾有受刑人出現傳染病的症狀，因此他也不曾下達過隔離照護的指示。

伊維特發現了一則謊言，典獄長阻止他訊問一名受刑人，現在那人正拿著槍指著一名老獄警長的頭。

她又更用力地敲了敲門。

她按下門把。

門沒上鎖。

萊納．奧斯卡森坐在深色皮製扶手椅上，手肘擱在面前的大辦公桌上，一顆頭埋在雙手之中，呼吸濃重、深沉、不規律。瑪莉雅娜看見萊納的額頭和臉頰在刺眼的天花板燈光照射下閃閃發亮；發亮的可能是汗，也可能是淚。萊納沒注意到她走進辦公室，現在就站在距離他只有幾公尺的地方。

「我是市警局的瑪莉雅娜·海曼森。」

萊納跳了起來。

「我想請教幾個關於赫夫曼的問題。」

萊納只是看著她。

「他死定了。」

瑪莉雅娜選擇站在原地。

「他說他死定了。」

萊納眼神飄忽，瑪莉雅娜試著和萊納目光相觸，卻沒辦法，萊納的目光總是飄往別處。

「他死定了。他說他死定了！」

瑪莉雅娜不知道自己預料會遇上什麼狀況，但絕對不是眼前這種，萊納看起來已接近崩潰邊緣。

「他叫馬丁，妳知道嗎？他是我的好朋友。不對，不只這樣，他是我**最親近**的朋友。他是艾索斯監獄最資深的員工。四十年了，他在這裡工作四十年了！現在……現在他就要死了。」

瑪莉雅娜看著萊納不停打轉的目光。

「現在在教堂鐘塔上指揮這場行動的伊維特·葛蘭斯警司，昨天來過這裡，他來訊問一個名叫畢耶·赫夫曼的受刑人。」

方形的螢幕。

「如果馬丁死了……」

緩緩開合的嘴巴。

「如果他死了……」

他死定了。

「我不知道……」

「當時你說赫夫曼生病，必須在醫務所隔離照護，所以不能訊問。」

「……我能不能承受得了。」

萊納沒把她的話聽進去。

「我剛剛去C棟找奈坎德醫師談過，他說赫夫曼根本沒去過醫務所。」

那張嘴。

「你說謊。」

開合。

「你說謊，為什麼？」

那張嘴在螢幕裡慢慢開合，像是在述說死亡。

「奧斯卡森！聽我說！已經有人死在B棟的走道上，另外兩個人剩下九分鐘可活，我們需要做出決定，我們需要你的回答！」

「妳要不要來杯咖啡？」

「你為什麼要說謊？這到底是怎麼回事？」

「還是來杯茶？」

「赫夫曼是什麼人？」

「我有綠茶包、紅茶包、一般茶包，都是妳會喝的茶。」

典獄長臉上滴下豆大汗珠，落在晶亮的辦公桌面上。他站了起來，走到辦公室角落一台鑲金邊的玻璃推車旁，推車上疊著許多瓷杯和盤子。

「我們需要答案。為什麼？你為什麼要說謊？」

「茶包不能放在水裡太久，這很重要。」

儘管瑪莉雅娜拉高了嗓門，萊納依然不看她，也不轉頭。他拿起一個杯子，湊到保溫瓶口，倒出白氣蒸騰的熱水，再小心翼翼放入一個茶包，茶包上有張野玫瑰果的圖片。

「只能放在水裡兩分鐘，不能超過這個時間。」

她快要失去他了。

「要不要加牛奶？」

他們需要他。

「糖呢？是不是加兩顆？」

瑪莉雅娜將手伸進外套，握住槍柄，稍一傾斜，手槍就滑出了槍套。她在典獄長萊納面前伸長手臂，做好承受後座力的準備。子彈擊發，射中長方形櫃門中央。

子彈直接穿過櫃門，擊中牆壁。他們聽見子彈掉落地上的聲音，就掉在黑色和褐色的鞋子之間。

萊納停止動作，熱騰騰的茶依然端在手裡。

瑪莉雅娜用槍指著辦公桌後方牆上的時鐘。

「還剩八分鐘，你聽見了嗎？我要知道你為什麼說謊，我還要知道赫夫曼是什麼人，為什麼他要站在工場窗戶前，拿槍指著人質的頭。」

萊納看看手槍，看看櫃子，又看看瑪莉雅娜。

「我只是躺在……K棟沒用過的鋪位上，看著新漆好的白色天花板。因為……因為我不知道赫夫曼是什麼人。因為我不知道他為什麼要站在那裡，宣告說他要對我的好朋友開槍。」

萊納話聲顫抖，瑪莉雅娜不確定他是欲哭未哭，或者那只是伴隨著放棄而流露出來的脆弱。

「我只知道……這裡頭牽涉別的事……牽涉別的人。」

他吞了口口水，跟著又重複這動作。

「葛蘭斯來這裡的前一天，我奉命讓一個律師探望一個受刑人，那個受刑人跟赫夫曼是同單位的，叫史蒂芬．里加斯，他就是攻擊赫夫曼的人，也是今天早上……被射殺的那個人。妳可能知道，每當有人想把消息散布到監獄裡，通常就會把律師當成信差……這是很常見的手法。」

「奉命？是誰命令你的？」

萊納臉上掠過一抹微笑。

「我奉命阻止葛蘭斯或任何警官接近赫夫曼。我站在接見室，試著看著葛蘭斯的眼睛，跟他說他想見的赫夫曼躺在醫務所，可能會躺個三、四天。」

「是誰命令你的？」

萊納臉上掠過同樣虛弱的微笑。

「雖然受到威脅的受刑人絕對不能被送回原單位，我還是奉命要把赫夫曼送回他的原單位。」

瑪莉雅娜高聲吼叫。

「是誰命令你的？」

同樣那抹微笑。

「我剛剛又接到命令，如果赫夫曼要求我們打開監獄大門讓他和人質出去……**我絕對不能讓他出去**。」

「奧斯卡森，我必須知道是誰……」

「我希望馬丁能夠活下去。」

瑪莉雅娜看著那張無法再撐多久的臉，又看了看掛在牆上的時鐘。

剩下七分鐘。

她轉過身，奔出辦公室，萊納的聲音從走廊上追了出來。

「**海曼森！**」

她腳下並不停步。

萊納的聲音在冰冷的四壁間迴盪。

「**有人要赫夫曼的命。**」

他雙腿受縛，雙手遭綁，嘴給塞住，頭給蒙住。硝化甘油貼著他的肌膚，戊烷基引線綁在他的胸部、軀幹和雙腿上。

「**設定三十二**。」

畢耶・赫夫曼拖著那個笨重的沃德爪牙來到窗邊，打他一拳，逼他站好。

「TPR三。」

「**重複**。」

「**傳輪右三**。」

開槍射擊的那一刻就快到了。狙擊手和觀察員的對話將持續到子彈擊發為止。

他需要更多時間。

畢耶奔越工場，來到儲藏室，那裡坐著另一名人質，也就是面色發白的老獄警長。

「我要你大叫。」

「包裝帶切進了……」

「快點大叫！」

老獄警長十分疲憊，不住喘息，頭垂落一旁，彷彿沒有力氣抬起來。

「我不懂。」

「幹你媽的快點大叫！」

「什麼……？」

「媽的我才不管你懂不懂，快喊：剩五分鐘。」

老獄警長睜著恐懼的雙眼看著畢耶。

「快喊！」

「剩五分鐘。」

「大聲點！」

「剩五分鐘！」

「大聲點！」

「剩五分鐘！」

畢耶靜靜坐著，側耳細聽：門外傳來謹慎的移動聲響。

他們明白了。

他們明白人質還活著，因此不能破門而入，現在還不行。

畢耶走進辦公室，來到電話前。鈴聲響起，一聲、兩聲、三聲、四聲、五聲、六聲、七聲。他拿起空瓷杯朝牆上扔去，碎片散落桌上，接著筆筒也被扔上牆壁。她沒接電話，她不在那裡，她……

「目標離開視線一分三十秒。」

他的能見度不夠。

「重複。」

「目標離開視線一分三十秒，無法看見目標或人質。」

「兩分鐘後準備進入。」

畢耶跑出辦公室。屋頂上的隊員再度開始挪動，找到待命位置，準備進入。他停在窗口，將包著地毯的人質拉到他旁邊。人質必須離他很近才行。人質腳踝上的塑膠包裝帶嵌入肌膚，畢耶聽見人質畏縮的聲音。

「**目標再度進入視線。**」

他站立不動，等待著。好了，媽的快點中止行動。

「**中止，中止進入準備。**」

他輕嘆一聲，奔回辦公室的電話前，再撥一次那組號碼。鈴聲響起，這次他不敢再算。鈴聲一直響，媽的鈴聲一直響，媽的……

鈴聲停止了。

有人接起電話，但不發一語。

他聽見車聲，那是車輛行駛的聲音，接起電話的人正在開車，而且他似乎聽見遠遠傳來非常細微的聲音，那一定是兩個小男孩坐在後座的聲音。

「妳做了我們說好的事情沒？」

聲音聽不大清楚，但他很確定是她。

「做了。」

他掛上電話。

做了。

他想哈哈大笑，跳上跳下，但卻只是撥打另一組號碼。

「安全中心。」

「替我轉接策略指揮官。」

「策略指揮官？」

「快點！」

「你是誰啊？」

「我就是你們螢幕上的那個人，不過我猜工場的畫面應該只是漆黑一片吧。」

電話那頭傳來喀噠聲，然後是幾秒空白，接著傳出一個聲音，一個他聽過的聲音，那是負責決策的策略指揮官的聲音。電話被轉接到了教堂鐘塔上。

「再過三分鐘，他就死定了。」

「你有什麼要求？」

「再過三分鐘，他就死定了。」

「我再說一次……你有什麼要求？」

「他死定了。」

剩下三分鐘。

剩下兩分五十秒。

剩下兩分四十秒。

伊維特．葛蘭斯站在教堂鐘塔上，感覺完全孤獨。他就要決定一個人的生死，這是他必須扛起的責任，但他不再確定自己是否有足夠的勇氣去面對一切後果。

風止息了。他的額頭和臉頰感覺不到風的吹拂。

「史文。」

「是？」

「我要再聽一次，他是什麼人？有能力做出什麼事？」

「就是那些，沒有其他資料了。」

「讀就是！」

史文・桑奎斯特手裡拿著文件，時間只夠他讀出幾行。

「極端反社會人格疾患。無同理心。有大量犯罪紀錄，人格顯著特徵包括衝動、具侵略性、缺乏對自己和他人安全的尊重、缺乏良知。」

史文看著長官，但伊維特沒有回應，也沒看他。

「犯下瑟德港的警察槍擊事件，地點是市郊的公共空間，他開槍……」

「夠了。」

伊維特朝俯臥的狙擊手彎下腰。

「剩下兩分鐘，準備射擊。」

伊維特伸手指向鐘塔和突出於拉門口的鋁梯頂端。他們必須回到那個設有小聖壇的指揮站，干擾狙擊手的因素必須降到最低。他一邊下樓，一邊打開無線電，湊到嘴邊。

「**從現在起，我只和狙擊手聯絡，關上你們的手機，開槍之前只有狙擊手和我可以互相聯絡。**」

每踩一步，木樓梯就咯吱一聲。他們朝指揮站走去。伊維特要一直到行動結束才會離開指揮站。

§

瑪莉雅娜・海曼森敲打骯髒的窗戶，看著對準她的監視器。這是長地下通道的第四扇上鎖安全門。門一打開，她就朝安全中心和出口奔去。

§

馬丁．約格森不明白發生了什麼事，但他感覺事情即將接近尾聲。過去幾分鐘內，畢耶．赫夫曼來回跑了好幾趟，氣喘吁吁，大聲喊出關於時間和死亡的字句。馬丁試著移動雙腿和雙手，心裡十分害怕，只想離開，不想再坐在這裡。他想站起來，回家吃晚餐看電視，喝一杯口感溫醇的加拿大威士忌。

他哭了起來。

畢耶走進窄小的儲藏室，馬丁依然在哭。畢耶將馬丁推到牆上，壓低聲音說，不久之後這裡將會發生大爆炸，他必須待在這裡，他只要待在這裡就可以受到保護，這樣他就不會死。

§

史坦納雙肘撐地，俯臥在露台木地板上，雙腿有伸直的空間；他的姿勢十分舒適，可以專心注視瞄準器和窗戶。

時間就快到了。

承平時期的瑞典國土上，不曾有狙擊手開槍奪去人命的紀錄，甚至連企圖開槍射殺人類的紀錄都沒有。但那名綁架者威脅殺害人質，拒絕溝通，而且又再一次發出威脅，慢慢將情況逼到了這個決定生死的關頭。

一槍，一發子彈。

史坦納的射擊能力高超，即使面對這個距離，依然很有自信：一槍，一發子彈。

但他絕對不會去看這一槍造成的後果：一個人被炸成碎片。他記得有天早上的訓練課程，他們利用活豬當成練習活靶，結果豬的肢體四散紛飛——他無法目睹一個人變成那樣。

他往前稍微移動，突出露台一些，好讓自己能把那扇窗戶看得更清楚。

§

瑪莉雅娜．海曼森奔過開啟的監獄大門，跑進幾乎停滿車的停車場，第二次撥打伊維特的手機，結果又被切斷。她朝他們的車子奔去，同時撥打史文和約翰的手機，但是都打不通。她坐上車，發動引擎，駛過草地和植物，同時望著教堂鐘塔和路面。鐘塔上趴著一個人，正準備射擊。

§

伊維特．葛蘭斯取下耳機，讓狙擊手和觀察員的對話聲離開耳朵。對話聲之所以響起，是因為他下達了命令。現在這是他的責任，也是唯一的任務。

射殺綁架者。

「**目標？**」

「**一名男子，身穿藍色外衣。**」

「**距離？**」

「**一千五百零三公尺。**」

時間所剩無多。

§

瑪莉雅娜．海曼森駕車駛出監獄車道，慌忙中開上了對向車道，朝艾索斯小鎮的方向急速駛去。

「**風速？**」

「**每秒七公尺，右向。**」

她踩下油門，將無線電的音量調到最大。

「室外溫度?」

「十八度。」

開槍射擊前……伊維特……一定得知道萊納說的那些話才行。

§

我不曾對人開槍。

我不曾命令別人對人開槍。

我在警界服務了三十五年。再過一分鐘……不到一分鐘。

「呼叫葛蘭斯,完畢。」

這是史坦納的聲音。

「我是葛蘭斯,完畢。」

「那個人質……他身上包著……他身上好像包著床單還是什麼的。」

「怎麼樣?」

伊維特.葛蘭斯等待對方回應。

「我覺得……那件床單……葛蘭斯,那樣子看起來很怪……」

伊維特全身發抖。

決定權並不在他們這些高牆外的人手中,而是在高牆內的綁架者手中,綁架者逾越了界線,挑戰他們,逼迫他們。

「繼續執行任務!」

「……我想他正在準備……處決。」

你在那裡工作了一輩子。

你是監獄裡最資深的員工。你是最老弱的員工。你是被刻意選中的人質。

我絕對不能讓你死。

「**射擊。**」

§

畢耶．赫夫曼時時留意鐘塔的狀況和塔上的人員。他小心地側身站立，人質就在他身旁，柴油桶也在旁邊。他聆聽清晰無比的說話聲，那道命令聽起來相當清楚。

「**射擊。**」

一千五百零三公尺。

三秒。

耳中聽見喀噠聲。

他猶疑片刻。

他移動身體。

§

一槍。

致命。

眾人無不屏息。

「**中止，目標離開視線。**」

畢耶．赫夫曼原本站在原地，頭部微仰，側身站立，十分容易瞄準和射擊。但是突然之間，他移動了。

只要移動一步就已足夠。伊維特呼吸粗重，先前他完全沒發現自己的呼吸如此粗重。他將手貼上臉頰，只覺得熱燙無比。

「**目標再度進入視線，準備射擊，等待第二道命令。**」

畢耶回來了，他又站回了原位。

再來一次。

再做一次決定。

伊維特不想做出這個決定，他無法面對這個決定。

「**射擊。**」

§

剛才畢耶一聽見喀噠聲，知道槍枝已在待發狀態，立刻就移動位置。

這次他站在原地，站在窗戶中央。

他耳中聽見第一聲喀噠聲，依然站在原地。

然後。

第二聲喀噠聲傳來。

狙擊手的手指扣在扳機上。

一千五百零三公尺。三秒。

畢耶再次移動。

§

一個瞬間。

這個瞬間似乎拉得無限長。它是空無的、無聲的、漫長的。

伊維特．葛蘭斯非常了解這種瞬間。它會折磨你、吞噬你，絕不放過你。

「**中止，目標離開視線。**」

他又移動了。

伊維特吞了口口水。

畢耶．赫夫曼就要死了，但他好像知道似的，就在那一刻，他移動了。

「**目標再度進入視線，準備射擊，等待第三道命令。**」

他回來了。

伊維特抓起垂落在肩膀上的耳機，塞回耳中。

他轉頭望向史文，只見史文的臉面向別處。

「**重複一次，準備射擊，等待第三道命令，完畢。**」

這是他必須做出的決定，責任必須由他一人承擔。

他深深吸了口氣。

他的手指摸弄發話鈕，感覺發話鈕觸碰指尖，他用力按了下去。

「**射擊。**」

§

畢耶．赫夫曼第三次聽見射擊命令。

步槍發出喀噠聲，他站立不動。

手指扣下扳機，他依然站立不動。

這是一種奇特的感覺，知道一發子彈即將射來，自己的生命只剩下三秒。

§

爆炸遮蔽了所有聲音、所有光線和她的呼吸……她背後有個東西引爆了，聽起來像是炸彈爆炸。

她猛然踩下煞車，車子歪向一旁，朝路肩和水溝衝去。她握住方向盤，再度踩下煞車，穩住車身，停下車子，開門下車。她全身發抖，卻沒時間感到害怕。

瑪莉雅娜・海曼森距離艾索斯教堂只剩幾百公尺。

她掉轉車頭，朝監獄開去。

監獄大樓竄出熊熊烈火。

黑色濃煙從一個大洞裡不斷冒出來，那個大洞原本是監獄工場的窗戶所在。

第四部

星期六

五月底的這個夜晚黑漫漫地。四周的屋舍、樹木、草地似乎都失去了邊界，融為一體，等待黎明降臨，在曙光中再度現身。

伊維特．葛蘭斯獨自駕車行駛在斯德哥爾摩以北二十公里處的空蕩公路上，路程大約開了一半。雖然距離那一槍、那場爆炸和死亡，已超過十二個小時，他的身體依然緊繃，每個關節、每吋肌肉都因為腎上腺素激增的緣故而疼痛。他甚至沒有嘗試入睡，只在辦公室沙發上躺了一會，眼睛睜得大大地，聆聽警署裡靜悄悄的聲音。他無法停止內心的喧鬧，只能試著讓自己迷失在有關安妮和墓園的思緒裡，想像她安息的地方長什麼樣子。他還是沒去北公墓，但很快就會去了。十八個月前，若是碰上這樣的夜晚，他一定會去找安妮傾訴，有了她的幫助，他才能熬過這種夜晚；他會打電話去療養院，雖然這種行為是不被允許的，他還是照樣打去，跟工作人員糾纏不休，直到他們叫醒安妮，將話筒遞給她。他會把事情一股腦全都告訴她，感覺她存在於他的耳朵裡，讓他逐漸冷靜下來。安妮死後，他不再打電話去療養院，而是駕車開往賈德區和利丁哥橋，前去那間位在富庶島嶼上的療養院。他會坐在安妮窗戶旁的停車場裡，看著那扇窗戶，過一會才下車，在療養院周圍走動。

伊維特，你不能把悲傷變成常態。伊維特，你害怕的事已經發生了。伊維特，我不想在這裡再見到你。

如今他連療養院都不能去了。

他在沙發上躺了幾小時後，站了起來，踏出走廊，走到博格斯街的停車處，駕車開往索爾納市和北公墓。他想再和她說說話，但他只是站在墓園的一道柵門前，看著幢幢黑影。他繼續駕車北上，穿過迷濛昏黑的夜色，朝圍繞監獄的高牆和有著一座美麗鐘塔的教堂駛去。

「我是葛蘭斯。」

四周一片黑暗與寂靜。若不是刺鼻的焦臭味和柴油味，這一切很有可能只是一場夢，夢中那扇窗戶裡有一顆頭，還有形成死亡字句的一張嘴。再過一會，曙光乍現之時，只有鳥兒會高聲啼唱，逐漸甦醒的小鎮從未聽說過什麼綁架事件，或是有個人動也不動躺在地上。

「哪位？」

伊維特按下門邊的按鈕，向對講機說話。

「我是負責這場混亂的警司，可以讓我進去嗎？」

「現在是凌晨三點耶。」

「對。」

「這裡沒有人可以……」

「可以讓我進去嗎？」

他悄然走進大門和安全中心，越過枯寂的活動場。

他從未射殺過人。

那是他的決定。

他的責任。

伊維特走近那棟稱為B棟的大樓，在前門外頭站了一會，抬頭朝三樓望去。

刺鼻的焦臭味似乎更強烈了。

首先是一聲槍響，一發子彈穿透並擊碎一扇窗戶和一個人的頭顱，緊接著是強烈的爆炸聲轟然響起，猛烈的濃煙隨即竄出。濃煙似乎怎麼冒都冒不完，遮蔽了他們的視線。那是場難以解釋的爆炸。

他的決定。

他步上樓梯，經過一扇扇緊閉門扉，朝焦臭味的來源走去。

他的責任。

伊維特從未跟死亡建立過任何關係。他跟死亡一起工作，經常跟死亡面對面，但任何有關他自身的死亡思緒都跟他無關，那些思緒早在三十年前的那一刻就停止了。那一刻他駕駛警用廂型車，輾過一顆頭，後來那顆頭停止了運作；那是安妮的頭。他並不想死，那和想死無關，但他也不想活。在他和罪惡感及悲傷交手的過程中，他發展出一種封鎖的能力，將所有情緒都封鎖起來，日復一日封鎖下去，如今他完全不知道該從哪裡開始面對那些情緒才好。

他打開門，裡頭焦黑一片。

他望著燒毀的工場，把透明塑膠套套上鞋子，跨越藍白封鎖線。

吞噬一切的猛烈惡火終於慢慢熄滅。遭火摧毀的地方總是有種孤寂感。他踏過倒塌的架子殘骸，走在慘遭大火蹂躪的焦黑機具之間。

那些小旗就插在天花板和牆壁上，他就是為了那些小旗而來。

他見過白旗，白旗是刑事鑑識小組標示屍體用的，這裡插的白旗比維斯曼街那棟公寓多，但他不曾在犯罪現場見過紅旗。

兩具屍體，一共上百……甚至上千個屍體碎片。

他懷疑法醫病理學家盧維．埃弗斯可以找到足夠的碎片，拼湊成一具屍體來辨認身分。之前還活生生的人如今已不復存在，只剩下以小旗標示的細碎屍體。不知為何，他開始數算小旗，才算了幾平方公尺牆面，就已經算到三百七十四，算得都累了。他走到不復存在的窗戶前，風從牆上大洞輕輕吹入。他站在畢耶．赫夫曼曾經站立的位置，望著教堂和鐘塔在夜空中的輪廓。一名狙擊手曾經趴在那裡，聽從伊維特．葛蘭斯的命令，擊發一枚子彈。

§

艾索斯監獄在後照鏡中漸遠漸小。

伊維特．葛蘭斯在柴油燃燒和濃煙燻炙所產生的惡臭中待了幾小時，但那種感覺不斷折磨著他，無論他數了多少支標示屍體的紅旗和白旗，他還是不明白。那份不安持續激發腎上腺素和焦慮感，令他無法入睡。他不喜歡那種感覺，試著擺脫它，將它留在焦黑凌亂的地板上，和不再堪用的工具留在一起，但它依然緊緊跟隨著他，對他低低述說一些他聽不懂的話語。車子穿過北郊的衛星市鎮，朝斯德哥爾摩前進，這時手機在後座響了起來。他降低車速，倚身去拿外套。

「伊維特？」

「你醒著嗎？」

「你在哪裡？」

「你怎麼這麼早打給我，史文？這種時間通常不都是我打給你嗎？」

史文．桑奎斯特微微一笑，他和雅妮塔已經很久沒在午夜和黎明之間被臥室的電話鈴聲吵醒了。每當伊維特想到某件事而需要答案，就會立刻打電話找人問話，而這種狀況經常發生在夜晚，大家都在睡夢中的時候。昨晚史文無法入睡，只是躺在雅妮塔身邊，聆聽鬧鐘的滴答聲。幾小時後，他悄悄下床，步下樓梯，來到他們那棟聯建住宅的一樓廚房，坐在桌前玩填字謎遊戲。有時長夜漫漫，他都會這樣打發時間。但那份不安拒絕離開他家。史文的那份不安和當晚稍早伊維特提到的不安是相同的，那些縈繞的思緒無處可去。

「我正在開車進城，伊維特，現在開到古瑪斯廣場，正在往西前進，我要去庫塞根。剛剛史坦納打電話來。」

「史坦納？」

「那個狙擊手。」

伊維特踩下油門，加速前進。清晨的通勤車輛仍在車庫裡，路上通行順暢。

「那我們距離差不多，我剛經過賀加公園。是什麼事？」

「到了再告訴你。」

§

他們走進另一個制服世界的深鎖柵門。

伊維特．葛蘭斯和史文．桑奎斯特先後抵達庫塞根地區的史維亞步兵團，兩人到達時間只差幾分鐘。史坦納在步兵團衛兵室旁等候他們，看起來像是睡過一覺，但身上穿的仍是昨天的衣服，同一套灰白相間迷彩制服，只不過因為在床上睡了一晚而給壓皺了。史坦納站在緊閉柵門前，背後是營房，看起來就如同典型的美國海軍陸戰隊模特兒，留著平頭，肩寬膀闊，國字臉蛋，像是電影中總是站得太近又吼得太兇的士兵。

「跟昨天同一套衣服？」

「對，直升機放我下來以後……我就回房間躺下來了。」

「有沒有睡著？」

「熟得很。」

伊維特和史文對看一眼，沒想到那個扣扳機的傢伙居然可以呼呼大睡，而做出射擊決定的策略指揮官和他身邊的同事卻睡不著。

史坦納簽名讓他們進入營區，引領他們穿過空蕩無人的營區廣場，周圍的堅固營舍彷彿俯視著每一位訪客。史坦納走得很快，伊維特勉強跟上。他們穿過第一棟營舍的門，爬上樓梯，踏進長走廊，走廊地面鋪的是石材。營房裡的士官兵穿著內褲仍在睡覺，準備迎接制服生活的另一天。

「這裡是步兵團第一連，我們的弟兄以後都會成為高階軍官，在軍中服務最久。」

史坦納走進一個房間，停下腳步。房內擺設簡單的制式家具，四面白牆需要重新粉刷，水泥地上鋪著塑膠地磚。

房內四個角落各有一張工作台。

「我室友今天都不會回來，他們去北烏普蘭地方的提爾普附近進行為期兩天的訓練，所以我們在這裡不會受到打擾。」

史坦納關上門。

「我一起來就打電話給你們，因為我睡著之前心裡想的事又回來了，而且一直揮之不去。」

他傾身向前。

「我用望遠鏡觀察他很久，跟著他的行動和他的臉將近半小時。」

「然後呢？」

「他站在窗戶前面，完全暴露出自己，就好像他知道自己會被看見一樣。我聽見你提過這點。他似乎是想展示他可以左右人質、左右情勢，甚至左右你。你說他這樣做是因為他知道他在射程之外。」

「對。」

「那是**你**說的，那是**你**認為的。」

史坦納看著門板，像是要確定那一發子彈真的已經擊發了。

「可是**我**不這麼認為，當時不這麼認為，現在也不這麼認為。」

「我想你需要解釋一下。」

伊維特感到不安，就是這份不安讓他無法入睡，他去燒毀的工場查看時，心中浮現的感覺也跟這份不安有關。

有什麼地方不對勁。

「我透過望遠鏡看著他的時候。**目標進入視線，等候命令**。我不知道，那感覺就好像他知道一樣。**重複一次，等候命令**。就好像他知道自己在射程之內。」

「我不明白你的意思。」

「我中止過射擊。**中止，目標離開視線**。中止了兩次。」

「對，然後呢？」

「呃，那兩次……感覺上好像是他知道我要開槍了，因為他的移動是那麼地……精準。」

「他移動了很多次。」

史坦納站起身來，侷促不安，走到門邊看了看門，又走到窗邊，窗外便是廣場。

「是沒錯，可是那兩次……那兩次他都**正好**在我要把扳機扣到底之前移動。」

「那第三次呢？」

「他站著不動，然後……就好像……好像是他已經下定決心了一樣，他只是站在那裡等著。」

「然後呢？」

「一發子彈，命中目標。這是狙擊手的訓練格言。我只在確定可以命中目標的時候才會開槍。」

伊維特走到同一扇窗戶前。

「哪裡？」

「哪裡……？」

「你瞄準他哪裡？」

「頭部，我不應該瞄準頭部的，可是我沒有別的選擇。」

「什麼意思？」

「意思是說，以那個距離來說，我們通常會瞄準胸部，因為那是最大的瞄準面積，原本我應該要瞄準胸部才對，可是他一直側身站著，所以……為了瞄準最大的目標……我瞄準的是頭部。」

「那爆炸呢？」

「我不知道。」

「不知道？」

「我不知道。」

「可是你……」

「爆炸跟那一槍沒關係。」

窗戶下方約有二十名身穿制服的青年士兵，排成兩排，步行穿過碎石廣場。青年士兵試著同時抬腿擺手，另有一名較年長的士官跟在旁邊高聲喊叫。他們走得不甚整齊。

「還有一件事。」

「什麼事？」

「他是誰？」

「為什麼這樣問？」

「因為我殺了他。」

兩排青年士兵稍息站立。

身穿制服的年長士官示範如何將槍靠在肩上步行前進。

「是我殺了他，所以我想知道他的名字，我覺得我有這個權利。」

伊維特遲疑一會，看著史文，又看著史坦納。

「他叫畢耶·赫夫曼。」

史坦納並未露出任何表情，倘若他認得這個名字，那麼他隱藏得非常好。

「赫夫曼。你有他的個人資料嗎？」

「有。」

「我想去行政中心一趟，希望你們跟我一起來，有件事我想查一下。」

伊維特和史文跟在史坦納後頭，穿過營區廣場，來到一棟小於其他營舍的建築，那裡頭有步兵團司令官的房間、行政中心、一間稍好的軍官餐廳。來到三樓，史坦納在一扇開著的門上敲了敲，一名坐在電腦前、上了年紀的檔案管理員對他們和善地點了點頭。

「我需要他的身分證號碼。」

史文從外套內袋拿出筆記本，翻到他要找的那一頁。

「721018-0010。」

檔案管理員在電腦前輸入這十位數字，等了幾秒，搖了搖頭。

「一九七〇年代初期出生？那麼資料不在這裡。根據法律規定，個人資料只保留十年，早於十年的資料都存放在軍事資料庫裡。」

他微微一笑，看起來頗為得意。

「不過呢……在我們把個人資料送出去之前，我都會自己留一份複本，放在史維亞步兵團自己的資料庫裡。過去三十年來，每個在這裡服過役的年輕男子，都可以在隔壁找到個人資料。」

隔壁房間的四面牆壁都擠滿了架子，從地面一路延伸到天花板。老人蹲了下來，伸出手指在檔案夾背上滑過，拿出一個黑色檔案。

「一九七二年出生。好，如果他曾經在這裡服役……九一、九二、九三，說不定是九四。你說步兵團，狙擊訓練？」

「對。」

檔案管理員翻了幾頁，放回檔案，抽出旁邊的檔案。

「九一年沒有，再找找看九二年。」

檔案管理員翻到一半就停了下來，抬頭看著他們。

「赫夫曼？」

「畢耶・赫夫曼。」

「找到了。」

伊維特和史文同時踏步上前，想看清楚檔案管理員手中拿的資料。資料上寫著畢耶・赫夫曼的全名和身分證號碼，還有一長串結合數字和字母的編號，像是某種紀錄。

「那代表什麼？」

「那代表這個名叫畢耶・赫夫曼的人，身分證號碼符合你們剛剛給我的號碼，他在一九九三年在這裡服役期滿，接受十一個月的狙擊訓練課程。」

伊維特又看了一次那張個人資料。

是他沒錯。

十六小時前，他們親眼目睹他的死亡。

「槍枝及射擊特殊訓練，所有姿勢——臥姿、蹲姿、站姿、短距、長距……這樣你們應該了解重點了吧？」

史坦納打開檔案，拿出那張個人資料，放在幾乎跟房間一樣大的影印機上印了一張。

「我就是有種感覺，覺得他……他清楚知道我的位置，知道我在做什麼。如果他在這裡受過訓練……那麼他一定有足夠的知識，知道艾索斯教堂是唯一我們能夠射擊到他的地方，他知道我們**可以**殺了他。」

史坦納將手中的資料影本揑成一團，交給伊維特。

「那個地方是他精心挑選的，他會去那個工場、站在那扇窗戶前，完全不是巧合。他慫恿我們開槍。他知道如果必要的話，一個受過良好訓練的狙擊手可以射殺他。」

史坦納搖搖頭。

「他想死。」

§

丹德呂醫院加護中心的走廊牆壁是黃色的，地板是淺藍色的。護士對他們親切微笑，伊維特和史文也報以友善微笑。這是個安靜的早晨。他們因為工作關係，來過這裡很多次，通常是在晚上或週末，而且多半會碰上許多受傷患者正在燈光刺眼的走廊上等候病床。但今天走廊上空蕩蕩地，因為今天不是喝酒狂歡的日子，沒有足球賽舉行，外頭路上也沒有積雪。

他們離開庫塞根地區的維亞步兵團之後，直接驅車前來這裡，途中經過北灣區和艾慈堡區，穿過美麗宜人的小郊區和獨棟大宅。史文看見路上景致，便想打電話回家給雅妮塔和尤納斯。雅妮塔和尤納斯正在吃早餐，等一下要各自前往學校。史文想念他們。

醫師是個年輕男子，又瘦又高，幾乎稱得上是皮包骨，眼神冷淡。年輕醫師跟他們打招呼，帶他們走進一個拉上窗簾的昏暗房間。

「他有嚴重的腦震盪，請你們保持房間陰暗。」

病房內只有一張床。

床上躺著一名六十多歲男子，滿頭白髮，眼神疲倦，兩頰都有擦傷和瘀傷，額頭上有一道頗深的傷口，右手臂用吊帶吊著。

男子被發現時倒臥在牆邊。

「我叫尤漢．凡爾姆，昨天你進醫院的時候我們見過，這裡有兩位警察想請教你一些問題。」

消防人員在燒毀的工場裡搜尋了很久，才在一堆廢墟底下聽見細微的聲音，並發現一名赤身裸體、渾身瘀傷、鎖骨骨折的老獄警長躺在地下，但仍有呼吸。

「我給他們五分鐘，然後我就會請他們離開。」

白髮老獄警長撐起身體，臉上露出痛苦表情，在床邊一個碗裡嘔了一陣。

「他有嚴重腦震盪，**絕對不能**移動，你們的五分鐘已經開始了。」

伊維特轉頭望向那位年輕醫師。

「可以請你迴避一下嗎？」

「基於醫療上的理由，我必須留在這裡。」

伊維特站在窗邊，史文從水槽旁搬了一張凳子來到床邊，讓他的臉部高度跟受傷的老獄警長一樣。

「你認識葛蘭斯嗎？」

馬丁・約格森點點頭，他認識伊維特・葛蘭斯，兩人見過好幾次。馬丁選擇在艾索斯監獄工作一輩子，伊維特是那裡的常客。

「這不是訊問，約格森，等你身體好一點了，我們時間也比較多的時候，才會展開訊問，現在我們只需要知道幾件事。」

「你說什麼？」

「這不是……」

「你得大聲一點，我的耳膜在爆炸中受了傷。」

史文傾身向前，拉高嗓音。

「我們清楚知道你是怎麼被綁架的，你的同事詳細說明了單獨隔離單位裡發生的槍殺事件。」

年輕醫師拍了拍史文的肩膀。

「問他簡短的問題，現在他只能應付簡短的問題，不然你們只會浪費這五分鐘。」

史文想轉頭過去叫那個穿白袍的傢伙閉嘴，但沒有付諸行動，他從不怒罵別人，因為那樣做對事情沒有幫助。

「首先呢……你記得任何昨天發生的事情嗎？」

馬丁呼吸粗重，他身上劇烈疼痛，試著在遭受嚴重腦震盪的腦子裡找出適當的字句。

「昏迷以前的事我都記得，如果我沒記錯的話，是不是有一道牆倒在我身上？」
「那道牆因為爆炸而倒塌，可是我想知道……在那之前發生的事。」
「我不知道，我不在那裡。」
「你不在……那裡？」
「我在另一個房間，是赫夫曼把我放在那裡的，他把我的手綁在背後，把我帶到工場後面，靠近大門的地方。我們被剝光衣服以後，他就把我移到那裡。後來我們只說過一次話，就在爆炸發生之前，他說，**你不會死。**」
史文望向伊維特，他們都聽見了老獄警說的話。
「約格森……你認為赫夫曼移動你，是為了……保護你？」
馬丁不假思索，立刻回答。
「我很確定。雖然發生了那些事……可是我不再覺得生命受到威脅。」
史文又往前靠了一點，他說的話必須讓馬丁清楚聽見。
「我想請問關於爆炸的事，請你回想看看，你能想起任何可以解釋引起爆炸的原因嗎？有任何東西可以引起威力那麼強大的爆炸嗎？」
「沒有。」
「什麼都沒有嗎？」
「這我想過，當然了，工場裡有柴油，所以才會冒出那麼濃的黑煙，可是說到爆炸的話……我什麼都沒想到。」
馬丁的臉色從蒼白轉為灰白，髮際落下一顆顆汗珠。
年輕醫師走到床邊。
「他快受不了了，再問一個問題，我就得請你們離開。」

史文點點頭。最後一個問題。

「整起綁架事件從頭到尾赫夫曼都很沉默，跟我們沒有交流，一直到最後才跟我們說了一句話：他死定了。我們不明白原因。我想知道你有沒有看見他跟任何人有交流？或是他做過任何類似的行為？我們不明白他為什麼那麼沉默。」

面色灰白的老獄警馬丁躺在病床上，想了好一會才回答。史文覺得老獄警長應該已經昏頭了，年輕醫師也比了個手勢，表示他們應該就此打住，但馬丁揚起手臂，表示他想繼續，他想回答這個問題。

「他打過電話。」

馬丁看著史文和伊維特。

「他打過電話，他打過工場後面那間辦公室的電話，打了兩次。」

§

這天早上，伊維特．葛蘭斯二度駕車前往艾索斯和大監獄。

他們付錢買了杯苦澀的茶、夾肉丸的白麵包三明治和某種紫色的東西，史文說那是甜菜根沙拉。他們坐在醫院入口旁的一家餐館裡，靜靜進食，陪伴他們的只有馬丁的回答。根據受傷老獄警馬丁所述，畢耶將兩名人質分別放置在兩個地方，然後走進工場辦公室。他在玻璃隔間裡可以監控整間工場。他拿起話筒，坐在桌子上，兩次都只講了十五秒。第一次是在剛進工場時，他警告他們不要動，拿槍指著他們，倒退走進辦公室。第二次就在爆炸前。赤裸又被綁住的老獄警馬丁清楚看見畢耶在玻璃牆裡打了第二次電話，臉上出現非常緊張的神情，但只有短短幾秒，馬丁十分確定。那是短短幾秒的懷疑和恐懼，而且可能是整場戲劇化綁架事件中，畢耶唯一出現過懷疑和恐懼的時刻。

幾小時前還十分安靜的停車場，現在已經沒有空位，早晨陽光喚醒了這座瑞典高度戒護監獄。伊維特將車子停在牆邊的草地上，利用等候史文的期間，打電話給瑪莉雅娜。這已經是瑪莉雅娜第三天負責撰寫維斯曼街七十九號命案的報告了，今天下午報告必須遞交給檢察官，之後檢察官就會決定是否要降低命案的層級。

「我要妳先把報告放在一邊。」

「奧格斯坦今天會過來，他下午要這份報告。」

「海曼森？」

「是？」

「等妳寫完報告以後再交給奧格斯坦就好了，**先把它放在一邊**。我要妳去做一份清單，列出昨天早上八點四十五分到九點四十五分之間，以及下午一點三十分到兩點三十分之間，所有從艾索斯監獄撥出的電話，然後我要妳一一檢查那些電話，我要知道哪些電話可以忽略，哪些電話可能是從工場辦公室打出去的。」

他等待瑪莉雅娜提出抗議。

但沒等到。

「赫夫曼？」

「赫夫曼。」

監獄活動場上滿是受刑人。這時是晨間休息時間，春日陽光掛在天際，受刑人一群群坐在活動場上，抬頭看著天空，臉頰逐漸紅潤。伊維特不想受到他以前調查和訊問過的受刑人揶揄，選擇走地下通道，穿過水泥走廊，不過這卻令他想起另一件調查案。伊維特和史文走在通道裡，不發一語，兩人都想起同一件案子。五年前，他們也曾並肩走在這條通道上，當時一名父親殺死了殺害他女兒的凶手，被判重刑。那件案子經常回來打擾他們，讓腦中浮現一些他們花了很長一段時間才忘記的畫面。有些案子就是會跟隨著你。

他們走出通道，迎面而來的是寂靜，即使是B棟樓梯間也悄無聲息。敲擊聲停止了。他們經過B1樓梯間和B2的一般單位，裡頭全都空無一人。B棟受刑人已全數撤離到K棟。只要B棟尚未從爆炸中復原，現場依然拉起封鎖線，而且仍被視為調查中的犯罪現場，受刑人就得留在K棟。

四名刑事鑑識員正在仔細查看焦黑工場的各個區域，檢視曾是白色如今卻焦黑一片的牆壁。柴油的氣味瀰漫各個角落，那股濃重又刺鼻的氣味提醒現場眾人，昨天這裡吸入的每一口氣都是有毒氣體。尼爾斯．克蘭茲離開破碎屍體，朝他們走來，神情專注而堅定。伊維特和史文都不曾見過尼爾斯大笑，他是那種操作顯微鏡比拿著雞尾酒杯來得更悠然自得的人。

「跟我來。」

尼爾斯走到工場面對活動場的那一側，在一道牆壁前蹲了下來，那道牆上有個大小有如葡萄柚的洞。他轉過身，朝工場另一頭指去。

「所以說，一發子彈射穿那邊的窗戶，那扇窗戶從教堂鐘塔上看得到，赫夫曼也選擇站在那扇窗戶前面，從頭到尾都暴露出自己。我們現在講的這發子彈是高能彈藥，初始速度每秒八百三十公尺，這表示子彈從擊發到射中目標要花三秒的時間。」

尼爾斯從未目睹犯罪事件發生，他不曾處在一個地方，親眼看見那個地方變成犯罪現場，但他的工作卻是回到犯罪事件發生的那一刻，並讓別人也能回到那一刻。

「子彈挾帶莫大的威力，穿透窗戶和頭骨，這時子彈已經變平，速度也減緩下來，來到這裡之後，遇上一道牆壁，你們看那個洞。」

一根長金屬棒插在洞裡，尼爾斯握住那根金屬棒，金屬棒顯示出子彈的彈道角度——子彈是從比這裡更高的地點發射的。

「子彈裝填在彈匣裡的時候，將近十公分長，可是真正擊發的部分，如果不算包覆層的話，只有三公分，說不定有三公分半。這部分的子彈擊中並穿過牆壁，繼續往活動場飛去。一發子彈穿過玻璃、人類頭骨和厚水泥牆之後，會變成扁平狀，看起來像是一枚十八世紀古幣。」

伊維特和史文看著牆上那個洞。他們都聽見馬丁提到那枚子彈射來時，發出猶如鞭擊一般的咻咻聲響，威力之大難以想像。

「子彈就停在活動場上的某個地方，我們還沒找到，可是很快就會找到。我已經請幾個艾索斯警區的員警，跪在活動場上用雙手去碎石裡翻找了。」

尼爾斯走到畢耶曾經站立的那扇窗戶前，只見牆上、地上、天花板上插滿了紅旗與白旗，伊維特覺得小旗的數量比他今天凌晨來時還要多。

「我得想出一套系統來區分才行，所以用紅旗代表血跡，白旗代表屍體。我從來沒碰過屍體被炸得這麼碎的案子。」

史文仔細觀看那些小旗，試著看清楚小旗象徵的東西，接著又靠近了些。他的這個動作一反常態，因為平常他都會避開那些明確象徵死亡的物體。

「我們現在在講的是一場爆炸和屍體碎片，但有個地方我搞不懂。」

史文又靠得更近了，他並不害怕，也沒有不舒服的感覺，眼前那些東西並不象徵死亡，他無法用死亡的角度來看待它們。

「這些是人體組織，數以千計的人體組織。這類高能彈藥可以撕裂肢體，使得大塊的肢體分離，但是不會爆炸。」

一旦人體被分解得如此細小，就不再被視為是人，因此史文才能夠靠得那麼近，距離只有幾公分而已。

「所以我們找的是別的東西，會爆炸的東西，會把人體炸成碎片而不是解離成大塊肢體的東西。」

「比如說？」

「炸藥，我想不出別的東西了。」

伊維特看著紅旗、白旗、玻璃碎片、覆蓋一切的黑灰。

「炸藥。哪種炸藥？」

尼爾斯揮動手臂，做個惱怒的手勢。

「黃色炸藥、硝化甘油、C4、高爆炸藥、奧克托今、戴納麥克辛（Dynamex），或是別種炸藥。**我也**

不知道，葛蘭斯。我們還在查。可是我知道一件事……這玩意非常接近人體，甚至可能直接接觸皮膚。」

尼爾斯朝小旗點點頭。

「呃……你已經知道了。」

紅旗代表血跡，白旗代表屍體碎片。

「我們還知道，這種炸藥會產生高溫。」

「了解……」

「高到可以點燃桶子裡的柴油。」

「聞得出來。」

刑事鑑識專家尼爾斯輕輕踢了踢大洞旁的柴油桶，那個大洞昨天原本是一扇窗戶。

「柴油混合了汽油，所以才會產生這麼難聞的味道，每座監獄裡都可看見一桶桶的這類柴油，它是機具和起重機的燃料，也用來清洗工具。可是這一桶……它非常靠近赫夫曼，而且是被移來這裡的。」

尼爾斯搖搖頭。

「炸藥。有毒濃煙。伊維特，這桶柴油會在這裡不是意外。畢耶．赫夫曼想要非常確定。」

「非常確定？」

「非常確定他跟人質一定會死。」

§

伊維特熄了引擎，開門下車。他揮了揮手，要史文先駕車離去，自己則踏上青草地。從艾索斯監獄步行到艾索斯教堂的距離為一千五百零三公尺。開闊的青草地洗淨了他缺乏睡眠的身體和柴油的臭味，卻洗不去那緊緊揪住他的感覺。他不喜歡那種感覺，但知道那感覺會一直跟著他，直到他明白自己看不清楚的究竟是什麼。

他應該穿別雙鞋子才對。

青草地遠遠看上去十分柔軟，其實底下有很多泥濘和濕泥，他踩到好幾次泥濘，重重跌在地上。待他終於走到墓園側門，停下腳步，褲子已被青草染成綠色，被泥土染成褐色。

他轉過身，只見晨霧已逐漸蒸發，灰色高牆在陽光照耀下顯得格外清楚。二十四小時前，他就站在這裡，當時他還沒決定要奪去一個人的生命。

墓園裡有幾位訪客在墓碑間走動，手裡拿著鮮花，可能是關心死者的配偶、孩子或朋友。伊維特避開訪客的目光，只是看著他們的手在綠矮樹和花圈之間挖掘，像是在測試他自己似的。他雖然身處一座跟自己無關的墓園，心情依然有點異樣。

樹木和隨意插放的棒子間拉起了一條塑膠封鎖線。他壓下封鎖線，跨了過去，僵硬的那隻腿高高抬起。沉重的教堂門前已有四個人正在等他，包括史文、兩名艾索斯警區的制服員警和一個手拿狗項圈的年長男子。

年長男子伸出了手，和伊維特握了握。

「我叫古斯托夫．林白克，是這個教區的神父。」

年長男子將他的名字古斯托夫（Gustaf）中的f發得非常清晰。伊維特覺得自己的嘴巴抽動了一下，心想也許我也應該把伊維特（Ewert）的w音發得很標準才行。

「我叫葛蘭斯，市警局警司。」

「這是你負責的嗎？」

古斯托夫神父拉了拉那條封鎖線。

「這次的調查工作是我率領的，如果你想問的是這個。」

伊維特也拉了拉那條封鎖線。

「這對你們來說會造成困擾嗎？」

「我已經取消了一場洗禮儀式和一場婚禮，一小時後還有一場喪禮，我只是想知道能不能舉行。」

伊維特看看教堂，看看史文，又看看跪在墓碑前在小花圃上澆水的訪客。

「這樣好了。」

他輕輕拉動封鎖線，直到那些暫時插放的棒子倒落地上。

「我需要再查看一次一樓的部分地區，大概要花半小時，在此同時，只有你可以在教堂裡做準備。我們查看結束之後，就會撤下封鎖線，參加喪禮的人就可以進來。但是為了進行調查工作，我必須再封鎖教堂鐘塔一天。這個做法你覺得合理嗎？」

神父點點頭。

「很謝謝你，不過……還有一件事，大概一小時後我們得敲響喪鐘，我們可以上去敲鐘嗎？」

伊維特抬頭看著鐘塔和掛在上頭的那口沉重鐵鐘。

「可以，那口鐘沒被封鎖。」

眾人朝開著的教堂大門走去。**教堂大鐘**。墓園注視著他。**喪鐘**。一年半過去了，他連她的墓碑都還沒挑選。

神父進門後繼續往前走，走進涼爽安靜的教堂，伊維特和史文進門後隨即右轉。小房間內的椅子仍疊在牆邊，地圖攤放在小聖壇上，小聖壇旁是門廳裡唯一的一扇窗戶。

「史文。」「是？」「**我要再聽一次，他是什麼人？有能力做出什麼事？**」

伊維特拿起監獄平面圖。

「**極端反社會人格疾患。無同理心。**」

他緩緩折起平面圖。

「**人格顯著特徵包括衝動、具侵略性、缺乏對自己和他人安全的尊重、缺乏良知。**」

他將平面圖放進外套內袋，那張圖已經用不到了。

「伊維特，幫我個忙。」

史文撿起並清空六個塑膠杯，杯上印有紅黃相間的「殼牌石油」標誌。昨天那幾小時中，他們做出攸關生死的決策，而做決策的能量來自附近加油站的劣質咖啡。史文抬起一張椅子，明白表示他正在等待，直到伊維特也抬起一張椅子。他們離開小房間。不久之後，死者家屬將聚在這個小房間裡。他們打開通往鐘塔的門，朝中殿瞥了一眼，神父正推著一車的聖經走在兩排長椅之間。他看見他們，揚起了手。

「你們要上去了？」

「對。」

「喪鐘……再過二十分鐘就要敲了。」

「那時候我們已經結束了。」

他們爬上樓梯和鋁梯，不知怎地，樓梯感覺比昨天來得更多更高。通往鐘塔露台的木門開著，微風在墓碑和草地之間玩耍，也將木門吹得咯吱輕響。伊維特正要將門關上，卻注意到門框上有破裂痕跡。門把附近最近才裂開，十分明顯。他記起警方狙擊手曾提到那扇木門是被強行撬開的。他用原子筆撥弄破裂之處，只見木材尚未變黑，應該是最近才被撬開的。

晨霧逐漸散去，天空很快就會和昨天一樣澄澈蔚藍。艾索斯監獄就在下方等著他們，猶如一塊塊巨大的、沉默的灰色水泥塊，一道道牆壁和一棟棟大樓將夢想和歡笑阻隔在外。

伊維特踏上脆弱的木製露台。

「史文，繼續讀。」

二十四小時前，一名狙擊手躺在這裡。

「沒有其他資料了。」

一把步槍瞄準一個人的頭。

「讀就是！」

「犯下瑟德港的警察槍擊事件，地點是市郊的公共空間，他開槍……」

「夠了。」

他做出了決定。

他下令奪去一個人的性命。

§

風變大了，吹拂在他臉上，讓他覺得十分舒服，讓他覺得有那麼一會，煩憂全都消失，只有太陽照暖他的蒼白臉頰，鳥兒在他頭上飛舞，不知在追逐些什麼。他握著低矮的欄杆，感到一陣暈眩，一個不小心就可能向前摔出欄杆。他看著自己的腳，看見露台外緣的木地板突出欄杆數公分，那裡有幾個圓形的深色污漬。他用手指觸碰那些污漬，聞了一聞，原來是槍油，一定是昨天從槍管裡滲出來的，如今它將永遠讓露台地板染上顏色。

伊維特・葛蘭斯跪下身來，在昨天狙擊手俯臥的位置趴了下來，手肘抵在木地板上，想像手中握著一把步槍，瞄準那扇不復存在的窗戶。如今那裡是個大洞，大洞周圍到B棟屋頂的地方全都被濃煙燻黑。

「這是他趴著的地方，他在這裡等待我的命令。」

伊維特抬頭看著史文。

「他等待我下達射殺命令。」

他朝史文不耐煩地揮揮手。

「你也趴下來，我要你趴下來試試看是什麼感覺。」

「我不喜歡高的地方，你知道的。」

「史文，趴下來，有欄杆保護你就夠了。」

史文小心翼翼踏上露台，往稍遠處走去，避免躺在伊維特的笨重身體旁邊。他討厭高處，覺得萬一掉下去就什麼都完了，這種感覺一年比一年強烈。他扭動身軀，慢慢朝露台外緣爬去，一接近欄杆就立刻抓住。

這裡真的很高。伊維特呼吸濃重。風呼呼吹著。

史文緊握冰冷欄杆，突然感覺有什麼東西脫落，他手中握到了某樣東西。他拉了拉，更多部分脫落。那是個黑色方形物體，大約三到四公分長，一端伸出一條電線。

「伊維特。」

史文伸出了手。

「這個東西黏在欄杆上。」

他們都知道那是什麼。

那是太陽能電池。

電池漆成黑色，跟欄杆的顏色一樣，顯然將電池安置在那裡的人不希望它被發現。

史文小心拉動同樣也是黑色的電線，電線鬆開，他又拉得更用力些，拉出了一塊圓型金屬，比電池體積稍小，直徑不到一公分。

那是一具電子發話器。

我透過望遠鏡看著他的時候，我不知道，那感覺就好像他知道一樣。

「發話器、電線、太陽能電池。伊維特……史坦納說得沒錯。」

就好像他知道自己在射程之內。

史文捏著電線，將發話器晃來晃去，暫時忘了害怕這裡距離地面有多高。

「你跟狙擊手說的每句話，赫夫曼都聽見了。」

伊維特・葛蘭斯緩緩關上辦公室的門。他手中拿著兩杯咖啡，以及從走廊販賣機買來的起士火腿捲。

他依然感覺得到爆炸的威力和濃煙的氣味，也記得他目睹那副情景時，想像在裡頭停止呼吸的人是什麼模樣。

他別無選擇。

所有資料都顯示，畢耶・赫夫曼是個有能力置人於死的罪犯。伊維特翻閱監獄暨監管局的資料，包括心理測驗和判決，並查看畢耶在電腦螢幕上的犯罪紀錄。五年徒刑、謀殺未遂、攻擊警察、犯罪情報資料庫裡的監視報告。畢耶・赫夫曼是個**已知的危險武裝罪犯**。

他別無選擇。

就在他打算關上電腦，到走廊上再去買一條起士火腿捲時，他注意到位於螢幕底端的第一條犯罪紀錄。

上次修改日期。

伊維特算了算，十八天前。

十年前的判決是在十八天前修改的。

他待在辦公室裡，用手猛搥牆壁、窗戶、門板。那種感覺又浮現了，有什麼地方不對勁，有什麼地方兜不攏。

他撥打他背得滾瓜爛熟的號碼，那是資料支援室的號碼。曾有無數個夜晚，他不斷咒罵那些看起來似乎自有其生命的按鍵和符號。

電話那頭傳來年輕男性的聲音。資料支援組的人都很年輕，而且都是男性。

「我是葛蘭斯，我需要你們幫忙。」

「警司嗎？請稍等一下。」

伊維特曾多次在整棟警署的各個單位裡走動，看看工作人員在電話上說的話究竟代表什麼意思，這就是為什麼他一聽見金屬鏗鏘聲，就知道那個年輕男組員將空了的可樂罐丟棄在電腦旁的一堆空罐頭裡。

「我想知道是誰修改了某人的犯罪紀錄，你查得出來嗎？」

「當然可以，可是犯罪紀錄是國家法院行政部負責的，我必須知會他們的支援小組。」

「如果我請你現在就查呢？」

年輕男組員又打開一罐汽水。

「給我五分鐘。」

五分四十五秒後，伊維特對著話筒微笑。

「你查到什麼？」

「沒什麼異常，是在國家法院行政部的電腦上修改的。」

「是誰修改的？」

「是個有權限的人修改的，名叫烏莉卡・丹尼森，你要她的電話嗎？」

伊維特又在辦公室裡沉重踱步，喝下黏在杯底的冷咖啡。

下一通電話他從頭到尾都站著講話。

「我是烏莉卡・丹尼森。」

「我是斯德哥爾摩市警局的葛蘭斯。」

「有什麼需要幫忙嗎？」

「我在調查一件案子，關於721018-0010，他有一個將近十年前的判決。」

「是？」

「根據紀錄，那個判決最近才修改過，正好是十八天前。」

「原來如此。」

「是妳修改的。」

他聽見烏莉卡沉默下來。

「我要知道原因。」

他確定烏莉卡非常緊張，因為她沉默許久，呼吸沉重。

「這件事我恐怕無可奉告。」

「無可奉告？」

「保密條款。」

「媽的什麼保密條款？」

「我恐怕無法多做說明。」

伊維特並未拉高嗓音，反而壓低聲音，有時這樣效果比較好。

「我要知道妳**為什麼**修改，妳修改了**什麼**。」

「我說過我無可奉告。」

「烏莉卡……我可以這樣叫妳嗎？」

他沒等對方回應。

「烏莉卡，我是個警司，正在調查一件命案，而妳是在國家法院行政部服務的人員，妳愛怎麼拿保密條款來當擋箭牌隨便妳，但是對我可沒用。」

「我……」

「好了，妳老實回答我，不然過幾天我一定會回來找妳，烏莉卡，法院命令過幾天就會下來。」

電話那頭傳來深沉的呼吸聲，她無法再隱瞞下去了。

「威爾森。」

「威爾森？」

「你的同事，你自己去問他。」

那不再只是個感覺而已。

的確有地方不對勁。

伊維特·葛蘭斯在褐色燈芯絨沙發上躺下。半小時過去了，他努力嘗試，閉上眼睛，試著放鬆，卻比剛躺下時更沒睡意。

我不明白。

工場裡的那名受刑人不斷阻撓他的睡意出現。

為什麼你想死？

一張側臉。

如果你真的聽見我們說的話——史坦納非常確定你聽見了——如果桌上那具我們在教堂鐘塔上發現的發話器功能良好，那為什麼你要躲避死亡兩次，第三次才選擇面對？

一個從頭到尾都暴露自己的人。

你是不是做了決定卻又不敢面對？

後來你又哪來的勇氣，決定站在那裡等待死亡來臨？

為什麼你要確定你死後會被炸成無數碎片？

「你在睡覺嗎？」

門上傳來敲門聲，瑪莉雅娜從門外探進頭來。

「不算是。」

伊維特坐了起來，跟往常一樣，很高興看見她。瑪莉雅娜在他身旁的沙發上坐下，一份檔案放在大腿上。

「維斯曼街七十九號命案的報告我寫好了，我想奧格斯坦一定還是會決定降低它的層級，因為我們好像一點進展也沒有。」

伊維特嘆了口氣。

「這種感覺……很奇怪，如果我們結束這起調查案……這就是我經手的第三起懸案了。」

「第三起？」

「第一起是在八〇年代初，城堡島附近的漁夫收網時，發現許多小屍塊。第二起是在幾年前的冬天，一名女子從隧道被拖到醫院的服務通道上，臉上都是老鼠咬出的大洞。」

伊維特輕拍那份檔案。

「是不是我退化了，海曼森？還是現實世界變得更複雜了？」

瑪莉雅娜看著長官，嘴角含笑。

「伊維特？」

「什麼事？」

「你在這裡服務多久了？」

「妳知道的。」

「多久？」

「從……從妳出生那年開始，三十五年了。」

「你調查過多少起命案？」

「妳問的是精確數字對不對？」

「對。」

「兩百一十三起。」

「兩百一十三起。」

「包括這一起。」

她又微微一笑。

「三十五年，一共兩百一十三起命案，其中三起沒被你偵破。」

他沒接話，這句話不是問句。

「等於是每十二年有一起命案沒偵破，伊維特，我不知道你是用什麼標準來衡量的，可是以我的眼光來看，我會說這個成績相當不錯。」

他瞥了瑪莉雅娜一眼，經常閃過他腦際的念頭再度冒了出來：要是他有個兒子或女兒就好了。像瑪莉雅娜這樣的兒子或女兒。

「還有什麼事嗎？」

瑪莉雅娜打開檔案，從後方拿出一個塑膠夾。

「有兩件事。」

她從難用的塑膠夾裡抽出兩張紙。

「妳要我調出昨天早上八點四十五分到九點四十五分之間，和下午一點三十分到兩點三十分之間，從艾索斯監獄撥出的電話紀錄。」

一張紙上整整齊齊列出兩行字，左邊那行是數字，右邊那行是名字和姓氏。

「雖然獄方對撥出電話有所管制，仍有三十二通電話撥出。」

瑪莉雅娜伸出手指，在那行數字上滑動。

「我清查了三十通電話，其中有十一通是獄政人員打給擔心的家人報平安，或說他們會晚點回家。八通電話是打給我們警方，有的是打給艾索斯警區，有的是打給市警局。三通電話打給北雪平市的監獄暨監管局。四通電話是打給受刑人的家屬，安排新的探監時間。還有……」

她看著警司伊維特。

「……四通是打給大報社的熱線電話。」

伊維特搖搖頭。

「跟平常差不多，這些熱線電話應該是我們的警察同仁打的吧？」

瑪莉雅娜笑了幾聲。

「根據法務總長的說法，問題可以構成調查線索，而這條線索，伊維特，可以追究出帶有刑責的犯罪事實。」

「換句話說，就是我們的警察同仁打的。」

瑪莉雅娜繼續往下說。

「這些電話我都過濾掉了，所以有三十通電話找得到正當理由。」

她的手指滑到最下面的兩行號碼。

「這樣就剩下兩通電話，一通在早上九點二十三分，一通在下午兩點十二分，從艾索斯監獄打到一支綁約的手機，那隻手機登記在韋斯貝亞區的愛立信公司名下。」

下一個塑膠夾裡夾著筆記本撕下的一頁紙，上頭有手寫字跡。

「我追查這個號碼，愛立信的人資部門告訴我說，這支手機是他們的一位員工所有，這名員工叫做蘇菲雅・赫夫曼。」

伊維特叫了出來。

「赫夫曼。」

「她的先生是畢耶・赫夫曼。」

瑪莉雅娜將那張紙翻了過來，背面是更多手寫字跡。

「根據我拿到的個人資料，蘇菲雅・赫夫曼登記的住家地址位於伊安克區史塔克羅路。她的雇主、也就是愛立信公司表示，她昨天午餐時間過後就失蹤了。」

「就在綁架事件上演的時候。」

「對。」

「就在那兩通電話之間。」

「對。」

伊維特從軟沙發上站了起來，伸展疼痛的背部，瑪莉雅娜又拿出另一張紙。

「根據稅務機關的資料，蘇菲雅和畢耶・赫夫曼育有兩個兒子，過去三年來，這兩個兒子平日都會送去伊安多蘭區的幼稚園，下午五點不是母親就是父親會去接他們回家。但是昨天，就在她丈夫被我們射殺身亡幾小時前，也就是她離開公司二十分鐘後，她去幼稚園接走了兩個兒子，時間比平常早，也沒有事前通知園方人員。兩名幼稚園老師說蘇菲雅看起來很緊張，沒看她們，也沒回答她們的問題。」

瑪莉雅娜看著年老的伊維特彎下腰去，雙手觸地，再直起身體，往後仰。他運用笨重身體做出的這套動作，顯然是半世紀前在嚴格的健身房裡學來的。

「我派了一輛警車去他們家，他們家是一棟五〇年代的獨棟住宅，就在往南幾分鐘車程的地方。員警發現大門深鎖，只能從兩扇關著的窗戶往裡頭查看。他們按了門鈴，也查過信箱，信箱裡沒有今天的報紙，也沒有昨天的信。什麼都沒有，伊維特，沒有跡象顯示那家人昨天早上以後回過家。」

伊維特又做了兩次彎腰和後仰的動作。

「發出逮捕令。」

「蘇菲雅・赫夫曼的逮捕令已經在三十分鐘前發出了。」

伊維特微一點頭，代表的可能是讚賞。

「他打電話給她、警告她、保護她，讓她不會因為他的死而受到傷害。」

§

瑪莉雅娜・海曼森踏出走廊，關上門，才跨出腳步，又停了下來，轉身打開門。

「還有一件事。」

伊維特依然站在辦公室中央。

「什麼事？」

「我可以進來嗎？」

「妳從來都沒問過這句話。」

有種不祥的預感。

這一整個早上，瑪莉雅娜都想把那件事告訴伊維特，結果一直到她出了辦公室，都還沒說出她來找他的真正原因。

「我發現了一件事，這件事可能是重要關鍵，你應該昨天就要知道才對，可是我來不及告訴你。」

她不習慣失控和不確定自己做的到底對不對。

「我急著要去告訴你，我跑過監獄走道，盡量開快車衝去教堂。」

她不喜歡這種感覺，任何時候都不喜歡，更不喜歡在伊維特面前有這種感覺。

「我打電話給你，可是你的手機關機，我知道每分每秒都很重要，我在無線電上面聽見你和狙擊手的對話，我也聽見你下的命令，還有子彈發射的聲音。」

「海曼森？」

「是？」

「講重點。」

她看著伊維特，感覺非常緊張，她已經很久沒在這間辦公室裡有這種感覺了。

「你要我去找奧斯卡森問話，我去了。赫夫曼周圍之所以會發生那些狀況，伊維特，是因為有人對奧斯卡森下達指令，要求他照命令去做。」

她已經學會讀懂伊維特的表情。

她知道當伊維特的臉頰逐漸脹紅，太陽穴靜脈陣陣跳動，代表的是什麼意思。

「你要去訊問赫夫曼的前一個晚上，奧斯卡森奉命讓一名律師探望一個跟赫夫曼住在同一單位的受刑人，然後奧斯卡森還奉命阻止你訊問或見到赫夫曼。雖然受到威脅的受刑人絕對不能被送回原單位，奧斯卡森還是奉命要把赫夫曼送回原單位，還有，如果赫夫曼要求打開監獄大門的話，奧斯卡森必須違反監獄規定，絕對不能把門打開。」

「海曼森，這是怎麼……」

「伊維特，你先聽我說完。我發現了這些事，可是卻來不及告訴你。後來……爆炸發生之後，我覺得提起這些事好像已經沒什麼意義了。」

伊維特將手放在瑪莉雅娜肩膀上，他從不曾這樣做過。

「海曼森，現在我非常火大，但不是針對妳，妳做得都很對，可是我想知道到底是誰。」

「是誰？」

「是誰下的命令？」

「我不知道。」

「不知道！」

「奧斯卡森不肯說。」

伊維特幾乎是奔越辦公室，來到辦公桌後方的書架前。那些東西都已經不在了，只有一個布滿塵線的黑洞。這些年來，那些音樂替他帶來寬慰和力量。每當憤怒潑灑開來，燃燒成了狂怒，正是他最需要那些音樂的時候。怒火從他的腹部開始延燒到全身，而且會一直在他身上燃燒，直到他找出是誰把他當成一個好利用的白痴，是誰利用他下達射擊命令。

「有了這些資訊，我絕對不會命令狙擊手開槍。」

伊維特看著年輕的瑪莉雅娜。

「當時如果我知道這些事……赫夫曼就不會死了。」

§

褐色塑膠杯很快就會盛滿苦澀的強烈黑咖啡。一如往常，咖啡販賣機咯咯作響，越到最後響得越大聲，像是拒絕噴出最後幾滴咖啡。總警司菲列克·約蘭松在走廊上喝了幾口咖啡，看見瑪莉雅娜走出伊維特的辦公室，手上抱著一個檔案夾。菲列克知道他們為什麼碰面，他們正在做份內工作，提出艾索斯監獄那場致命射擊行動的報告。

我沒參與。

他緊捏塑膠杯，溫熱的液體流下他的手背。

我跳了船。

菲列克將苦澀的咖啡喝完，和經過的史文打聲招呼，史文同樣抱著許多檔案夾，正要去瑪莉雅娜剛離開的辦公室找伊維特。

§

史文注意到伊維特臉頰脹紅，太陽穴靜脈不斷鼓動。

整棟警署裡，史文算是最了解伊維特的人，他必須面對長官的怒氣並學會如何應對，因此當他發現伊維特正在高聲怒罵，狂踢垃圾桶，他就像沒看見也沒聽見似的，因為那都不關他的事，只有伊維特能逐走他自己的心魔。

「你看起來不太高興。」

「等一下你自己去問海曼森，她會跟你說，現在我沒辦法提這件事。」

史文看著站在辦公室中央的伊維特，他們今天早上才碰過面，當時伊維特還沒這麼生氣。

一定發生了什麼事。

「你跟威爾森很熟嗎？」

「你是說艾瑞克嗎？」

「媽的這條走廊上還有其他姓威爾森的嗎？」

這是另一種怒意，直接了當，實實在在。伊維特對任何事情都可能發脾氣，那是一種難搞且急躁的怒意，時常發生，沒有消逝的一天。但眼前這股怒意十分熾烈，它要求存在的空間，因此史文試著不去輕忽它。

待會一定得去問瑪莉雅娜到底是什麼事。

「我跟他不太熟，雖然我們在這裡的年資差不多，可是沒什麼交集。不過……他看起來是個不錯的人，你為什麼這樣問？」

「這也晚點再說。」

史文不再多問，他知道自己還得不到答案。

「我拿到赫夫曼保全公司的第一份報告了，你有興趣嗎？」

「你知道我有興趣。」

史文將兩張紙放在伊維特桌上。

「我想請你看一下，請過來這裡。」

伊維特站到史文身旁。

「赫夫曼保全公司是一家內股公司，有年報和一般組織章程。如果你要的話，我可以仔細查看那些數字。」

史文指著第二張紙。

「不過這個，我想請你現在就看一下。」

紙上畫著相互堆疊的四個方塊。

「這是股權結構，伊維特，這裡頭很有意思，董事會由三個人組成，分別是畢耶·赫夫曼、蘇菲雅·赫夫曼和一個波蘭公民史丹洛夫·羅斯涅茲。」

波蘭公民。

「我查了一下這個羅斯涅茲，他住在華沙，國際犯罪情報資料庫裡都沒有他的資料，不過呢，有意思的地方來了，羅斯涅茲是一家波蘭公司的員工，這家公司叫做沃德國際保全公司。」

沃德保全。

伊維特看著史文拿來的那張股權結構方塊，眼前卻浮現丹麥機場和那個名叫雅各·安德森的警司。

十八天前。

他們坐在卡索普區的機場警局會議室裡，吃著油膩膩的丹麥派酥，伊維特聆聽雅各敘述那個丹麥線民計畫前往斯德哥爾摩一間公寓購買安非他命，那間公寓裡有兩名波蘭人和一名瑞典聯絡人。

瑞典聯絡人。

「可惡……等一等，史文！」

伊維特拉開辦公桌抽屜，拿出一台CD隨身聽和耳機，隨身聽裡放著那張尼爾斯燒給他的CD，還有那三句他倒背如流的話。

有人死了，維斯曼街七十九號，四樓。

他拿下耳機，掛在史文頭上。

「你聽。」

五月八日十二點三十七分五十秒的那通緊急報案電話錄音，史文分析過的次數跟伊維特不相上下。

「你再聽這個。」

另一句話儲存在電腦的聲音檔案裡，二十四小時前，他們在墓園裡等待時都聽過那句話。

「**再過三分鐘，他就死定了。**」

前一段錄音的「死」這個字是低聲細語，後一段錄音的「死」是用喊的，但伊維特和史文仔細聆聽並比較發音之後，發現答案非常明顯。

這兩句話是同一個人說的。

「是他。」

「當然是他，史文！在那間公寓裡的人就是赫夫曼！打電話報案的人也是赫夫曼！」

伊維特匆匆走出辦公室。

沃德保全是波蘭黑手黨。

赫夫曼保全公司和沃德保全有關聯。

伊維特的車停在博格斯街，雖然電梯沒人，他還是快步走下樓梯。

為什麼你要報警？

為什麼你要在單獨隔離單位槍殺一名組織成員，然後又炸死另一名組織成員？

伊維特駕車轉出博格斯街，開上韓維卡街，朝市區駛去。他要去探訪那個人，他得對那個人的死負責。

§

伊維特．葛蘭斯在瓦薩街四十二號門外的巴士專用道上停下了車。

幾分鐘後，尼爾斯就來敲他的車窗。

「有什麼特別要找的嗎？」

「還不知道，只是有個感覺，大概會花一小時吧，我得想一下。」

「這先放你那裡，要用我再跟你拿。」

尼爾斯將一串鑰匙交給伊維特，伊維特將鑰匙放進外套內袋。

「對了，伊維特……」

刑事鑑識專家尼爾斯在前方人行道上停下腳步。

「我找到了兩種炸藥，戊烷基和硝化甘油，真正引發爆炸的是戊烷基，爆炸的震波震碎玻璃，高溫引燃柴油。硝化甘油直接接觸一個人的皮膚，不過我還不知道是誰的。」

伊維特踏上斯德哥爾摩市中心那棟上世紀初建造的樓房樓梯，二十世紀初期是斯德哥爾摩市景變化最快速的年代。

他在二樓一扇門前停下腳步。

赫夫曼保全公司。老把戲，拿保全公司當做東歐黑手黨的門面。

他用尼爾斯給他的鑰匙打開大門。

門內是一戶美麗公寓，有光亮的拼花地板、挑高的天花板、白色的牆面。

他往窗外看去，看見國王大橋和瓦薩戲院，一對老夫婦走在路上，正要去看晚上的演出。他經常想去看戲，但從沒去過。

你因為持有毒品而入獄，但你不是安非他命毒販。

伊維特走進走廊，進入一間原本應該是畫室的房間，如今那個房間是辦公室，壁爐旁有兩個槍櫃。

你和沃德保全有關聯，但你不是黑手黨成員。

他在辦公桌前的椅子上坐下，心想畢耶一定坐過這裡。

你另有身分。

他站了起來，在公寓裡到處走動，看著空了的槍櫃，撫摸關上的鬧鐘，拂拭髒了的窗戶。

你是什麼人？

§

伊維特．葛蘭斯走出赫夫曼保全公司大門，爬上閣樓，前去查看屬於這戶公寓的儲藏室。他一打開儲藏室，強烈的潮濕氣味就撲面而來。他在儲藏室裡走動，暖風機的聲音在頭上呼呼作響。儲藏室幾乎是空的，只有一堆舊輪胎，上頭擺著鐵鎚和鑿子。

時間晚了，也許他應該離開瓦薩街，駕車回到他在史菲亞路的住家，但怒火和焦躁不斷地將疲憊推在一旁，看來他今晚也不用睡覺了。

重案組的荒涼走廊等待著他。他的同事寧願一起去享受初夏的夜晚，前往國王島的露天餐廳喝杯紅酒，再散步回家，也不願意待在沉悶的辦公室裡加無薪班，處理二十四件同時進行的調查案。伊維特並不覺得被遺棄，也不想跟同事一起出去，很久以前他就決定不參加社交活動。只要是出於自己的選擇，永遠都不會變成醜陋的孤寂。也許今天晚上要寫的是監獄射擊行動的報告，明天晚上要寫的是另一起槍擊案的報告，總是會有案件發生，對被槍擊的人造成創傷，但是對調查案件的人來說，它創造出一種歸屬感。伊維特打算去按兩杯黑咖啡，快走到咖啡販賣機時，在信架前停下了腳步，他那格信架裡有一堆未拆郵件，都是些該死的參考清單和無靈魂的垃圾郵件，不過最上面放著一個大型氣泡信封袋。他抽出那個大信封，放在手裡掂了掂，感覺倒不特別重。他翻到另一面，沒看見寄件人姓名。他的姓名和地址倒是寫得很清楚，那是男性的筆跡，他很確定，字跡方正、不太規則、幾乎可說是稜角分明，可能是用簽字筆寫的。

伊維特將大信封放在桌上，喝完第一杯咖啡。有時你就是會有種感覺，一種無法解釋的直覺。他打開抽屜，拿出一雙尚未用過的橡膠手套戴上，用食指打開大信封的一端。他小心地往裡頭看。沒有信，沒有文字或紙。他數了五樣東西，將它們一樣一樣拿出來，排在面前，就放在調查中的案件檔案之間。

他又喝下半杯咖啡。

五樣東西從左邊開始是三本護照，紅底金字寫著：**歐盟，瑞典，護照**。都是由斯德哥爾摩警局正式核發的護照。

照片是在一般快照亭裡拍的。

黑白照片大約幾公分大小，有點模糊，反光的瞳孔裡有小小的映影。

三本護照裡都是同一張臉，卻有三個名字，三組身分證號碼。

那是一張亡者的臉。

畢耶．赫夫曼的臉。

伊維特靠上椅背，望向窗外，迷濛的街燈守護著克羅諾伯拘留所中庭裡空蕩、筆直的柏油小徑。

如果這是你。

他拿起信封，翻了個面。

如果這是你寄來的。

他將信封拿近了些，用指尖輕輕撫過正面。信封上沒貼郵票，只有右上角蓋了一個類似郵戳的印記。他仔細看了很久，印記上有半數字母都模糊了，很難分辨。**法蘭克福**。這個字他多少可以確定。還有六個數字：**234212**。然後是某種標誌，也許是一隻鳥，也許是一架飛機。

其餘是墨水遇水暈開的痕跡。

伊維特在抽屜裡翻找，從塑膠夾中找出一本電話簿。侯斯特．包爾，聯邦刑事警察局，威斯巴登市。他喜歡這位德國警司，幾年前他們共同調查過一起案件，有關一車遭棄的羅馬尼亞孩童。侯斯特正在家裡吃晚餐，十分友善，也很樂意幫忙。伊維特在電話前等候，侯斯特的晚餐逐漸變涼。侯斯特撥了三通電話，確認那個寄到斯德哥爾摩市警局信架上的大信封，很可能是一家快遞公司送達的，那家快遞公司在法蘭克福機場設有據點。

伊維特向侯斯特道謝，掛上電話。

法蘭克福機場，全世界幾個大型機場之一。

如果是你，如果這是你寄來的，那麼這是你指示某人在你死後替你寄來的。

排在桌上的還有兩樣東西，第一樣不超過一公分大，他用戴了橡膠手套而顯得笨拙的手指將它拿起來。

那是一具收話器，一具電子儀器，宛如銀色的耳機，用來聆聽同樣大小的發話器所傳送的對話。

老天爺。

這時距離史文手上拿著同款發話器還不到十二小時，那具發話器連結著黑色電線和太陽能電池，機身全都漆成了黑色。

教堂鐘塔的脆弱欄杆。

距離已炸碎的工場窗戶一千五百零三公尺。

伊維特直起身子，面向辦公桌後方的書架，架上有個塑膠袋，袋裡的東西尚未記錄在任何沒收清單中，也還沒送到鑑識組。他拿出塑膠袋裡的發話器，撥打一個少數他熟記的號碼，將話筒放在桌上，讓報時台的聲音靠近發話器，然後走出辦公室，關上房門，將銀色收話器拿到耳邊，隨即聽見每十秒鐘響一次的報時音。

聲音成功地傳了過來。

他剛剛從大信封裡拿出來的收話器，和他們在鐘塔欄杆上發現的發話器頻率相同。

剩下最後一樣東西，一張光碟。

伊維特將閃亮的光碟平放在手上，光碟的兩面都沒寫字，無法得知內容是什麼。

他將光碟插入電腦上的狹小開口。

「政府辦公室，五月十日星期二。」

同一個人的聲音。

幾小時前，他才和史文一起聆聽那個人的聲音。

那個聲音打過報案電話，也發出過死亡威脅。

那是畢耶・赫夫曼的聲音。

伊維特吞下塑膠杯裡的最後幾口咖啡。再來一杯？

待會吧。他閱讀聲音檔顯示的數字，全長七十八分三十四秒。

聽完再去拿。

咖啡販賣機做出的第三杯咖啡放在桌上。

伊維特・葛蘭斯去買了第三杯咖啡，卻派不上用場，他的心臟在胸口劇烈跳動，令他暈眩，但卻不是咖啡因造成的。

一場**合法的警察行動**變成了**合法的謀殺行動**。

他又聽了一次。

首先出現的是刮擦聲，有人在走路，每走一步，衣服就會摩擦麥克風。十一分四十七秒後——他查看了聲音檔上的計時器——開始出現一些朦朧的說話聲。麥克風的位置頗低，約莫在大腿，顯然畢耶不時移動麥克風，好讓它對準聲音來源。畢耶有時慢慢將腿伸往說話者的方向，有時突然站起來，站到說話者後方。

「**這份報告——我讀過了。我以為……我以為報告裡的那個人……是個女人？**」

那是伊維特唯一沒聽過的聲音。

那是個女人的聲音，大約四、五十歲，話聲輕柔，言辭尖銳。伊維特只要再聽見這個女人說話，馬上就能認得出來。

「**我是寶拉。在這裡我叫這個名字。**」

這個聲音最清楚。

這是戴著麥克風的人所發出的聲音。

這是畢耶·赫夫曼的聲音，可是他稱呼自己是寶拉，那一定是代號。

「**我們必須讓他變得更危險……他必須犯過幾條嚴重的罪行，必須被判過重刑。**」

第三個聲音。

話聲甚高，和長相頗不相襯。那聲音來自伊維特同一條走廊上的同事，就在他隔壁幾間辦公室。調查案剛開始的前幾天，那位同事正好經過他門口，進來詢問案子調查得如何，還給了他一些想法，指向錯誤的方向。

伊維特的手掌重重拍上桌面。

艾瑞克·威爾森。

他又重重拍了一次桌面，這次用的是雙手，同時對著面前的辦公室冰冷牆壁高聲咒罵。

耳中傳來另外兩個聲音。

那兩個聲音他非常熟悉，都是官僚體系指揮鏈中的人物，也是罪犯和政府辦公室之間的橋樑。

「**寶拉也沒時間應付維斯曼街的命案。**」

尖銳的鼻音，說話有點太大聲。

那是國家警政總長的聲音。

「妳以前也處理過類似案件。」

那是低沉洪亮的聲音，說話不會把字收回去，而是持續發音，將母音拖得老長。

那是菲列克．約蘭松的聲音。

伊維特按下停止鍵，一口氣喝完依然熱燙的咖啡，燒熱的液體一路從喉嚨流到胃部，但他感覺不到，無論冷熱他現在都感覺不到。他全身發抖，就跟他第一次聆聽這段錄音時一樣。他打算再去走廊買杯咖啡，讓自己喝下更多燒燙的液體，直到他除了熾烈的盛怒之外，還能夠感覺到別的東西。

一場在玫瑰堡舉行的會議。

他從筆筒裡拿出一支簽字筆，直接在記事簿上畫了一個長方形和五個圓圈。

一張會議桌和五顆頭。

一人可能是司法部國務祕書，一人自稱寶拉，一人是寶拉的聯絡者，一人是全瑞典階級最高的警官，而最後一人——伊維特看著那個代表菲列克的圓圈——是他和艾瑞克的直屬長官，那人同時負責兩起案件，因此從頭到尾都清楚知道為什麼維斯曼街七十九號命案查不到線索。

「我是個好利用的白癡。」

他再度按下播放鍵，聆聽已經聽過的對話。

「我是寶拉。在這裡我叫這個名字。」

你不是黑手黨員。你是我們的人。你被我們雇用，扮演黑手黨員。

而我卻殺了你。

星期日

伊維特．葛蘭斯離開辦公室和警署，駕駛短短的路程前往玫瑰堡，這時庫霍斯教堂大鐘敲響午夜十二點半的鐘聲。這是個美好的溫暖夜晚，但他完全沒注意到。他已經知道維斯曼街七十九號發生了什麼事，也已經知道畢耶．赫夫曼為什麼要去艾索斯監獄服刑。他在心中揣測那些安排畢耶入獄的人為什麼突然要找個合法的理由來殺了他。

因為畢耶很危險。

因為畢耶知道維斯曼街七十九號命案的真相，而那起命案跟持續滲透犯罪組織比起來較不重要。當畢耶的名字出現在他的外圍調查名單上，而他想去訊問畢耶時，畢耶變得更加危險。

於是他們燒了畢耶。

但畢耶在攻擊中活了下來，綁架人質，站到一扇工場窗戶前，暴露自己的位置。

你錄下了會議經過，寄給了我，寄給那個決定奪去你性命的人。

伊維特將車子停在和平街上，就在統治全瑞典的玫瑰堡附近，夜裡的玫瑰堡陰沉沉地。他待會就要前往那裡。將近三週前，玫瑰堡的高層辦公室舉行了一場會議，他剛剛才聽完會議錄音。

他拿出手機，撥打史文的號碼。鈴聲響了三聲，就聽見有人咳了幾聲，試著擠出力氣。

「哈囉？」

「史文，是我，我要……」

「伊維特，我在睡覺，我八點就躺上床了，你還記得我們昨天晚上都沒睡嗎？」

「你今天晚上也別想怎麼睡了，你要去美國喬治亞州南部，兩個半小時後，你的班機就會從阿蘭達機場起飛，降落時間是……」

「伊維特。」

史文打起精神，聲音也比較有力氣，可能少了枕頭和被子壓著胸部和喉嚨，說起話來比較容易。

「你在說什麼啊？」

「我要你下床穿衣服，史文，我要你去找艾瑞克·威爾森，叫他承認我剛剛聽完的一場會議確實舉行過。幾個小時後我會打電話給你，到時候你會坐在計程車上，聆聽我寄到你電腦裡的聲音檔，然後你就會知道這是怎麼一回事。」

伊維特熄了引擎，來到車外。

通往瑞典權力核心的那扇門是玻璃做的，白天他來的時候，玻璃門總是會自動開啟。現在那扇門緊緊關著，他必須按下門鈴，吵醒樓上的警衛。

「是誰？」

「我是市警局的葛蘭斯警司，我來這裡查看你們的監視畫面。」

「現在嗎？」

「你有別的事要忙嗎？」

「你說你叫葛蘭斯？」

麥克風附近傳出紙張窸窣聲，使得喇叭吱喳作響。

「你在螢幕上可以看見我，現在你可以看見我拿出來的證件。」

「沒有人說你要來，等你進來以後我要再仔細檢查你的證件，然後我會決定你是可以留下，還是明天再來。」

伊維特．葛蘭斯大踩油門，加速前進。羅雷斯特市以北的E18公路上幾乎沒車，他也完全不管速限標誌寫著最高時速七十公里。

他首先查看的是警衛組簽名簿。

五月十號當天，司法部國務祕書共有四名訪客，他們在二十五分鐘內陸續抵達。首先抵達的是國家警政總長，接著是菲列克．約蘭松，稍晚一點是艾瑞克．威爾森，最晚抵達的那人簽名字跡有點難以辨認，警衛最後終於認出在十五點三十六分簽名的那位訪客名叫畢耶．赫夫曼。

伊維特駕車經過丹德呂市、泰比市、瓦倫杜納地區……這已經是他二十四小時內第三度經過這些地方前往艾索斯小鎮了，但這次他並不是要去監獄或教堂，而是要去一棟聯建住宅，去找一個人，除非那個人回答他的問題，否則他不離開。

先前他手裡拿著簽名簿，要求說他要看當時政府辦公室兩台監視器的畫面，每個進出的人他都要看。他一個接一個認出那四人。首先他們簽名入內時，玫瑰堡入口的警衛室上方有一台監視器，四人都曾經站在警衛室前，並未抬頭。接著在三樓國務祕書辦公室對面的走廊上，另有一台臉部高度的監視器。伊維特看見國家警政總長和菲列克敲門入內，先後只差幾分鐘。二十分鐘後，艾瑞克抵達，然後大概七分鐘後，畢耶慢慢從走廊上踱來。畢耶很快就發現了監視器的位置，目光直接朝監視器看來，而且看得有點久，他直視鏡頭，顯然是要確定自己的來訪被記錄下來。

畢耶和其他人一樣敲了敲門，但並未和其他人一樣立刻就可以進門，菲列克指示他站在走廊上，平伸雙臂，然後搜遍他全身。當伊維特發現原來錄音中那段長達九分鐘的刺耳噪音，是總警司菲列克的手擾動麥克風所產生的，差點站立不穩。

通往艾索斯鎮的交流道在黑暗中突然出現，伊維特猛然踩下煞車。

再幾公里就到了；他尚未發出大笑，但臉上已有笑意。

星期日才開始沒多久，他時間不多，但來得及，現在距離星期一早晨超過二十四小時，到了那時，玫瑰堡警衛組的週末監視錄影帶報告才會遞交給政府辦公室安全處。

他聽見了對話，現在也看見了畫面。

不久之後，他就會確認三名與會者之間的關係，以及艾索斯監獄典獄長在那起死亡綁架事件之前和之中被下達的命令。

§

那是一棟聯建住宅，位於聯建住宅區的聯建住宅路上。

伊維特．葛蘭斯把車停在信箱前，信箱上寫著數字十五。他坐在車上，看著外頭的寂靜。他向來不喜歡這種地方，人們住得太近，而且看起來都一樣。他自己那間位於史菲亞路的大公寓，有人在他天花板上走路，有人站在他的地板下，有人在他廚房牆壁另一頭用玻璃杯喝水，但他看不見他們，不認識他們。有時他可以聽見他們的聲音，但不知道他們穿什麼衣服、開什麼車，不用碰見他們身穿睡袍、腋下夾著報紙，不用煩惱他們的洋李樹是否垂得太低，超過他的圍欄。

他連他自己都不太受得了。

所以他怎麼可能受得了烤肉的氣味和木門上踢足球的聲音？

等這件案子全都告一段落之後，他要去問史文，你是怎麼辦到的？你怎麼能跟那些你完全不感興趣的人說話？

他打開車門，走進溫和宜人的春季夜晚。幾百公尺外立著一堵高牆，沿著天際畫出銳利線條，那條線上方的天空拒絕步入黑暗，要一直等到夏季過去，早秋來臨，夜晚的天空才會逐漸轉暗。

草坪修剪整齊，上頭排放著方形石板。伊維特走到正門前，看了看窗戶，只見樓下和樓上的窗戶都亮著燈，那可能是廚房和臥室。萊納・奧斯卡森住在世界的這一頭，距離他上班的地方、世界的那一頭只有幾分鐘路程。伊維特認為能夠適應住在聯建住宅裡的人，並不需要將他們的世界區分開來。

他原本想令萊納感到意外，並未事先打電話通知，因此預料會看見一個睡眼惺忪、無力抗議的人。結果完全出乎意料之外。

「是你？」

伊維特仍記得瑪莉雅娜口中描述的那個接近崩潰邊緣的萊納。

「有什麼事？」

萊納身穿典獄長制服。

「你還在上班？」

「什麼？」

「你穿制服。」

萊納嘆了口氣。

「如果是這樣的話，也不是只有我一個人還在上班，除非你半夜跑來是想跟我喝杯茶，幫我玩填字遊戲。」

「你要請我進去嗎？還是你想站在這裡說話？」

松木地板、松木樓梯、素色牆面。伊維特猜想玄關應該是典獄長萊納親手打造的。廚房感覺比較老氣，裡頭是八〇年代的櫥櫃和料理台，現在已經買不到那種粉色系廚具了。

「你一個人住這裡？」

「現在是。」

伊維特十分了解一個家有時如何拒絕改變，而搬出去的人似乎還留在家中的顏色和家具裡。

「口渴嗎？」

「不會。」

「那我要來一瓶。」

萊納打開冰箱，冰箱整理得十分整齊，擺滿食物，下層放的是蔬菜，他手中那瓶啤酒是從最上方的層架拿出來的。

「你昨天差點失去一個好朋友。」

典獄長萊納坐了下來，喝了口酒，並不接話。

「我早上去丹德呂醫院看他，他還在發抖。」

「我知道，我也跟他說過兩次話。」

「感覺如何？」

「感覺？」

「你知道這一切都是你造成的。」

罪惡感。伊維特也很了解罪惡感。

「現在是凌晨一點半，我還穿著制服坐在廚房裡，這樣你還要問我有什麼感覺嗎？」

「因為的確是這樣，這一切都是你造成的對不對？」

萊納揚起雙手。

「葛蘭斯，我知道你想幹嘛。」

伊維特看著眼前的萊納，看來萊納今晚也不用睡了。

「大概三十六小時前，你跟我的一位同事談過話，你承認你至少做了四個決定，逼迫赫夫曼做出那些事。」

萊納脹紅了臉。

「我知道你想幹嘛！」

典獄長萊納跳了起來，瓶中剩下的啤酒灑了出來，他大手一揮，啤酒瓶便往牆上飛去，玻璃碎片散落一地。碎片靜止下來後，他脫下制服外衣，放在空蕩的餐桌上，從餐具抽屜裡拿出一把大剪刀，小心翼翼地拉平袖子，用手背撫摸，確定平整之後，拿起剪刀開始裁切，剪出大概五、六公分寬的一大塊布料。

「是誰？」

「是誰命令你的？」

萊納將第一塊布拿在手裡，撫摸剪裁的邊緣，露出微笑。伊維特很確定那是個近乎害羞的微笑。

「奧斯卡森，**到底是誰？**」

萊納又仔細地剪下一塊方形布料，整齊地疊在第一塊上方。

「史蒂芬．里加斯，這個由你負責看管的受刑人已經死了。」

「不是我的錯。」

「帕維．穆勒斯基、畢耶．赫夫曼，這兩個由你負責看管的受刑人也已經死了。」

「不是我的錯。」

「馬丁．約格森，這……」

「好了，夠了。」

「馬丁．約格森，你手下的這個獄警長……」

「我的老天，葛蘭斯，我都說夠了！」

第一隻袖子已經剪完，布料疊成了一小疊。

萊納拉直另一隻袖子，輕輕搖動，中央稍微有個小縐褶，他用手左右撫平。

「保羅．拉森。」

萊納再次下刀，這次剪得比較快。

「是保羅．拉森局長命令我的。」

伊維特記得那段錄音播到大概半小時的時候，畢耶移動一條腿，使得麥克風摩擦褲管，接著就傳來茶匙碰觸瓷器的聲音，有人喝了一口咖啡。

「**我指派你進行這項工作，這表示由你決定監獄暨監管局內的運作。**」

之前聲音靜下來一會，國務祕書離開辦公室，去外頭尋找坐在走廊上等候的監獄暨監管局局長。

「**由你決定你我都同意的這件工作該如何進行。**」

主使者下達命令給局長，局長再將命令傳遞下來。

伊維特看著赤裸上身的萊納，萊納正在將他渴望了一輩子的制服剪成一片片。伊維特趕緊離開那間永遠不會改換顏色的廚房，離開那棟比他家還要孤寂的房子。

「你知道我要拿這些來幹嘛嗎？」

萊納站在開著的家門口，看著正要坐上車的伊維特，揚起手中那疊剛剪下的布料，幾片布料掉了下來，緩緩飄落地面。

「用來洗車，葛蘭斯。你知道，擦亮車身需要用到很多乾淨的小布，這種布料可是很貴的。」

§

車子駛離一排排聯建住宅，伊維特撥打手機，眼睛望著教堂和方形鐘塔，望著監獄和被擋在高牆之後的工場。

射擊行動距離現在不到三十六小時。那場行動下半輩子都將縈繞著他。

「哈囉？」

菲列克被電話吵醒。

「睡得不好嗎？」

「什麼事，伊維特？」

「半小時後我們碰面。」

「我不想。」

「在你的辦公室碰面，你以臥底線民主管的身分出現。」

「明天再說。」

伊維特看著後照鏡裡的標誌，黑暗之中難以看得清楚，但他知道他剛離開的小鎮叫什麼名字。

他希望自己很久以後才會再來造訪此地。

「寶拉。」

「什麼？」

「這就是我們要談的事。」

他等待著，對方沉默許久。

「哪個寶拉？」

他沒回答。森林逐漸由高樓取代，車子接近斯德哥爾摩了。

「葛蘭斯，回答我，哪個寶拉？」

伊維特將手機拿在手裡一會，然後切斷通話。

§

走廊上冷清無人，咖啡販賣機躲在暗處，嗡嗡作響。伊維特在菲列克的辦公室外找了張椅子坐下。

他的直屬長官不久就會來到。他十分確定。

他喝了一口從咖啡販賣機買來的咖啡。

艾瑞克是畢耶的聯絡人，聯絡人會將線民的工作記錄在日誌裡，日誌由臥底線民主管妥善保管。

菲列克．約蘭松來了。

「葛蘭斯。」

總警司菲列克打開辦公室的門。伊維特看了時鐘一眼，微微一笑。距離他們通話正好半小時。

菲列克領著伊維特走進辦公室，這間辦公室比他的大多了。伊維特在一張真皮扶手椅上坐下，稍微扭動了一下。

菲列克神情緊張。

但他假作鎮定，不過伊維特認得出緊張的呼吸、聲調和稍微誇張的動作。

「日誌，菲列克，我要看日誌。」

「我不懂你的意思。」

伊維特怒火中燒，但不想表現出來。

他沒有大聲咆哮，沒有口出威脅。

時候還沒到。

「把日誌給我，整個檔案都給我。」

菲列克坐在桌緣，朝兩道牆壁前的書架揮了揮手，每排書架上都站著一排檔案。

「哪個該死的檔案？」

「我殺了的那個人的檔案。」

「我完全不知道你在說什麼。」

「線民檔案。」

「你要拿來幹嘛？」

我一定會逮到你，你這個渾球，我有一整天的時間可以做這件事。

「你知道的。」

「伊維特，我知道的是，日誌只有一本，放在我的保險箱裡，保險箱的密碼只有我知道，而這是有原因的。」

菲列克輕輕踢了踢那座放在辦公桌後方牆邊的綠色保險箱。

「也就是說，沒有權限的人**都不准看**。」

伊維特緩緩呼吸。那一拳差點就要揮出去，他的拳頭對準了菲列克的臉，但手揮到一半他就察覺到了，那股想一拳揍上去的渴望是如此強烈。

他放開緊握的手指，張開手，也許變成了一個誇張的姿勢。

「我要檔案，約蘭松，還有一支筆。」

§

菲列克．約蘭松看著他面前的那隻手和粗糙的手指。

我可以應付大聲咆哮和口出威脅的伊維特．葛蘭斯。

「可以給我嗎？」

「什麼？」

「一支筆。」

但現在這個是拉高嗓門卻平靜說話的伊維特．葛蘭斯。

「還有一張紙。」

「伊維特？」

「一張紙。」

粗糙的手指向他伸來。

菲列克遞去一本筆記簿和一支筆，一支簽字筆。

「半小時前我就把這個名字告訴你了，我知道這個名字在你的線民檔案裡，我要看那個檔案。」

他知道了。

伊維特將筆記簿放在皮椅扶手上，寫了幾個字。他的手寫字跡通常很難閱讀，但現在他寫的字不會，紅色簽字筆下整齊地寫下兩個字。

葛蘭斯知道了。

菲列克走到保險箱前，雙手可能微微顫抖，也許這就是為什麼六個數字要轉那麼久才能轉完，沉重箱門才能打開，最後拿出一本方形的黑色檔案。

「你的聯絡者跟這個赫夫曼的會面紀錄都在這裡？」

「對。」

「只有這一份嗎？」

「這是我身為臥底線民主管所保留的紀錄，就只有這一份。」

「銷毀它。」

菲列克將黑色檔案放在桌上，翻尋那個被瑞典警方吸收做為線民的罪犯代號，翻到一半就找到了。

我知道那樣做是錯的，我也說出口了。

「葛蘭斯。」

「是？」

我離開了她的辦公室。

「你要找的名字在這裡。」

伊維特已經站了起來，走到長官身後，越過菲列克的肩膀看著頁面上寫得整整齊齊的字。

首先是代號，再來是日期，然後是當天會面的摘要紀錄，會面地點是一處可以從兩個地址進入的公寓。

一頁又一頁，一次又一次的會面。

「你知道我要什麼。」

我走了出去。

「不能給你。」

「把信封給我，約蘭松，把信封拿給我。」

每本日誌都附有一個信封，裡頭寫著線民的真實姓名，從臥底行動的第一天開始，由聯絡者親自用閃爍光澤的紅色蠟印封起。

「打開它。」

我可以抬頭挺胸地離開這整件事。

「不行。」

「打開它，約蘭松。」

§

伊維特・葛蘭斯將信封拿在手中，信封上寫的是幾小時前他才在政府辦公室的一場會議錄音中初次聽說的名字。

兩個字。

就跟他在筆記本上寫的一樣。

寶——拉。

他拿起菲列克桌上的拆信刀，切開封印，打開褐色信封。

§

答案他早就知道了。

但心臟仍在胸腔裡猛烈鼓動。

伊維特・葛蘭斯抽出信封裡的紙，看見他早就知道上頭會寫著的名字，確定他下令射殺的那個人的確是替市警局工作。

畢耶・赫夫曼。

畢耶。

寶拉。

瑞典代號系統，男性線民取的是女性名字。線民檔案裡有一大堆名字叫做瑪莉亞、麗娜、碧姬妲。

「現在我要看機密情報報告，那份說明維斯曼街七十九號實際案發經過的報告。」

§

伊維特・葛蘭斯的話聲同樣平靜。

菲列克・約蘭松看著那個他不曾喜歡過的同事。

他知道了。

「不能給你。」

「機密情報報告你放在哪裡？維斯曼街七十九號到底發生了什麼事？這件案子是我們負責調查的，還有什麼是我們不知道的？」

「不在這裡。」

「在哪裡？」

「報告只有一份而已。」

「老天，約蘭松，在哪裡？」

他知道了。

「在郡警政總長那裡，在署裡最高階的警官那裡。」

他走路跛得厲害，但不是因為疼痛——他已經很多年不去煩惱這件事了——這就是他走路的方式，左腳輕踏，右腳重踏，左腳輕踏。由於怒氣攻心，他的右腳重重踏在地上，單調的聲響很快就傳遍了整條沒開燈的走廊。他搭電梯下降四層樓，右轉前往手扶梯，穿過員工餐廳，再搭電梯上升五層樓。接著又踏出同樣的腳步聲，同樣的跛行聲響，最後停在郡警政總長辦公室的門外。

§

他站在門外，側耳聆聽。

他按下門把。

門是鎖著的。

伊維特．葛蘭斯走來這裡的路上，沿途造訪了三個地方：第一個地方是資料支援室，向一個愛喝可樂的年輕男職員要了一張光碟，光碟裡有個簡單好用的程式，可以在兩分鐘內破解所有的電腦密碼；第二個地方是自動販賣機對面的小廚房，在裡頭拿了一條小毛巾；第三個地方是倉庫對面的維修室，在裡頭拿了一支鐵鎚和一支螺絲起子。

他將小毛巾纏在鐵槌上，纏了好幾圈，將螺絲起子插在門板上方的鉸鏈和插銷之間，在陰暗走廊上再度環目四顧，然後舉起鐵鎚用力敲下，直到插銷脫落。他將螺絲起子移到門板下方的鉸鏈和插銷之間，同樣用鐵鎚敲到鬆脫。如此一來，門板只要稍一挪動，兩個鉸鏈就分離了。他再用螺絲起子小心地來回搖動門板和門框，將門板往後推，直到鎖心柱脫離鎖槽。

他抬起門板，放到一旁。

門板比他想像中來得輕。

他曾在另一場行動中以這種方式拆門而入，當時門內有個心臟病發的大人和驚慌無助的小孩，如此就不必枯等也許永遠不會出現的鎖匠。

但他從不曾強行入侵高級警官的辦公室。

筆記型電腦就放在桌上，跟他的電腦屬於同一款。他啟動電腦，等待光碟上的程式辨識並替換密碼，然後他就用學來的方式搜尋文件。

只花幾分鐘就成功了。

伊維特重新將門板拼回到鉸鏈上，慢慢插入插銷，檢查門框上是否有刮痕或破裂，隨即提著一只公事包離開，公事包裡裝著一台筆記型電腦。

放在電話後方的鬧鐘似乎停了，停在三點四十五分。伊維特．葛蘭斯看著那個白色鬧鐘，這個晚上第二次打電話去報時台。

正好是三點四十五分三十秒。鬧鐘沒停。

不知不覺中，夜已逐漸遠離。

他滿頭是汗，取下鐵鎚上包著的小毛巾，擦拭額頭和脖子。在警署裡走上走下，再加上強行拆卸門板，對他來說是大量運動。

他在桌前坐下，那台原本放在另一張桌子上的筆記型電腦就放在他面前，他在電腦裡搜尋那個他剛開始看的檔案。

維斯曼街七十九號。

機密情報報告，實際的案發經過。

他從桌子後頭拿來一份薄薄的檔案，翻了一下，檔案裡說明的是同一起命案，但距離事實有一段距離。他、史文、瑪莉雅娜及拉許只能取得不完整的資訊，因此使得命案面臨被降級的命運。

他繼續在電腦裡搜尋文件。一共三百零二份機密情報報告，敘述線民如何為了揭發犯罪，卻衍生出其他案件。他認得其中幾件案子，那幾件調查案最後都以失敗收場，但資料其實早已掌握在警方手中。

他昨晚沒睡，今晚也不會睡，難以宣洩的怒火在他體內熊熊燃燒，逼退倦意，占據他體內所有空間。

我是個好利用的白癡。

我執行了合法的謀殺行動。

我這輩子已經背負罪惡感很久了，那是我罪有應得，但是沒有人可以逼我替別人扛起罪惡感。

我不認識赫夫曼，我對他不感興趣。

但我清楚知道，這該死又可怕的罪惡感我可不願意背負。

他拉過電話，撥打那個他經常在這麼深的夜裡撥打的號碼。對方的聲音很虛弱，在睡夢中被吵醒的人總是會發出這種聲音。

「哈囉？」

「雅妮塔嗎？」

「你是誰……」

「我是伊維特。」

電話那頭傳來惱怒的嘆息聲，嘆息聲來自古斯塔堡地區一棟聯建公寓二樓的昏暗臥室。

「史文不在，他在飛往美國的班機上過夜，是你幾小時前派他去的。」

「我知道。」

「那你今天晚上就別再打來了。」

「我知道。」

「晚安，伊維特。」

「我總是打電話給史文，所以妳得接我電話，是這樣的……我好生氣。」

伊維特聽得見雅妮塔緩緩的呼吸聲。

「伊維特？」

「什麼事？」

「你去打給別人，打給領薪水接你電話的人，我要睡了。」

雅妮塔掛上電話。伊維特看著桌上那台陌生的筆記型電腦，電腦回望著他，望著他那滿肚子無法宣洩的怒火。

史文正在飛越大西洋上空的班機上。

他可以打給瑪莉雅娜，想想又覺得不太恰當，一個老頭半夜三更打電話給年輕女子總是不妥。

伊維特移開記事簿上的塑膠袋，手指在長長的名單上滑動，找到他要找的名字，鍵入那個人的電話號碼。換作是平常，他可一點也不想跟那個人說話。

§

鈴聲響了八次。

他掛上電話，等待一分鐘整，再撥一次。

電話立刻被接了起來，有人從被窩裡把電話接了起來。

「是你嗎，伊維特？」

「你還醒著？」

「現在醒了，幹嘛？」

伊維特．葛蘭斯討厭那個人，那個不知變通的官僚，他最瞧不起那種一板一眼的做事態度，但那正是他現在需要的。

「奧格斯坦？」

「什麼事？」

「我需要你的幫助。」

拉許・奧格斯坦打個哈欠，伸個懶腰，倒回床上。

「去睡覺啦，葛蘭斯。」

「我現在就需要你的幫助。」

「我的回答很簡單，每次你在這種時間把我跟我的家人吵醒，我都會回答你這句話：去找值班警官。」

拉許掛斷電話。這次伊維特毫不遲疑，立刻又撥了回去。

「葛蘭斯！你竟敢……你……」

「光是去年就有上百件案子的證人、證據和訪談報告……不見了。」

拉許清了清喉嚨。

「你在講什麼啊？」

「我們得見個面。」

背景傳來說話聲，聽聲音像是拉許的妻子。伊維特回憶奧格斯坦太太的長相，只記得他們碰過面，卻記不起她的面貌，她是那種沒有特色的女人。

「葛蘭斯，你是不是喝醉了？」

「上百件案子，有些你也辦過。」

「我們當然可以碰面，明天再說。」

「現在就碰面，奧格斯坦！我沒有那麼多時間，到了星期一早上……那就太遲了。而且我要跟你說的這件事……對你自己也有幫助……難道你不明白要我跟你這樣說，那感覺有多怪嗎？」

背景又傳來女性說話聲，伊維特只聽得見聲音，但聽不清楚說些什麼。拉許再開口時聲音壓得很低。

「你說，我在聽。」

「這件事沒辦法在電話上說。」

「我在聽啊！」

「我們得碰面，到時候你就知道原因了。」

檢察官拉許嘆了口氣。

「那你過來好了。」

「過來？」

「來我家。」

§

車子經過奧克斯霍地鐵站，朝四〇年代建起的獨棟住宅區駛去，那裡是教育程度高的中產階級居住地。從遠方太陽升起的姿態來看，今天會是美麗的一天。車子來到沉睡中的街道盡頭，停在種有大蘋果樹的院子前。大約五年前，伊維特·葛蘭斯曾經來過這裡，當時剛上任的檢察官拉許·奧格斯坦正在處理一宗年輕父親被控謀殺的案件，卻多次受到威脅，一開始伊維特並不認真看待那些威脅，直到拉許家的黃色牆壁被噴上黑漆，寫上「**混蛋，你死定了**」，從廚房一路噴到客廳。

桌上擺著兩個大杯子。

兩人中間擱著一壺剛泡好的茶。

「不加糖不加牛奶對不對？」

「對。」

伊維特喝下一整杯茶，拉許又再斟上。

「跟走廊上那台販賣機做得差不多好喝。」

「現在是清晨四點十五分，到底是什麼事？」

公事包已放在桌上。伊維特打開公事包，拿出三份檔案。

「你認得這些檔案嗎？」

拉許．奧格斯坦點點頭。

「認得。」

「這些是過去三年來我們一起處理過的調查案。」

伊維特依序指著檔案。

「嚴重違反毒品危害防制法，政府街停車場，**無罪釋放**。違反槍械法，利列霍橋下人行道，**無罪釋放**。綁架未遂，馬格努斯三世街，**無罪釋放**。」

「你可以小聲一點嗎，我老婆跟小孩都在睡覺。」

拉許朝樓上揮了揮手。

「你有小孩？上次我來的時候還沒有。」

「現在有了。」

伊維特壓低嗓音。

「你記得這些案子？」

「記得。」

「為什麼？」

「你知道為什麼，因為這些案子法官都不採信我的說法，證據不足。」

伊維特將那三份檔案擱到一旁，放上一台筆記型電腦，那台電腦原本放在高階警官的上鎖辦公室裡。他跟之前一樣在電腦中找出文件，將螢幕轉到檢察官拉許面前。

「我要你看看這個。」

拉許拿起茶杯，打算湊到嘴邊，卻停在半空中，不再移動。他的手僵住了。

「這是什麼？」

拉許看著伊維特。

「葛蘭斯？這是**什麼**？」

「這是什麼？這是同樣的地點，同樣的時間，但卻是不同的案發經過。」

「我不懂。」

「這一件，嚴重違反毒品危害防制法，政府街停車場。可是實際的案發經過呢，是由一位沒參與調查行動的警察寫在機密情報報告裡。」

伊維特轉頭看著電腦螢幕。

「還有兩件，你看。」

拉許脖子脹紅，手撥頭髮。

「這一件呢？」

「這一件，違反槍械法，利列霍橋下人行道。還有這一件，綁架未遂，馬格努斯三世街。這裡頭寫的也都是**實際**案發經過，不過都是由並未參與調查行動的警察寫在機密情報報告裡。」

拉許站了起來。

「葛蘭斯，我……」

「這還只是去年的三百零二件案子中的三件而已。我們沒被告知的事實全都寫在裡頭，這些案子都被掃到了地毯底下，好讓其他案件可以被偵破。我們兩個人處理的是正式調查案，而其他的都存在這裡，都在寫給警方高層的機密情報報告裡。」

伊維特看著眼前穿著睡袍的拉許。

「拉許，這裡頭有二十三件案子是你經手的，你提出告訴，最後都被駁回。你之所以必須結束那些案子，是因為你手上沒有那些存在於**真實**報告裡的資料，因為那些**機密**報告都會揭露線民的身分。」

拉許僵在原地。

他叫我拉許。

這感覺……真是怪，像是不速之客給人的感覺。那只是我的名字，可是從葛蘭斯口中說出來……怎麼聽起來這麼不舒服？

他從來不叫我名字，只叫我姓氏。

希望他以後都不要這樣叫我。

「線民？」

「線民，臥底，地下情報人員。我們忽視這些罪犯犯下的罪行，因為他們協助我們打擊其他的犯罪。」

拉許手中那杯茶一直拿在嘴巴前方，這時他將茶杯放下。

「這是誰的筆電？」

「你不會想知道的。」

「**誰的**？」

「郡警政總長的。」

拉許站了起來，走進廚房，再快步爬上樓梯。

伊維特看著拉許。

我還有其他資料。

維斯曼街七十九號命案。

這台筆電裡也有，接下來二十四小時內我們必須解決這件事。

匆促的腳步聲從樓上響了下來，拉許抱來一台印表機，連接那台筆電。兩人聆聽三百零二張報告書一張一張被列印出來，堆成一疊。

「你會把筆電放回去嗎？」

「會。」

「你需要幫忙嗎？」

「不需要。」

「你確定？」

「門沒鎖。」

§

陽光灑進廚房。不久之前，廚房內還需要燈泡照亮，現在單是陽光就帶來了充足的光線。拉許關上了燈，伊維特並未注意到。

時間是四點半，但黎明已經來到。

「拉許。」

奧格斯坦太太相當年輕，頭髮糾結，身穿白睡袍和白拖鞋，一臉倦容。

「抱歉，是不是把妳吵醒了？」

「你為什麼沒來睡覺？」

「這位是伊維特・葛蘭斯，他是……」

「我知道他是誰。」

「我等一下就上去，我們得先把這裡的事情結束。」

奧格斯坦太太嘆了口氣，轉身上樓，回到臥房。她的身材頗為纖細，上樓的腳步聲卻踏得比伊維特還來得響。

「報歉，奧格斯坦。」

「她會回去睡覺的。」

「她還在生氣對不對？」

「她認為你判斷錯誤，我也是。」

「很抱歉，可是我的老天，那都已經是五年前的事了！」

「葛蘭斯？」

「什麼事？」

「你說話又用喊的了，不要把孩子吵醒。」

拉許將兩個杯子裡的殘餘茶水倒進水槽，茶水又稠又苦，黏在杯底。

「我不需要喝茶了。」

拉許拿起那疊三百零二頁的報告書。

「現在幾點都無所謂了。這個……我已經不累了，葛蘭斯，我……我很生氣，如果我需要什麼，那就是冷靜下來。」

拉許打開櫥櫃，頂層的架子上放著一瓶施格蘭威士忌和幾個大小適中的酒杯。

「怎麼樣，來一杯吧，葛蘭斯？」

拉許將兩個酒杯斟至半滿。

「現在是清晨四點半。」

「有時候就是想喝一杯。」

又有一個人被惹惱了。

伊維特看著拉許吞下杯中一半酒液，露出虛弱的微笑。

如果要伊維特猜的話，十次中有十次他會猜測拉許是個禁酒主義者。

過了一會，伊維特啜飲一口威士忌，覺得嚐起來比想像中來得溫醇，十分適合穿著睡衣睡袍在廚房裡喝。

「我們從未被告知的真相，奧格斯坦。」

伊維特將一隻手放在那疊報告書上。

「我來這裡不是為了想看你被吵醒的樣子，不是為了來跟你喝茶，更不是為了來跟你喝威士忌。我之所以來這裡，是因為我很確定我們可以一起解決這件事。」

拉許翻動那疊如今他才知道實際存在的機密情報報告。

他的脖子依然紅通通地。

他依然用手來回撥動頭髮。

「三百零二件。」

拉許不時停止翻動，看看內容，然後又隨意翻到另一份報告。

「兩個版本，一份是正式版本，一份是給警方高層看的版本。」

拉許朝面前那疊報告書揮了揮手，又倒了些威士忌。

「你知道嗎，葛蘭斯？我可以起訴這裡頭每一個人，我可以起訴跟這些機密報告有關的每一個警察，起訴他們偽造文書、假造證件、煽動犯罪。這些報告足以把一票警察送進艾索斯監獄，增設一個專門收容警察受刑人的單位。」

拉許放下酒杯，哈哈大笑。

「還有這些審判，你覺得呢，葛蘭斯？這些答辯、訊問和判決，都是在不知道警方高層已經介入之下進行的！」

拉許將那疊報告書扔到桌上，有幾頁掉落地上。他站了起來，伸腳踩踏。

「你把孩子吵醒了。」

他們沒聽見奧格斯坦太太走來，她站在門口，身穿白睡袍但沒穿拖鞋。

「拉許，你得冷靜下來。」

「我冷靜不下來。」

「你嚇到他們了。」

拉許吻了吻妻子的兩側面頰，往孩子的臥室走去。

「葛蘭斯？」

拉許在樓梯口轉過身來。

「我會花一整天研究這件事。」

「星期一早上之前一定得解決，不然他們會發現有兩支監視影片失蹤了。」

「我最晚今天晚上回覆你。」

「星期一早上以後，那些人就會知道我有多靠近他們。」

「最晚今天晚上，這是我最快的速度了，可以嗎？」

「可以。」

檢察官拉許頓了頓，又哈哈大笑。

「葛蘭斯，你想像一下！專門收容警察的單位，艾索斯監獄會增設一個專門收容警察受刑人的單位！」

咖啡嚐起來味道不同。他喝了幾口之後，就把第一杯咖啡給倒了。走廊那台咖啡販賣機做出來的新鮮咖啡，味道應該一樣才對。第三杯拿在手上時，他才恍然大悟。

那感覺就好像是味蕾罩上了一層薄膜。

今天一大早他就在拉許家的廚房裡喝了兩杯威士忌，他通常是不喝烈酒的，他已經很多年不自己一個人喝烈酒了。

伊維特．葛蘭斯在自己的辦公桌前坐下，心頭浮現一股異樣的空虛感。

第一批早起人員已來到警署，經過他開著的辦公室門口，但沒有吵到他，甚至連他們停下來說早安都沒吵到他。

他已經宣洩了怒氣。

他駕車離開拉許家時，街上只有幾個有如奇怪單車手的送報童，五點以前的城市正是最疲憊的時候。

他心中容納了很多罪惡感，別人塞給他的罪惡感，對此他勃然大怒，試著要那些坐在他身旁的罪惡感安靜下來，並將罪惡感逐到後座。罪惡感持續囓咬著他，逼使他越開越快。他原本打算衝到菲列克家，卸下那些罪惡感，但後來把持住自己。他將會面對那些人，但不是現在，再過不久，他就會跟那些應該替這件事負責的人面對面。他將車子停在博格斯街，就停在警署入口旁邊，卻沒直接前往他的辦公室。他搭了克羅諾伯拘留所的電梯上樓，走到樓頂，那裡有八個又長又窄的鐵籠。拘留室的犯人每天可以上來這裡呼吸一小時新鮮空氣，有二十公尺長的空間可以走動，一小時後就必須再返回拘留室裡。伊維特命令值班戒護員喚回兩名犯人，那兩名犯人身穿不合身的囚衣，來自不同的拘留室，正站在那裡望著城市和自由。接著伊維特要戒護員離開崗位，去樓下喝兩杯晨間咖啡。等到屋頂只剩下他一個人之後，他走到小活動場上，透過垂直交叉的欄杆望著天空，然後大聲喊叫，朝著斯德哥爾摩黎明中的沉睡樓房大喊。他手裡拿著偷來的筆電、拿著另一個世界裡的真相，用盡力氣大聲嘶吼，宣洩怒火。吼聲穿過屋頂，蒸發在瓦薩斯坦區上空，只留下他嘶啞的嗓子和疲憊不堪的身體。

咖啡的味道嚐起來依然很怪。他將咖啡放在一邊，坐在燈芯絨沙發上。過了一會，他躺下來，閉上雙眼，找尋監獄工場裡的那張臉。

我搞不懂。

你選擇去過這種每天都可能被宣判死刑的生活。是為了尋求刺激？為了嘗試浪漫的諜報生活？還是為了個人的道德信念？

我不相信，這些都只是說來好聽而已。

是為了錢？

每月從獎勵金支領少得可憐的一萬克朗，只為了避免在正式發薪名單上具名並保護你的身分？

不太可能。

伊維特將沙發扶手上的絨毛撫平，扶手有點過高，摩擦他的脖子，讓他無法放鬆。

我就是搞不懂。

你想犯什麼罪都可以，法律管不到你，但那僅止於你還有利用價值的時候，一旦你失去利用價值，你就淪為一個可以被犧牲的工具。

你是個亡命之徒。

你很清楚。你清楚知道遊戲規則。

你有的一切我都沒有，你有妻子，你有孩子，你有個家，你有這麼多值得珍惜的東西。

但你還是選擇走這條路。

我真是搞不懂。

他脖子僵硬。沙發扶手有點過高。

他睡著了。

監獄工場窗戶裡的那張臉消失了，取而代之的是睡眠。憤怒過後的睡眠總是輕柔，溫柔地搖晃著他將近七小時。中間他可能醒來過一次，但他不甚確定，感覺上電話好像響過，似乎聽見史文說他正坐在紐約近郊的一座機場裡，正在等候飛往傑克森維爾市的班機，還說那個聲音檔很有意思，他準備在飛機降落後跟艾瑞克碰面。

伊維特．葛蘭斯很久沒睡得這麼好過了。

儘管辦公室陽光刺眼，儘管噪音十分擾人。

他伸個懶腰。他睡在窄小沙發上醒來之後，背部總是酸痛，僵硬的左腳接觸地面時總是刺痛。他的身體正在逐漸崩解，一天崩解一點點。他今年五十九歲，動得太少，吃得太多。

他去平常很少使用的更衣室沖了個冷水澡，又去自動販賣機買了兩個肉桂捲和一瓶香蕉優酪乳。

「伊維特？」

「是？」

「那是你的午餐嗎？」

瑪莉雅娜．海曼森從她位於走廊深處的辦公室走了出來，她聽見跛腳的走路聲，知道是伊維特在四處走動。

「早餐，午餐，我也不知道。有什麼事嗎？」

她搖搖頭，跟伊維特並肩走著。

「今天早上，很早的時候……伊維特，那是**你的**叫聲嗎？」

「妳住在國王島這裡？」

「對。」

「就在附近？」

「這樣就不必走太遠。」

伊維特點點頭。

「那妳聽見的可能是我的聲音。」

「你是在哪裡喊的？」

「屋頂的拘留所活動場，那裡視野很好。」

「我聽見了，整個斯德哥爾摩也都聽見了。」

伊維特看著她，微微一笑，他不常如此微笑。

「如果不去喊一喊，我就得朝衣櫃開槍，我知道有些人喜歡選擇後者。」

兩人走到他辦公室門口，他停下腳步，覺得瑪莉雅娜似乎也要跟著走進他的辦公室。

「有什麼事嗎，海曼森？」

「蘇菲雅．赫夫曼。」

「怎樣？」

「我找不到她，她失蹤了。」

香蕉優酪乳喝完了。他應該買兩瓶的。

「我打去她公司問過，但是自從綁架事件之後，她就沒再跟公司聯絡過，幼稚園也是一樣。」

瑪莉雅娜朝伊維特的辦公室裡瞥了一眼，伊維特將門又關上一些。他不知道自己為什麼要這樣做，自從三年前他錄用瑪莉雅娜後，她一天會來他辦公室好幾次。但他剛剛才在沙發上睡了將近七小時，他似乎不希望她知道這件事。

「我去拜訪過她的親屬，人數不是太多，她的父母、一個阿姨、兩個叔叔，全都住在斯德哥爾摩地區，但是她不在他們家，兩個孩子也是。」

瑪莉雅娜看著伊維特。

「我去問過三個據說是她最要好的女性朋友，還問過鄰居、時常替他們家整理院子的園丁、跟她一星期練唱好幾次的合唱團團員、老大的足球教練、老二的體操隊隊長。」

她聳聳肩。

「沒有一個人看見他們。」

她等待伊維特回答，但沒等到。

「我查過醫院、飯店、旅館，都找不到他們，伊維特。到處都找不到蘇菲雅和她的兩個兒子。」

伊維特點點頭。

他打開門，走進門內，將門關上，小心不讓瑪莉雅娜往裡頭看或跟著進來。

你以沃德的瑞典聯絡人身分進入艾索斯監獄。

你負責替沃德除去對手、建立勢力、拓展版圖。

只不過轉眼之間，你就變成了敵人。

只不過轉眼之間，一個律師、一個信差帶了消息進去，他們就知道了你的真實身分。

你打電話給她。你警告她。

伊維特從桌上拿起一個氣泡信封袋，如今信封裡的東西都拿了出來，包括三本護照、一具收話器、一張燒有機密錄音的CD。他手裡拿著信封，回到走廊上，來到瑪莉雅娜面前。

「她接到赫夫曼打去的兩通簡短電話，我們不知道他們在電話上說了什麼，也沒發現她涉案的任何證據，因此我們沒有任何正當理由懷疑她。」

伊維特將信封拿到瑪莉雅娜面前。

「我們不能對國外發布她的通緝令，雖然她應該是在國外。」

他指了指信封上的郵戳。

「我相信這封信是蘇菲雅．赫夫曼寄來的，寄信地點是在法蘭克福機場，從那裡可以飛往全球兩百六十五個城市，一天有一千四百個航班，五萬名乘客出入。」

他朝自動販賣機走去。他需要再買一瓶香蕉優酪乳和一個肉桂捲。

「她已經遠走高飛了，海曼森，而且她清楚知道我們沒有正當理由逮捕她，或甚至尋找她。」

太陽高懸天際。

清晨過後，天氣就十分暖和。他在髮際流下的汗水中，和濡濕的床單及枕頭搏鬥。每過一小時，氣溫就上升幾度，這時來到最高溫。正午之前，燠熱的天氣和刺眼的陽光迫使他在柵門口猛然停下，直到眼前的雙重影像消失。

艾瑞克．威爾森靜靜坐在出租轎車的駕駛座上。

他回到美國喬治亞州格林克區那座名叫聯邦執法訓練中心的軍事基地已經五天了，他回來這裡繼續完成之前被打斷的訓練課程，那時寶拉打電話來，說維斯曼街有個買家頭上吃了一發子彈。

他再度發動引擎，駕車緩緩穿過柵門，經過敬禮的警衛。再過三週，課程就結束了。瑞典及歐洲警方和美國警察機構的合作，對於臥底線民工作的進一步發展十分重要。寶拉已進入艾索斯監獄的高牆裡工作，無法取得聯絡，這段時間正好可以讓艾瑞克完成進階滲透的訓練課程。

炙熱的天氣令人難以忍受。

他仍然無法適應這種天氣。通常這裡的天氣比較舒適，比較不那麼有侵略性，至少過去的記憶如此告訴他。

也許氣候變了。也許他老了。

這個大國是以交通建設為基礎打造起來的，他喜歡在那些寬敞筆直的公路上開車。車子駛上I－95公路，他踩下油門加速。距離傑克森維爾市和州界另一端還有六十公里，以今天這種交通狀況來說，再過半小時就能抵達。

他是被一通電話吵醒的。

那時天剛破曉，陽光炫目，窗外傳來鳥兒高聲啼鳴。

史文．桑奎斯特說他正坐在紐華克國際機場的餐館裡吃早餐。

他說他再過幾小時就會搭上另一架班機。

他將南下此地，因為有件調查案需要立即的協助。

艾瑞克問史文是關於什麼事。他們在國王島的警署走廊上就很少說話，何必特地飛越七千公里來這裡說？史文並不回答，只是不斷詢問碰面的時間和地點，於是艾瑞克提議去他僅知的一家餐廳碰面，在那裡他們可以好好坐下，不必擔心會被看見或聽見。

§

那是一家相當舒適的餐廳，位於聖馬可大道和菲利浦街交叉口，裡頭雖然坐滿客人，卻十分安靜，外頭的炎炎烈日雖然照射著屋頂、外牆和窗戶，裡頭卻很陰涼。史文．桑奎斯特環目四顧，只見餐館裡身穿西裝的男子以狡詐眼神偷瞄彼此，一邊吃烤魚，一邊提出最具優勢的論點，在白色桌巾上交涉有關歐洲紅酒或手機的事宜。全場幾乎不見服務生，但只要餐盤一空或餐巾掉落地面，服務生就會立刻出現。蠟燭和紅、黃玫瑰的香味中，混合了食物的香味。

他飛行了十七個小時。伊維特打電話去他家時，雅妮塔剛關上燈，依偎著他，柔軟的肩膀和胸部貼上他的背，第一口深沉的氣息呼上他的頸部。思緒逐漸揮發，無論多麼用力都抓不到。他收拾行李時，雅妮塔一句話都不想說，也不想看他，他看著她卻接觸不到她的目光。他明白雅妮塔的心情。伊維特入侵他們的臥室已經很久了，他住在自己的時間泡泡裡，不明白別人也有屬於自己的時間。史文沒有力氣去跟伊維特說這件事，也沒有力氣劃清自己的界線，但他了解雅妮塔為了適應這種情況，做了什麼犧牲。

他在機場搭乘的計程車沒有冷氣，突如其來的熱浪撲面而來，十分強悍。他搭機升空時穿的是適合瑞典春季的服裝，降落時卻來到佛州海灘附近，迎上夏季的熱浪。他朝餐館入口走去，喝了幾口礦泉水，只覺得嚐起來有化學添加物的味道。他和艾瑞克在同一條走廊上共事十年了，曾經合作調查過數起案件，但他跟艾瑞克依然不熟。艾瑞克．威爾森不是那種可以和你一起出去喝杯啤酒的人，或其實是史文不是那種人，又或者他們是分屬兩個世界的人。史文喜愛他和雅妮塔及尤納斯一起住在聯建住宅裡的生活，艾瑞克則不屑去過那種生活。現在他們即將見面，互相忍受彼此，一人要求對方提供資訊，另一人無意提供資訊。

§

艾瑞克．威爾森身材高大，比史文．桑奎斯特高出許多，當他在餐館裡踮起腳尖，掃視店內客人時，看起來更加高大。艾瑞克臉上露出頗為滿意的神情，在餐廳深處的隱密座位坐了下來。

「我有點遲到。」

「很高興你來了。」

服務生不知從哪裡冒了出來，替兩人分別端上一杯礦泉水，裡頭加了兩片檸檬。

我只有一分鐘的時間。

一旦他知道我來這裡的目的，我只有一分鐘的時間說服他留下。

史文將白蠟燭和銀燭臺移到一旁，在兩人中間放上一台筆電，開啟一個程式，裡頭有數個聲音檔。他按下一個符號，看起來像是長破折號，接著就傳出幾句話，長度正好七秒。

「**我們必須讓他變得更危險。他必須犯過幾條嚴重的罪行，必須被判過重刑。**」

艾瑞克臉上並未露出任何表情。

史文看著艾瑞克的眼睛。倘若艾瑞克因為聽見自己的聲音而感到驚訝或不自在，那麼他一點也沒有顯露出這些情緒，甚至連眼神都沒露出任何跡象。

另一小段，只有一句話，五秒鐘。

「**這樣才能被受刑人尊敬並在監獄裡有更多運作的空間。**」

「你想再聽其他的嗎？因為……時間很長，這是一場很有意思的會議。我……我全部都有。」

艾瑞克站了起來，態度從容，眼神鎮定，半點情緒都沒有洩露出來。

「很高興見到你。」

就是現在。

就是這一分鐘。

艾瑞克要離開了。

史文開啟第三個聲音檔。

「**在我離開之前，我想請妳再說一次妳對我做出的所有承諾。**」

「你以為你知道這是什麼對不對？」

艾瑞克已離開桌邊，往門口走去，因此下一句話史文幾乎得用喊的。

「可是我想你應該不知道，這是死人說的話。」

身穿高級西裝的客人並不明白史文說些什麼，但都停止交談，放下餐具，看著史文，因為史文玷污了他們共同營造出來的安靜氛圍。

「說話的這個人兩天前站在監獄工場的一扇窗戶裡，拿槍指著一名獄警的頭。」

艾瑞克走到門口旁的吧台，這才停下腳步。

「說話的這個人已經被我們的同事伊維特．葛蘭斯下令射殺了。」

艾瑞克轉過身來。

「你到底在說什麼？」

「我在說的是寶拉。」

艾瑞克看著史文，微一遲疑。

「你都這樣叫他對不對？」

艾瑞克向前踏出幾步。

他離開了門口。

「桑奎斯特，你怎麼會……」

史文降低嗓音，艾瑞克正在聽他說話，不會離開了。

「我在說的是寶拉被除掉了，這件事你跟葛蘭斯都有份，而且你成了一場合法謀殺行動的幫凶。」

§

伊維特．葛蘭斯站了起來。垃圾箱裡躺著一個空塑膠杯，辦公桌後方的書架上放著一個咬了兩口的肉桂捲。

他焦躁不安。時間就快沒了。他在醜陋沙發和面對克羅諾伯拘留所中庭的窗戶之間來回踱步。

史文應該已經跟艾瑞克碰面了，同時開始訊問，要求回答。

伊維特嘆了口氣。

艾瑞克．威爾森是十分關鍵的人物。

會議錄音中的一個人已經死了，伊維特將讓會議中的另外三人聆聽這段錄音，但要等到時機成熟。

艾瑞克是第五人。

他可以證實那場會議確實舉行過，證實那段錄音是真的。

「你有空嗎？」

一人倚在門邊，金髮瀏海梳到一側，臉上戴著圓框眼鏡。

拉許．奧格斯坦換下了睡衣睡袍，穿上灰西裝灰領帶。

「呃，有嗎？」

伊維特點點頭。拉許跟著伊維特一跛一跛的笨重身軀，越過油地毯，來到被磨得發亮的舊沙發前，坐了下來。昨晚是個漫漫長夜，他家廚房裡有伊維特．葛蘭斯、威士忌和郡警政總長的筆電。那是他們第一次跟彼此說話時沒有嫌隙，伊維特甚至叫了他的名字拉許。拉許。伊維特叫他拉許。當時在廚房裡，他們幾乎是親近的，而伊維特試著將那份親近表達出來。

拉許背靠沙發，雙臂交疊胸前。

他十分緊張。

他沒準備好要來拜訪一個經常威脅他和羞辱他的人。

過去他來造訪這間辦公室，總覺得受到攻擊、充滿敵意、煎熬無比。但如今那些音樂消失了，昨晚的感覺依然留存。他突然咯咯笑了起來，因為他突然覺得踏進這間辦公室的感覺還挺好的。

他在兩人面前的桌上放了兩份檔案，先打開上面那一份。

「機密情報報告，一共三百零二份，是我昨晚列印出來的。」

他拿起第二份檔案。

「這些是相同案件的初步調查報告，是你知道而且可以調查的部分。我盡量看完了一百起案件，這一百起案件不是已經結案，就是檢方起訴但未能定罪。昨晚你離開以後，我所有的時間都花在找尋、分析和比較這些初步調查和真實案情，也就是你同事已經握有的那些機密情報報告。」

拉許指的是從最高階警官桌上那台筆電裡列印出來的報告書。伊維特暗自希望郡警政總長辦公室的那扇門依然開關良好。

「其中有二十五起案件最後予以不起訴處分，檢察官自己知道證據不夠充分，無法定罪，因此結案。另外三十五起案件的被告無罪釋放，法官駁回上訴。」

一如往常，拉許一激動起來，脖子就脹得通紅。每次他們侮辱彼此，伊維特都目睹拉許變得臉紅脖子粗。只不過這次拉許的怒氣對準的是別人，這使得伊維特有點不自在；他們之間唯一的溝通方式是鄙視對方，這種方式讓他們找到安全感，如果他們不能躲在這種方式背後，反而會備感尷尬，不知該從哪裡開始互動。

「我可以確定，葛蘭斯，如果檢方可以取得**你的同事**不讓我們取得的資料，也就是藏在警政總長辦公室電腦裡的那些機密情報檔案，那麼這些案子，**葛蘭斯，每一件案子**最後都可以定罪。」

§

史文．桑奎斯特又點了礦泉水加檸檬片。他已不再感到炎熱，這家隱密的餐廳十分涼爽，空氣流通，但他頗為緊張。

他只有一分鐘的時間。

他讓艾瑞克停下腳步，轉過身來，再度走到桌前，坐了下來。

現在他必須讓艾瑞克參與才行。

他看著同事艾瑞克，只見艾瑞克臉上依然毫無表情，但眼神並非如此，他的眼眸深處浮現了一絲不安。艾瑞克相當專業，眼神並未飄移不定，但錄音檔裡頭的聲音令他心裡感到驚訝和不安，那些聲音在向他要求答案。

「這個錄音檔放在一個信封裡，寄到伊維特．葛蘭斯的信架上。」

史文朝螢幕上那個代表聲音檔的符號點了點頭。

「信是在赫夫曼死後一天寄到的，上面沒寫寄件人。那個信架和我們兩個人的辦公室距離差不多對不對？」

艾瑞克沒嘆息，沒搖頭，也沒緊咬牙根，只是眼眸裡再度浮現一絲不安。

「信封裡有一張光碟，光碟裡就是這個錄音檔。信封裡還有三本姓名不同的護照，上面貼的照片都一樣，都是畫質不佳的黑白照片，赫夫曼的照片。信封最底下還有一具電子收話器，那種可以塞進耳朵裡的銀色小型金屬收話器，我們已經確定那具收話器和黏在艾索斯教堂鐘塔上的發話器是互通的。狙擊手選擇了那個教堂鐘塔做為瞄準位置，確定從那裡可以射中目標，最後葛蘭斯下令射擊。」

艾瑞克想抓住桌巾，將它整個從桌上扯下來，灑滿一地的碎玻璃，或是厲聲咒罵，哭泣崩潰。但他沒有。他盡量保持坐著不動，希望這些情緒都沒有顯露出來。

史文說他們是一場合法謀殺行動的幫凶。

還說寶拉已經死了。

換作別人，艾瑞克早就走了。要是這個錄音檔是別人拿給艾瑞克聽的，他一定會斥之為無稽之談。但史文這個人從不胡扯。艾瑞克自己會胡扯，伊維特會胡扯，大部分的警察都會胡扯，大部分他認識的人都會胡扯，但史文不會。

「**在我離開之前，我想請妳再說一次妳對我做出的所有承諾。**」

除了寶拉之外，沒有其他人可以錄下這段錄音，而且也只有寶拉有錄音的動機。寶拉選擇讓伊維特和史文涉入這件事，自有其原因。

因為他們燒了他。

「我還想給你看幾張照片。」

史文移動筆電，讓螢幕面對艾瑞克，打開一個新檔案。

螢幕上出現一個停格畫面，由艾索斯監獄的無數監視器之一拍下，畫面中是一扇模糊不清的窗框和窗戶，窗上裝有欄杆。

「這是艾索斯監獄B棟的工場，你可以看見有個受刑人側身站在那裡，只剩下八分半的生命。」

艾瑞克拉過筆電，調整螢幕，想看清楚那個人。那人大約站在窗戶中央，可以看見肩膀和部分的臉。

他見過那人年輕十歲的樣貌，他自己也曾年輕十歲。倘若換作今日，他會不會想再吸收畢耶？畢耶會不會想再被吸收？畢耶在厄斯特羅克監獄服過刑，那座監獄位於斯德哥爾摩以北，關的都是些小毛賊。畢耶曾是那些小毛賊之一，那是他第一次被判刑，他是那種會在監獄裡蹲個十二個月，出來遊蕩一陣子，然後又被關進去十二個月的小混混。但他的身世背景、母語和個性都可以被警方所用，而不致於淪落成累犯統計數據的採樣。

「這一張是剩下五分鐘的時候。」

史文換了一張照片，是另一台監視器拍下的，這張比較近，沒有窗框，只有窗戶，臉部也比較清楚。

十年前，他們在已被警方查封、跟畢耶的判決有關的房子裡多塞了幾把槍，可能是卡拉希尼科夫步槍，他們塞的通常都是那種槍。如此一來，他們就可以提高犯人的危險層級，將犯人管束得更緊，不得外出，不得和外界接觸。當時的畢耶可說是狗急跳牆，聽進了他們的說詞，他已經好幾個月沒有跟人接觸或說話，要他被吸收去做什麼都可以。

「這是剩下三分鐘的時候，你可以在這張照片裡看見他正在對著工場的監視器大叫。」

一張臉塞滿整個畫面。

是他。

「經過分析之後，我們發現他大喊的是：**他死定了**。」

艾瑞克看著那個荒謬的畫面，那張扭曲的臉，那個張大而絕望的嘴巴。

寶拉是他有計劃地打造出來的。

寶拉從一個小混混逐漸發展成全國最危險的罪犯，艾瑞克一個檔案一個檔案修改，從犯罪紀錄、國家法院行政部資料庫，一路修改到警方的犯罪情報資料庫。經過一輛又一輛的警車根據現有資料採取回應，寶拉的虛構危險性一再被加強。當寶拉準備跨出最後一步，打入沃德的權力核心時，當任務需要寶拉贏得更多尊敬時，艾瑞克也提供了這樣的資料。艾瑞克印出了一張《精神疾病診斷與統計手冊》診斷書，那是對最高危險層級的瑞典罪犯所做的心理測驗診斷書。

那份診斷書後來被植入監獄暨監管局的紀錄裡。

一夕之間，畢耶・赫夫曼變成一個長期缺乏良知、極具攻擊性、對他人安全極度危險的罪犯。

「最後一張照片。」

畫面中只見濃濃黑煙，遠遠看去，那可能是一棟大樓，上方可能是藍色天空。

「這是下午兩點二十六分拍下的，也是他的死亡時間。」

艾瑞克耳中聆聽史文的敘述，眼睛在方形螢幕和濃密黑煙中尋找原本站在那裡的身影。

「那場會議有五個人參加，艾瑞克，我需要知道寄到葛蘭斯信架上的那段錄音是不是真的？我們聽見的那些對話是不是真的？那三個沒碰扳機的人是不是這場合法謀殺行動的共謀？」

§

拉許・奧格斯坦脖子通紅，臉面脹紅，瀏海塌落，不斷變換姿勢，時而踱步，時而沮喪，坐上伊維特・葛蘭斯的辦公桌又下來。

拉許幾乎是在發洩不滿。

「這個系統真是要不得，葛蘭斯，找罪犯來替警察工作，讓罪犯自己犯下的罪行被掩蓋或輕輕帶過，讓一件案子合法，好讓另一件被調查。警察公然說謊，並向其他警察隱瞞事實。可惡，葛蘭斯，這可是個民主社會。」

昨晚拉許從郡警政總長的筆電裡印出三百零二份機密情報報告後，目前為止看了其中一百份，並拿真相來比對市警局的調查報告。其中二十五起案件最後不予起訴，三十五起無罪開釋。

「剩下的四十起案件判了刑，但我可以告訴你，由於缺乏被隱藏起來的資料，那些判決都是錯誤的。那些接受審判的人被判了刑，可是罪名都不正確。**葛蘭斯，你在聽我說嗎？**四十起案件都是這樣！」

伊維特看著檢察官拉許，只見他身穿西裝，打著領帶，一手拿檔案，一手拿眼鏡。

一個腐敗的系統。

不只如此，奧格斯坦。

再過不久，我們就要討論那份你還沒看見的情報報告，那份報告因為剛出爐，所以存在另一個檔案裡。

維斯曼街七十九號。

我們之所以必須結束維斯曼街七十九號的調查案，是因為這條走廊上的其他警察握有我們缺少的答案，這也表示他們必須燒了一個線民，而且需要一個好利用的白癡來承擔責任。

「謝謝你，幹得好。」

伊維特朝他永遠無法勉強自己喜歡的檢察官拉許伸出了手。

拉許跟伊維特握手，也許握得稍微久了點，但感覺很好，很有情誼，他們首度站在同一陣線。昨夜他們相談甚久，手裡各拿一杯威士忌，伊維特甚至還叫了他一聲拉許。

拉許露出微笑。

這次他不用擔心伊維特會對他刻意刁難或侮辱了。

他放開伊維特的手，朝門口走去，心頭浮現一種奇特的喜悅感，就在這時，他轉過身來。

「葛蘭斯？」

「是？」

「上次我來的時候，你給我看一張地圖。」

「對。」

「你問起賀加地區的北公墓，問說那裡好不好。」

那張地圖就放在桌上，他一進來就看見了，那個地方做為安息之地已有兩百年歷史，是全瑞典的大型公墓之一。

葛蘭斯將那份地圖留在身邊，心想不久就會派上用場。

「你找到你想找的墓地了嗎？」

伊維特的呼吸變得粗重，笨重身軀前後搖擺。

「呃，找到了嗎？」

伊維特霍地轉身，不發一語，只是發出濃重的呼吸聲，面對桌上的一疊檔案。

「嗯，奧格斯坦？」

「怎麼樣？」

伊維特並未看著即將離去的拉許，他的聲音變了，變得有點太高。年輕檢察官拉許根據過去的經驗，知道那聲音說出來的話將會令他難受。

「你好像誤會了。」

「什麼？」

「是這樣的，奧格斯坦，這只是工作，我可不是你的好哥們。」

§

餐點送上了桌，他們聽從服務生的建議點了魚，但不是鮭魚。**我需要知道寄到葛蘭斯信架上的那段錄音是不是真的？**兩人默默進食，一語未發，視線也沒有交集。**我們聽見的那些對話是不是真的？**問題就在桌上，就在燭臺和胡椒罐旁邊，等著他們。**那三個沒碰扳機的人是不是這場合法謀殺行動的共謀？**

「桑奎斯特？」

艾瑞克將餐具放在空了的餐盤上，喝完第三杯礦泉水，從大腿上拿起餐巾。

「是。」

「看來你白跑一趟了。」

艾瑞克做出了決定。

「是這樣的，就某方面來說……我們從事的都是同一行。」

「那天你去找葛蘭斯，那時候你就已經知道了，艾瑞克，但你一句話都沒說。」

「我們幹的都是警察這行，我們都必須對付犯人、調查犯罪，而線民卻創造出灰色地帶。」

他決定什麼都不說。

「還有，桑奎斯特，這是未來的趨勢，警方未來會採用更多線民，更多臥底人員，這個領域正在成長，所以我才會來這裡。」

「如果當初你把實情告訴我們，艾瑞克，今天我們就不會坐在這裡，也不會失去一條人命。」

「這就是為什麼我的歐洲警察同事會聚在這裡，我們是來這裡學習的，這個領域日後一定會擴張。」

他們在同一條走廊上共事了那麼久。

艾瑞克從不曾見過史文失控發飆。

「我要仔細你聽好了，艾瑞克！」

史文抓過筆電，一個餐盤掉落白色大理石地面，一個玻璃杯倒在白色桌巾上。

「我可以快轉或倒轉，你想看哪裡我就轉到哪裡。這裡，你看見了嗎？這是子彈穿透強化玻璃的時候。」

一張嘴對著螢幕大吼。

「還是這裡？這是工場爆炸的時候。」

一張側臉在窗戶裡。

「或是這裡？這還沒給你看過，這是屍體的碎片，牆上插滿了旗子，全都是屍體的碎片。」

一個人停止了呼吸。

「你現在的回應方式是你被訓練的回應方式，是你一貫的回應方式，你必須保護你的線民。可是我的天，艾瑞克，你的線民已經死了！你可以不用再保護他了！因為你和你的同事失敗了，你們都沒能保護得了他，這就是他為什麼會站在那扇窗戶裡，這就是他為什麼會……死在那裡。」

艾瑞克伸手將面對他的電腦螢幕啪的一聲闔上，扯下電源線。

「**我**當聯絡者跟你的年資一樣久。**我**從幹警察以來就負責跟線民工作。**我**從來沒有失手過。」

史文打開筆電，再次開機。

「電源線你留著，電池裡還有的是電。」

史文指著螢幕。

「我不明白，艾瑞克，你們一起工作了九年，可是當我給你看他的照片……這裡，這就是他死亡的那一瞬間……這裡，你看見了嗎？**這**就是他死亡的時刻……可是你竟然一點反應都沒有。」

艾瑞克哼了一聲。

「他又不是我的朋友。」

你信任我。

「但我是他的朋友。」

我信任你。

「這場遊戲就是這樣玩的，桑奎斯特，聯絡者假裝是滲透者最好的朋友，聯絡者必須扮演成滲透者最要好的朋友，而且要演得非常非常像，這樣滲透者才會每天心甘情願去冒生命危險，替聯絡者蒐集更多資料。」

我想念你。

「所以說對於畫面上的那個傢伙？你說得對，我一點反應都沒有。」

艾瑞克將手中的亞麻餐巾丟在桌上。

「你買單嗎，桑奎斯特？」

艾瑞克起身離去。這是一家品味高雅的餐廳，他左邊那桌獨自坐著一名女子，桌上放著一杯紅酒，右邊那桌坐著兩名男子，桌上滿是文件和甜點。

「維斯曼街七十九號。」

史文追了上去，走在艾瑞克旁邊。

「你什麼都知道，艾瑞克，可是你選擇什麼都不說，你極力隱瞞一個失蹤嫌犯的行蹤，你玩弄警局的資料和國家法院行政部的資料庫，你……」

「你是在威脅我嗎？」

艾瑞克停下腳步，脹紅了臉，肩膀聳起。

這時他顯露出來的情緒絕對不能算是沒反應。

「是嗎，桑奎斯特？你是在威脅我嗎？」

「你說呢？」

「我說呢？你拿出證據試圖來說服我，拿出照片試圖來動搖我，現在又拿出什麼該死的調查工作來威脅我？桑奎斯特，你把訊問手冊每一章的方法都用上了，現在還敢來反問我？你這根本是在羞辱我。」

艾瑞克繼續往前走，步下小台階，經過一張餐桌，桌前坐著四名年長男子，正在找眼鏡讀菜單，接著他又經過空推車和白色牆壁上的兩株綠色攀牆植物。

他看了史文最後一眼，停下腳步。

「不過呢……說實話，我不喜歡那些趁我不在的時候，燒了我手下頂尖臥底的人。」

他看著史文。

「所以說……對，那個錄音檔是真的，你說的那場會議確實發生過，你聽見的那些對話都是真的，每一個字都是真的。」

伊維特．葛蘭斯也許應該哈哈大笑，或至少感覺他的腹部浮現一股喜悅，一股聽不見的喜悅。

那個錄音檔是真的。

那場會議確實發生過。

史文在傑克森維爾市中心的餐廳裡打電話給伊維特，一邊看著艾瑞克在親口證實這些事之後，走向他的車子，準備返回喬治亞州南部。

伊維特沒笑。今天早上他已經在屋頂的鐵籠裡將情緒宣洩一空，他不斷吼叫，直到怒火全部釋放，然後躺在沙發上沉沉睡去，現在他體內有很多空間可以填放別的情緒。

但不是填放更多的怒火，怒火已經不夠看了。

滿足也不行，儘管他知道他已經快要逮到那些人了。

他要填放的是恨意。

畢耶被燒了，但卻活了下來，還綁架人質，只為了存活更久的時間。

我執行了一場合法的謀殺行動。

伊維特再次打電話給那個他不喜歡的人。

「我又需要你的幫助了。」

「好。」

「今天晚上你可以來我家嗎？」

「你家？」

「歐登街和史菲亞路交叉口。」

「為什麼？」

「我說過了，我需要你的幫忙。」

拉許・奧格斯坦冷笑幾聲。

「你要我去找你？在下班以後？為什麼我要去？畢竟……我又不是……那句話怎麼說的……我又不是你的**好哥們**。」

那份機密情報報告也在那台筆電裡，但是因為很新，所以存在另一個檔案裡。

昨天晚上我沒給你看那份報告。

現在我之所以要給你看，是因為我不想背負別人的罪惡感。

「這不是社交，這是工作。我要說的是維斯曼街七十九號命案，剛被你降級的初步調查案。」

「我很歡迎你明天白天的時候來地區檢察署。」

「你可以重啟調查，因為我知道**真實的**案發經過，可是我需要你再幫一次忙，奧格斯坦，明天早上就太遲了，那時候政府辦公室安全處處長就會發現少了監視錄影帶，並將消息呈報上去。到時候那些人就有時間改變說詞，操弄證據，再一次玩弄真相。」

伊維特咳了幾聲，嘴巴非常靠近話筒，彷彿不確定該如何繼續說下去。

「很抱歉跟你說了那些話，我可能有點……呃，你知道的。」

「有點什麼？我不知道。」

「可惡，奧格斯坦！」

「有點什麼？」

「我可能……我可能有點……有點壞脾氣……呃，有點過於苛刻。」

§

拉許．奧格斯坦步下七層樓梯，他的辦公室位於國王大橋附近。這是個舒適宜人的傍晚，十分溫暖。他渴望暑熱來到，經過了八個月的刺骨寒風和突來大雪，他總是渴望夏天來臨。他轉過身，望著地區檢察署的窗戶，只見窗內都黑沉沉地。剛才他撥了兩通電話，兩通都講得比他預料中來得久。第一通是打回家，解釋說他今天必須加班到很晚，並且答應了很多次，說他晚上上床前一定會把昨晚用過的酒杯洗乾淨，那兩個酒杯現在都還散發著酒臭味。第二通是打給史文．桑奎斯特，電話接通了，聽起來史文似乎是在機場。拉許想知道更多關於波蘭的調查工作，以及他們前去波蘭那間現已廢止的安非他命工廠有什麼發現。

「他家？」

「對。」

「你要去伊維特．葛蘭斯他家？」

「對，我要去伊維特．葛蘭斯他家。」

史文沒再多說什麼，但不想掛斷電話。他們要說的話已經說完，拉許有點不耐煩，想趕緊上路。

「抱歉，奧格斯坦，可是有件事我搞不太懂，我認識伊維特很久了，十七年來我一直是最接近他的同事，可是奧格斯坦，我從來沒有，**從來沒有**被邀請去他家過。這……我不知道……這涉及個人隱私，他對這方面有種奇怪的……自我保護。只有一次，五年前，就那麼一次，奧格斯坦，瑟德醫院綁架案隔天，我在他的反對之下去了他家，而你現在卻說他**請**你去他家？你真的確定嗎？」

拉許緩緩穿過城市，儘管今天是星期天，又已經過了九點，街上還是很多人。經過了一個寒冷冬季的缺乏溫暖與人群，現在生命力再度降臨，人們總是不想回家。

他原本並未察覺到這可能不只是一件調查案，不只是工作到深夜，也許昨晚在奧克斯霍區他家廚房裡，真的有什麼改變了，威士忌和三百零二份機密情報報告的確象徵某種親近的關係。但伊維特很快就扼殺了那種感覺，他很高興用那種只有他會的方式來傷害這種關係。也許真的有什麼**改變了**，也許他們比較能夠容忍對方了。

他再度看著周圍人群，只見人們穿著外套，圍著圍巾，在餐館外啜飲啤酒，談笑風生，做些人們聚在一起會做的事。

他嘆了口氣。

沒有什麼改變了，也許永遠都不會改變。

伊維特會這樣做自有其原因，拉許非常確定，伊維特一定有他自己的理由，而且絕對不會把那些理由講給一個他決定鄙視的年輕檢察官聽。

「我是葛蘭斯。」

史菲亞路的來往車輛依然很多，拉許必須仔細聆聽對講機發出的聲音。

「我是奧格斯坦，請你……」

「我來開門，請上四樓。」

地板鋪著厚厚的紅色地毯，牆壁可能是大理石材，燈光明亮但不刺眼。如果要住在城裡的公寓，拉許會喜歡有這種門廳的公寓。

拉許沒搭電梯，他步上寬敞的樓梯，一路爬上四樓。一扇深色大門的信箱上寫著「E&A．葛蘭斯」。

「請進。」

體型龐大、頭髮稀疏的警司伊維特打開了門，身上穿的衣服跟下午和昨晚穿的一樣，灰色外套搭配深灰色長褲。

拉許遊目四顧，驚奇不已。屋裡的走廊向前延伸而去，似乎沒有盡頭。

「房子很大。」

「這幾年我不常住在這裡，不過還認得路。」

伊維特微微一笑，笑容看起來不太自然。拉許不曾見過伊維特微笑，他那張粗糙的臉平常都很緊繃，面對誰就嚇到誰。現在伊維特突然換了張臉，讓拉許心生猶豫。

拉許踏進走廊，只見兩側門內都是房間，數一數至少有六個房間，房間裡全都空落落地，看起來似乎仍維持原貌，還在沉睡。史文是這樣形容的：那些房間不想醒來。

廚房很大，同樣沒怎麼使用過。

拉許跟著伊維特穿過屋子第一區，走進第二區，一個小用餐區，裡頭放著一張摺疊式餐桌和六張椅子。

「你自己一個人住在這裡？」

「隨便坐。」

伊維特做了準備。

桌上擺著一疊藍色檔案和一本大筆記簿，另有兩個仍然沾有水珠的玻璃杯和一瓶施格蘭威士忌。

「來一杯嗎？還是你開車？」

他頗為用心，甚至買了同一款威士忌。

「在這裡喝？就在你附近？我才不敢呢，你車上的置物櫃說不定還有一疊髒兮兮的違規停車罰單。」

伊維特記得一年半以前的一個寒冷冬夜，他跪在地上爬行，測量一輛車子和瓦薩街之間的距離，西裝褲在濕答答的雪堆裡爬得都皺了起來。

那輛車是拉許的車。

伊維特又微微一笑，那抹微笑幾乎令人膽怯。

「我記得那張罰單後來被檢察官車主本人註銷了。」

那晚伊維特大為光火，開了拉許的車子一張罰單，理由是停放位置超過規定八公分。伊維特之所以火大，是因為他們在搜尋一名失蹤的六歲小女孩時，檢察官拉許不肯通融，因此提高了搜尋難度，使得他們必須爬到斯德哥爾摩的下水道裡。

「替我倒半杯好了。」

兩人喝了口酒。伊維特從檔案裡拿出一份文件，放在拉許面前。

「你手上已經有三百零二份機密情報報告，裡頭說明**真實的**案發經過，寫的都是我們不知道的事，所以也不能放在正式調查報告裡。」

拉許點點頭。

「等我起訴他們每一個人，艾索斯監獄就得設立一個專門收容警察受刑人的單位。」

「那些都是去年的報告，可是這份是剛出爐的。」

M從肩式槍套裡拔出手槍

（波蘭製九毫米拉多姆手槍）。

M把槍扳到待發位置，

指著買家的頭。

「這份報告跟其他報告一樣，也是呈交給郡警政總長。」

P命令M冷靜下來。

M放下手槍，後退一步，

手槍依然處於半待發狀態。

拉許開口欲言，卻被伊維特打斷。

「我想……我猜……自從我們接到維斯曼街的報案電話以後，我有一半的工作時間都在辦這件案子，史文．桑奎斯特和瑪莉雅娜．海曼森也是一樣。尼爾斯．克蘭茲估計他和三個同事大概花了三個星期的時間，用放大鏡和指紋膠帶搜索整間公寓，埃弗斯說他也花了三個星期分析那個丹麥公民的屍體。許多員警和警探負責守衛犯罪現場、詢問鄰居、找尋垃圾箱裡的沾血襯衫，保守估計差不多花了二十天。」

伊維特看著檢察官拉許。

「你呢？你為了這件案子花了多少時間？」

拉許聳聳肩。

「很難說……一個星期吧。」

買家突然大喊：

「我是警察。」

M再度舉起手槍，

指著買家的頭。

伊維特將報告從拉許手中搶了過來，在面前揮舞。

「十三個半星期，五百四十個工作小時，而我們同一條走廊上的同事和長官早就知道事情真相了。赫夫曼甚至還打電話報案，奧格斯坦，這上面寫得清清楚楚，是赫夫曼自己打電話報案的！」

「可以還我嗎？」

伊維特離開桌前，走到廚房一角，打開壁櫥找東西，接著又打開另一個壁櫥。

「你的目的是什麼？」

「我想偵破一起命案。」

「你沒聽懂我說什麼嗎，葛蘭斯？你的**目的**是什麼？」

伊維特找到了他要找的東西，一個玻璃杯，並在裡頭倒滿了水。

「我不想背負罪惡感。」

「罪惡感？」

「這跟你一點關係也沒有，奧格斯坦，但事實上就是我不想背負罪惡感，我一定要把罪惡感還給那些主導這件事的人。」

檢察官拉許看著那份報告。

「你可以用這份報告辦到這件事？」

「對，如果可以在明天早上之前解決的話。」

拉許站在大廚房中央，耳中聽見車聲從開著的窗外流入。車聲慢了下來，沒幾輛車快速行駛，夜漸漸深了。

「我可以在這間公寓裡四處看看嗎？」

「請便。」

走廊看起來比剛剛還來得長，拼花地板上鋪著厚厚的地毯，色澤頗深，但不陳舊，牆上貼的是七〇年代花紋的褐色壁紙。他拐了個彎，走進第一扇門，也是最美的一扇門，門內似乎是書房。他在真皮扶手椅上坐下，椅墊發出抗議，一邊下沉一邊等待它的主人。這是公寓裡唯一不高聲呼喊寂寞的房間。他的視線沿著書架上一排排按照大小排列的書本緩緩移動。他伸手打開落地燈，落地燈彎出美麗弧度，在報告書上灑下柔和的黃色光芒。他靠上椅背，想像警司伊維特也會做出相同動作。他又讀了一次報告，報告是一名警察在維斯曼街七十九號命案發生後的隔天寫的。這起調查案是他和伊維特負責的，最後毫無進展，只好結案。

M猛力舉起手槍指著買家的頭，

扣下扳機。

買家倒在地上，

和椅子呈直角。

拉許拉近燈罩，想將報告看清楚些，確定裡頭的內容。他已做出決定。

他今晚不會回家了。

再過一會，他會從這裡直接前往地區檢察署，重新開啟這件初步調查案。

他站了起來，準備離開書房，正好在兩個書架間的牆壁上看見兩張黑白照片。照片中是一男一女，十分年輕，對未來有無限展望，同樣身穿警察制服，雙眼靈活有神。

他總是納悶，不知道伊維特個性大變之前，究竟長什麼樣子。

「你決定了嗎？」

伊維特依然坐在那張優雅的餐桌前，桌上擺著藍色檔案和空玻璃杯。

「對。」

「如果你要提起告訴，奧格斯坦，現在我們說的可不是一般的警察，我會給你一個高階警官的名字，一個更高階警官的名字，還有國務祕書。」

拉許看著手中那三張A4報告書。

「那你還說這樣就夠了？我以為我還沒看到全部的證據。」

還有玫瑰堡的監視影片，裡頭有五個人正要前往一間辦公室；一場祕密會議的錄音，裡頭有五個人的對話。

你還沒看到全部的證據。

「這樣就夠了。」

伊維特第三次露出微笑。

拉許覺得那抹微笑看起來幾乎算得上自然。他回以一絲微笑。

「那就拘留他們，三天內逮捕令就會下來。」

公寓裡十分寂靜，伊維特．葛蘭斯步下樓梯。

他已經很多年沒走這座樓梯了，因為左腳踩到石梯上會痛，但今晚他卻沒搭電梯，扶著欄杆走下樓梯。他經過兩扇門前，聽見裡頭傳出匆忙的腳步聲，跑到門墊上，好奇的眼睛湊上窺視孔，想看看那個從不走樓梯的四樓鄰居怎麼突然走了下來。他來到一樓，經過最靠近門口的一扇門，這時牆上時鐘響起，敲了十二下。

史菲亞路上人車寂寥，天氣依然暖和，也許今年也會有個該死的炎熱夏天。他深深吸了口氣，緩緩吐出。

伊維特．葛蘭斯邀請了另一個人去他家。

伊維特．葛蘭斯的胸口並未立刻浮現痛楚，請那人離去。

自從意外發生之後，他就不曾邀請別人去他家，因為那曾經也是她的家，是他們共同的家。他抖落輕柔微風，邁開腳步，朝西步上歐登街。歐登街同樣空寂，同樣溫暖。他脫下外套，解開襯衫第一顆釦子。

眾人之中，他竟然邀請了那個光鮮亮麗的檢察官去他家，自從幾年前他見到拉許之後，就一直很討厭他。

但他竟然覺得滿愉快的。

他走上歐登布蘭廣場，慢下腳步，朝一個小攤販走去，站到隊伍尾端。排隊的都是年輕人，正在用手機發送簡訊給其他年輕人。他買了一個漢堡和一杯橘子口味但沒了氣泡的飲料。剛才檢察官拉許問他要不要去菲斯卡提區一家律師酒館喝杯啤酒，但他拒絕，後來才覺得懊悔，在家裡的眾多房間裡煩躁地踱來踱去，最後不得不出門，覺得隨便去哪裡都好，至少在外頭待一陣子。

他腳邊爬來兩隻老鼠，老鼠是從小攤販下方的洞鑽出來的，那個洞通往公園，公園的木長椅上睡著流浪漢。不遠處有四名年輕女子，身穿短裙高跟鞋，朝一輛巴士奔去，巴士剛關上門，正要離站。

他在古斯塔夫一世教堂外吃完漢堡，右轉踏上這幾星期來他去過好幾次的街道。路旁的一棟棟房子正準備入睡。他看著大片玻璃門上自己的影子，按下他記熟了的密碼，搭乘咯吱作響的電梯來到四樓。信箱上貼了新的標籤，波蘭姓名已被換掉，褐色木門比他家的還來得老。他看著那扇門，想起頭部下方那攤鮮血、牆上插的小旗、尼爾斯發現毒品跡象的廚房地板。

一切就是從這裡開始的。

一個人失去性命，迫使他做出決定，讓另一個人也失去性命。

凡納迪路、傑弗列街、索爾納橋，他在暖融融的夜裡繼續往前走。無論有人走到他旁邊，或是他正好跟在別人後頭，他都沒有想法、沒有感覺，直到他來到索納休基路，在一道開著的柵門前停下腳步。那道柵門名叫「一號大門」，是北公墓的十個入口之一。

外套內袋裡的地圖正等著他。

那份地圖放在他伸臂可及的桌上已有好幾個月，不知為何，昨天他將它帶了回家，而現在他就站在這裡，手裡拿著地圖。

他甚至不覺得冷。

儘管他總認為墓園很冷。

伊維特順著柏油路面往前走。柏油路橫亙廣大草地，草地邊緣是一大片樺樹、針葉樹和不知名的樹木。這座墓園占地一百五十英畝，容納了三萬座墳墓。一路上他一直避免去看墓碑，寧願看著樹枝也不要看那些象徵失去的灰色墓碑。過了一會，他變得可以去看一些年代較久遠的墓碑，那些墓碑上頭寫的是頭銜，而不是人：督察長、站長、寡婦。他經過一些大型鐫刻墓碑，墳墓裡葬著希望死守在一起的家族。他也經過一些屹立不搖的大墓碑，那些大墓碑驕傲地站立在土地上，傲視群倫，就算死後也要比其他墓碑來得更重要。

二十九年了。

半輩子以來，他每天都要花一點時間回想那段泛黃的記憶——**她摔出警用廂型車外，他來不及煞車，後輪輾過她的頭**——有時他忘了回想，發覺自己距離上次回想已經過了好幾個小時，他就會逼自己想得更久，想得更多，多半想的都是她的頭躺在他的大腿上，鮮血止不住地流出。

他沒辦法再這樣繼續下去了。

他看著樹木，看著墳墓，甚至看著紀念花園，但是都沒有用。無論他再怎麼斥責自己，他都無法再將注意力放在她閃爍的眼神或抽搐的雙腳上。

你害怕的事已經發生了。

他環顧四周，突然著急起來。

他穿越一個墓區，根據標誌，那個墓區名叫十五B區。那一區的墓碑美麗低調，在那裡安息的人死得很有尊嚴，不必在死後還搞得那麼引人注目。

十六A區。他的步伐越來越大。十九E區。他氣喘吁吁，全身冒汗。

他看見有個澆水壺放在台子上，便拿了起來，去附近水龍頭裝水，提著它繼續快步前行。腳下的柏油路面變成了碎石路面。

十九B區。

他試著讓自己站穩一點。

他不曾來過這裡。他努力嘗試要來，但一直不成功。

為了走這幾公里路，他花了一年半的時間。

昏暗的光線中只能看清楚前方兩個墓碑。他俯下身子，細看標示墓位的新標籤。

601號墓位。

602號墓位。

他全身發抖，難以呼吸，有個片刻他幾乎要回頭了。

603號墓位。

墓位上有些許翻開的泥土，一塊暫時的花圃，上頭長了些綠色植物，插著一個小小的白色木十字架，僅此而已。

他提起澆水壺，替一株不開花的小樹叢澆水。

§

她就躺在裡頭。

那個年輕女子在斯德哥爾摩的黎明街道上漫步時，緊握他的手，要他緊緊走在她身邊。那個年輕女子在瓦薩公園的覆雪栗樹下滑雪時，穿著沒好好打蠟的滑雪板，在他身旁不斷掙扎。那個年輕女子和年輕男子一同搬進了史菲亞路的公寓。

躺在裡頭的是那個年輕女子。

不是坐在療養院輪椅上，那個不認得我的女人。

§

他沒掉眼淚，眼淚他已掉過。他的嘴角泛起微笑。

我沒有殺了他。

我沒有殺了妳。

§

我害怕的事已經發生了。

第五部

一天後

他喜歡厚片全麥麵包，酥脆表皮灑著籽仁，咬下去有紮實感，咀嚼起來嘎吱作響，再搭配一杯黑咖啡，外加一杯在他眼前現榨的柳橙汁。歐登街和德本街街角的這家店距離他家只有幾分鐘路程，就他記憶所及，他每星期都會來這裡吃好幾次早餐。

伊維特．葛蘭斯睡了將近四小時，睡在大公寓裡他自己的床鋪上，沒夢見奔跑或有人在後頭追趕他。昨晚他一回家關上門，就知道這會是個美好的夜晚。他在大廚房裡坐下，望了窗外一會，收拾桌上的檔案和文件，沖了個暖呼呼的澡，邊沖邊唱歌，沖得有點久，然後聆聽夜間廣播節目。

伊維特付了早餐錢，買了四個肉桂捲，請店家放在袋子裡，快步走在長長車陣旁。路上車子擠在擁塞的早晨車潮中，等候彼此前進。他從史菲亞路走到賽格爾廣場，再從皇后街走到玫瑰堡的政府辦公室。

警衛十分年輕，可能是新來的。年輕警衛仔細檢查他的證件，拿他的姓名和會議簿裡的姓名比對第二次，接著又比對第三次。

「司法部？」

「對。」

「你知道她的辦公室在哪裡嗎？」

「我前幾天晚上來過，可是我們沒碰過面。」

監視器設置於走廊中央，就在臉部的高度。伊維特直視那台監視器，對鏡頭微笑，就和幾星期前一名警方線民一樣。差不多同一時間，這棟政府大樓樓下幾層的控制室裡，一名警衛打開門，發現金屬架上少了兩捲監視錄影帶。

他們坐在辦公室遠端的大會議桌前等候他。

每個人面前都放著一個瓷杯，裡頭的咖啡喝了一半。

這時是早上八點，他們卻已坐在這裡一段時間，可見他們認真看待他。

伊維特看著他們，依然不發一語。

「你說要開會，好，就來開會，應該不會花太久的時間吧？我們都還有既定的會議行程。」

伊維特看著那三張面孔，一張一張看過去，每次看著對方的時間都有點太久。頭兩張臉十分鎮定，也許是假作鎮定。菲列克．約蘭松則額頭發亮，不斷眨眼，嘴唇緊閉皺起。

「我帶了肉桂捲來。」

伊維特將紙袋放在桌上。

「天啊，葛蘭斯！」

畢耶．赫夫曼有個家庭。

他的兩個孩子在成長過程中將缺少父親陪伴。

「有人要吃嗎？我替你們一人買了一個。」

多年以後，如果那兩個孩子要找父親怎麼辦？如果他們提出疑問，他該如何回答？

這是我的工作嗎？

媽的這是我的責任嗎？

難道我要說，你父親的性命比起受他威脅的老獄警長的性命，對我和社會來說比較沒有價值？

「不要？好吧，那我要吃一個。約蘭松，可以倒一杯咖啡給我嗎？」

他啜飲咖啡，吃了一個肉桂捲，又吃了第二個。

「還有兩個肉桂捲，有人要改變主意嗎？」

他又看著他們，同樣一次看著一個人。國務祕書和他目光相接，十分冷靜，臉上甚至掛著一絲微笑。國家警政總長坐著不動，眼睛望著窗外的皇宮屋頂和斯德哥爾摩大教堂的高塔。菲列克垂眼看著桌面；雖然不是很清楚，但菲列克發亮的額頭上似乎布滿細小水珠。

伊維特打開公事包，拿出一台筆電。

「這真是台好機器，昨天史文帶了一台一模一樣的去美國。」

他用笨拙的手指放入光碟，打開檔案，螢幕立刻被一個黑色方塊給填滿。

「按鍵很多，不過現在我很會用了。對了，史文帶他的筆電去美國見的人是艾瑞克．威爾森。」

監視器裝設於兩個位置，第一具位在警衛玻璃亭上方一公尺處，第二具位在第二扇門的走廊上。前幾天深夜他取得的監視影片畫面跳動，有點模糊，但他們都看得出鏡頭拍到的是什麼。

五人先後進入政府辦公室的一個房間，間隔時間都不長。

「認得他們嗎？」

伊維特指著螢幕。

「你們可能還認得他們走進的辦公室吧？」

伊維特暫停影片播放，一格畫面固定在螢幕上，裡頭是一個人背對鏡頭，雙臂平伸，身後站著另一人，雙手放在前一人的背部。

「這是影片裡最後發生的事。前面那個伸長兩隻手臂的人有犯罪紀錄，監視器拍下這段影片時，他的工作是擔任市警局的線民。後面那個伸出雙手搜查線民背部的人，是一位總警司。」

伊維特看了菲列克一眼，只見菲列克癱軟在桌上。

他頓了頓，沒有人和他目光相觸。

「這台筆電是警局財產，但這台隨身聽是我的。」

他伸手到公事包的外側夾層裡，拿出一台CD隨身聽。

「五年前我跟奧格斯坦發生一些口角，他送了這台隨身聽給我，很時髦，是年輕人用的，可是我都沒用——你們可別告訴他。直到前幾個禮拜，我才把這台隨身聽拿出來，用來聽一段很有意思的錄音。」

肉桂捲的紙袋擋在桌上，伊維特將它移到一旁。

「這個呢，是我去扣押物保管室借來的，它們是大新街一宗公寓竊案的證物，那宗竊案的初步調查工作已經結束了，證物也都撤銷查扣，可是沒有人來領回。」

他將兩個小喇叭放在桌上，好整以暇地接上電線。

「如果這對喇叭不錯的話……誰知道，我可能會自己留下來。」

伊維特按下一個按鈕。

椅子刮擦聲，許多人移動發出聲音。

「這是一場會議的錄音。」

「會議時間是五月十號十五點四十九分，地點就在這間辦公室，這張桌子上。我快轉一下，到剩下二十八分二十四秒的地方。」

伊維特轉頭望向直屬長官。

菲列克脫下夾克，淺藍色襯衫的腋窩位置有兩塊顯而易見的深色汗漬。

「我想你們應該認得這個說話的人是誰。」

「妳以前也處理過類似案件。」

「你們讓我、史文、海曼森、克蘭茲、埃弗斯……」

「伊維特……」

「……和一大群警察工作了好幾個星期，去調查一件你們早就知道案情的命案。」

菲列克首次看著伊維特，開口說話，但伊維特搖搖頭。

「我很快就說完了。」

伊維特伸出手指觸摸靈敏的按鍵，找了一會才找到對的按鍵。

「我再快轉一點，到剩下二十二分十一秒的地方。同一場會議，另一個聲音。」

「**我不希望這種事發生，妳不希望這種事發生，寶拉也沒時間應付維斯曼街的命案。**」

伊維特望向國家警政總長。

警政總長的光亮保護殼似乎出現了裂痕，眼角不時抽動，雙手緩緩互搓。

「你們對警察同仁說謊，燒了替你們工作的線民，豁免某些案子，好解決其他案子。如果這是警務工作的未來趨勢……那我很高興再過六年我就要退休了。」

伊維特並不期待他們回應，只是調整喇叭，讓喇叭面對國務祕書。

「他就坐在妳正對面，感覺不會很奇怪嗎？」

「**我保證你不會因為維斯曼街七十九號發生的事而受到起訴。我保證我們會盡全力協助你在監獄裡完成任務。**」

「那個人就坐在我現在這個位子，麥克風放在膝蓋的位置。」

「**還有……任務結束後，我們會照顧你。我知道到時候你的生命會受到威脅，你的名字會傳遍整個黑道世界。我們會給你新生活、新身分，還有金錢，讓你移居國外，重新開始。**」

伊維特拿起小喇叭，又放得離國務祕書更近一些。

「我想讓妳把下一句話聽得很清楚。」

喇叭緊接著就傳出國務祕書的聲音。

「**我以司法部國務祕書的身分對你保證。**」

伊維特伸手去白色紙袋裡，拿了一個肉桂捲，吃完之後，又將杯中剩下的咖啡喝完。

「罪行：隱匿犯罪。罪行：保護罪犯。罪行：共謀犯案。」

伊維特心想他們可能會請他離開，威脅說要叫警衛來，或是大聲斥問他究竟想怎樣？

「罪行：偽造證據。罪行：嚴重誤用政府資源。罪行：偽造文書。」

但他們坐著動也不動，一語不發。

「我還有漏掉什麼嗎？」

這場會議開始之後，就有幾隻海鷗在窗外盤旋。

辦公室內一片寂靜，只聽得見海鷗高聲啼叫，以及桌前四人的規律呼吸聲。

過了一會，伊維特站起身來，緩緩越過辦公室，來到窗前看著海鷗，不久又回到會議桌前。那三人已不急著要去趕會議行程。

「我不會背負這份罪惡感，我也不想再背負罪惡感。」

三天前，他拿出勇氣，做出決定，執行他在警務生涯中最為懼怕的任務，對人擊發致命子彈。

「他的死不是我的責任。」

昨天晚上，他拿出勇氣，在墓園裡待了幾小時，待在一個簡樸的墓位旁。就他記憶所及，沒有其他東西比那個墓位更令他感到懼怕。

「她的死不是我的責任。」

他的聲音變得十分沉靜。

「殺人的不是我。」

他伸出手指，指著桌前三人，依序指過去。

「殺人的是你、是你、是你。」

再一天後

尾骨上方幾公分處的第三或第四節脊椎骨所產生的劇痛，有時令他難以忍受。他小心移動，伸腳朝空中踩踏，一次踏出一隻腳，不久之後就不再聽見聲音傳出，劇痛也舒緩了一陣子。

他沒聞到尿液或排泄物的臭味，可能剛開始幾小時聞得到，但經過很長一段時間之後，現在已經什麼都聞不到。

第一個傍晚、夜晚和早上，他都睜著雙眼，想看穿眼前障礙，看看是誰在呼喊，誰在奔跑。現在他的雙眼只是保持緊閉，置身於濃重的黑暗中。反正他什麼都看不到。

他躺在一塊方形鋁板上，鋁板已鍛鑄成長長圓管，他猜測直徑大約六十公分，空間正好足以容納他的肩膀，如果他伸直雙臂，手掌就能壓到圓管頂端。

他的腹部依然有點脹，於是放鬆肌肉，讓尿液細細流下大腿。他覺得好了些，減輕了不適感。自從綁架人質的那天早上開始，他就沒喝東西，只用手掬了尿液來嘴邊喝，一百多個小時下來也掬了好幾次。

他知道人類可以在不喝水的狀況下存活一星期，但乾渴感在他體內上演一齣瘋狂戲碼，讓他的嘴唇、味蕾和喉嚨在乾渴狀態下不停顫抖。他硬撐著，撐過飢餓，撐過因為平躺不動而造成的關節疼痛，撐過黑暗。喊叫聲和奔跑聲靜下來後，他就在黑暗中放鬆。反倒是高溫令他好幾次產生放棄的念頭。由於濃煙和大火的緣故，電力都被切斷，通風系統不再送出新鮮空氣，使得密封圓管內溫度逐漸上升，令他整個人都像是發高燒似的。過去幾小時以來，他每次的目標是再多待幾分鐘，但這招已不再管用，他無法再忍受下去了。

他應該昨天就離開通風管才對。

他的計畫是等待三天，等待緊張氛圍和警戒狀態消除。

但昨天下午有人打開了門，進入控制室，在裡頭走動。他嚇壞了，躺著聆聽下方幾公尺傳來的腳步聲和呼吸聲。那人可能是警衛或水電工。他知道監獄裡的水電控制室一星期只會有人來檢查幾次，但他還是多躺了二十四小時，確保安全。

他舉起右手腕，湊到面前，看了看老獄警長的錶。

六點四十五分，距離鎖門還有一小時。

接下來這一小時十五分是獄警換班時間，日班和夜班交接。

時機到了。

他檢查了一下，剪刀仍在褲子口袋裡，那把剪刀原本放在工場辦公室桌上的筆筒裡。他在第一天用剪刀剪下一些頭髮，手臂和手的動作雖然受到通風管內的空間限制，但他時間很多，而且這也不失為一個好方法，可以忘記眾人尋找屍體的聲音。他再次拿出剪刀，朝手臂下方揮了下去，以剪刀刀尖猛力戳刺通風管內側，直到指尖摸到通風管已被戳出一個小洞，然後再用刀片割開柔軟金屬。他將身體移到開口正上方，雙腳抵著底端往後推，雙手壓上鋒利的金屬割縫。他的雙手被割得鮮血淋漓，但通風管終於被推了開來。他的身體往下一沉，穿過鋁管裂口，掉落在控制室的石板地面上。

他數算控制板上用來控制水電的紅燈、黃燈和綠燈，一共五十七個燈，接著又算了一次。

沒有腳步聲，沒有說話聲。

他確定沒人聽見有人掉落在這間控制室地板上的聲音。控制室門外是一條走道，連接G棟和安全中心。

他伸出雙手，抓住水槽，將身體撐了起來，只覺得頭暈目眩，但過了一會，爬滿全身的暈眩感就消失了，他也再度開始運用自己的感官。

他在令人不安的陰暗房間裡摸索。

保險箱下方牆壁上有個鉤子，上頭掛著一支手電筒。他選擇了手電筒，而不是直接打開天花板上的燈，這樣就可以利用手電筒來讓眼睛慢慢適應光線。眼前的黑暗驀然間出現亮光，令他的眼睛產生劇痛，痛得比他想像中還來得劇烈。光線從水槽上的鏡子折射而來，可能還令他大喊了一聲。

他閉上眼睛，等待一會。

再張開眼睛時，鏡子已不再攻擊他。

他看見鏡中那顆頭顱上，掛著參差不齊的頭髮，糾成一團。他從地上撿起剪刀，拉直頭髮，盡可能剪短，剪到只剩幾公分。刮鬍刀也是從辦公桌抽屜拿來的，放在同一個褲子口袋裡。他彎下腰，喝了幾口自來水，用水將臉打濕，一點一點將鬍子刮了下來。自從參加玫瑰堡那場會議開始，他就開始留鬍子，隨後就決定滲透到艾索斯監獄的高牆之內。

他看著鏡子。

四天前，他留著一頭金色長髮和蓄了三週的鬍子。

現在他變成了平頭，鬍子刮得乾乾淨淨。

他換了一張臉。

他讓水繼續流，脫下衣服，沾了水槽上那塊骯髒的肥皂，開始擦洗身體，並在溫暖的室內等待身體風乾。他回到通風管的銳利裂口前，伸手到裡頭摸索，找到了一疊衣服。幾天前，那些衣服被一個名叫馬丁·約格森的獄警長穿在身上，後來他將衣服疊起來暫時充當枕頭，讓脖子得到舒緩，也避免衣服被他的體液弄髒。

他和馬丁身高相仿，制服頗為合身，只不過褲子也許有點短，鞋子可能有點緊，但沒關係，並不明顯。

他站在門邊等待。

照理說他應該感到害怕、緊張、焦慮，但他什麼都感覺不到。當「不去感覺」的能力等同於存活，他就被迫去適應，用這種能力活下去，什麼都不去感覺，讓自己沒有想法、沒有渴望、沒有蘇菲雅、沒有雨果、沒有雷斯穆，能讓他想到美好生活的感覺一概消除。

他一踏進監獄大門，就讓自己進入這種不去感覺的狀態。

只有兩秒鐘，他離開了這種狀態。

那是在子彈即將擊發之前。

當時他站在窗邊，調整耳中收話器，看了教堂鐘塔最後一眼。他朝蓋在地毯下的人質瞥了一眼，人質全身貼滿炸藥，旁邊是一桶混合了汽油的柴油，引線就握在他手中。他檢查自己的位置。他必須側身站立，逼使狙擊手瞄準他的頭，這樣一來，日後刑事鑑識專家就不會懷疑為何找不到另一副頭骨。

兩秒的純粹恐懼。

他聽見收話器傳出射擊命令，也知道自己必須站在原地等待，但不知怎地，他的雙腳不聽使喚，太早移動。

連試兩次都是如此。

到了第三次，他的控制力回復了，沒了思緒、沒了感覺、沒了渴望，他再度受到保護。

子彈擊發。

他站立不動。

他有三秒的時間。

在風速每秒七公里、氣溫十八度的環境中，子彈要飛越一千五百零三公尺，擊中工場窗戶裡的那顆頭，正好需要三秒的時間。

我不能太早移動，我知道狙擊手的觀察員正拿著望遠鏡看著我。

我讀秒。

一二三四。

我把打火機握在手裡，打燃了火。

二二三四。

子彈擊中玻璃時，我迅速向前踏一步，將打火機的火燄湊上引線，引線綁在地毯下的人質身上。

子彈擊發，射穿玻璃，玻璃碎裂，無法看清楚目標狀況。

剩下兩秒。

兩秒之後，引線就會燃燒到引爆器、戊烷基和硝化甘油。

我奔向早已選好的那根柱子，距離只有幾公尺遠，那根方形水泥柱支撐著天花板。

我躲到那根柱子後方，最後一公分引線正好燒盡，黏在人質身上的炸藥立刻爆炸。

我的耳膜大受震撼。

老獄警長後方和通往辦公室的兩道牆壁應聲倒塌。

玻璃震碎，碎片灑落監獄活動場。

震波傳了過來，不過威力已被水泥柱和人質身上覆蓋的地毯給削弱。

我失去了意識，但只有短短幾秒。

我還活著。

他倒在地上，雙耳劇痛，這時爆炸高溫引燃柴油，黑煙襲捲工場。

他等待濃煙找到出口，從剛被震碎的窗戶竄出去，燻黑牆壁，也遮住工場的絕大部分。

他拿起老獄警長的那疊制服，扔出窗外，自己也隨即跳出窗外，落在幾公尺下方的屋頂上。

我坐在那裡動也不動，等待著。

我將制服抱在胸口，四周濃煙瀰漫，什麼都看不到。由於耳膜大受震撼，我聽不見太多聲音，但我感覺得到許多警察在附近屋頂上移動所產生的震動，那些警察是要來終止綁架事件的，其中一名警察甚至朝我這個方向跑來，完全不知道我是誰。

我屏住呼吸，一跳出窗外就閉住了呼吸。我知道吸入那些有毒氣體只有死路一條。

他移動到警察附近，那些警察聽見他的腳步聲，卻不知道他就是剛才他們親眼看見死在槍下的人。他來到屋頂上的幾塊閃亮金屬板前，那幾塊金屬板圍成一圈，如同煙囪一般。他爬進通風口，雙臂雙腿用力抵住四壁，直到通風口縮小，再也難以抵住，便鬆開了手，讓身體一路墜落到通風管底部。

我趴了下來，爬進直徑六十公分的圓管裡，圓管通到大樓內部。

我用雙手貼住金屬管，一點一點向前移動，最後來到控制室上方，控制室的門可以通往一樓監獄走道。

我躺了下來，將那疊制服枕在腦後。我要在通風管裡待上至少三天。我將在這裡大小便和等待，但我不會做夢，不會感覺，什麼都不會，現在還不會。

他將耳朵附在門上。

聲音很難分辨，但外頭可能有人走動。在走道上走動的應該是獄警，這個時間不會是受刑人，受刑人都被鎖在舍房裡。

他伸手撫摸臉頰和頭部，沒有鬍子，沒有頭髮，又撫摸大腿和小腿，沒有乾了的尿液。

那套新制服有別人的味道，老獄警長應該用過體香膏或鬍後水，制服才會散發一種香味。

門外又傳來走動聲，更多人經過。

他看了看錶，七點五十五分。

他得再等一會。外頭是下了班正要回家的獄警，他必須避開他們，因為他們見過他的臉。他又站在門前等了近十五分鐘，四周是一片漆黑和控制室裡的五十七盞黃燈、紅燈和綠燈。

就是現在。

門外有好幾個人，這個時間只可能是夜班獄警。

舍房鎖門後才來上班的夜班獄警從沒見過受刑人，因此不知道受刑人的長相。

他的聽力大為受損，但他很確定他們去得遠了。他打開門鎖，拉開了門，走到外面，將門關上。

連結G棟和安全中心的走道二十公尺外，三名獄警背對著他，其中一人和他年紀相仿，另外兩人比他年輕許多，可能是新來的臨時雇員，不久之後將投入職場第一份工作。每逢五月底，艾索斯監獄總是湧入大量的夏季臨時雇員，他們只經過一小時面試和兩天課程，就穿上制服，開始在監獄裡工作。

三名獄警站在一扇上鎖的安全門前，安全門將走道分為數小段。他快步上前。年長獄警手裡拿著一串鑰匙，正要開門，這時他從後面趕了上來。

「請等我一下。」

三名獄警轉過了身，上下打量他。

「我今天晚了一點。」

「要回家嗎？」

「對。」

年長獄警的話聲聽起來沒有絲毫懷疑，只是友善地問候這位同事。

「你是新來的？」

「對，還很菜，沒有自己的鑰匙。」

「還不滿兩天對不對？」

「昨天開始上班。」

「就跟他們兩個一樣，明天是第三天，也是有鑰匙的第一天。」

他跟在三名獄警後頭。

三名獄警看見了他，也跟他說了話。

現在他只是四名獄警的其中一人。四人一起穿過監獄走道，朝安全中心和大柵門走去。

他和三名獄警在樓梯口道別，三名獄警要爬上A棟去值十一小時的班。他跟他們道晚安，他們用羨慕的眼光看著那個要回家休息的同事。

他站在接待區中央，這裡有三扇門可以選擇。

第一扇門位於他的斜對角，通往接見室，在那裡可以會見女人、朋友、警察或律師。史蒂芬．里加斯就是在那裡被告知說組織裡有個線民，線民洩露了機密，絕對不能讓他繼續活命。

第二扇門在他正後方，門後的走道可以通往G棟。他幾乎笑了出來，因為穿過那扇門，他就可以穿著獄警制服回到他的舍房。

他看著第三扇門。

這扇門後方的走道經過安全中心，安全中心的大玻璃辦公室裡有日夜播放的監視畫面和無數開關，所有的上鎖安全門都可以從那裡開啟。

安全中心裡坐著兩個人，前方是胖嘟嘟的警衛，留著雜亂的深色鬍子，領帶甩到肩膀後。另一名警衛坐在後方，身形瘦長，背對出口。他看不見那瘦長警衛的臉，但猜測他年約五十歲，可能是資深人員。他深深吸了口氣，全神貫注，努力走一直線。那場爆炸傷害了他的雙耳鼓膜，也破壞了他的平衡感。

「穿著制服要回家了？」

「什麼？」

蓄鬍的圓臉警衛看著他。

「你是新來的對不對？」

「對。」

「你要穿著制服回家？」

「就是這樣囉。」

圓臉警衛笑了笑，他沒什麼工作要趕，閒聊幾句可以打發時間。

「天氣越來越暖和了，晚上天氣很好呢。」

「對啊。」

「你要直接回家嗎？」

圓臉警衛倚向一旁，將辦公桌上的小電風扇拉了過來，替悶熱的辦公室吹入一些新鮮空氣。如此一來，另一名坐在椅子上背對出口的瘦高警衛就看得更清楚了。

他認得那名瘦高警衛。

「應該是吧。」

「有人在等你嗎？」

那是萊納．奧斯卡森。

也就是幾天前他在自願隔離單位出拳打傷的典獄長，那拳正中典獄長的門面。

「不是在家裡，不過我們明天會碰面，有一陣子沒見到了。」

萊納合上檔案，轉過身來。

他看著他。

萊納看著他但沒有反應。

「不是在家裡？我以前也有個家庭，可是呢，呃，我也不知道，就是……你知道的……」

「我得失陪了。」

「什麼？」

「我快沒時間了。」

圓臉警衛的領帶依然翻在肩上，上頭似乎沾了食物，或只是因為濕了，所以掛在那裡晾乾。

「快沒時間？誰有時間了？」

圓臉警衛扯了扯鬍子，鼻孔張合，眼睛刺痛。

「不過快回家吧，我幫你開門。」

他踏出兩步，穿過金屬探測器。

接著又踏出兩步，穿過一扇由安全中心玻璃辦公室開啟的門。

畢耶·赫夫曼轉過頭來，朝圓臉警衛點了點頭，圓臉警衛一臉煩躁，朝他揮了揮手。

萊納·奧斯卡森依然坐在圓臉警衛背後。

兩人再度目光相接。

§

畢耶心想萊納可能會開始大聲喊叫，朝他奔來。

但萊納不發一語，動也沒動。

萊納只是看著那個鬍子刮得乾乾淨淨、留著平頭、身穿獄警制服、走出監獄大門的男子，覺得似乎有點眼熟，但記憶中沒有男子的名字，他很少會去記那些夏季臨時雇員的名字。暖暖夜風吹拂男子臉龐，男子對他微微一笑。今晚會是個美好的夜晚。

又一天後

伊維特坐在書架前的辦公桌旁，書架上的黑洞無論如何努力填補都無法補滿，書架上的塵線無論如何辛勤擦拭都會再度出現。他在桌前坐了將近三小時，而且還會一直坐下去，直到釐清他剛才所看見的畫面，究竟是需要深入追查，還是只要沒有其他人知道就不怎麼重要。

這一天由美麗的早晨揭開序幕。

昨晚他睡在褐色燈芯絨沙發上，面對中庭的窗戶開著，早上第一輛行經博格斯街的卡車聲吵醒了他。他站在窗前，抬頭看著蔚藍天際，感受微風輕拂，然後他兩手各拿一杯咖啡，搭電梯到樓上的拘留所。

他很難抗拒去樓上走一圈的誘惑。

上樓時間如果夠早，加上天氣晴朗，就可以看見陽光灑落在走廊地板上的光線，並沿著那條線行走。今早他走在被陽光照得最亮的地板上，刻意經過三間舍房，他知道那三間舍房裡的嫌犯已進入完全拘留的第三天。法定的最高拘留時數是七十二小時，拉許算得十分精細，一定要將嫌犯拘留滿七十二小時才行。今天稍晚伊維特將去參加核發逮捕令的程序，逮捕對象是市警局總警司、國家警政總長和司法部國務祕書。

書架上的黑洞似乎不斷擴大。

他花了兩天，快轉和倒轉艾索斯監獄的監視錄影帶，一格一格檢視上鎖的門、長走道、灰牆壁和尖刺鐵絲網，時間回溯到爆炸前後幾秒，那場爆炸造成了濃密黑煙和人員死亡。他也仔細閱讀了尼爾斯的刑事鑑識報告、埃弗斯的驗屍報告、史文及瑪莉雅娜的訊問紀錄。

他花了很多時間特別研究兩份紀錄。

一份是狙擊手和觀察員在子彈擊發前的對話紀錄。

他們談到畢耶在人質身上蓋了一塊地毯，還在人質身上綁了一些東西，事後經過調查，證明那些東西是戊烷基引線。

地毯可以封住震波並讓震波的方向往下擴散，保護站在附近的人。

另一份是獄警長馬丁．約格森的訊問紀錄。

根據馬丁表示，畢耶在人質肌膚上貼了許多裝有液體的小塑膠包，事後經過調查，證明是硝化甘油。

那麼大量的硝化甘油會將人體炸成碎片，難以辨識身分。

伊維特在辦公室裡不禁高聲大笑。

他站在辦公室中央，看著桌上的監視錄影帶和紀錄，哈哈大笑。隨後他離開警署，駕車前往那座小鎮裡的大監獄，一路上都在笑。他走進安全中心，調出五月二十六日下午兩點二十六分之後的所有監視錄影帶，然後駕車返回警署，去販賣機買了新鮮咖啡，坐了下來，檢視那枚致命子彈從教堂鐘塔上擊發後的每個監視畫面。

伊維特已經知道他要找的是什麼。

他挑出了編號十四號的監視器畫面，那支監視器裝設在安全中心玻璃辦公室上方一公尺處。他開始快轉，細看每個離開監獄的人，包括獄警、訪客、受刑人、供應商。每個人經過時，監視器都拍下了他們的頭部，髮際線相當靠近鏡頭。有些人出示證件，有些人在訪客簿上簽名，大部分的人只是跟熟識的安全中心警衛揮了揮手。

他一直往下看，看到了子彈擊發後第四天的監視影片。

一看見那個畫面，他立刻就知道找到了。

畫面中一名身穿監獄暨監管局制服的平頭男子，在晚上八點零六分離開，男子抬頭看著監視器，看得有點久，然後才繼續往前走。

伊維特的腹部和胸部經常感覺到壓力，那些壓力通常來自於憤怒，但這次不同。

他暫停播放，倒轉回去，再仔細看一次，只見男子和警衛聊了幾句話，然後抬頭看著鏡頭，就跟三週前男子在另一間玻璃警衛室前看著鏡頭的方式一模一樣，而那間警衛室位於玫瑰堡。伊維特挑出第十五和第十六號監視器的畫面，看著那名制服男子穿過金屬偵測器，走出監獄高牆和大門。他發現男子走路似乎有點不穩：那場爆炸的威力非常強大，足以傷害一個人的耳鼓。

你還活著。

這就是為什麼伊維特會在辦公桌前坐了三小時，看著書架上那個越來越大的黑洞。

當時我做的決定並沒有結束你的生命。

這就是為什麼伊維特必須釐清，他看見的畫面究竟是需要深入追查，還是只要沒有其他人知道就不怎麼重要。

赫夫曼還活著，你也沒有做出結束生命的決定。

他再次開懷大笑，從抽屜裡拿出一份檔案。那份檔案是審判程序的傳喚通知，他即將前去參與逮捕令的核發。審判程序執行後，將替三名濫用權力的高階政府官員定罪並判處重刑。

他笑得更大聲了，踏出有如跳舞般的輕盈腳步，越過安靜的辦公室，出門而去。過了一會，他口中開始輕輕哼唱一首曲子，任何人經過他身邊，都依稀認得那個旋律。那似乎是一首六〇年代的曲子，由希婉·瑪基維斯主唱，曲名好像叫做〈為愛癡狂〉。

又一天後

天空彷彿越壓越低。

艾瑞克．威爾森站在柏油地面上，緊張兮兮的蒼蠅正在有如珍珠般的汗滴周圍飛舞，讓他穿著單薄衣服的身體感到搔癢。這時的氣溫是華氏九十九度，高過人體溫度。再過幾小時，到了正午過後，氣溫會更高，熱空氣似乎都凝聚在那個時段。

他用幾乎濕透了的手帕擦了擦額頭，都不知道擦了之後，究竟是讓額頭比較乾還是讓手帕比較乾。他今天在課堂上很難專心，大樓的冷氣系統一大早就故障了，使得「進階滲透」的後續課程上得有氣無力，連那些超愛發表意見的美國西岸高階警官都無精打采。

一如往常，他透過圍欄和尖刺鐵絲網，俯瞰整個大練習場。六名黑衣男子正在護送第七名男子，矮房子的方向傳出槍聲，兩名黑衣男子撲了上去，保護第七名男子，車子加速開了過來，緊急煞車。艾瑞克微微一笑，他知道這場演練會如何結束，總統先生同樣會逃過一劫，在矮房子那邊開槍的歹徒將無法得逞。特勤局幹員每次都會贏得勝利。這場演練和三星期前的一模一樣，只不過換了一批人來進行同一場練習。

他抬頭望著無雲天際，彷彿在折磨自己，讓太陽將他喚醒。

起初他怪罪燠熱的天氣，但其實跟天氣毫不相干。

是他自己心神恍惚。

這幾天他都魂不守舍。他去參加了討論和練習，但心神都不在教室裡，他的思想和能量似乎都從身體流失了。

自從史文．桑奎斯特請他駕駛七十公里路程，前往州界的傑克森維爾市一家餐廳共進午餐到現在，已經是第四天了。那天史文在白色桌巾上擺上筆電，播放監視影片給他看，他在監獄工場的窗戶裡看見寶拉的臉，接著狙擊手發射子彈，射穿人體，緊接著就是爆炸和濃煙。

他們一起工作了將近九年。

寶拉是他負責的線民，也是他的朋友。

艾瑞克一路走回飯店，臉頰和額頭都在發燙。飯店的寬敞大廳裡甚是涼爽，許多房客推推擠擠趕著出門。他搭乘電梯，來到十一樓，回到同一個房間。

他脫去衣服，沖了個冷水澡，裹著浴袍倒在床上。

他們燒了他。

他們暗中做出決定後，就對他視而不見。

他站了起來，惶愧不安的情緒再度浮現，讓他注意力渙散。他翻看今天的《今日美國報》和昨天的《紐約時報》，又瞪著洗衣粉和當地律師的電視廣告發呆。無論他再怎麼努力，就是無法處在當下。他在房裡踱步，過了一會又在手機前停下腳步，那些手機是他和所有線民的聯絡工具，今天早上已經查看過了。他回到這裡之後，就將五支手機並排，擺在桌上。手機通常一天只要查看一次就好，但由於焦躁不安和魂不守舍的緣故……他又查看了一次。

他將手機逐一拿起來仔細查看。

最後他將第五支手機拿在手中，在床沿坐了下來，全身簌簌發抖。

§

一通未接來電。

顯示一通未接來電的手機他早就該丟棄了，因為那名線民已經死了。

§

你已經不存在了。

可是有人用了你的手機。

§

艾瑞克再度渾身發汗，卻不是因為熱，汗是從體內逼出來的，只因他全身發燙，有如刀割。他不曾有過這種感覺。

有人拿到了你的手機，找到裡頭唯一儲存的號碼，並且撥打。

是誰？

是不是調查人員？是不是追查這件事的人？

房內十分涼爽，但他全身發冷，因此他拉起被子，鑽到裡頭。被子裡有潤絲精的香味。他躺在被子裡，直到全身再度冒汗。

打電話的人不知道這支手機的主人是誰，這組號碼並未登記在任何地方。

他再度發抖，抖得比之前厲害，厚厚的被子摩擦他的額頭。

他可以回電，聆聽對方的聲音，卻不暴露自己的身分。

他回撥了過去。

手機傳來一陣聲波，聲波正在無重量的空氣中找尋停泊的港口。短短幾秒彷彿幾小時、幾年那樣長。接著鈴聲響起，是一長聲一長聲的尖銳嗶聲。

刺耳鈴聲在他耳中響了三聲。

一個他認得的聲音傳了出來。

「**任務結束。**」

對方的呼吸聲似乎很謹慎，至少聽起來是這樣，也許是因為訊號微弱，又加上大氣干擾現象也來攪局。

「**艾索斯的沃德勢力消滅了。**」

他躺在床上，動也不敢動，害怕正在跟他說話的那個人會從他手中消失。

「**一小時後三號地點見。**」

§

艾瑞克·威爾森對著那聲音微笑，那聲音和重複的廣播聲混雜在一起，背景可能是機場。

也許他內心深處一直都知道那聲音的主人還活著，或至少懷抱著希望。

現在他終於得到了確切的答案。

他開口回答。

「也許在其他時間，其他地點。」

作者的話

《三秒風暴》這本小說敘述的是今日罪犯和兩個政府機關的故事，瑞典警方和監獄暨監管局聯手跟罪犯打交道。

本書讓作者有自由揮灑的空間，將事實和虛構的情節揉合在一起。

瑞典警方

事實：多年來警方一直利用罪犯做為臥底線民，同時否認並隱藏兩者的合作關係。警方為了調查大案子，可能忽視其他案件，使得許多初步調查工作和審判都在缺乏正確資訊的情況下展開。

虛構：伊維特・葛蘭斯是虛構人物。

事實：只有罪犯可以扮演罪犯，警方若有需要，會在罪犯遭到拘留或移監後加以吸收。

虛構：史文・桑奎斯特是虛構人物。

事實：現在這個時代，由罪犯擔任的線民是亡命之徒，他們的身分一旦曝光，當局會立刻否認雇用他們，而當遭到滲透的犯罪組織出手料理線民時，當局會視而不見。警方高層認為傳統情報工作不足以對抗組織犯罪，未來將持續發展臥底線民的工作。

虛構：瑪莉雅娜・海曼森是虛構人物。

瑞典監獄暨監管局

事實：大部分受刑人都是吸毒者，而且在監獄裡服刑時可以繼續吸毒。服刑完畢的吸毒者通常都會重回犯罪的老本行，原因不外乎是為了繼續吸毒，或是償付在監獄裡欠下的毒債。

虛構：艾索斯監獄是虛構場景。

事實：和罪犯工作過的人都知道，大多數累犯都是吸毒者，儘管如此，在高度戒護監獄裡依然有辦法流通毒品，比如說將安非他命藏在黃色鬱金香中，送給典獄長，或是將安非他命藏在圖書館倉庫的精裝書左側頁緣，或是利用橡皮筋和湯匙將安非他命藏在馬桶裡。監獄暨監管局有能力阻止所有的毒品供應——**別鬧了，監獄可是個封閉系統**——但卻沒有這麼做。

虛構：萊納．奧斯卡森是虛構人物。

事實：毒品可以有效降低焦慮，受刑人使用安非他命之後，通常會借來一堆色情雜誌，躲進舍房裡自慰。監獄系統若是少了毒品，就必須承受受刑人的混亂和高度焦慮所帶來的衝擊，進而加重獄政人員的工作。倘若受刑人缺乏吸食化學毒品所帶來的快感，那麼監獄暨監管局就得被迫改良管理技術和能力，改良需要經費，而我們和社會並不願意支付這筆費用。

虛構：馬丁．約格森是虛構人物。

衷心感謝

感謝Billy、Kenta、C、R**和**T，他們服過重刑或正在服重刑，在監獄裡比在監獄外活得久。和我們先前寫的小說一樣，他們替本書提供了必要、真實和可靠的知識，好讓我們書寫犯罪，例如準備將鬱金香塞入安非他命時，烤箱設定五十度比四十度來得好；必須用橡膠來保護毒騾的胃；高度戒護監獄工場外的廁所長什麼樣子。你們的信任強化了我們將壞人和壞的行為區分開來的決心。

感謝聰慧和勇敢的警察，他們引導我們穿越警方和罪犯合作的驚人灰色地帶。沒有你們，我們不會有這些知識和正當性，在小說中描述線民的工作如何讓他們失去合法保障，而這些合法保障是我們一般人在民主社會中視為理所當然的。

感謝獄政人員，包括警衛、獄警、獄警長和典獄長，你們每次見到我們總是大力幫忙，但你們被夾在想把事做好的企圖心和政府體制之間，最後不得不拿起剪刀，將制服剪成一塊塊，用來洗車。

感謝Reine Adolfsson貢獻炸藥專業知識，Janne Hedström貢獻刑事鑑識知識，Henrik Hjulström貢獻狙擊專業知識，Henrik Lewenhagen和Lasse Lageren貢獻醫學知識，還有Dorota Ziemianska，妳的波蘭語說得比我們都好。

感謝Fia Roslund，在整個寫作過程中，你一直都支持著我們和我們的文字。

感謝Niclas Breimar、Ewa Eiman, Mikael Nyman、Daniel Mattisson和Emil Eiman-Roslund提供的聰明意見。

感謝所羅門森經紀公司的Niclas Salomonsson、Tor Jonasson、Catherine Mörk、Szilvia Molnar和Leyla Belle Drake所貢獻的努力、能力和支持。

三秒風暴 *Tre sekunder*

作　　者　陸斯隆&赫史東
譯　　者　林立仁
美術設計　黃暐鵬
行銷企畫　林芳如、駱漢琦
業務發行　邱紹溢
業務統籌　郭其彬
責任編輯　吳佳珍
副總編輯　何維民
總 編 輯　李亞南

發 行 人　蘇拾平
出　　版　漫遊者文化事業股份有限公司
地　　址　台北市105松山區復興北路331號4樓
電　　話　（02）27152022
傳　　真　（02）27152021
讀者服務信箱　service@azothbooks.com
漫遊者部臉書　https://www.facebook.com/azothbooks.read
劃撥帳號　50022001
劃撥戶名　漫遊者文化事業股份有限公司

發　　行　大雁文化事業股份有限公司
地　　址　台北市105松山區復興北路333號11樓之4
香港發行　大雁（香港）出版基地・里人文化
地　　址　香港荃灣橫龍街78號正好工業大廈25樓A室
電　　話　852-24192288，852-24191887
香港讀者服務信箱　anyone@biznetvigator.com

初版七刷(1)　2016年 1 月
定　　價　380 元

三秒風暴／陸斯隆(Roslund), 赫史東(Hellstrom)著；林立仁 譯
初版. —台北市：漫遊者文化出版：大雁出版基地發行, 2012.9
512 面； 14.8 x 21 公分
譯自：Tre sekunder
ISBN 978-986-5956-18-9（平裝）

881.357　　101016263

ISBN　978-986-5956-18-9

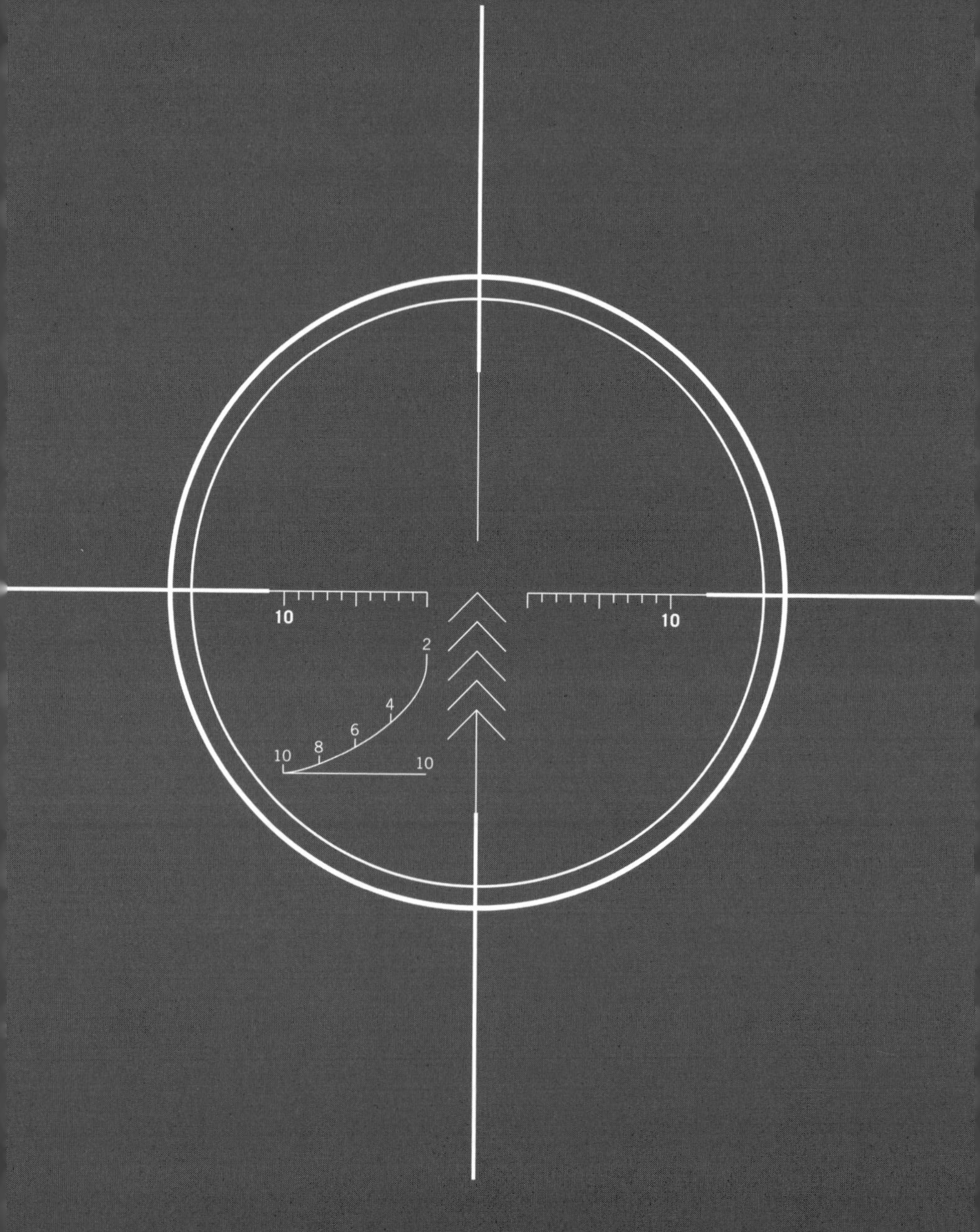
10
10
2
4
6
8
10
10